Engelbert Gottschalk

Seemädchen

Der Fantasy Roman aus dem Land der Engel

Seemädchen

Der Fantasy Roman aus dem Land der Engel

Engelbert Gottschalk

Der Autor, 1963 in Moers geboren, wuchs in Krefeld auf. Nach dem Abitur führte ihn das Studium in die Römerstadt Trier und nach Frankfurt a. M., wo er sich mit Fragen der Stadtentwicklung auseinandersetzte. Heute wohnt und arbeitet er gemeinsam mit seiner Ehefrau in Düsseldorf. Seine Stories sind in der realen Welt angesiedelt, in die plötzlich und unerwartet das Fantastische einbricht. Szenen aus dem Alltag oder dem privaten Umfeld der Protagonisten wechseln sich ab mit surrealen Episoden.

Veröffentlichungen

Seine Erzählung „*Die Friedhofswärterin*" ist im November 2018 im Rahmen der Anthologie „*Versteckt liegende Friedhöfe und ihre Geheimnisse*" im Shadodex - Verlag der Schatten, erschienen. Vier Wochen später kam die Geschichte „*Liebe 2.0*" in der Anthologie „*Vollkommenheit*" im Hybridverlag heraus. Weitere Veröffentlichungen u. a. „*Der Wassermann*" in der Anthologie „*Fantastische Welten*" von Silvia Klöpper und „*Das Porträt*" in der Anthologie „*Echo einer anderen Welt*" vom Sarturia Verlag. Seit Ende November des Jahres 2019 ist die Anthologie „*Zartbitter - Geschichten von Nachtschwärmern, Traumtänzern und Pechvögeln*" auf der Plattform von BoD auf dem Markt, seit April 2020 die Fantasy-Novelle „*Der Apfel des Todes*". Die Anthologie „*Hartbitter - Geschichten von Phantasten, Vorkämpfern und Glückssuchern*" datiert von November 2020. Den Debutroman „*Die Jenseitsstürmerin*" hat er bei KDP unter dem Pseudonym „Claire Dupont-Lagarde" veröffentlicht. Die Fantasy Erzählung hat beim Wettbewerb „*Fun For Writing*" im Jahr 2017 in der Kategorie „*Roman*" den ersten Platz belegt. Der Roman „*Marathon in den Tod*" ist die letzte Veröffentlichung aus dem Jahr 2021, die auf allen Plattformen des Buchhandels zu finden ist.

Impressum

© 2024 Engelbert Gottschalk

Verlag: BoD · Books on Demand GmbH, In de Tarpen 42, 22848 Norderstedt

Druck: Libri Plureos GmbH, Friedensallee 273, 22763 Hamburg

Bibliografische Informationen der Deutschen Nationalbibliothek: Die Deutsche Nationalbibliothek verzeichnet diese Publikation in der Deutschen Nationalbibliografie; detaillierte bibliografische Daten sind im Internet über dnb.dnb.de abrufbar.

ISBN: 978-3-7693-0553-1

Engelbert Gottschalk

Nichts im Leben geschieht aus Zufall. Alle Begegnungen haben einen Grund, wobei manche dein Schicksalsrad aus dem Rhythmus bringen.

Sumatra, Banda Aceh, 27. Dezember 2004

Mit einem Lächeln glitt Laboon, der Freund der Meere und Feind der Küstenbewohner, durch aufgewühltes Wasser. Schwimmende Autos, Betonteile und Wasserleichen steigerten sein Wohlbefinden. Mit Genugtuung nahm er zur Kenntnis, dass die Fische keine Probleme hatten, der Welle zu trotzen. Er kraulte zur Oberfläche und äugte aus dem Wasser. Menschen hockten auf Bäumen, schrien um Hilfe, versuchten, sich gegenseitig festzuhalten. Auf einem Trümmerberg kauerte eine Frau im blauen Langarmtuch, die den Verlust ihrer Tochter beklagte. Niemand war in der Lage, sie in die Arme zu nehmen oder ihr Trost zu spenden. Am Himmel strebte eine Schar kreischender Vögel den Bergen entgegen, fort von dem Wasser, das sich das Land nahm. In der ganzen Welt liefen Bilder aus dem Katastrophengebiet über die Mattscheiben. Millionen Tränen flossen ins Meer, bevor Hilfskräfte zu den Menschen vordringen konnten, um sie aus ihrer Notlage zu befreien. Niemand ahnte, wer für die Katastrophe die Verantwortung trug. Loboon fand Gefallen an dem, was er sah. Seit Urzeiten bereitete ihm die Verschiebung des Meeresbodens Freude. Nur er beherrschte die Magie, das Wasser zum Tanzen zu bringen. Er erinnerte sich an einen Tag vor 66 Millionen Jahren, an dem ein Tsunami den Dinosauriern, die Herrscher des Landes in der damaligen Epoche, den Todesstoß versetzt hatte. Berghohe Wellen waren durch das Meer gerast und hatten sich in Form einer 1.500 Meter hohen Wasserwand durch den heutigen Golf von Mexiko fortgepflanzt. Für Menschen, die nach der Eiszeit in unregelmäßigen Abständen in den Wellen ertranken, empfand er kein Mitleid. Seiner Meinung nach stand diese Spezies im Begriff, den blauen Planeten zu zerstören. Deshalb hegte der Naturgeist die Absicht, die Umweltsünder von den Küstengebieten zu vertreiben.

Seemädchen

Die Sonne wanderte in den Zenit. Er tauchte ab und suhlte sich in dem warmen, schäumenden Wasser, das über Wiesen und Felder strömte und alles mit sich riss, was sich der Natur widersetzte. In Höhe der Stadt Banda Aceh vollzog er eine Kehrtwende und schwamm nach Norden ins offene Meer, wo Wind und Wellen im Wechsel regieren. Die großen Meeressäuger umschwärmten ihn, erwiesen ihm ihre Ehrerbietung und fragten, ob er der Unterstützung bedürfte. Laboon bejahte die Frage und erklärte ihnen, dass die Seuche Mensch die Weltmeere befallen hätte, wobei besonders die Korallenriffe dem Untergang geweiht wären. Er erteilte den Meeressäugern den Rat, sich zur Wehr zu setzen, bevor es zu spät sei. Durch ihre Kraft und Intelligenz seien sie in der Lage, Fischerboote oder Jachten zu attackieren und zu versenken. Die Verbündeten versprachen, alles zu unternehmen, was in ihrer Macht stünde. Laboon bedankte sich, nahm Tempo auf und raste vorbei an Malaysia und der Inselwelt im Süden von Thailand, bis er die Andamanensee an der Seegrenze zu Myanmar erreicht hatte. Auf dem Weg zum tiefen Ende des Ozeans passierte er bei den Burma Banks einen Korallengarten, dessen Schönheit ihn faszinierte. Das Meereswesen steuerte auf das Gebilde zu und betrachtete die markanten, in allen Farben des Spektrums leuchtenden Nesseltiere. Er lauschte dem Gesang der Wale, den Liedermachern der Ozeane, beobachtete die Delfinschulen und erfreute sich an den farbenfrohen Korallenfischen. Niemals würde er den Meeresbewohnern Schaden zufügen. Laboon liebte die Natur, war er doch seit Anbeginn der Zeit ein Teil von ihr. Voller Bewunderung glitt er in die Tiefe. Bei 300 Meter übertraf eine feuerrote Korallenformation alle anderen an Brillanz. Eine Mädchenstimme erklang, verführerisch und betörend, wie die Sirenen in der Antike. Sie kam aus den Korallen und zog ihn in den Bann, er konnte sich nicht dagegen wehren. Der Beschützer der Meere und ihrer Bewohner vergaß für einen Moment seine Prinzipien: Er schwamm auf das Prachtexemplar zu und brach ein Teil davon ab. Jetzt war er im Besitz der schönsten Koralle der Unterwasserwelt. Sie diente

2

ihm als Souvenir, als Erinnerung an das Ereignis, das so viele Menschen in den Tod riss oder ihnen die Zukunft stahl. Mit verklärtem Blick glitt die Errungenschaft durch seine Tentakel. Er bekam keine Zeit, um sich an ihr zu erfreuen. Aus dem Nichts griffen vier Hände nach ihm und hielten ihn fest wie Schraubstöcke. *Autsch! Wer, zum Teufel, wagt es...?* Ehe er sich versah, bugsierten ihn zwei Wesen in eine Höhle, in der Finsternis herrschte. Eines von ihnen entriss ihm das Souvenir. Es knirschte. Im Bruchteil von Sekunden wucherten die Korallen über ihn. Das Meereswesen versuchte, sich zu befreien, die messerscharfen Polypen beiseitezuschieben. Er wütete, schlug um sich, nahm verschiedene Gestalt an. Vergeblich - er war gefangen im Ozean, den er zu beherrschen glaubte. Er schrie seinen Schmerz in die Dunkelheit, bis sich die Wellen zu Bergen auftürmten. Die Fische flohen ins tiefe Wasser und wandten sich von ihm ab. Der Titan der Meere, der Monsterwellen auslöste und die Fähigkeit besaß, Kontinentalplatten zu verschieben, war nicht in der Lage, die Korallen zu überwinden. Er hatte einen Fehler begangen, sich an der Natur versündig, indem er ein Tabu gebrochen hatte. Zwei Wesen aus einer anderen Welt, die über eine Magie verfügten, die stärker war als die seinige, hatten den Frevel ausgenutzt und ihn gefangen genommen. Seine Verbündeten, die Meeressäuger und die Großfische, konnten ihm nicht helfen, denn sie befürchteten, sich an den messerscharfen Polypen Verletzungen zuzuziehen, die zum Tode führten. Es blieb Laboon nichts anderes übrig, als sich auf die Dummheit der Touristen zu verlassen. Ein kleines Schlupfloch würde ihm reichen, um sich aus dem Gefängnis zu befreien. Er übte sich in Geduld und legte sich schlafen. Zeit spielte für ihn keine Rolle, denn er war es gewohnt, in Dimensionen zu denken, die sich der Vorstellungskraft der Menschen entzog. Die Rettung der Ozeane und ihrer Lebewesen erlitt einen Rückschlag, der Auswirkungen auf das gesamte Ökosystem in Südostasien hatte.

Düsseldorf, Drogendezernat, Ende Januar 2024

Der Tag, an dem das Selbstbewusstsein des Kommissars Stephan Malik
Schaden nahm, begann mit einem Seufzer, der an den Wänden des Polizeipräsidiums in Düsseldorf widerhallte. Schlaftrunken schob er um halb
Zehn die Tür zu seinem Büro auf. Er verabscheute Hektik, nichts
brachte ihn aus der Ruhe. Niemand würde die 60-minütige Verspätung
bemerken oder ihn deswegen tadeln.

Lange Zeit galt er als der beste Fahnder des Drogendezernats im Polizeipräsidium, gefürchtet bei den Delinquenten wegen seiner Hartnäckig-
keit und Intelligenz. Bei den Kollegen genoss er den Ruf des Unfehlba-
ren, dem kleinste Hinweise genügten, um Gesetzesbrecher auf die Spur
zu kommen. Aufgrund seiner Fähigkeiten war er spezialisiert auf schwie-
rige Fälle, wobei der Fokus in den letzten Jahren auf der Clankriminalität
lag. Zum Leidwesen von Stephan tummelten sich die Bosse zunehmend
im Drogengeschäft, weil dort die höchste Rendite winkte. Allerdings lagen die Fahndungserfolge des Kommissars sechs Monate zurück und
manchmal beschlich ihn das Gefühl, als hätte er die besten Jahre hinter
sich. Das Alter forderte seinen Tribut. Es mangelte ihm an Motivation,
die schwindenden Körperkräfte durch Training wettzumachen. Aber er
war davon überzeugt, auch ohne Fitnessstudio und Waldläufe in die Erfolgsspur zurückzukehren.

Mit triefend nasser Feldjacke schritt der Ermittler durch den Raum, der
im Dachgeschoss des kasernenartigen Gebäudes lag. Der heutige Morgen diente der Vorbereitung des Einsatzes im Düsseldorfer Hafengebiet.
Eine Stunde würde dem 53 - jährigen Haudegen reichen, denn er war ein
Mann, der draußen, im Milieu, auf Verbrecherjagd ging. Für ihn rangierte
die Intuition über den Dienstvorschriften, die aus einer Zeit stammten,
als kriminelle Organisationen weder über Smartphones noch über Computer verfügten. Anstatt die Planung des Zugriffs in Angriff zu nehmen,
warf er seine Jacke auf die Fensterbank und schlenderte zum Waschbecken, dessen bräunliche Färbung Zeugnis ablegte von der Nachlässigkeit,

mit der die Reinigungskräfte ihre Arbeit verrichteten. Er schob den Hebel der Armatur nach oben, nahm das flüssige Nass mit beiden Händen
auf und wusch sich das Gesicht. Stephan litt unter chronischen Schlaf-
mangel, wälzte sich in den Nächten auf der Matratze, bis ihn der Wecker
erlöste. Das Wasser aus dem Hahn spülte den Schrecken der Nacht fort.
Die Erfrischung erzeugte ein Wohlgefühl, die Lebensgeister erwachten.
Er schaute in den Spiegel, der wie ein Mahnmal über dem Waschbecken
hing. Ihm gefiel, was er sah. Das eckige Gesicht mit dem kantigen Kinn
und dem Drei-Tage-Bart thronte auf einer untersetzten Figur. Mit 1,75
Metern gehörte er nicht zu den Größten der Kohorte aus dem Jahr 1971.
Er glich dieses körperliche Manko durch Muskelpakete, die sich unter
dem T-Shirt abzeichneten, aus. Die stahlblauen Augen verliehen ihm
eine Kälte, die jedem Kontrahenten Angst einflößte. Die kurzen braunen
Haare standen in verschiedene Richtungen ab, zumal er sie seit Tagen
nicht gewaschen hatte. Die Arbeit verlangte ihm alles ab. Stephan sah
sich mit einem Milieu konfrontiert, in dem ein Menschenleben nichts
zählte. Seit dem Tod seiner Frau war der Alkohol ein treuer Begleiter an
den Abenden aus Monotonie. Er verhalf dem Kommissar dazu, die Auseinandersetzung mit den Abgründen der menschlichen Psyche auszuhal-
ten, Kraft zu schöpfen für den Kampf gegen das Verbrechen. Er achtete
darauf, dass der Alkoholkonsum seine Leistungen nicht beeinträchtigte,
trank während der Arbeit keinen Tropfen und versuchte, sich gesund zu
ernähren. In den letzten Jahren gerieten die Vorsätze, ohne dass er es bemerkte, in Vergessenheit.
Erfrischt wandte sich der Gesetzeshüter vom Waschbecken ab, drehte
sich um und nahm den Schreibtisch in Augenschein, auf dem der Personal Computer und das Telefon in einen Wust von Aktenbergen und Pa-
pierstapeln untergingen.
»Zum Teufel! Was ist denn das für ein Mist?«, brummte er und stemmte
beide Hände in die Hüften. Mitten in der Tastatur steckte ein geknicktes
DIN-A-4 Blatt, auf dem der Name „WIM" aufgetragen war, der

Spitzname seines Vorgesetzten. Der Kommissar hasste es, wenn der Chef ihm, ohne ein persönliches Gespräch, Aufgaben unterschob, denn es waren stets Vorgänge, die keinen Zeitaufschub duldeten. Stephan grapschte nach dem Papier und faltete es mit gerunzelter Stirn auseinander. Ein Foto trudelte auf den Boden. Er schenkte ihm keine Beachtung, sondern konzentrierte sich auf den Text. Seine Befürchtungen bestätigten sich. Ein „Eilt – Vorgang", der am Vormittag zu erledigen war, erregte den Widerwillen des Kommissars. Er zwang sich dazu, das Gekritzel des Chefs zu entziffern: *Fahr sofort nach Reisholz, um Marcel Leclerc mit dem Haftbefehl (findest du in der Cloud) in dessen gleichnamigem Reisebüro festzunehmen. Es gibt Hinweise darauf, dass der Subventionsbetrüger beabsichtigt, das Land zu verlassen. Ich setze volles Vertrauen in dich! Seine Mutter war ins Drogenmilieu abgerutscht. Vielleicht betreibt der Kerl in seinem Büro einen schwunghaften Handel. Wie ich dich kenne, wirst du es herausfinden!*

Unter dem Text befanden sich die Anschrift des Beschuldigten sowie der Zeitpunkt, an dem Wim den Auftrag erteilt hatte: *07.05 Uhr.* Der Kommissar wunderte sich nicht darüber, dass sein Chef das Schreiben zu so früher Zeit abgezeichnet hatte, denn Wim betrat stets als erster das Präsidium und verließ es als Letzter. Es stimmte Stephan ärgerlich, dass ihm der Vorgesetzte einen Fall unterschob, der vor Trivialität triefte und nicht zum Aufgabenprofil eines Top-Ermittlers passte. Einen Subventionsbetrüger festnehmen? Einen Reiseheini aufspüren, den Nobody, der wegen einer Lappalie mit dem Gesetz in Konflikt geraten war? Das rangierte unter der Würde des Haudegens, der sich mit Schwerkriminellen anlegte und keine Mühen scheute, sie ihrer Strafe zuzuführen. Es war Stephan klar, dass der Anlass für solche Feuerwehraufträge im Personalmangel des Polizeipräsidiums begründet lag. Es gab keine Abteilung, die nicht über Nachwuchssorgen klagte. Der Hinweis darauf, dass Leclerc im Drogengeschäft tätig war, hielt Stephan für einen Vorwand. In seinem Ressort gab es keine Erkenntnisse über diesbezügliche Aktivitäten in dem Ladenlokal.

Stephan kniete nieder und nahm das auf dem Boden liegende Foto des Gesuchten in die Hand. Ein Blick genügte, um sich die Merkmale der Augen, der Nasenpartie, des Haaransatzes und die Form des Mundes einzuprägen. Der Kommissar besaß die Gabe, Personen auch dann zu erkennen, wenn diese ihr Erscheinungsbild durch einen Bart oder eine andere Frisur verändert hatten. Mehr noch: Die Mimik des Gesuchten gab Stephan einen Hinweis auf dessen Psyche. Auf dem Foto hatte der Delinquent die Lippen etwas auseinandergezogen, als würde er versuchen, zu lächeln. Der Kommissar durchschaute die Fassade, war davon überzeugt, dass die Freude im Leben des Gesuchten ein Schattendasein fristete. Mit Wut im Bauch streifte der Gesetzeshüter die Feldjacke über und eilte aus dem Raum, raus aus dem Gebäude, in dem die Langeweile wohnte. Auf dem Hof stieg er in seinem W 124 ein, der Mercedes Diesel aus dem Jahr 1990, den Stephan seit dem Eintritt ins Kommissariat als Dienstwagen nutzte. Obwohl der Rost an den Kotflügeln des Vehikels nagte, verrichtete die Maschine, trotz 380.000 km Laufleistung, ordnungsgemäß ihren Dienst. Hatten sich Auto und Fahrer mit den Jahren aneinander angeglichen? Scheppernd sprang der Wagen an und trotzte der Kälteglocke, die über der Stadt klebte. Gedankenversunken tuckerte der Kommissar durch die Stadt. Er dachte an den Großeinsatz am kommenden Tag, an den Clanchef, der ihn seit Jahren mit dem Tod bedrohte, und an die Junkies vom Worringer Platz, wo ihm das Elend der Drogensüchtigen jeden Tag ins Auge sprang. Es fiel ihm leicht, die optimale Route zum Beschuldigten zu finden, denn Stephan kannte sich in den Industriestadtteilen der Rheinmetropole aus, war selbst in einem aufgewachsen und wohnte in Flingern, ein traditionelles Arbeiterwohnquartier östlich der Innenstadt.

Das Reisebüro lag an einer Hauptverkehrsstraße, in der sich eine nicht enden wollende Blechlawine über den Asphalt schob. Es bereitete Stephan Mühe, einen Parkplatz zu finden, denn in dem Quartier mischten sich Anwohner mit Beschäftigten. Nach zehn Minuten gab er auf und parkte in zweiter Reihe, unmittelbar gegenüber dem Gebäude. Beim Aussteigen gewann der Kommissar den Eindruck, als ob sich hinter der Glasscheibe des Reisebüros ein Schatten abzeichnete. Er verblasste genauso schnell, wie er gekommen war.

Ich werde die Angelegenheit im Handumdrehen erledigen. Es gibt Wichtigeres als Subventionsbetrüger.

Stephan zog den Kragen seiner grauen Feldjacke hoch, überquerte die Straße und steuerte auf den Eingang des Reisebüros zu. Die Kirchturmuhr schlug elf Mal, es hatte seit einer Stunde geöffnet. Mit einem Ruck riss der Ermittler die Tür auf und betrat den Raum, in dem unzählige Kataloge verstreut auf dem Boden lagen. Flugtickets, Rechnungen und Reisebeschreibungen flogen umher, aufgewirbelt durch den Luftzug, den er beim Öffnen der Tür verursacht hatte. Der Schreibtisch gähnte – bis auf den Computer und zwei auseinandergebrochene Kugelschreiber – vor Leere. Auf dem Beistelltisch thronte ein Becher Kaffee. Stephan schlenderte zum Arbeitsplatz des Inhabers und nahm das Behältnis in die Hände. Es war warm. *Der Vogel steht im Begriff, die Stadt zu verlassen, ganz so, wie Wim es beschrieben hat.*

Sein Blick fiel auf eine Pforte, die vom Geschäftsraum aus zum hinteren Teil des Gebäudes führte. Die Aufschrift „Privat" hinderte den Ermittler nicht daran, sie aufzuschieben. Er betrat einen Flur, dunkel und eng, der Zugang gewährte zu weiteren Räumen, die allesamt durch Türen abgetrennt waren. *Das ist die Wohnung von Leclerc. Es ist ein Leichtes, den Betrüger hier zu überwältigen.*

Plötzlich erklang ein Stöhnen, wie von einem Menschen, der mit dem Tode rang. Die Geräusche kamen aus dem hinteren Teil des Flurs, dort wo eine Tür mit Stahlrahmen ins Nirgendwo führte. Eine Abstellkammer? Der Eingang zum Keller, wo der Übeltäter sich verschanzt hatte? Die Wehklagen gerieten zu einem Dauerton, der am Nervenkostüm des Ermittlers zerrte. Er zögerte keine Sekunde, rannte zur Tür und drückte die Klinke nieder. Waffe ziehen, in den Raum springen, ihn sichern, gingen Hand in Hand. Dunkelheit schlug ihm entgegen, nur das Schreien erfüllte das Zimmer, in dem es nach Schweiß und Ungewissheit roch. *Wo ist der verdammte Lichtschalter?* Der Kommissar suchte die Wand an den Stellen ab, wo solche Hebel gewöhnlich zu finden sind. Er scheiterte mit seinen Bemühungen. Es galt, keine Zeit zu verlieren, jemand lag im Sterben oder stand im Begriff, Opfer einer Gewalttat zu werden. Stephan griff nach dem Feuerzeug in seiner Jacke und entzündete es. Wie ein Messer durchdrang der Lichtstrahl die Dunkelheit. Ein Plastikvorhang, hinter dem sich ein Schatten bewegte, fiel in sein Blickfeld. Von dort kamen auch die Schreie. Ein Sprung- Stephan war dort, wo Hilfe vonnöten war. Er riss den Vorhang zur Seite und erstarrte. Auf dem Boden lag ein iPad, auf dem ein Film des Streaming-Dienstes Netflix ablief. Der Ermittler kannte die Slasher-Szene, hatte sie im Kino und zu Hause auf DVD angeschaut. Es war der Film Freitag der 13. mit dem psychopathischen Serienmörder Jason Voorhees. *Verdammt, eine Falle!* Stephan wich einen Schritt zurück und ballte die Hand zu einer Faust. Ein kalter Gegenstand traf seinen Hinterkopf. Wie ein Stein sackte der Kommissar auf die Fliesen der Duschkabine, wo eine gnädige Ohnmacht ihm die Scham nahm.

 Beim Erwachen dröhnte sein Schädel wie nach einem Punkkonzert der „Toten Hosen". Er hatte keine Ahnung, wie lange er außer Gefecht gesetzt worden war. Er stöhnte und fasste sich an den Hinterkopf. Die Haare waren verklebt mit einer roten Flüssigkeit, die sich an seinen Fingern sammelte. Selten zuvor hatte sich Stephan dermaßen elend gefühlt. Ein Nobody hatte ihn hinters Licht geführt, ihm eine Falle gestellt, in die nur Anfänger hineintappen. Überheblichkeit gepaart mit einer gehörigen Portion Unvorsichtigkeit waren die Triebfedern, die ihn der Lächerlichkeit preisgegeben hatten. Ein 26 Jahre alter, 1,80 Meter großer blonder Wuschelkopf mit hagerer Figur hatte dem Muskelprotz Grenzen aufgezeigt und ihn bis auf die Knochen blamiert. *Verdammter Mistkerl, das wirst du mir büßen!*

Die Flucht

Mit abgetragener Winterjacke, verschwitztem T-Shirt und an der rechten
Seite aufgerissener Jeans baute sich Marcel Leclerc Anfang Februar des
Jahres 2024 vor der Passkontrolle des Düsseldorfer Flughafens auf. Er
hoffte, dass der Beamte ihm Zutritt zu den Gates gewährte. Der Polizist
bemerkte die Nervosität des Reisenden, irgendetwas schien mit ihm
nicht zu stimmen. Der Beamte unterzog dem Pass einer Prüfung und
glich die Daten mit der Fahndungsdatei ab. Es gab keine Hinweise darauf, dass der Mann eine Straftat begangen hatte oder im Begriff stand,
eine vorzubereiten. Der Kontrolleur starrte auf die Narbe des Gegenübers hinter der Glasscheibe, die ein Viertel der rechten Wange einnahm.
»Flugangst«, fragte der Grenzer und drückte Marcel das Dokument in die
Hand.

Anstatt einer Antwort eilte der Passagier durch das Drehkreuz und begab sich auf schnellsten Weg zum Wartebereich, wo er dem Check-in für
den Flug nach Phuket im Süden von Thailand, mit Zwischenlandung in
Abu Dhabi, entgegenfieberte. Marcel verfolgte die Absicht, nach der
Landung in dem südost-asiatischen Land unterzutauchen. Er fingerte
nach dem Boardingpass, der aus der Außentasche seines Rucksacks her-
vorlugte. *Hoffentlich reicht die Zeit und es dauert eine Weile, bis ich zur Fahndung
ausgeschrieben werde,* dachte er und zerknüllte ein Papiertaschentuch bis zur
Unkenntlichkeit.

Eine monotone Frauenstimme erlöste ihn. »We are ready for Check-
in...«

Er sprang vom Sitz auf, quetschte sich in die Menschenschlange und
drängelte sich vor, obwohl seine Sektion nicht an der Reihe war. Barsch
wies ihn die Dame am Gate an, sich am Ende anzustellen: »First Class,
dann Businessclass, bitte. Anschließend Behinderte und Frauen mit kleinen Kindern. Wir haben es doch gerade durchgegeben.«

Den Kopf beladen mit Sorgen folgte Marcel der Anweisung und schloss
sich der Warteschlange an, versuchte jedoch, sich vorzudrängeln. Alle

paar Sekunden äugte er über die Schulter, um nach der Polizei oder dem Grenzschutz Ausschau zu halten. Er gewann den Eindruck, dass tausend Augen auf ihn ruhten, man jede seiner Bewegungen beobachtete. Eine Angestellte der Airline nahm seine Bordkarte entgegen. Es piepste – der Blondschopf stand hinter der Einlasskontrolle, bereit, für ein Leben ohne Gesetze und Regeln, die den Menschen die Freiheit rauben. Er setzte zum Spurt an. Ein Mann schimpfte: »Hoppla! Mach mal langsam! Du gehst auch nicht früher in die Luft, Blödmann.« Marcel überhörte die Beleidigung und nahm die vordere Treppe des Flugzeugs, wo weniger Menschen zum Einsteigen herumstanden. Mit dem Zeigefinger deutete die Stewardess auf die letzte Reihe, wo sich sein Sitz befand. Obwohl man ihm einen Gangplatz zugewiesen hatte, setzte er sich ans Fenster, um die Außenarbeiten bei der Abfertigung des Fliegers zu verfolgen. Das Tankfahrzeug verrichtete seine Aufgabe, ein Band transportierte Koffer ins Innere des Airbus, das Bodenpersonal verständigte sich mit Gesten, die Marcel nicht zu deuten vermochte. Er wohnte den Vorgängen mit Argwohn bei, obwohl nichts anderes als die übliche Routine beim Start ablief. Ein Geruch nach Kerosin und verbrauchter Luft stieg in seine Nase. Ohne ersichtlichen Grund verzögerte sich der Abflug. Unruhe breitete sich unter den Passagieren aus. Nach zehn Minuten erklang die sonore Stimme des Flugkapitäns aus dem Cockpit. Er behauptete, beim Boarding sei ein Fehler aufgetreten. Eine Reisetasche ohne Namensschild müsse untersucht und identifiziert werden. War es ein Vorwand, um den Airbus am Abflug zu hindern? Marcel erhob sich vom Sitz und spähte über die Lehne. Drei Reihen vor ihm hockte ein Mann mit braunen, wirren Haaren, der seine dunkle Sonnenbrille, trotz der spärlichen Beleuchtung im Jet, nicht abnahm. Marcel befürchtete, es wäre der Kommissar, den er zu Hause in eine Falle gelockt und niedergeschlagen hatte. Der Wirrkopf erhob sich von seinem Sitz, um eine Zeitschrift aus der Aktentasche im Ablagefach über ihm herauszuziehen. Marcel atmete tief durch und entspannte sich. Der Mann war 1,70 Meter groß und von schmächtiger Gestalt, das glatte Gegenteil zu dem Muskelprotz aus dem Reisebüro.

Eine weitere halbe Stunde Bangen. Marcel räumte seinen Fensterplatz zugunsten einer Endvierzigerin, die mit Maske und über den Kopf gestülpter Kapuze jegliche Form der Kommunikation im Keim erstickte. Im Zeitlupentempo rollte der Flieger zur Startbahn. Motoren dröhnten, der Jet schraubte sich in die Höhe, bis die Landschaft wie eine Spielzeugwelt wirkte. *Nur weg von hier. Schlimmer kann es nicht mehr kommen. Ich hasse dieses Leben!* Kaum hatte der Airbus die erforderliche Reisehöhe erreicht, wackelte er wie eine Waschmaschine im Schleudergang.

»Wir durchqueren eine Schlechtwetterzone. Der Bordservice wird, bis auf Weiteres, eingestellt«, tönte es aus dem Cockpit. Der Blondschopf blickte in Gesichter, in denen sich Unbehagen abzeichnete. *Typisch! Nichts gelingt, alles geht schief,* dachte er und hielt sich mit schweißnassen Händen an den Plastikstützen des Sitzes fest. Im Kopfkino lief sein Leben wie im Film ab, die Kindheit mit der drogensüchtigen Mutter, das Mobbing der Mitschüler in der Jugendzeit, die misslungenen Versuche, eine Ausbildung abzuschließen oder einen Job mit Sozialversicherungsgarantie zu ergattern. Die vergangenen Jahre waren gekennzeichnet durch die Corona-Pandemie, in der sein Reisebüro kaum Einkommen erzielt hatte. Es war sein erster und letzter Versuch gewesen, mit einem eigenen Unternehmen Geld zu verdienen. Mitten im Insolvenzverfahren war er in einer Kneipe der Düsseldorfer Altstadt auf Lisa getroffen, die er sofort in sein Herz geschlossen hatte. In geschäftlichen Angelegenheiten brillierte sie, glaubte er. Es gelang ihr, die Insolvenz des Unternehmens zu verhindern und es binnen eines Jahres in die Gewinnzone zurückzuführen. »Wie hast du das gemacht«, hatte er sie gefragt. »Das lass mal meine Sorge sein. Kümmere du dich um die Reiseträume deiner Gäste. Aber Finger weg von den Finanzen, davon verstehst du nichts.« Am nächsten Tag hatte er ihr die Prokura übertragen und damit den Weg in den Abgrund geebnet. Man hat tausend Möglichkeiten, um eine Partnerschaft zu beenden, doch ihre Methode toppte alle Abschiedsszenarien, die es auf dieser Welt gibt: »Ich geh kurz raus zum China-Imbiss an der Ecke, besorge mir Schminke im Drogeriemarkt und bin in einer Stunde wieder da«, sagte sie mit einem Augenaufschlag, der vor Unschuld triefte. Sie schob die Tür auf, blickte nicht zurück und machte sich auf den Weg. Am Abend, kurz nach 20.00 Uhr, war sie immer noch nicht zurück. Jeder andere Mann hätte die Polizei gerufen, mit Freunden und Bekannten telefoniert oder die halbe Stadt durchstreift. Ihn dagegen beschlich ein mulmiges Gefühl, eine Vorahnung, verbunden mit der Befürchtung, dass sich ihr Verhalten nahtlos in sein verkorkstes Leben einfügte. Er wagte nicht, der Wahrheit ins Gesicht zu schauen, sondern tröstete sich in der Eckkneipe mit einem 18 Jahre alten Single Malt Whiskey aus den schottischen Highlands. Beim Betreten der gemeinsamen Wohnung um Mitternacht kam es wie erwartet. Aufstehende Schranktüren, durchwühlte Aktenordner sowie herausgerissene Passwörter für die Bankkonten zwangen ihn dazu, das Ungeheuerliche zu akzeptieren: Die Beziehung und mit ihr das Unternehmen waren gescheitert. Ohne ein Wort des Abschieds, eine Erklärung oder wenigstens einen Hinweis auf den Anlass ihres Verschwindens brauste Lisa aus seinem Leben und ward nie mehr gesehen. Wegen fehlender finanzieller Mittel meldete Marcel zum zweiten Mal Konkurs an. Die Überschuldung führte Hals über Kopf zur Privatinsolvenz. Aufgebrachte Reisende sowie ein rigoroser Konkursverwalter raubten ihm den Schlaf. Schlimmer noch: Lisa hatte die Corona-Beihilfen dazu genutzt, um Subventionsbetrug in einer sechsstelligen Größenordnung zu begehen., wobei sie bei den Anträgen seine Unterschrift gefälscht hatte. Um der Gefängnisstrafe zu entgehen, buchte Marcel einen Flug nach Phuket, der aufgrund der langen Flugzeit zu einem Sonderpreis angeboten worden war.

»Kaffee oder Tee?« Die Frage der Stewardesse führte ihn zurück in die Realität. Er hatte nicht wahrgenommen, wie der Airbus aus den Turbulenzen herausgeflogen war und der Bordservice wieder eingesetzt hatte.

Na also, noch mal gut gegangen. Ich werde in Thailand einen Neuanfang wagen und Lisa aus meinem Gedächtnis streichen. Marcel war mit dem Schmuck, den sie in der Eile im Wohnzimmerschrank zurückgelassen hatte, ins Flugzeug gestiegen, sicher verstaut in seiner linken Hosentasche. Er besaß die Anschrift eines chinesischen Händlers in Patong, der sich auf solche Wertsachen spezialisiert hatte. Mit dem Erlös verband der junge Mann die Hoffnung, die ersten vier Wochen in Thailand zu finanzieren.

Bei der Landung in Abu Dhabi brach die Nacht über den Flieger herein. Dennoch wimmelte es im Terminal vor Menschen. Es gelang Marcel erst nach 60 Minuten, einen Platz auf den Sitzbänken zu erobern. Sieben Stunden waren zu überbrücken. Marcel nahm das Kurs- und Übungsbuch der thailändischen Sprache zur Hand. Er hatte sich den Sprachtrainer aus der Stadtbücherei für vier Wochen ausgeliehen. Es war niemand in der Lage, die Rückgabe des Buches von ihm einzufordern. Er überflog die ersten Kapitel, studierte die Schriftzeichen und prägte sich die Aussprache ein. Der Lernstoff erforderte seine volle Konzentration, denn das Idiom wartet nicht nur mit unterschiedlichen Tonhöhen, sondern auch mit 44 Konsonanten und 32 Vokalen auf, die es im Deutschen nicht gibt. Dennoch würde Marcel nicht lange benötigen, um in dieser Fremdsprache zu kommunizieren, zumal er zuhause mit dem Studium begonnen hatte. Wenn er ein Talent besaß, dann war es seine Sprachbegabung. Durch die Mutter aus Venlo mit ihren Partnern aus aller Herren Länder erlernte er im Kindesalter, neben der niederländischen und der deutschen Sprache, auch das Englische und Französische, ohne dass es ihm Mühe bereitete. Durch das Studium des Übungsbuches vergaß Marcel die Zeit, überhörte den „Final Call", obwohl sein Name mehrfach über Lautsprecher durchgegeben worden war. Bis er realisierte, dass alle Passagiere eingestiegen waren, verging eine Viertelstunde. Ein schepperndes Geräusch schreckte ihn auf. Die Damen am Gate standen im Begriff, das Tor zu einer anderen Welt zu schließen. Marcel sprang auf, zeigte ihnen die Bordkarte und hechtete über die Gangway. Wie zu erwarten, nahm er in der hinteren Sitzreihe des Fliegers Platz, wo er mit dem Studium der Fremdsprache fortfuhr. In der Abenddämmerung fiel er in den Schlaf, der nicht länger als ein paar Minuten währte. Die Zeit zerrann im Wechselbad der Gefühle, Erleichterung und Ungewissheit spielten miteinander Schach.

Mit halbgeschlossenen Augen blinzelte Marcel aus dem Fenster. Der Jet verringerte die Flughöhe und durchbrach sich auftürmende Wolkengebirge. Er betrachtete die Landschaft, die in der untergehenden Sonne ihre Pracht offenbarte. Die Halbinsel Phuket lag ihm zu Füßen - sanfte Hügeln aus einer Symphonie von Grüntönen und einem Meer, deren Wellen sich an Stränden aus Korallensand brachen. Er verband mit der Einreise die Hoffnung, die Vergangenheit wie einen zu eng gewordenen Anzug abzustreifen und das Glück zu suchen in einem Land, dessen Kultur ihm fremd war. Er hegte die Absicht, eine Reiseagentur zu gründen und Exkursionen anzubieten, die in keinem Travel Handbuch zu finden waren. Eventreisen, Abenteuertouren, Ausflüge für Menschen, die ein Herz für die Kultur des Landes und nicht für Bars oder Strandliegen hatten. *Sobald das Geschäft Gewinn abwirft, stelle ich Mitarbeiter ein, die sich mit den hiesigen Gepflogenheiten auskennen. Dann expandieren wir, gründen Filialen und reihen uns ein in die Phalanx großer Reiseveranstalter.*

Mit 95,98 Euro aus der Reisekasse, den Schmuck seiner Freundin, dem Handy und einem Rucksack mit ein paar T-Shirts, einer Winterjacke sowie dem Foto seiner Mutter, das Wertvollste, was er besaß, landete Marcel.

Jedem Anfang wohnt ein Zauber inne, dachte er und stolperte aus dem Flieger, die Glieder steif wie ein Brett. Tropenluft schlug ihm entgegen. Thailand begrüßte ihn mit Schwüle, das Land der Engel mit der „Metropolregion Bangkok", in der sich 15 Millionen Einwohner auf engstem Raum drängeln, den 15 Bergvölkern, den 41.000 buddhistischen Tempeln und den Tsunamis, die ganze Küstenabschnitte in Trümmerwüsten verwandelt hatten.

Schrei nach Liebe

Freitagabend passierte Marcel die Grenzkontrolle am Flughafen. Niemand kümmerte sich um den Mann, der wie ein Geist aus einer anderen Welt durch das Gebäude schlich. Seit seiner Flucht aus Düsseldorf war zu wenig Zeit vergangen, als dass die dortigen Behörden in der Lage gewesen wären, einen Auslieferungsantrag an die thailändischen Kollegen zu stellen. Marcel nahm Platz auf einer Bank in der Ankunftshalle, um für den Kontakt zum chinesischen Händler in Phuket-City das kostenlose WLAN des Flughafens zu nutzen. Im Gegensatz zu den anderen Touristen, die sich nach der Ankunft eine inländische SIM-Karte besorgten, verfügte der junge Mann nicht über die finanziellen Mittel, um ihrem Beispiel zu folgen. Er rief die Nummer des Händlers an und erfuhr, dass dessen Geschäft erst am Montag geöffnet hatte. Es galt, zwei Tage mit exakt 95,98 Euro zu bestreiten, nicht viel in einer Touristenregion, in der es an Billigunterkünften mangelte. Er widerstand der Versuchung, in einer Absteige einzuchecken, und wanderte zu dem ein Kilometer vom Flughafen entfernt gelegenen Nai Yang Beach. Marcel richtete sich einen Schlafplatz unter einer Kokospalme ein, die von der Straße aus nicht einsehbar war. Er stattete diesen mit den heruntergerieselten Blättern des Baumes aus und genoss den Duft des Meeres, der Freiheit verhieß.

Der Schlaf war kurz und traumlos. Marcel fuhr hoch und betrachtete das Sternenzelt. Es sah anders aus als in Deutschland. Der Düsseldorfer versuchte, abzuschalten, zu meditieren oder durch Konjugation der Verben zu ermüden. Der Jetlag, der Langstreckenflug sowie die Strapazen der letzten Tage forderten ihren Tribut.

Um Mitternacht schreckte ihn Hundegebell aus dem Dämmerzustand. Fünf Tiere kämpften miteinander und näherten sich ihm mit wütendem Knurren. Er erhob sich vom Boden und schickte sich an, die Straßenköter zu vertreiben. *Nicht in die Augen schauen, sonst greifen sie mich an.*

Einer der Hunde ignorierte das Verhalten des Deutschen, spurtete auf ihn zu, sprang hoch und versuchte, ihm die Kehle durchzubeißen.

16

Marcel wich dem Tier aus und trat es mit voller Wucht in die Geschlechtsteile. Winselnd ließ der Rüde von ihm ab und verschwand mit seinen Gefährten im Unterholz. Gieriges Knurren bewies, dass die Wadenbeißer in der Nähe waren und auf eine Gelegenheit zum Angriff warteten. Der junge Mann erklomm einen Baum, wo er in einer Astgabel dem Morgen entgegenfieberte.

Mit dem ersten Hahnenschrei kehrte Ruhe ein, die Hunde verfolgten ein anderes Opfer.

Kein guter Start für einen Neuanfang, dachte Marcel, stieg vom Baum und schlenderte zurück zu seiner Kokospalme. Dennoch war an Schlaf nicht zu denken. Mit den ersten Sonnenstrahlen liefen Jogger am Strand um die Wette, Garküchen wurden aufgebaut und betrieben, es roch nach ranzigem Fett und Betriebsamkeit. Marcel beobachtete einen ganz in Orange gekleideten Mönch, der einem Vogel die Freiheit schenkte.

»Jeden Tag eine gute Tat, das verbessert mein Karma. Wer hingegen anderen Menschen Schmerzen zufügt oder sie ins Verderben führt, wird am Hass ersticken«, predigte er und freute sich, dass Marcel mit ihm einer Meinung war.

Vom Hunger getrieben nahm der Düsseldorfer am Nachmittag ein Songthaew, das thailändische Großraumtaxi, mit dem Fahrtziel „Patong", dem Zentrum des Massentourismus im Süden von Thailand. Auf schmalen Sitzbänken hockte er zusammengepfercht mit anderen Touristen und einer Gruppe thailändischer Jugendlicher, die sich über den Deutschen mit seiner blonden Haarpracht lustig machten. Er ignorierte sie, genoss stattdessen die Fahrt in dem offenen Vehikel, wo sich die Schwüle des Tages mit den Abgasen der Autos mischte. An einer belebten Straße, der Bangla Road, stieg er aus. Dem Blondschopf trieb die Hitze den Schweiß auf die Stirn, er fühlte sich wie in einer Sauna nach dem Aufguss. Er streifte die Perlen ab und nahm das Ambiente in Augenschein. Die jungen Mädchen mit den leuchtenden, batteriebetriebenen bunten Schleifen auf dem Kopf, die grell blinkenden Katzenköpfe oder Disney Figuren auf langen Stäben verkauften, wirkten lustig. Verdruss bereiteten die zahllosen Türsteher, die mit ihren großen Schildern über „Happy Hour Angebote" und angeblich einmalige Shows die Straße versperrten. Marcel fühlte sich wie in der Düsseldorfer Altstadt in einer lauen Sommernacht am Wochenende. Aber die grelle Leuchtreklame, die Gerüche der Garküchen und die alten Holzmaste, die unter dem Kabelwirrwarr der Elektroinstallationen ächzten, zeigten ihm, in welchen Teil der Welt er gelandet war.

Regen setzte ein, im Bruchteil von Sekunden bildeten sich Seen auf der Straße, Wasserfontänen, verursacht von vorbeifahrenden Autos, durchnässten ihn bis auf die Haut. Im Laufschritt betrat er die Bar am Ende der Bangla Road, die mit ihrer Partymusik und dem „Ballermann-Flair" eher zum Weitergehen, denn zum Verbleib aufforderte. Der Wunsch, ins Trockene zu gelangen, schlug alle Vorbehalte in den Wind. Mit verschränkten Armen trat er ein und schlenderte mit gespielter Lässigkeit zum Barbereich. Er nahm Platz neben einen fetten, älteren Mann, der zwei wild gestikulierende Thai-Mädchen mit Longdrinks versorgte, bestellte aus Kostengründen ein Glas Wasser und genoss die lockere Atmosphäre in dem Etablissement. Am hinteren Ende des Bartresens unterhielt eine Überzahl von jungen Mädchen einige männliche Gäste mit harmlosen Spielchen wie „Jenga" oder „Vier gewinnt". Eine Band verbreitete eine Partystimmung, die zum Tanzen aufforderte. Obwohl Marcel keinen Bezug zum Rotlichtmilieu hatte und das aus seiner Sicht ausbeuterische Verhalten reicher Westler gegenüber den ärmeren südostasiatischen Frauen verabscheute, behagte ihm die Stimmung in dem Lokal. Zeitweilig vergaß er sogar den Stress der vergangenen Tage und den bösartigen Kommissar, der ihn verfolgt hatte.

Zur Freude von Marcel schob der Dicke mit seinen zwei Thai-Perlen nach einer halben Stunde ab. Die schmächtigen, gerade einmal fünfundvierzig Kilogramm leichten Mädchen hatten Mühe, den betrunkenen Mann abzustützen. Sie bugsierten ihn auf die regennasse Straße, wo er

18

aus dem Blickfeld von Marcel verschwand. Der freie Stuhl wurde umgehend wiederbesetzt. Neben ihm nahm eine hübsche Thailänderin Platz. Er konnte ihr Alter schlecht einschätzen, denn durch die zierlichen Figuren wirken thailändische Damen jünger als ihre europäischen Geschlechtsgenossinnen. Im Nachhinein schätzte er ihr Lebensalter auf etwa dreißig Jahre ein. Mit ihrem farbenfrohen T-Shirt, der hautengen Jeans sowie der eleganten, randlosen Brille wirkte sie alles andere als nuttig, sondern sah eher aus wie eine Lehrerin, die sich aus Versehen an diesem verruchten Ort aufhielt. *Ist sie, ebenso wie ich, vor dem Gewittersturm in diese Bar geflohen oder gehört sie zum Personal des Betriebs und wartet auf eine Gelegenheit, um mich auszunehmen?*

Marcel orderte einen Whiskey pur, obwohl er ihn in Deutschland nur als Longdrink mit Cola schätzte. Zu seiner Verwunderung stellte er fest, dass die Dame, trotz räumlicher Nähe, keinen Kontakt zu ihm aufnahm. Im Gegenteil: Sie beachtete ihn nicht. Er hätte zu gerne gewusst, was sie dachte, aber sie saß nur da und nippte an ihrem Drink, einen Mai Thai, den aus Rum und Curacao Likör zusammengemixten Longdrink. Mit Todesverachtung kippte Marcel den Single Malt auf Ex in sich hinein. Das Brennen im Hals schwächte sich ab im Angesicht der Anspannung, die ihn erfasst hatte, aber der bittere Geschmack auf der Zunge ließ sich nicht herunterschlucken. Die Thailänderin tippte auf ihrem Smartphone herum.

Nach einer Viertelstunde lauten Schweigens kam der Barkeeper auf das ungleiche Paar zu und fragte: »Darf ich Ihnen noch zwei Drinks servieren?«

Verwundert schaute die junge Frau hoch, schüttelte den Kopf und sagte einige Worte auf Thailändisch, die Marcel aufgrund des Lärms in dem Etablissement nicht verstand. Sie wandte sich ihm zu und erklärte in gutem Englisch mit hoher Stimme: »Bitte entschuldigen Sie das Versehen. Der Barkeeper war der Meinung, dass wir ein Paar wären.«

»Kein Wunder, wenn man so eng beieinanderhockt.«

»Es ist halt eine Bar. Aber keine Sorge. Ich lasse mich niemals von fremden Männern einladen, sondern begleiche die Rechnung für meine Getränke selbst.«

Na, scheint ja keine Prostituierte zu sein.

Die beiden kamen ins Gespräch. Sie bedienten sich sowohl der englischen als auch der thailändischen Sprache, wobei Hände und Füße dazu dienten, Missverständnisse auszuräumen. Sie hieße Tamika und arbeite in einem Reisebüro in der Inselhauptstadt, behauptete sie. Damit war der Bann gebrochen. Marcel hatte – so glaubte er – durch Zufall eine nette Kollegin angetroffen, die im selben Beruf wie er tätig war. Vielleicht war sie sogar in der Lage, ihn beim Aufbau einer Agentur zu unterstützen, konnte ihm Ratschläge erteilen, die man in einem Land mit ungeschriebenen Gesetzen und Gepflogenheiten benötigt. Auf jeden Fall stimmte die Chemie zwischen den beiden Barbesuchern. Er bot ihr an, in einem Restaurant zu dinieren, um die Unterhaltung in gepflegter Atmosphäre fortzusetzen.

»Ein aufschlussreiches Gespräch«, sagte sie beim Verlassen der Bar. »Bei dir weiß man nie, ob es im Leben nach oben oder nach unten geht.«

Marcel lachte und legte einen Arm auf ihre Schultern. Das Paar wurde schnell fündig, denn die Bangla Road hält für jeden Geldbeutel kulinarische Überraschungen bereit. Sie entschieden sich für ein gehobenes Straßenlokal, dessen Eingang zwei goldene Tigerköpfe zierte. Beim Essen erfuhr er, dass der Name Tamika für Neugier stand. Sie sei allem Fremden gegenüber aufgeschlossen. Konventionen würden für sie keine Rolle spielen. Zwar hätte sie einen Partner, aber der wäre ebenfalls in der Reisebranche tätig und häufig wochenlang im Ausland unterwegs.

Marcel berichtete aus seinem Leben, wobei er das Pech, welches wie eine zähe Masse an den Absätzen seiner Schuhe klebte, nicht ausließ. Den Haftbefehl aus Deutschland erwähnte er mit keiner Silbe. Er sei schon zufrieden, wenn kein Unglück auf ihn zurolle. Bei der Konversation nutzte er die Gelegenheit, seine Kenntnisse des Thailändischen zu vertiefen. Schließlich gibt es keinen besseren Weg, als eine Fremdsprache durch eine Muttersprachlerin zu erlernen. Tamika hörte mit glänzenden Augen zu und lächelte wie Mona Lisa auf dem weltberühmten Gemälde von Leonardo da Vinci. Marcel verfiel ihrem hintergründigen Charme. Das glatte, lange schwarze Haar, die feinen Gesichtszüge und ihre tiefschwarzen Augen führten ihn in eine Welt, in der es keine Konkursverwalter oder Kommissare gab. Einmal glaubte er sogar, in ihren Pupillen das Paradies zu erblicken. Er fühlte sich in ihrer Nähe wohl und wünschte sich nichts sehnlicher, als die kommenden Wochen in Thailand mit ihr zu verbringen.

Zum Abschluss des Dinners genehmigte sich das Paar einen Digestiv. »Es war ein Wink des Schicksals, dass wir uns in dieser Bar getroffen haben«, sagte er und stieß mit ihr an.

»Nichts im Leben geschieht aus Zufall. Alle Begegnungen haben einen Grund, wobei manche dein Schicksalsrad aus dem Rhythmus bringen«, gab sie ihm zur Antwort und warf einen Blick auf die in der Getränkekarte aufgelisteten alkoholischen Cocktails.

Marcel verschüttete einen Teil des Getränks und sinnierte darüber, welche Botschaft Tamika mit dieser Behauptung transportierte und welche Bedeutung sie für ihn hatte. Fragezeichen rotierten in seinem Kopf. Der Kellner kam auf die Turteltauben zu und kredenzte ihnen eine Bloody Mary. Von weiteren Erkundigungen sah Marcel ab.

Der Abend verlief harmonisch. Tamika ließ sich, trotz inständiger Bitte, nicht von ihm einladen, sondern beglich ihre Rechnung aus eigener Schatulle. Insgeheim freute sich Marcel über ihre Generosität, denn die ihm verbliebenen 50 Euro reichten gerade aus, um seinen Verzehr zu begleichen. Arm in Arm verließen sie das Lokal. Der junge Mann war davon überzeugt, dass er die Liebe seines Lebens gefunden hatte. Er vertraute dem zarten Wesen an seiner Seite, zumal er keinerlei Hinweise fand, dass sie ihm etwas vorspielte. Leuchtete fern der Heimat ein Stern, der ihn von seiner Pechsträhne befreite? Hatte er die Traumfrau gefunden, die ihn so liebte, wie er war und ihn nicht betrog, so wie Lisa, für die er nur ein Abenteuer gewesen war? Eine Flut von Gedanken schoss durch seinen Kopf. Er vergaß die Geldnot, verdrängte die Angst, von der Polizei aufgegriffen und nach Deutschland abgeschoben zu werden.

Das Paar schlenderte durch die Gassen der Innenstadt, vorbei am Jungceylon, dem größten Einkaufszentrum in diesem Teil der Halbinsel.

»Was war der glücklichste Tag in deinem Leben«, fragte sie ihn beim Gang durch den Konsumtempel.

Marcel verlangsamte seine Schritte. Der glücklichste Tag? Niemand hatte ihm jemals zuvor eine solche Frage gestellt. Vor seinem geistigen Auge liefen Bilder ab, Sequenzen aus der Kindheit, der Jugendzeit und dem Erwachsenenalter.

Mit leiser Stimme sagte er: »Hm, der glücklichste Tag? Gute Frage! Wenn ich ehrlich bin, gab es keinen, der dieses Attribut verdient.«

Sie gab ihm einen Kuss auf die Wangen und hauchte: »Warte die Zeit ab. Ich bin mir sicher, dass du diese Nacht niemals in deinem Leben vergessen wirst.«

In der Auslage eines Schmuckladens glitzerte eine filigran verarbeitete Goldkette mit einem Medaillon. Der Preis rangierte oberhalb des durchschnittlichen Monatseinkommens eines Arbeitnehmers in Thailand.[1]

Marcel fingerte nach seiner Kreditkarte, die keine Deckung aufwies. Tamika hielt ihn zurück. »Ich habe den Eindruck, dass du nicht mit Geld umgehen kannst. Du musst lernen, deine Ausgaben an die Einkünfte anzupassen, sonst gehst du in diesem Land unter«, sagte sie und zog ihm am Ärmel. Marcel zögerte die Antwort heraus. Er fragte sich, wie es Tamika gelungen war, seinen Schwachpunkt herauszufinden, obwohl sie ihn erst seit wenigen Stunden kannte. Bilder von überzogenen Konten

---

[1] 342 Dollar, von 2001- 01 bis 2024-06

und gesperrten Kreditkarten flimmerten vor seinen geistigen Augen - Geldsorgen, die Bremsklötze seines Lebens.

»Wie du meinst«, sagte er und betrachtete die Designer Uhr in der Auslage.

»Morgen kaufen wir dir eine neue Hose. Du kannst so in Thailand nicht herumlaufen. Die Jacke brauchst du hier nicht.«

Auf dem Weg zum Ausgang erläuterte Tamika, sie hätte kein Interesse am Damenschmuck. Ihr wäre es lieber, das Geld für ein Zimmer in einem Boutique Hotel auszugeben, denn sie läge Wert auf ein Ambiente, wo man die Seele baumeln lassen könne. Marcel versprach, auf ihre Wünsche einzugehen. Das Liebespaar verließ das Einkaufszentrum und schlenderte durch das pulsierende Herz der Stadt. In der Ferne leuchtete das Logo eines Luxushotels, dem teuersten am Ort. Marcel nahm Kurs auf das Etablissement und schlug vor, eine Suite anzumieten. Tamika verwies auf die hohen Kosten. Sie empfahl kleinere Hotels mit einem besseren Preis-/ Leistungsverhältnis. Marcel blieb standhaft und versuchte, sie zu überreden. Am Ende gab Tamika nach. Das Paar bezog das Apartment auf dem Roof-Top mit Blick aufs Meer, der Quelle der Inspiration und Faszination. *Das ist mir die Sache wert! Morgen verkaufe ich den Schmuck und tilge meine Schulden. Sicher übernimmt Tamika wieder die Hälfte der Kosten.* Er war dankbar, dass dem Rezeptionisten der Reisepass und die Unschuldsmiene ausreichten und die Rechnung beim Auschecken zu begleichen war.

In der Suite geriet Marcel ins Grübeln. Er verharrte auf der Stelle und äugte aus dem Fenster, wo sich die Leuchtreklame in den Fensterscheiben der Hochhäuser spiegelte. Tamika wunderte sich über das Verhalten ihres Freundes und fragte: »Was ist los mit dir? Geht es dir nicht gut?«

»Doch, aber… «

»Was liegt dir auf dem Herzen?«

»Geht das bei dir immer so schnell, wenn du einen Mann kennenlernst?«

»Nein! Ich bin schon seit vielen Jahren nicht mehr ausgegangen. Ich arbeite bis spät in den Abend hinein, da bleibt wenig Zeit für Vergnügungen.«

»Warum bist du mit mir mitgegangen? Du kennst mich kaum.«

»Du bist mir am Eingang zur Bangla Road aufgefallen. Du hast einen hilflosen Eindruck gemacht. Das hat meine Neugier geweckt.«

»Ach ja. Wieso das denn?«

»Normalerweise sind westliche Touristen der Meinung, sie seien etwas Besseres.«

»Magst du mich?«, fragte er und schaute ihr tief in die Augen.

»Wäre ich sonst hier? Du bist genau mein Typ. Mir gefallen dein blondes lockiges Haar und deine Statur. Die thailändischen Männer sind einen Kopf kleiner als du.«

Anstatt Blickkontakt aufzunehmen, schielte Tamika an ihm vorbei zur Minibar, wo die alkoholischen Getränke auf Konsumenten warteten.

»Stört dich die Narbe an meiner rechten Wange?«

»Nein, die habe ich bislang nicht bemerkt. Wie ist es dazu gekommen?«

»Hm… als ich 18 war…meine Mitschüler…«

»Lass die Vergangenheit ruhen. Bring mir lieber einen Piccolo! Ich bin nicht richtig in Stimmung«, hauchte sie und vermied jeglichen Augenkontakt.

Anstatt den Fusel aus der Minibar zu öffnen, orderte Marcel beim Room-Service eine Flasche Dom Perignon, den der Hotelmanager über einen chinesischen Importeur aus Frankreich eingeflogen hatte. Die Köstlichkeit lagerte seit Jahren in den Kellerräumen des Hotels, denn es gab niemanden, der bereit gewesen wäre, den Wucherpreis zu entrichten. Nach fünf Minuten erschien der Room-Boy und übergab dem Deutschen den Sekt mit einem Lächeln im Gesicht. Mit einem Ruck zog Marcel den Korken heraus. „Plopp" – es schien, als ob alle bösen Geister aus Angst vor der Explosion aus dem Hotel flohen. Der Sekt prickelte auf seiner rechten Hand.

»Irgendwie seltsam! Wir zwei allein im Hotelzimmer?«

»Lass das Grübeln! Vergesse alles, was dich bedrückt und genieß die Nacht, als ob es deine letzte wäre.«

Sie stand auf und nahm den Düsseldorfer in den Arm, um ihn zu küssen. Ihre Finger streichelten seine Brust und arbeiteten sich Zentimeter für Zentimeter nach unten vor. Er bemerkte nicht, wie ihm die Flasche aus den Händen glitt und auf dem Boden in tausend Einzelteile zersplitterte. Der Schrei nach Liebe, der seit seiner Geburt im Herzen ertönte, schob alle Bedenken beiseite. Er gab sich dem Charme und den glänzenden Augen der Beauty hin. Seine innere Stimme suggerierte ihm: *Das ist die Chance deines Lebens. Nutz die Gelegenheit, ehe es zu spät ist.*

»Halt! Nicht so hastig. Ich muss mich im Badezimmer frisch machen. Bis ich zurückkomme, kannst du dich von dieser Lektüre inspirieren lassen.«

Sie wandte sich von ihm ab, zog das Buch aus ihrer Handtasche und schlenderte zum Bad. Marcel nahm es zur Hand: *Kamasutra – das Tantra der Liebe!* Er blätterte es durch. Es beinhaltete nicht nur Sexualstellungen, sondern behandelte die gesamte Palette des menschlichen Liebeszyklus. Bevor er die Gelegenheit bekam, sich in Einzelheiten zu vertiefen, kehrte Tamika nackt aus dem Badezimmer zurück, nahm ihn in den Arm und strich ihm durchs blonde Haar, welches in diesem Teil der Welt zu den Ausnahmeerscheinungen zählt. Er betrachtete ihre wohlgeformten Brüste, die bei jeder Bewegung Lust versprühten. Tamika ergriff seine Hand, zog ihn hinter sich her und legte sich auf das Bett. Marcel starrte sie an. Endorphine liefen Amok. Sie rekelte sich auf der Matratze, spreizte die Beine und öffnete die Schenkel wie ein Buch. Jede Faser ihres Körpers schrie: *Nimm mich, ich bin dein… mach schon, ich kann es kaum erwarten.*

»Lass dich gehen«, forderte die Sexgöttin ihn auf.

Marcel riss seine Kleider im hohen Bogen vom Leib und schmiss sich neben ihr auf das Bettlaken. Dieser Akt würde ihre Liebe unsterblich machen. Alles, was Tamikas Freund ihr geboten hatte, verblasste im

Angesicht der Wolke sieben, auf der er mit ihr schwebte, davon war Marcel überzeugt. Es gab kein Vorspiel, zu stark wog das Verlangen, sich zu vereinen, Körpersäfte auszutauschen. Die Begierde dominierte den Verstand, verdrängte den Zweifel, der nach dem ersten Orgasmus im Kopfkino flimmerte.

Sie liebten sich, bis der Schweiß in Strömen floss. Er lag auf ihrem zuckenden Körper und sah, wie die Glückseligkeit ihn anlächelte und ihn von ihrem Gegenstück, dem Pech, befreite. Seine heißen Küsse verglühten auf ihrer zarten Haut. Ihre Leiber verschmolzen miteinander und er befahl der Nacht, den Morgen aufzuhalten. Nie zuvor im Leben hatte er den Geschlechtsverkehr dermaßen genossen, aber es war nicht nur der Sex, der ihn faszinierte. Mit jedem Stellungswechsel wuchs die Liebe zu der Frau, mit der er sich vereinte. Einmal hockte sie in umgekehrter Reiterstellung auf ihn. Marcel bewunderte ihre farbenreiche, großflächige Tätowierung, die die Mitte des Rückens einnahm. »Mir gefällt dieses Tattoo. Was bedeutet es?«

»Ein Drache aus dem chinesischen Tierkreiszeichen. Er steht nicht nur für Reichtum, sondern auch für Glück, Güte und Intelligenz. Aber jetzt mach weiter! Ich bin noch nicht befriedigt.«

Tamika verkörpert genau das, wonach ich mich sehne.

Um 02.00 Uhr überkam Marcel, ungeachtet der Hochstimmung, die Müdigkeit, denn er hatte in den letzten Nächten kaum geschlafen. Zudem zeigte der Alkohol seine Wirkung. Die Thailänderin bemerkte seinen nachlassenden Elan. »Man kann zwar nicht alle Stellungen aus dem Kamasutra ausprobieren, aber man kann es wenigstens versuchen«, sagte sie und empfahl ihm, einen Energiedrink aus der Minibar zu sich zu nehmen, um neue Kraft zu tanken.

»Wir haben die halbe Nacht vor uns«, hauchte sie, schlenderte zum Kühlschrank, fingerte eine halbe Minute lang an der Öffnung herum und schüttete den Drink ins Glas.

»Schön! Ich mach alles, was du von mir verlangst.«

Mit einem Lächeln auf den Lippen kam sie auf ihren Liebhaber zu. Seine Augenlider wogen schwer und schwerer, es gelang ihm nicht, wach zu bleiben. Mit dem Kopf vornüber sank er auf das Kissen. Sie richtete ihn auf und reichte ihm die prickelnde Brause. »Trink! Es wird dir guttun.« Marcel leerte das Behältnis in einem Zug. Den ungewöhnlichen Geschmack führte er auf die lokale Rezeptur des Herstellers zurück. Ihr Mund drückte sich auf den seinen. Die roten Lippen glitten über seine verschwitzte Brust, bis sie die untere Körperhälfte erreicht hatten. Er genoss den Oralverkehr in vollen Zügen. Zeitgleich mit dem Orgasmus fielen ihm die Augen zu. Mit bleischweren Gliedern sank Marcel in einen Schlaf, der einer Ohnmacht glich.

Am Nachmittag des nächsten Tages zog ihn ein Albtraum in den Bann: Die Mär führte ihn an den Nai Yang Beach, zu dem Moment, als einer der Straßenköter ihn attackierte. Wie auf Kommando ließen die Hunde von ihm ab und legten sich winselnd mit dem Rücken auf den Boden. Eine Kreatur griff die Tiere an und tötete sie mit seinen Tentakeln. Das Wesen, halb Hai, halb Krake, wandte sich dem Eindringling aus Deutschland zu und schickte sich an, ihn ins Meer zu ziehen. Marcel vermochte dem Dämon, der ständig sein Aussehen veränderte, nichts entgegenzusetzen. Eine Riesenwelle schwappte über ihn und löschte jegliches Leben in ihm aus.

In Schweiß gebadet wachte Marcel auf und schrie: »Was habe ich dir getan? Habe ich nicht das Recht, nach der Glückseligkeit zu suchen?« Röchelnd richtete er sich auf und schlug auf das verblassende Bild der grinsenden Kreatur ein. Auf der Bettkante überkam ihn ein von Übelkeit begleiteter Schwindel. Er wankte durch den Raum und stolperte über die eigenen Füße. Ihm gelang es nicht, das Bad zu erreichen, sondern erbrach das Essen des Vortages auf dem Teppich, ein edles Teil aus Naturmaterialien. Vor Schwäche schlief er in verdrehter Haltung auf dem Boden ein.

Irgendwann vernahm Marcel Stimmen auf dem Flur.

»Room cleaning!«

Oh nein, das Reinigungspersonal! Wenn die diese Sauerei sehen, kommt der Sicherheitsdienst ins Zimmer.

»Heute nicht! Ich bleibe den ganzen Tag im Bett. Kommt morgen wieder.«

Schweigen. Jemand klopfte an die Tür.

»Heute kein cleaning, ich muss schlafen!«

Erneut hämmerten Fäuste gegen das Türblatt, diesmal heftiger als beim ersten Mal.

»Lasst mich in Ruhe! Geht woanders hin!«

Leises Fluchen auf dem Flur. Die Damen murmelten ein paar Worte auf Thai und begannen mit der Reinigung des Nachbarzimmers. Mit größter Willensanstrengung widerstand Marcel der Versuchung, liegen zu bleiben und sich dem Schlaf, dem kleinen Bruder des Todes, hinzugeben. Die erneut aufkommende Übelkeit veranlasste ihn dazu, sich zu erheben und zur Toilette zu torkeln, wo der restliche Mageninhalt samt Gallenflüssigkeit in der Schüssel landete.

Nach dem Erbrechen fühlte sich Marcel besser. Die Lebensgeister kehrten zurück und mit ihnen der Verstand. Wo war Tamika, die Neugierige? Er hatte zwar einen Whiskey, eine halbe Flasche Wein und einen Digestiv getrunken, aber er war Alkohol gewöhnt und besaß eine gewisse Trinkfestigkeit. Der Gang zum Schlafraum reichte zur Beantwortung aller Fragen aus. Seine Habseligkeiten lagen auf dem Boden, Kleidung und Rucksack von innen nach außen gekehrt. Nur das Foto seiner Mutter und das Übungsbuch der thailändischen Sprache befanden sich an der Stelle, wo er sie in der Nacht abgelegt hatte. Wie nicht anders zu erwarten, waren das Handy sowie der deutsche Pass, der sich in Thailand zu Höchstpreisen veräußern lässt, entwendet worden. Sogar die Winterjacke fehlte. Wozu diente sie, wenn die Temperatur im Süden des Landes, selbst in der kältesten Jahreszeit, nicht unter 25 Grad Celsius fällt? Marcel fand keinen Trost in dieser Erkenntnis, sondern erinnerte sich an

28

den Unglückstag in Düsseldorf, wo er am Abend eine ausgeräumte Wohnung vorgefunden hatte. Blitzartig schoss es ihm durch den Kopf: Das Pech hatte sich seiner bemächtigt. Es hatte alle Trümpfe ausgespielt, ihn hinterrücks überlistet und ihn in eine lebensgefährliche Lage gebracht. »Was ist denn das?«, fragte er sich, nachdem er im Bad das Licht angeknipst hatte. Im Spiegel lachte ihn ein faustgroßes Herz an. Darunter stand mit Lippenstift geschrieben: *»Du bist nicht nur naiv, sondern genau das, was du mir gebeichtet hast: Ein Pechvogel wie er im Buche steht. Ich wünsche dir viel Erfolg auf deinen Pfad aus Dornen. Deine Tamika.«*

Der betrogene Mann schlug sich mit der flachen Hand auf die Stirn, trat mit den Füßen gegen die Duschwand und stieß einen Schrei aus, der auf der Etage seines Zimmers alle Gäste in Aufregung versetzte. In ihm waberte das Verlangen, etwas zu zerstören, jemanden anzugreifen oder sich selbst zu bestrafen. Anstatt der Wut zu gehorchen, sank er nieder und weinte, bis der letzte Rest seiner Tränenflüssigkeit den Boden tränkte. Hoffnungslosigkeit spiegelte sich in seinem Gesicht. Er besaß nichts mehr außer dem T-Shirt und der Bluejeans, die auf der Anrichte auf ihren Träger warteten. Das Foto seiner Mutter wies keinerlei Beschädigungen auf. Gab es Hoffnung an einem Tag, der schwarz war wie die Nacht?

Hoffnungsschimmer

Marcel kleidete sich an und reinigte den Raum von den Resten des Erbrochenen, dessen säuerlicher Geruch Übelkeit hervorrief. Der Dom Perignon hatte einen dunklen Kranz auf dem weißen Teppichboden hinterlassen, der selbst nach dreifacher Reinigung mit Wasser nicht wich. Erschöpft nahm der junge Mann am Schreibtisch Platz und blätterte in der Informationsbroschüre des Hotels. Bei den Ausflugsangeboten lokaler Reiseveranstalter fanden sich diverse Visitenkarten, darunter diejenige eines schwedischen Unternehmers, der in Kamala Segeltörns zu den Inseln der Andamanensee anbot. Marcel steckte die Karte in die

Hosentasche. Er würde versuchen, bei dem Skipper um Arbeit nachzufragen. Von der körperlichen Anstrengung gezeichnet, schmiss sich der Pechvogel auf das Bett, um sich von dem Überfall zu erholen, Kraft zu tanken für die Prüfungen, die auf ihn zukamen.

Um vier Uhr in der Frühe schlug er die Augen auf, gequält von Vorwürfen, die ihm die Zukunft verdunkelten. *Wie konnte ich nur so naiv sein?*

Er erinnerte sich an eine These von Stefanie Stahl, eine der renommiertesten Psychologinnen in Deutschland, die behauptet hatte, Verliebtheit sei wie eine Hormonvergiftung. Man ließe sich bei der Partnerwahl von Gefühlen leiten und geriete dadurch an die oder den Falschen.

Für Selbstmitleid fehlte Marcel die Zeit - in zwei Stunden würde sich die Sonne aus dem Meer erheben. Es galt, die Nacht auszunutzen, um das Hotel durch die Hintertür zu verlassen. Der blonde Lockenkopf schulterte den Rucksack und trat die Flucht an, wie so oft in seinem Leben. Er schob die Zimmertür auf. Eine Angestellte des Hotels schlenderte durch den Flur. Er warf die Tür ins Schloss und wartete, bis das Stakkato ihrer Stöckelschuhe verhallte. Er wusste, dass sein Erscheinungsbild ihn zur Zielscheibe für jeden Verfolger machte.

Einmal war Marcel in einem Lokal der Düsseldorfer Altstadt von einer Dame mit dem Fernsehmoderator Thomas Gottschalk verwechselt worden. Erst nachdem die Frau zu seinem Tisch gekommen war, hatte sie seine Narbe bemerkt und sich für ihren Irrtum entschuldigt. Die Situation war ihm peinlich gewesen, denn er verachtete den Showman, der seine Sendungen so inszenierte, als bestünde das Leben aus Sonnenschein und Regenbogenfarben.

Der Zechpreller vermied es, den Aufzug zu benutzen, denn das barg die Gefahr in sich, auf einen Wachmann oder einen Angestellten des Hotels zu treffen. Stattdessen wählte er den Fußweg über das Treppenhaus, wo er in der zweiten Etage das Hinweisschild zum Fitnessstudio erblickte. Die Tür zu der Gym war angelehnt. Er schob sie auf und inspizierte den Raum.

Jemand schimpfte: »Hey man, what the hell you are doing here in the middle of the night?«

»Oh… sorry …nothing.«

Marcel wich zurück und vergaß, die Tür zu schließen. Ein Angestellter des Hotels hatte im Fitnessstudio das Nachtlager aufgeschlagen. Marcel hechtete die Treppe hoch, nur weg von dem Kerl, der ihm gefährlich werden konnte. Auf der dritten Etage rannte der Zechpreller zum Fenster und riss es auf. Dunkelheit empfing ihn, der Mond hatte sich in einem Gebirge aus Wolken schlafengelegt. Welche Überraschung am Boden wartete, entzog sich der Kenntnis des Düsseldorfers. Sicher war nur, dass er sich auf der Rückseite des Hotels befand, wo Müllcontainer, ausrangierte Möbel, defekte Strandliegen sowie Leitungen und Behälter für die Versorgung des Hotels vor sich hingammelten. Trotz der Gefahr, an der Fassade abzurutschen, klammerte sich Marcel an dem Regenrohr fest. Zentimeter für Zentimeter hangelte er sich nach unten. Er wog zu schwer – das Regenrohr hielt der Belastung nicht stand und gab nach. Mit einem Aufschrei stürzte er in die Tiefe und schlug auf dem Boden auf. »Autsch!«

Er hatte Glück im Unglück – es waren nur zwei Meter, der Fall ins Freie verlief ohne Knochenbruch. In einem Zimmer im dritten Geschoss des Hotels knipste jemand das Licht an. Ein Gast hatte den Schmerzensschrei vernommen. Marcel setzte zum Spurt an, brach ihn aber sogleich ab. Er hatte sich den Fuß verstaucht, jeder Schritt bereitete Schmerzen. Im Zeitlupentempo kletterte er über die Mauer, die das Gebäude von der Straße abschirmte, und setzte seine Füße auf holprige Gehwegplatten. Eine Sirene aus der Lobby der Edelherberge heulte mit den Hunden um die Wette. Hatten die Wachleute seine Flucht bemerkt? Im Schatten der Nacht humpelte Marcel zur gegenüberliegenden Straßenseite und tauchte unter in dem Gewirr von Gassen, Bars und Spelunken der Touristenmetropole, wo selbst zu dieser Uhrzeit das Leben pulsierte. Er schlich zum Strand und wartete unter einer Plastikfolie auf den Anbruch des

Morgens. In dieser Nacht stellte er alles infrage, was er sich in Thailand vorgenommen hatte, den Neuanfang, die Gründung einer Reiseagentur, die Suche nach Liebe. Was war zu tun? Das Wenige, was er besaß, hatte er verloren, sein Geld, sein Handy, seinen Pass, sein Selbstvertrauen, seine Würde. Einiges konnte er ersetzen, aber ohne Ausweis war er in dem Land ein Nobody, der Willkür ausgesetzt. Es würde ihm schwerfallen, eine Erwerbstätigkeit aufzunehmen.

Die Morgenröte übertünchte das Loch in der Seele und hauchte ihm Mut ein. Marcel rang sich dazu durch, das nächste Polizeirevier aufzusuchen, um den Überfall zu melden, verbunden mit der Hoffnung, einen Ersatzausweis zu erhalten. Solange das Reinigungspersonal die Arbeit nicht aufgenommen hatte, würde der Schaden in dem Hotelzimmer nicht zur Anzeige gebracht, glaubte er.

Die Polizei residierte in einem Schlichtbau an einer Straße, in der sich der Verkehr staute. Niemand beherrschte die englische Sprache. Marcel nutzte seine Thai Kenntnisse, um sein Anliegen vorzutragen. Der Dienststellenleiter behauptete, er würde kein Wort verstehen und rief einen in der Stadt lebenden Inder an, der sich auf das Dolmetschen verstand. Eine Viertelstunde später erschien der Mann mit einem Gesichtsausdruck, in dem sich Unwillen spiegelte. Marcel schilderte im Einzelnen die Geschehnisse jener Nacht, die zu seiner Ausraubung geführt hatten. Der Polizist blätterte in einem Aktenordner und vermied es, dem Opfer in die Augen zu schauen. Nach zwei Minuten öffnete er eine Blechdose, die den würzigen Geruch des thailändischen Nationalgerichts verströmte. Mitten in der Schilderung des Tathergangs begann er mit dem Mahl. Marcel verspürte ein Rumoren im Magen, seine Nase saugte den Geruch des Pad Thais in sich auf. Ihm wurde bewusst, dass er seit Tagen nichts gegessen hatte und durch das Erbrechen am Rand der Austrocknung stand. Er widerstand der Versuchung, dem Beamten die Mahlzeit aus der Hand zu schlagen, bat aber um ein Glas Wasser. Mit ausdrucksloser Miene kam der Dienststellenleiter dem Wunsch des Deutschen nach. Marcel grapschte nach dem Behältnis, lehrte es in einem Zug und schob es zurück zum Spender. Mit hochgezogenen Augenbrauen füllte der Polizist das Glas ein zweites Mal auf und überreichte es seinem Gesprächspartner. Marcel nutzte die Gunst der Stunde und schüttete das Wasser in sich hinein. Niemals zuvor im Leben hatte er ein Getränk dermaßen genossen. Nachdem er den Durst gestillt hatte, fuhr er mit seinem Bericht fort, wobei er den „faux pas" mit dem Champagner verschwieg. Am Ende der Ausführungen sagte der Beamte drei Worte: „Bad Patong experience!" Es folgte eine Unterweisung, die der Inder im fließenden Englisch übersetzte: Der Deutsche sei Opfer einer Betrügerbande geworden, die es auf alleinreisende Männer aus dem Westen abgesehen hätte. Wahrscheinlich habe man ihm schnell wirkende K. O. Tropfen ins Glas geschüttet, die das Opfer für Stunden aus dem Verkehr zögen. Diese Zeit würde der Bande reichen, um die Person auszurauben und alle Spuren zu verwischen. Erfahrungsgemäß seien die Ermittlungsarbeiten schwierig und die Erfolgsaussichten gering. Für die Touristen hielte sich sein Mitleid in Grenzen. Er frage sich, ob sie auch in ihrem Land blindlings in die Fänge mafiöser Personen aus dem Rotlichtmilieu gerieten. Er hätte für die Opfer der Überfälle nur Verachtung übrig. An dieser Stelle rollte der Inder mit den Augen und wog den Kopf mehrfach erst nach links und dann nach rechts. Marcel stand kurz davor, sowohl den Übersetzer als auch den Beamten mit der flachen Hand ins Gesicht zu schlagen. Er kam nicht dazu, denn der Polizist fuhr mit seinen Ausführungen fort: Er könne nichts für ihn tun und riete ihm, das Deutsche Konsulat in Phuket aufzusuchen, welches für solche selbst verschuldete Härtefälle zuständig sei. Kopfschüttelnd schloss der Beamte den Aktenordner und verwies Marcel mit einer barschen Handbewegung des Raumes. Marcel blieb hartnäckig und bat darum, ihm zumindest Ersatzpapiere auszustellen, damit er sich in dem Land frei bewegen könne. In diesem Moment wurde die Tür zum Polizeirevier aufgestoßen. Zwei wild gestikulierende Gesetzeshüter stürmten in den Raum. Einer fuchtelte mit

33

den Armen und schimpfte: »Farang, Farang[2]!« Der andere berichtete dem
Dienststellenleiter von einem Zechpreller, der im teuersten Hotel der
Stadt abgestiegen sei und einen Schaden von 18.500 Euro verursacht
hätte. Es erfüllte Marcel mit Stolz, dass er in der Lage war, den Ausfüh-
rungen der Polizisten zu folgen. Es war ihm gelungen, sich in wenigen
Wochen durch Selbststudium die Grundzüge der thailändischen Sprache
anzueignen. Sekundenglück, das sofort verblasste, denn die Zeit drängte.
Sobald die Personenbeschreibung bei der Polizei einging, würde man ihn
verhaften und – was schlimmer wog- nach Deutschland abschieben, wo
eine Gefängniszelle auf ihn wartete. Der junge Mann unterdrückte die
Wut auf den Dienststellenleiter und den Übersetzer und gab vor, das
Konsulat in Phuket aufzusuchen. Er eilte aus dem Gebäude und tauchte
ein in die Gassen der Inselmetropole, vorbei an Händlern, die um Kundschaft buhlten. Zwar humpelte er nicht mehr, aber das Gehen bereitete
ihm nach wie vor Probleme. Immer wieder blieb er stehen, um das Fuß-
gelenk zu schonen. Am Kreisverkehr am Rand der Innenstadt zeigte ein
Hinweisschild nach Kamala, dem Ort, wo der Skipper sein Geschäft betrieb. Es gab nur eine Straße dorthin – linker Hand das Meer, rechts be-
waldete Berge, deren grüne Farbe in der Trockenzeit an Brillanz verloren
hatte. Ein Martinshorn heulte auf - die Polizei hatte die Personenbeschreibung des Zechprellers erhalten und die Verfolgung aufgenommen.
Das Warnsignal wurde lauter und bewegte sich auf den Flüchtenden zu.
Es blieb ihm keine Wahl: Er schlug sich ins Unterholz, vertrödelte den
Tag und wartete den Einbruch der Dunkelheit ab. Fünf Kilometer lagen
vor ihm, für die er durch seine Bewegungseinschränkung eine Zeit von
zwei Stunden veranschlagte.

---

[2] Damit sind Westler oder heutzutage generell Ausländer gemeint. Es ist jedoch
für Thailänder ein vager Begriff, der manchmal auch für alle Nicht-Thais aus einem anderen Land verwendet wird. Sogar Thais, die im Ausland aufgewachsen
sind, berichten, dass sie in Thailand „Farang" genannt werden.

Der Verkehr kam zur Ruhe. Marcel wagte es, den Weg auf der Straße, die sich durch die Hügel schlängelte, fortzusetzen. Hinter einer Biegung hielt er inne. Er gewann den Eindruck, dass ein Augenpaar auf ihn ruhte, jemand jeden Schritt beobachtete. Er konzentrierte sich und horchte in die Dunkelheit hinein. Aus der Ferne dröhnte ein Motorengeräusch, das sich im Eiltempo näherte. Marcel suchte Deckung hinter einem Baumstamm. Ein mit neun Personen voll besetzter Kleinbus rauschte vorbei. *Hoffentlich kein Polizeifahrzeug.* Er wanderte weiter und zählte die Schritte auf dem Asphalt. Nicht weit von ihm entfernt im Wald brach ein Ast. Marcel stierte in die Dunkelheit und nahm die Silhouette eines Wesens wahr, das durch einen Bachlauf wartete. Ein Moment lang befürchtete Marcel, es sei der Dämon aus seinem Albtraum, aber dann zeichnete sich im Mond die charakteristische Kopfform eines Wasserbüffels ab. Der Düsseldorfer quälte sich weiter voran, vorbei an der Ao Nakalay, einer seichten, von Steinen durchzogenen Bucht mit schmalem Sandstrand. Kurz vor der Ortschaft Kamala mit ihren Restaurants und Nachtbars trabte er in den Wald und schlug zwischen zwei Bäumen, die mit ihren Kronen nach den Sternen griffen, das Nachtlager auf. Todmüde sank er nieder und schlief auf der Stelle ein.

Ein Regenschauer prasselte auf das Blätterwerk der Bäume. Im Februar war für die Vegetation jeder Tropfen ein Geschenk des Himmels. Marcel erhob sich und schmiegte sich an den Baumstamm an, wo es trockener war.

So schnell wie das Gewitter gekommen war, verzog es sich. Der Blondschopf fragte sich, wie viel Zeit er verloren hatte, und hielt Ausschau nach dem Sternenhimmel. Es gelang ihm nicht, in ihm die Uhrzeit abzulesen. Er stolperte zurück zur Straße und setzte seinen Weg im Schutz der Dunkelheit fort. Auch in Kamala gab es ein Polizeibüro, das Tag und Nacht geöffnet war und über modernste Kommunikationsmittel verfügte.

Völlig durchnässt erreichte der Düsseldorfer das Tal der überwiegend von einer muslimischen Bevölkerung bewohnten Ortschaft, in deren

Hinterland viele Langzeiturlauber residierten. Im Zentrum des Dorfes bot ein Lageplan die Möglichkeit, sich zu orientieren. Ausgehend von seinem Standort prägte sich Marcel den Weg zum Ziel ein. Dennoch lief er im Kreis, bis er am Ende die richtige Abzweigung nahm, die zu dem unscheinbaren gelben Gebäude am Ortsausgang führte. Auf der gegenüberliegenden Seite lag ein Billighotel, dessen Eingangsbereich mit dem Hinweis „Vacancy" versehen war. Am Horizont dämmerte es, Scharen von Vögeln begrüßten den Tag. Von Weitem erblickte der junge Mann auf der hell erleuchteten Terrasse eine Reihe von Gartenstühlen an einem Campingtisch, auf dem ein Korb verheißungsvoll vor sich hin dampfte. Magisch zog er den Deutschen in den Bann. Wie von Geisterhand gesteuert ging Marcel auf ihn zu, zog das Geflecht zu sich heran und nahm das Tuch ab. Aus einem Bottich strömte eine Flut von Gerüchen in seine Nase – Knoblauch, Ingwer, Zitronengras, Koriander, Kardamom, Muskat, Zimt, Nelken, Tamarinde und Limonen. Es hatte den Anschein, als könne der Deutsche jedes Gewürz am Duft erkennen, als sei er in der Lage, die Qualität des frisch zubereiteten Pad Thais mit der Nase abzumessen. Die Gewürze harmonierten miteinander, eine perfekte Komposition, die ihresgleichen suchte. Marcel nahm auf einem Stuhl Platz und griff zu, obwohl er ahnte, dass sein Heißhunger ihm zum Nachteil gereichte. Der erste Bissen – seine Geschmacksnerven explodierten und riefen ihm zu: »Wir wollen mehr, mehr, mehr!« Die Menge mochte für acht Personen ausreichend sein, aber ihm schien, als wäre es die angemessene Portion für einen Menschen, der seit Tagen unter Heißhunger litt. Er schlang das Nudelgericht in sich hinein, bis der angebrannte Rest auf dem Boden des Bottichs zum Vorschein kam.

Von Müdigkeit überwältigt fiel der Nimmersatt mit dem Kopf vornüber auf die Tischplatte. Übelkeit bemächtigte sich seiner, denn er hatte zu viel und zu schnell gegessen. Die Schärfe des Pad Thais brannte auf der Zunge. Er fingerte nach der Wasserflasche am Rand des Tisches und trank sie in wenigen Zügen leer. Hinter seinem Kopf spürte er einen Luftzug. Das

Holz des Ruderblatts traf ihn mit voller Wucht im Nacken. Der Schlag erfolgte dermaßen heftig, dass der Gegenstand in Einzelteile zerbrach. Eine schwarze Stille erlöste Marcel von der Ungewissheit. Er sank nieder und stürzte mit dem Kopf voran auf die Tischplatte. Er nahm nicht wahr, wie jemand seufzte: »Uff! Das wäre geschafft. Ich habe noch nie einen Menschen hinterrücks niedergeschlagen.«

Eine Frauenstimme antwortete: »Das ist kein Mensch, sondern ein Vielfraß!«

Marcel öffnete die Augen – langsam und bedächtig, wie in Zeitlupe. Er hatte kein Gespür dafür, wie lange ihn die Ohnmacht vor der Realität in Schutz genommen hatte. Die Augenlider wogen schwer, es bereitete ihm Mühe, die Glieder zu bewegen. Aus der Nase tropfte eine Flüssigkeit, die sich auf der Tischplatte in einer Lache sammelte. Ein kalter Gegenstand bohrte sich auf seine Stirn. *Oh nein, ein Gewehrlauf! Das Ende ist nah.*

Regenfront

Mit durchnässter Jacke betrat Stephan Malik am Freitag das Polizeigebäude am Rande der Düsseldorfer Innenstadt, das den Charme des vergangenen Jahrhunderts verströmte. Ausnahmsweise war er pünktlich, denn um 8.00 Uhr stand ein Termin beim Chef des Drogendezernats an. Auf dem Flur kam ihm Susan, die Kommissar-Anwärterin, mit einem federnden Gang entgegen. Die zu einem Pferdeschwanz zusammengeflochtenen wasserstoffblonden Haare unterstrichen ihren hellen Teint, der selbst im Neonlicht so wirkte, als würde die Sonne niemals untergehen. Ihr Aussehen erinnerte den Kommissar an seine Frau, die vor fünf Jahren durch einen aus dem Gefängnis ausgebrochenen Mafiakiller, der sich an ihm rächen wollte, in der Wohnung vergewaltigt und erdrosselt worden war. Seit jenem Tag war das Leben des Ermittlers aus den Fugen geraten. Jahrelang hatte seine Seele Trauer getragen. Er hatte sein Äußeres vernachlässigt, sich nach Dienstschluss in den eigenen vier Wänden verbarrikadiert und den Schmerz mit Alkohol betäubt. Dass der Killer wenige Monate später bei einer Schießerei zwischen konkurrierenden Mafiabanden erschossen worden war, vermochte die Trauer nicht zu mindern.

Anstatt ihren Gruß zu erwidern, sah Malik an ihr vorbei und beschleunigte seine Schritte.

Vor der Tür des Vorgesetzten hielt er inne und stierte für ein paar Sekunden auf den Boden.

Er drückte die Klinke nieder und schob die Tür auf. Marina, die Sekretärin, kauerte hinter einem Schreibtisch und tippte wie besessen auf der Tastatur ihres Computers. Es hatte den Anschein, als ob sie nicht bemerkt hätte, dass jemand ins Büro eingetreten war. Der Haudegen hustete. Marina forcierte das Anschlagstempo. Er hustete ein zweites Mal. Sie schaute hoch, ohne ihre Arbeit zu unterbrechen, und fauchte: »Ziehen Sie doch Ihre Jacke aus. Sie müffelt!«

»Wirklich? Darf ich sie über die Lehne Ihres Stuhls hängen?«

»Unterstehen Sie sich! Gehen sie endlich durch, der Chef wartet seit einer halben Stunde auf Ihre Wenigkeit.«

Vorzimmerdrache, dachte Stephan und folgte der Aufforderung.

Wim, der mit Anzug und Krawatte stets korrekt gekleidet war, telefonierte. Malik hatte nichts anderes erwartet, denn jedes Mal, wenn er das Büro des Chefs betrat, führte dieser Dauergespräche. Deswegen konnte ein Termin, der unter anderen Umständen nicht länger als zehn Minuten in Anspruch nahm, gerne zwei Stunden länger dauern. Stephan hasste seinen Chef für diese Angewohnheit, unterließ es jedoch, ihn auf Zeitnot hinzuweisen oder gar Kritik zu üben. Die beiden Männer waren Extreme – sowohl was die Kleidung, die Lebensauffassung und die Arbeitsweise anbetraf, aber gerade deswegen harmonierten sie auf wundersame Weise miteinander. Sie zerschlugen kriminelle Netze, deren Existenz der Polizeipräsident jahrelang geleugnet hatte.

Der Haudegen setzte sich auf einen Stuhl am Besprechungstisch und wartete vergeblich auf den Kaffee, den die Vorzimmerdame gewöhnlich den Gästen des Chefs offerierte. *Die Ziege mag mich nicht, von der bekomme ich nicht einmal ein Glas Wasser.*

Nach einer halben Stunde zuckten die Muskeln und Augen des Kommissars. Mit der Faust in der Tasche stand er auf und stolzierte zum Fenster. Unten, auf dem Hof, wartete ein Kastenwagen mit laufendem Motor auf die Einsatzkräfte. Fünf Männer sprangen hinein und rasten mit Blaulicht und Martinshorn zur Ausfahrt. Wim räusperte sich. Stephan drehte sich um und bemerkte, wie der Chef ihn mit einer Handbewegung anwies, zum Platz zurückzukehren.

Eine Viertelstunde verstrich, in der die Stimmen der Telefonpartner an Lautstärke zunahmen. Es ging um Abstimmungsprobleme zwischen dem Polizeipräsidenten und der Politik, ein Thema, das Stephan nicht im Geringsten interessierte.

Der Hörer knallte – die Bassstimme des Vorgesetzten erfüllte den Raum.

»Malik, na endlich! Ich warte schon eine Ewigkeit auf dich. Aber lassen wir das. Ich gratuliere dir zu deinem Einsatz gestern. Mit diesem Erfolg hätte ich nicht gerechnet. Gute Planung, Junge!«

»Planung? Was für eine…Planung?«

»Der Kopf der Bande bereitet mir Sorgen. Mir wurde heute Nacht durch einen verdeckten Ermittler mitgeteilt, dass der Kerl beabsichtigt, Deutschland über den Flughafen Köln nach Ägypten zu verlassen. Sobald er im Libanon ist, haben wir keine Chance, ihn seiner Strafe zuzuführen.«

»Gut möglich, aber das ist nicht der Grund, warum ich um den Termin gebeten habe.«

»Sondern…?«

»Der Subventionsbetrüger aus dem Reisebüro, der mich vor ein paar Tagen niedergeschlagen hat.«

»Ach, dieser Marcel Leclerc! Kleiner Fisch, was, aber ganz schön giftig, ha, ha, ha.«

»Ich wüsste nicht, was es da zu lachen gäbe.«

»Ach, Malik! Du bist doch sonst nicht so zimperlich. Jeder macht mal einen Fehler. Auch du wirst älter. Du solltest deine Einsätze besser vorbereiten und in brenzligen Situationen Verstärkung anfordern, dann passiert so etwas nicht.«

Anstatt einer Antwort schielte der Haudegen zum Fenster, wo sich auf einem Baum zwei Tauben um den besten Platz stritten.

»Raus mit der Sprache, Junge! Was führt dich zu so früher Stunde in mein Büro?«

»Ich bitte darum, nach Thailand zu reisen.«

»Machst du dich über mich lustig? Geht´s noch weiter weg? Wie wäre es mit der Südsee? Dort soll gestern eine Kokosnuss geklaut worden sein.«

»Lass deine Scherze. Ich muss den Typ aus dem Reisebüro zur Strecke bringen, koste es, was es wolle.«

»Auf Staatskosten? Diesen Nobody? Hast du völlig den Verstand verloren? Nie im Leben werde ich dir diese Dienstreise genehmigen.«

40

»Dann gewähre mir 14 Tage Urlaub. Ich opfere meine Freizeit, um einen Verbrecher seiner gerechten Strafe zuzuführen.«

Wim stampfte mit den Füßen und donnerte die rechte Faust auf den Tisch. Sein Gesicht nahm die Farbe einer Tomate an. »Jetzt reicht´s mir, Malik! Von dir lasse ich mir nicht vorschreiben, was ich zu tun habe. Ich genehmige dir weder das eine noch das andere. Verschwinde aus meinem Büro, aber dalli! Mach dich auf den Weg nach Köln und bring den Clanchef zur Strecke, ehe ich mich vergesse.«

In diesem Moment bimmelte das Telefon. Wim hob den Hörer ab, begrüßte den Gesprächspartner auf der anderen Seite der Leitung und deutete mit dem Zeigefinger der rechten Hand zur Ausgangstür. Stephan wusste, was das bedeutete: Die Audienz war beendet und keine Macht der Welt konnte den Chef dazu bewegen, seine Meinung zu ändern. Das Telefongespräch drehte sich um die Personalprobleme im Präsidium. Diese Thematik würde Stunden in Anspruch nehmen.

Der Kommissar erhob sich vom Stuhl, eilte zur Pforte und schlug sie krachend hinter sich zu. »Vielen Dank für den Kaffee«, sagte er zu Marina, die in einer Modezeitschrift blätterte und die Füße auf den Tisch gelegt hatte. Ihre Fingernägel waren in drei verschiedenen Farbtönen lackiert und erinnerten ihn an die Krallen einer Raubkatze. Ihrer Mimik entnahm er, dass die Glitzertante kurz davorstand, ihm die Augen auszukratzen. Stephan zog es vor, das Vorzimmer auf schnellstem Wege zu verlassen. Er würde nicht aufgeben und am Ende seinen Willen durchsetzen, so wie es immer war, wenn er sich etwas in den Kopf gesetzt hatte. Draußen, vor dem Gebäude, stemmte er sich gegen den Regen, der in den nächsten Tagen ohne Unterlass auf die Stadt einprasselte.

Chancen

Marcel wagte nicht, sich zu rühren. Zu fest drückte ein Glatzkopf mit sonnenverbrannter Haut und Vollbart, Typ Seebär, den Gewehrlauf auf die Stirnmitte.

Der Deutsche ergab sich seinem Schicksal, zumal neben dem Seebären eine junge, schlanke Frau mit in den Hüften gestemmten Händen Hass versprühte. Sie trug ein eng anliegendes feuerrotes T-Shirt mit tiefem Ausschnitt, welches einen Kontrast zu ihrer hellen Hautfarbe bildete. Marcel fragte sich, wie es ihr gelang, die Tage in den Tropen ohne Sonnenbrand zu überstehen. Die roten Haare waren zu einem Pferdeschwanz zusammengebunden, wobei auf der rechten Gesichtshälfte eine Strähne neben dem Auge bis zu ihrer Brust reichte. Die randlose Designerbrille betonte die ovale Gesichtsform und unterstrich ihren femininen Touch.

Sieht sexy aus, scheint aber eine Furie zu sein, dachte Marcel und fühlte sich beim ersten Satz, der über ihre rot geschminkten Lippen floss, in seiner Einschätzung bestätigt.

»So ein Schweinehund! Frisst uns die gesamte Ration für die heutige Tour weg«, fauchte sie. »Dafür soll er büßen!«

»Respekt! Ich habe nie erlebt, dass jemand eine Menge, die für eine Kompanie reicht, verdrückt hat. Was soll ich jetzt mit dir machen, Bursche?«

»Auf jeden Fall nicht schießen! Ich bin… unbewaffnet und komm für… den Schaden auf. Ich werde…«

Marcel stockte, denn er besaß keinen Cent, nicht einmal einen Wertgegenstand, der als Pfand hätte dienen können.

»Entschuldigt bitte meinen Heißhunger. Ich bin in Patong überfallen worden und kam in der Erwartung zu euch, nach Arbeit auf dem Boot nachzufragen. Nach dem Überfall habe ich tagelang nichts gegessen. Ich konnte der Versuchung nicht widerstehen.«

»Ich glaube dem Kerl kein Wort! Der lügt, wenn er den Mund aufmacht«, sagte die Furie.

Zur Erleichterung von Marcel nahm der Seebär die Waffe von der Stirn, befahl ihm aufzustehen und dirigierte ihn mit dem Gewehrlauf ins Büro. Der junge Mann leistete keinen Widerstand und stolperte ins Haus. Der Seebär schubste ihn auf eine dunkle Sitzbank, deren Polster so weich waren, dass der Deutsche beinah mit dem Gesäß den Boden berührte. Alles in dem zweistöckigen Gebäude war krumm und schief. Es diente nicht nur als Büro, sondern auch dem Wohnen, eine in Südostasien verbreitete Form der Funktionsmischung. Ein Deckenventilator rotierte, an der Stirnseite des Raumes hing ein Poster einer Meeresjungfrau, die die Sonne in ihren Flossen hielt. Auf dem Schreibtisch, dessen hintere Beine auf Büchern ruhten, stand das Model einer Segeljacht, an der Rost nagte.

»Du solltest die Polizei rufen, Sven. Wer weiß, was der Vielfraß im Schilde führt.«

Marcel fuhr zusammen. Die Polizei? Damit schien sein Schicksal besiegelt. Mit dem Mut der Verzweiflung stammelte er: »Ich würde… den Schaden, den ich angerichtet habe … gerne abarbeiten.«

»Abarbeiten? Wie können wir sicher sein, dass du uns nicht erneut betrügst?«

Die Augen des 1,90 m großen Seebären, die die Farbe des Meeres angenommen hatten, funkelten.

Ich darf ihn jetzt nicht belügen, muss mit der Wahrheit raus. Marcel nutzte seine Chance und berichtete aus seinem Leben, mit dem gescheiterten Versuch, in Thailand neu anzufangen.

»So, so, ein Pechvogel oder, anders formuliert, ein Taugenichts. Den können wir hier am allerwenigsten gebrauchen«, sagte die Furie am Ende seines Berichts und musterte ihn mit ihren grünen Augen, die Marcel an eine Wildkatze erinnerten.

»Lass gut sein, Sophie! Wir sind heute nur zu zweit. Sunny müsste schon lange da sein. Ich befürchte, dass er nicht zur Arbeit erscheint. Was kannst du denn überhaupt, Bursche?«

»Ich bin zu allem bereit, was ihr von mir verlangt. Ich mache Reinigungsarbeiten, kaufe ein, kümmere mich um die Gäste und begleite sie beim
Tauchen.«

Tatsächlich hatte Marcel im Alter von 21 Jahren einen „Advanced Open
Water Diver" Lehrgang absolviert, die Prüfung aber, aus Geldmangel,
nicht abgelegt.

»Tauchen? Das hört sich gut an«, brummte Sven.

»Außerdem kann ich kochen. Ich habe es von meiner Mutter gelernt.«

»Na ja, wenigstens etwas, was wir gebrauchen können. Tatsächlich wäre
Sunny am heutigen Tag unser Mann für die Kombüse gewesen. Kannst
du indische Curries zubereiten? Wir beabsichtigen, einen dreitätigen Se-
geltörn zu den Surin-Inseln zu unternehmen. Unter den Teilnehmern sind
einige Inder, die Wert auf ihre gewohnte Ernährung legen.«

»Klar, indische Curries sind meine Spezialität«, log Marcel, der sich nie
zuvor im Leben mit der Kulinarik des Subkontinents befasst hatte. *Hoffentlich ist der Übersetzer aus dem Polizeirevier nicht unter den Gästen.*

»Ich glaub dem Kerl kein Wort. Ich wette, dass er keine Ahnung hat, wie
lange man Reis kochen muss«, schimpfte Sophie.

»Doch, 20 Minuten! Beim Basmatireis reichen derer 12, sonst wird er zu
pampig.«

Der Seebär lachte. Es war ein herzerfrischendes, ehrliches Lachen, auf das
Marcel sowohl in Deutschland als auch in Thailand lange Zeit vergeblich
gewartet hatte.

Die Situation entspannte sich. Sophie versprühte zwar nach wie vor Misstrauen, aber sie spürte, dass Sven geneigt war, dem Deutschen eine Chance
zur Wiedergutmachung einzuräumen, ganz so, wie er es vor Jahren auch
bei ihr, der abgebrochenen Studentin der Ethnologie, praktiziert hatte.

»20 Dollar am Tag, also insgesamt 60 Dollar für drei Tage Arbeit. Du
stehst uns Tag und Nacht zur Verfügung. Einen Feierabend gibt es nicht.
Wenn du die Tauchgänge mit den Touristen durchführst, habe ich die

44

Muße, mich um das Boot zu kümmern. Für das Pad Thai ziehe ich dir 30 Dollar vom Verdienst ab«, sagte der Seebär.

»Einverstanden«, sagte Marcel, erhob sich von der Sitzbank und besiegelte den Deal per Handschlag. Wie herrlich unkompliziert doch in Thailand alles war. Der bloße Augenschein und der Händedruck des Chefs reichten aus, um einen Job zu bekommen. Prüfungsbescheinigungen, Ausbildungsnachweise oder schriftliche Zeugnisse des vorangegangenen Arbeitgebers spielten keine Rolle. Jeder Hoffnungsschimmer am Horizont birgt das Potenzial in sich, die Erde zum Leuchten zu bringen.

Segel im Passatwind

Ein Van rauschte heran, fuhr auf den Hof und bremste mit quietschenden Reifen ab. Wie immer kam das Sammeltaxi zu spät. Acht Personen stiegen aus, darunter zwei indische Ehepaare, zwei Chinesen mit dunklen Sonnenbrillen sowie zwei australische Studentinnen, die unter dem Gewicht ihrer Rucksäcke ächzten. Beim Anblick der Herren aus dem Reich der Mitte unterdrückte Marcel einen Lachanfall, denn ihr Erscheinungsbild konnte gegensätzlicher nicht sein: der eine schlank wie eine Gerte und groß, der andere deutlich kleiner und übergewichtig. Sven bat die Gruppe ins Haus, stellte die Crew, bestehend aus Sophie und Marcel vor, und erläuterte den Touristen den Ablauf des dreitägigen Segeltörns. Der Seebär verstand es, die Zuhörer in den Bann zu ziehen. Er verfügte über die Gabe, Programmpunkte in Events zu verwandeln. Jedes Wort, jede Geste verströmte Begeisterung, weckte die Vorfreude auf das, was die Teilnehmer erwartete. Er schwärmte von den Korallenriffen, den Paradiesen der Meere, welche den perfekten Lebensraum für ein Viertel aller Pflanzen- und Tierarten im Meer böten. Southeast Point läge am südöstlichen Ende von Ko Surin. Die Meereslandschaft bestünde aus zwei parallel verlaufenden Hügelkämmen, dessen Ursprung Granitfelsen sind. In den Spalten und Ritzen würden sich empfindliche Arten wie der Geisterpfeifenfisch und der Andamanen-Kaninchenfisch verstecken. Am markantesten Granitblock versammelten sich Süßlippen-Schwärme, vor denen Riesen-Drückerfische patrouillierten. Ko Torinla läge an der Ostküste und wäre ein ziemlich flacher Tauchplatz, auf dessen Plateaus Hirschgeweihkorallen und Steinkorallen verstreut wären. Bei Ebbe ragten sie aus dem Wasser und bewirteten Arten wie Fledermausfische, Adlerrochen oder Kieferfische. Die freien Sandflächen dazwischen böten einen Ruheplatz für Ammenhaie. Die steinigen Felskanten lockten Barrakuda-Schulen an. Marcel hing an den Lippen des Seebären. Je länger der Vortrag dauerte, desto mehr überkam dem Düsseldorfer das Verlangen, abzutauchen in eine Welt, deren Schönheit im Verborgenen liegt. Er vergaß sogar die Angst, den Anforderungen beim Tauchen nicht gewachsen zu sein.

Nach der Einführung lud der Schwede seine Gäste zu einem Frühstück ein. Der Lieferant hätte die Bestellung vergessen und nun müsse die Mahlzeit, anders als im Programm vorgesehen, nicht auf dem Meer, sondern an Land eingenommen werden. Sven zwinkerte Marcel zu und marschierte mit der Gruppe ins nächstgelegene Restaurant. Marcel blieb zusammen mit Sophie im Büro. Anstatt ihn in seine Aufgaben einzuweisen, nutzte die Niederländerin die Zeit, um Lebensmittel, Getränke sowie Schnorchel- und Tauchausrüstungen auf das Boot zu transportieren. Auf Hilfsdienste seinerseits verzichtete sie. Sophie würdigte ihm keines Blickes und sprach nicht ein einziges Wort.

Der Seebär kehrte mit den Gästen zurück, schloss das Büro ab und machte die Jacht startklar – ein altes Schätzchen, das die besten Tage hinter sich hatte. Die zweijährige Zwangspause während der Corona-Pandemie hatte nicht ausgereicht, um alle erforderlichen Reparaturen am Boot durchzuführen. Durch die wegbrechenden Einnahmen aus dem Tourismusgeschäft war Sven nicht in der Lage gewesen, Fachkräfte zu beauftragen. Er war ein „Self-Made Man", der Gewerke in Angriff nahm, von denen er keine Ahnung hatte.

Nachdem die Passagiere und Crewmitglieder an Bord waren, verging eine Viertelstunde, bis die Gewichtsverteilung den nautischen Anforderungen genügte und das Boot im Gleichgewicht auf dem Wasser pendelte. Sven schmiss den Motor an. Marcel, der im Heck kauerte, verschlugen die Abgase den Atem. Unter den gestrengen Augen der Holländerin verlies der Motorsegler den Ankerplatz und tuckerte hinaus aufs offene Meer. Hinter der Bucht türmten sich die Wellen und sorgten für eine Überfahrt, die die Mägen der Reisenden einer Bewährungsprobe unterzog. Einmal traf eine sich aufschaukelnde Welle das Schiff an der Luv-Seite. Marcel befürchtete, das Boot würde kentern, doch die stoische Ruhe des Skippers beruhigte ihn. Ein kurzes Manöver reichte aus, um die Gefahr zu bändigen. Der Seegang bewegte sich offensichtlich auf einem für die Jahreszeit üblichen Niveau.

Gegen Mittag verloren die Wellen an Kraft. Sven bat die Gäste auf das Oberdeck, wo die Sonne Vorfreude in die Gesichter der Touristen malte. Er erkundigte sich nach deren Tauchkenntnissen und verwies darauf, dass die Unterwassergänge in dem Archipel für Fortgeschrittene ausgeschrieben seien. Wer nicht über die entsprechenden Fertigkeiten verfüge, müsse sich mit Schnorcheln an den Riffen begnügen. Die beiden Australierinnen nahmen das Angebot an und separierten sich von den Tauchern. Der Seebär überprüfte von allen Tauchteilnehmer die Brevets, die den Grad der Ausbildung anhand von Tauchscheinen und dem Logbuch dokumentierten. Die Chinesen outeten sich als Tauchenthusiasten, die jedes Jahr ihrem maritimen Hobby frönten. Bei Marcel verzichtete der Bootseigner auf jegliche Nachweise. Vertraute er dem Deutschen oder blieb ihm bei diesem Törn keine andere Wahl?

Am Abend erreichte das Segelboot den Ko Surin National Park, der 55 km von der Küste und fünf km von der Meeresgrenze zu Myanmar entfernt liegt. Im Licht der untergehenden Sonne präsentierten sich der tropische Urwald sowie die menschenleeren, blütenweißen Strände von ihrer schönsten Seite. Marcel nahm mit Erleichterung zur Kenntnis, dass das Abendessen aus Rationen bestand, die der Seebär auf dem Markt erworben hatte. Auf den Deutschen kam die Aufgabe zu, das Pad Thai aufzuwärmen und es den Gästen zu servieren. *Ausgerechnet Pad Thai! Mir wird übel, wenn ich das Essen rieche.*

Nach dem Mahl suchten die Touristen und der Seebär mit seiner Freundin die Schlafkojen auf.

Marcel kümmerte sich um den Abwasch und reinigte das Oberdeck. Sowohl die Chinesen als auch die Inder besaßen Essgewohnheiten, die ihm beim Saubermachen die Schweißperlen auf die Stirn trieben. Nach der Arbeit bereitete er die Tauchgänge am nächsten Morgen vor. Todmüde hangelte er sich an der Leiter ins Unterdeck und begab sich zu seiner Koje. Sie war eng und schmal, aufgeheizt von einer Überdosis Sonne. Er hatte Mühe, seine 180 cm dergestalt auf der Pritsche auszurichten, dass er nicht mit dem Kopf an die Wand stieß. Der Raum, der den Charme einer Abstellkammer versprühte, hatte weder einen Deckenventilator noch ein Außenfenster. Dafür gab es Mücken – große, kleine, unsichtbare, aber alle mit dem Ziel, die Gunst der Nacht auszunutzen, um sich am Menschenblut zu laben. Der Blondschopf schlug um sich, richtete sich auf und pendelte mehrfach zwischen dem Oberdeck und seiner Schlafpritsche hin und her. Schließlich gab er auf und verzichtete auf jegliche Gegenwehr. Stundenlang lag er wach und wünschte sich zurück nach Düsseldorf, nach der Altstadt mit ihren Schlemmerlokalen, den Hofgarten mit den Wasservögeln und dem Aaper Wald, wo am Sonntag Familien mit ihren Kinderwagen auf gepflasterten Waldwegen flanierten. *Ein paar Tage unter tropischer Sonne und schon habe ich Probleme. Ich darf nicht aufgeben, muss mir Zeit zur Eingewöhnung gönnen.*

Vor Erschöpfung schlief Marcel um 3.00 Uhr in der Frühe ein. Beim ersten Sonnenstrahl schreckte er hoch, von Mückenstichen übersät. Ohne sich der Morgentoilette zu widmen, begab er sich zum Oberdeck, wo ihn der Skipper mit einem Funkeln in den Augen erwartete.

»Das glasklare Wasser bei Ko Torinla an der Ostküste mit den Korallenriffen bietet Tauchbedingungen der Extraklasse, zumal im Februar die Sichtbedingungen optimal sind.«

»Ja, aber so früh…«

»Mach dich fertig für den ersten Tauchgang mit den beiden Indern und den Chinesen. Sophie kümmert sich um die Schnorchler und bereitet das Frühstück zu.«

Marcel schloss die Augen und konzentrierte sich auf die Aufgabe. Er rief sich alles ins Gedächtnis, was er seinerzeit gelernt hatte.

Zu Beginn seiner Tätigkeit im Reisebüro hatte Marcel einen 14- tägigen Urlaub am Roten Meer verbracht, wo sich die Preise für Tauchlehrgänge im Rahmen hielten. Es blieb bei dieser einen Übungseinheit. Zuhause mangelte es ihm an Motivation, den Sport in den Baggerlöchern rund um Düsseldorf auszuüben. Deshalb befürchtete er, den Anforderungen der Bootseigner nicht zu genügen. Er tröstete sich mit der Behauptung des Anleiters aus Ägypten: „Tauchen verlernt man ebenso wenig wie Fahrradfahren".

Nach dem Briefing des Seebären folgten das Anlegen und Einstellen der Ausrüstung, der Sicherheitscheck, die Überprüfung der Luftmenge im Jackett sowie die Prüfung der Gewichte.

Mit dem Motivationsspruch des Ägypters im Geiste gesellte sich Marcel zu der Gruppe, um den ersten Freiwassertauchgang zu leiten. Der Schwede ermahnte ihn, nicht tiefer als 18 Meter zu tauchen. Spürte Sven die Unsicherheit des Deutschen? Erkannte er, dass dessen letzter „Dive" Jahre zurücklag?

Mit gespieltem Selbstbewusstsein vollzog Marcel den Riesenschritt, die beste Methode für einen Taucher, um ins Wasser zu springen. Die Chinesen folgten seinem Beispiel und schossen an ihm vorbei in die Tiefe. Der Rest der Gruppe zögerte, kam aber schließlich nach. Der Lehrer konzentrierte sich auf seine Atmung, versuchte, ruhig zu bleiben, spürte aber, wie die Angst, zu versagen, seine Bewegungen blockierte. Beinah hätte er hyperventiliert, stand kurz davor, aufzutauchen. Im letzten Moment überwand er die Schwächephase und vertraute den Instinkten. Die Chinesen brillierten mit ihrer Technik und der Geschwindigkeit, mit der sie durch das Wasser glitten. Nach wenigen Sekunden verlor Marcel sie aus den Augen. Um sie würde er sich nicht kümmern müssen. Im Gegensatz dazu machten die zwei indischen Paare einen unbeholfenen Eindruck. Sie verharrten am Heck des Bootes, blieben als Vierergruppe zusammen und wagten es nicht, abzutauchen. Es galt, Selbstsicherheit zu verbreiten. Marcel formte mit seinen Fingern ein Handzeichen. Die Asiaten schlossen sich ihm an. Gemeinsam schwebten sie in die Tiefe. Die Sichtweite betrug 20 Meter und erlaubte freie Sicht auf das Korallenriff. Der erste Eindruck war überwältigend. Die Korallen präsentierten ihre Schönheit durch fantasievolle Gerüste mit grellen Farben. Eine Symphonie in Blau und Grün, die gesamte Palette der Farbspektren schimmerte im diffusen Licht der Unterwasserwelt. Bizarre Formen schossen wie Raketen in die Höhe. Runde Gebilde wechselten sich ab mit stabähnlichen Formationen, die sich in der Strömung wogen. Kitschig bunte Fische in allen Größen und Farben tummelten sich zwischen Steinkorallen – zeitlos und erhaben, wie Astronauten beim Spaziergang im All. Eine Zeit lang vergaß Marcel, dass ihm die Aufgabe zufiel, die Gruppe anzuleiten. Die unkoordinierten Bewegungen zweier Inder führten ihn zurück in die Realität. Die Taucherbrille eines Mannes war verrutscht und bereitete Probleme. Marcel richtete sie und wies den Tauchanfänger an, in seiner Nähe zu bleiben.

Die Gruppe gelangte zu einer Stelle, wo abgestorbene Hirschgeweih- und Steinkorallen Zeugnis ablegten von der Bedrohung, denen sie ausgesetzt waren. Die Erderwärmung hätte die Korallenbleiche verursacht und die Welt der am Boden festsitzenden wirbellosen Nesseltiere ins Wanken gebracht. Sie wüchsen so langsam, dass die Verluste kaum zu ersetzen seien, hatte ein Meeresbiologe Marcel einmal erklärt. Aber an diesem Tauchplatz überwogen intakte Formationen. Clownfische, Kaiserfische, Kugel- und Kofferfische sowie vereinzelt Oktopusse, Seepferdchen oder Schildkröten schwebten durch das Wasser. Eine Stunde lang erfreute sich die Gruppe an der Pracht, die ihnen die Natur offenbarte. Am Rand des Riffs fiel ein gesunkenes mit Algen überwuchertes Schiff der Verwesung anheim. Es war an der Leeseite mit Algen überwuchert, die in diesem Bereich mit den Korallen um den Lebensraum konkurrierten. In dem Wrack hatte sich ein Fischernetz verfangen, das für viele Meeresbewohner zu einer Todesfalle geworden war. Marcel versuchte, mit Handzeichen und Kopfschütteln zu verdeutlichen, dass sich die Taucher von dem Wrack fernzuhalten hatten. Es kam zu einem Missverständnis. Anstatt seinem Wunsch zu entsprechen, näherte sich die Gruppe dem Wrack bis auf drei Meter. Marcel hatte in der Aufregung nicht beachtet, dass Kopfschütteln bei Indern als „Ja" und nicht als „Nein" interpretiert wird. Er nahm Tempo auf und schnitt den Tauchern den Weg ab, denn es bestand die Gefahr, sich in dem Geisternetz zu verheddern. Inmitten toter Fische zappelte eine Meeresschildkröte in den Maschen. Marcel löste sie aus der Falle, aber das Tier starb kurz nach der Befreiung an Erschöpfung. Wut stieg in ihm hoch, er haderte mit den Fischern, die ihre Jagdutensilien achtlos ins Meer schmissen. War ihnen nicht bewusst, dass Geisternetze erst nach 400 bis 600 Jahren verrotten und zur Verschmutzung der Ozeane beitragen?

Mit flauem Gefühl im Magen dirigierte Marcel die Gruppe zurück zum Riff. Aus dem Nichts tauchten Haie mit den typischen Flossen und den Zähnen im Gesicht auf. Die Inderin, eine Computerexpertin aus Bangalore, begann, ungeachtet der hohen Wassertemperatur, zu zittern. *Harmlose Riff Haie,* dachte Marcel und versuchte der Frau, die den Namen Ajala trug, durch Handzeichen zu verdeutlichen, dass keine Gefahr bestand. Sie kapierte nicht, was der Lehrer ihr mitteilte, geriet in Panik und floh zur Meeresoberfläche, nur weg von den Bestien, die, so glaubte sie, es auf ihre Fettpolster abgesehen hatten. Marcel erkannte die Gefahr und heftete sich an die Schwimmflossen der jungen Frau. Er bekam einen Fuß zu fassen, wodurch es ihm gelang, ihr Tempo zu verlangsamen. Ajala versuchte, Marcel ins Gesicht zu treten. Er wich dem Tritt aus und umfasste ihre Hüften. Sie fingerte nach seiner Taucherbrille und drückte sie zur Seite. Marcel richtete sie und blieb standhaft. Er positionierte die Brille an die richtige Position, zog die Computerexpertin zu sich heran und schwebte mit ihr in langsamen Bewegungen zur Oberfläche. Unvermittelt tauchte einer der Riff Haie auf, schwamm auf das Duo zu und schnappte nach dem Fuß des Düsseldorfers. Dieser baute sich vor dem Raubfisch auf, stieß einen Schrei aus, gestikulierte mit Armen und Beinen. Der Angreifer zeigte sich beeindruckt und tauchte ab ins tiefe Wasser. Marcel wunderte sich über dessen Aggressivität. Normalerweise verteidigen sich die Knorpelfische mit ihren scharfen Zähnen nur dann, wenn sie sich bedroht fühlen.

Was hat das Tier bloß dazu gebracht, uns anzugreifen? Marcel setzte seinen Weg zur Meeresoberfläche gemeinsam mit Ajala fort. Die anderen Inder hatten den Angriff aus der Entfernung beobachtet und mühten sich, Anschluss beim Auftauchen zu halten. Das Boot kam in Sichtweite. Der Riff Hai wagte einen weiteren Versuch und pirschte sich von hinten auf seine Opfer heran. Marcel spürte die Wellenbewegung, ahnte die Gefahr, drehte sich um und tauchte unter dem Angreifer durch. Der Raubfisch nahm Kurs auf das Boot, umkreiste es, und schlug mit dem Schwanz gegen das Ruder, als ob es ihm darum ging, die Weiterfahrt der Touristen zu verhindern. Auf dem Segler schrien sich die Eigentümer heiser, versuchten, den Raubfisch zu verscheuchen, aber die Bemühungen fruchteten nicht. Sven griff zum Äußersten und machte von der Schusswaffe Gebrauch. Der Riff Hai vollzog eine Kehrtwende und verschwand, so schnell wie er gekommen war. Marcel wandte sich den Indern zu und forderte sie mit Handzeichen zum Auftauchen auf. *Raus aus dem Wasser!* Er schob Ajala ins Boot und folgte ihr mit Knien, weich wie Butter. Der Rest der Gruppe tauchte an der Längsseite der Jacht auf. Marcel dirigierte sie zu der Leiter und achtete darauf, dass die Abstände beim Einstieg eingehalten wurden.

Der Seebär mit dem Gewehr in der Hand und Sophie mit in die Hüften gestemmten Armen sehnten die Rückkehr der Ausflügler herbei.

»Was, zum Teufel, war denn das«, fragte Sven und stürmte auf Marcel zu.

»Ich habe keine Ahnung«, sagte der Angesprochene und schnappte nach Luft. »Ein paar Riff Haie, die Ajala in Panik versetzt haben. Aber dann hat uns eins der Tiere attackiert.«

»Dir ist hoffentlich klar, dass du für die Sicherheit der Gäste verantwortlich bist. Wenn sich im Meer Haie aufhalten, musst du den Tauchgang sofort abbrechen. Es gibt Berichte darüber, dass sich die Tiere seit ein paar Monaten Menschen gegenüber aggressiv verhalten. Wofür zahlen wir dir 20 Dollar am Tag«, fauchte Sophie.

»Riff Haie gefährlich? Bis zum heutigen Tag war ich vom Gegenteil überzeugt.«

»Auf dem Schiff hört alles auf mein Kommando«, brummte der Seebär. »Wenn Sophie sagt, du sollst dich von den Haien fernhalten, dann hast du zu gehorchen.«

Marcel nickte, obwohl er sich keiner Schuld bewusst war. Riff Haie in tropischen Gewässern sind allgegenwärtig, niemand vermag ihr Auftreten zu unterbinden.

»Taugenichts!«

»Lass gut sein Sophie«, beschwichtigte der Seebär. »Mich interessiert vielmehr, wo die Chinesen sind. Ich hoffe nicht, dass du sie allein gelassen hast und sie Probleme mit den Raubfischen bekommen?«

Marcel schilderte ihm die Situation und erläuterte, dass er den Eindruck gewonnen hätte, die beiden wären erfahrene Taucher und benötigten keinerlei Hilfe.

»Hoffentlich liegst du diesmal mit deiner Einschätzung richtig«, brummte Sven.

Nachdem sich die Taucher ihrer Anzüge entledigt hatten, kam Ajala auf den Deutschen zu und fiel ihm um den Hals. *Wenigstens eine, die meinen Einsatz würdigt.*

Eine Stunde später tauchten die Chinesen auf der Lee-Seite auf, kletterten ins Boot und legten ihre Anzüge ab. Für den Bruchteil einer Sekunde schimmerte bei einem der Männer die gleiche Tätowierung in der Sonne, die Marcel bei Tamika bewundert hatte. Zufall? Einschließlich der Auslandschinesen leben über 1,8 Milliarden Chinesen auf diesen Planeten. Sven befragte die Männer nach den Riff Haien, aber sie winkten ab und lachten. Offenbar hatten die Raubfische sie nicht behelligt.

Komische Typen, aber es ist unwahrscheinlich, dass sie mit der Prostituierten aus Patong in Verbindung stehen, dachte Marcel. Dennoch hegte er die Vermutung, dass ihnen der Ausflug als Zeitvertreib für Geschäfte diente, die im Dunklen lagen. Ihre Aura verströmte Unbehagen, es gab niemanden an Bord, der sich mit ihnen einließ. Selbst Sven, der sonst jeden Gast umsorgte, wahrte die Distanz. Ohne ein Wort zu verlieren, verschwanden die Männer aus dem Reich der Mitte in ihre Kojen.

Mit der Faust in der Hosentasche widmete sich Marcel seiner Aufgabe, der Reinigung von Bordtoiletten. Am Nachmittag kam Sophie auf ihm zu und sagte: »Am Abend steht Massaman Curry auf dem Speiseplan. Bitte bereite ihn für zehn Personen zu. Es gibt immer Gäste, die Hunger haben und ich möchte nicht, dass man sich hier auf dem Boot ums Essen streitet. Alle Zutaten findest du in der Kombüse. Die Rezeptur brauche ich dir sicher nicht zu erläutern.«

Marcel errötete. Massaman Curry? Er hatte nicht die geringste Ahnung, wie man ihn zubereitet, geschweige denn, in welcher Form die Ingredienzien ins Gericht gehörten.

»Klar... mach ich«, stammelte er und begab sich zu der Kochnische.

»Hoffentlich vergisst du nicht, den Fisch zu braten, den Sven während deines Tauchgangs gefangen hat«, gab sie ihm mit auf den Weg.

»Danke für den Hinweis. Was wäre ich ohne dich?«

»Blödmann!«

In der Kombüse inspizierte Marcel die Zutaten für die Mahlzeit, deren Zubereitung in seiner Verantwortung lag. Der Küchentisch bog sich unter dem Gewicht der Lebensmittel. Neben dem Fisch erregten Curry-Pasten, ein Sammelsurium von Gewürzen, Gemüse und Reis seine Aufmerksamkeit. Die vier unter der Spüle positionierten Dosen übersah er. Marcel nahm den ersten Fisch zur Hand, in der Hoffnung, dass ihm dieser Arbeitsschritt keine Schwierigkeit bereiten würde. Er hatte sich getäuscht – die Fische waren nicht ausgenommen. Tote Augen klagten ihn an, zeugten von dem Leiden, das den Tieren widerfahren war. Marcel fragte sich, warum Sven und die anderen Fischer so achtlos mit dem Leben der Meeresbewohner umgingen. War es das Schweigen in der Tiefe, die Lautlosigkeit, mit der die Fische durch den Ozean glitten und unter dem Messer des Schlachters starben. Lag es daran, dass alles Leben im Wasser für die Menschen keinen Wert besaß, sie dessen Bedeutung nicht erkannten? Mit flauem Gefühl im Magen, welches sich durch den Gestank der Kadaver verstärkte, begann der Koch mit seinem Handwerk. Er entfernte die Schuppen, trennte Köpfe und Schwänze vom Körper ab und entnahm die Innereien. Mit blutverschmierten Händen entsorgte er die Abfälle in einer Plastiktüte, die neben dem Gasherd mit zwei Flammen am Haken hing. Er beförderte den Beutel in die hinterste Ecke der Kombüse, wo die Schlachtabfälle ihm nicht ins Auge sprangen. Mit Sorgenfalten auf der Stirn widmete er sich der Zubereitung des Curries. Die „Red Curry Paste" einer Marke, deren Verpackung ein goldener Elefant zierte, versprach Authentizität. *Hm, ich bin davon überzeugt, dass dieses Zeug dem Gericht eine würzige Note verleiht.*

Aber was war mit den Zutaten? Frühlingszwiebeln, Kartoffeln, Erdnussbutter, Ingwer, Zitronengras und Koriander lagen auf der Ablage, doch in welcher Menge und in welcher Kombination gehörten sie in den Wok? Wie gerne hätte Marcel das Internet genutzt, um sich die Rezeptur anzuschauen, aber auf dem Meer, abseits der Zivilisation, gab es weder ein Netz noch eine Telefonverbindung zur Außenwelt. Immerhin brachte er einige Erfahrungen aus Deutschland mit, denn Lisa war an finanziellen Tricksereien, nicht aber am Kochen interessiert gewesen. Der Kombüsen Chef hatte keine Wahl – er improvisierte und fügte die Zutaten in der Form zusammen, wie es seiner Intuition entsprach, und briet alles im Wok an. Parallel kochte er den Reis auf kleiner Flamme, um das Aroma zu erhalten.

Anschießend nahm er die Fische zur Hand und legte einen nach den anderen in die Pfanne. Im Rahmen einer Kochsendung hatte er Kenntnis darüber erlangt, wie Meerestiere zuzubereiten waren. „Vermeiden Sie es, die Fische zu stark zu braten, sonst sterben sie ein zweites Mal", hatte einer der Meisterköche behauptet. Marcel folgte der Empfehlung und ließ sich Zeit. Es knarzte - die Tür zur Kombüse wurde aufgerissen.

»Wie lange dauert das noch? Wir haben Hunger!«, fauchte Sophie.

»Reg dich ab, oder willst du rohen Fisch essen? Ich serviere das Gericht erst dann, wenn es perfekt ist.«

Es war das erste Mal, dass Marcel der Niederländerin Kontra gab. Mit wehendem Haar schlug sie die Tür zu und stieg die Treppe zum Oberdeck hoch. Die Nachfrage von Sophie verfehlte dennoch ihre Wirkung nicht. Der Blondschopf beschleunigte den Kochvorgang, hatte keine Zeit, die Gewürze aufeinander abzustimmen oder über weitere Ingredienzien nachzudenken. Was war mit den Erdnüssen? Erforderte die Rezeptur ein Rösten oder gehörten sie direkt ins Gericht? Die Nerven lagen blank, der Koch fühlte sich überfordert, hatte Schwierigkeiten, seine Gedanken zu ordnen. Er gab die Nüsse im Rohzustand in den Wok, denn der Gasherd mit den beiden Flammen erlaubte keine Raffinesse. Als alles gar war, füllte er den Curry mit Wasser auf, um Soße für den Reis zu erhalten. Mit dem Teelöffel fuhr er hinein und schmeckte sie ab. Etwas Salz fehlte. Er fügte es hinzu und vollzog einen letzten Geschmackstest. Der Curry brannte auf der Zunge, wirkte unharmonisch und war durch seine braune Farbe alles andere als appetitanregend. *Sicher muss man ihn gemeinsam mit Reis genießen, erst dann entfaltet das Gericht sein volles Aroma.* Dennoch wurde Marcel das Gefühl nicht los, dass etwas fehlte, er einen Bestandteil der Rezeptur vergessen hatte. Woher hätte er auch wissen können, wie man das Originalrezept komponiert, noch dazu in einer Kombüse, in der es an allem mangelte? Er stellte zwei Tablets mit Speisen zusammen und balancierte mit ihnen über schwankende Schiffsplanken. *Jetzt bloß nicht das Gleichgewicht verlieren,* dachte er und erinnerte sich an das Sprichwort von Konfutse, wonach derjenige, der es eilig hat, langsam gehen muss. Auf dem Oberdeck herrschte der Passatwind. Er brachte zwar Kühlung in die Tropennacht, wühlte aber gleichzeitig das Meer auf. Die Gruppe hockte an einem Campingtisch an der dem Wind abgeneigten Seite und wartete auf das Abendessen. Der Koch sah ihren glasigen Augen an, wie sehr der Hunger in den Mägen rumorte. Der Motorsegler geriet in eine Schieflage, Marcel schwankte, stolperte erst nach rechts, dann nach links, stets bemüht, die Früchte seiner Arbeit nicht dem Meer zu übergeben. Im letzten Moment gelang es ihm, die beiden Tablets auf die Tischplatte zu donnern.

»Hoppla, nicht so hastig! Ein bisschen Passatwind wird doch wohl einen Meisterkoch aus dem Land der Dichter und Denker nicht umhauen«, scherzte Sven.

Die Gäste griffen zu, wobei die Chinesen die ersten waren, die ihre Teller mit den Speisen bis zum Rand füllten. Danach folgten die Inder, die sich, ebenso wie die beiden Australierinnen, mit kleineren Portionen begnügten. Zum Schluss bediente sich der Skipper mit seiner Freundin. Für den Koch blieben Reste übrig – eine Portion Reis mit ein wenig Soße. *Das ist also Kost und Logis frei. Beim nächsten Mal werde ich mich vor dem Servieren in der Kombüse bedienen.*

Die Chinesen aßen hastig, nichts deutete darauf hin, dass ihnen das Mahl nicht mundete, zumal sie sich die größten Fischportionen gesichert hatten. Die Inder dagegen stocherten in dem Essen herum. Es war ihnen anzumerken, dass sie sich das Gericht anders vorgestellt hatten. Sophie ließ die Gabel fallen. Krachend schlug sie auf dem Campingtisch auf.

»Verdammt noch mal! Die Kokosmilch fehlt! Du wagst es, uns einen Massaman Curry, ohne seine wichtigste Zutat zu servieren?«

Wie ein Messer drang die Kritik der Niederländerin in das Gehirn von Marcel ein. Kokosmilch! Das war die Zutat, die das Gericht abrundete, ihr den für Curries so typischen Geschmack verlieh.

Marcel erinnerte sich an den Thai-Imbiss, der ein paar Straßenzüge entfernt von seinem Reisebüro lag. Dort gab es Curries in verschiedenen

Varianten, die allesamt durch Kokosmilch verfeinert wurden. *Wie konnte mir dieser Fehler unterlaufen. Alles, was ich anstelle, geht schief.*

»Eine Unverschämtheit! Du bist kein Koch, sondern ein hergelaufener Taugenichts. Was du uns über deine Qualifikationen berichtet hast, ist gelogen. Ich bin mir sicher, dass dir auch fürs Tauchen jegliche Kompetenz fehlt«, schimpfte Sophie.

Ajala, die ohne die Rettungstat des Düsseldorfers nicht mehr am Leben gewesen wäre, kam ihm zur Hilfe und sagte: »The meal is not that bad under the circumstances on the boat.«

Dennoch schob sie den halb vollen Teller von sich und nahm — wie die anderen Inder auch- keinen Bissen zu sich. Die beiden Rucksackreisenden enthielten sich jeglicher Meinungsäußerung, denn sie waren es gewohnt, mit Unzulänglichkeiten zurechtzukommen.

»Geh runter in die Kombüse und bereite den Curry so zu, wie es sich gehört. Für deine nicht vorhandenen Kochkünste ziehen wir dir vom Gehalt 10 Dollar pro Tag ab«, flötete die Niederländerin. Marcel, der sich vorgenommen hatte, der Furie Contra zu geben, erhob sich vom Sitz und sagte mit ruhiger Stimme: »Koch in Zukunft deine Curries selbst, Besserwisserin. Seit ich auf dem Boot bin, schikanierst du mich. Ich habe es satt, mich von dir herumkommandieren zu lassen.«

»Jetzt wird der Vielfraß auch noch impertinent! Jage ihn vom Boot, Sven! Solch einen Taugenichts brauchen wir hier nicht.«

»Hier wird niemand vom Boot geworfen, schon gar nicht in einer Gegend, wo es vor Raubfischen wimmelt. Aber ich stimme deiner Behauptung zu, dass Marcel uns belogen hat. Beim Tauchen bewegt er sich auf dem Anfängerniveau. Ich habe es schon daran erkannt, wie viel Mühe es ihm bereitet hat, den Anzug überzustreifen.«

»OK, mir ist klar, dass ich ein wenig übertrieben habe, aber ohne Geld komme ich in Thailand nicht über die Runden. Außerdem bin ich lernfähig. Ein paar weitere Tauchgänge und ich werde genauso gut wie Sophie, vielleicht sogar ein bisschen besser.«

»Unverschämter Lümmel! Du hast uns nach Strich und Faden betrogen. Ich will dich hier nicht mehr sehen, kapiert?«, ereiferte sich Sophie. Ihre Augen funkelten, ein Indiz dafür, dass es in ihrem Inneren brodelte.

»Das brauchst du auch nicht. Keine Stunde länger bleibe ich auf diesem Seelenverkäufer. Die Rückfahrt zum Festland findet ohne mich statt.«

»Dann gibt es nur eine Möglichkeit. Wir segeln nach Ko Surin Nua. Dort ist der Sitz der Nationalparkverwaltung, wo ein paar Bambushütten für Touristen verfügbar sind«, sagte der Seebär, erhob sich vom Stuhl und bereitete die Abfahrt des Bootes vor.

Die beiden Chinesen, die dem Streit ohne sichtbare Gefühlsregung beigewohnt hatten, genehmigten sich zwei Dosen Bier. Die Inder hockten mit Gesichtsausdrücken, in denen sich Mitleid spiegelte, am Tisch und zogen es vor, zu schweigen.

Im Dunkel der Nacht schipperte das Boot durch den Nationalpark. An einer Bucht leuchtete eine Petroleumlampe, ein Vorbote der Zivilisation, die Zuflucht gewährte. Der Seebär hielt auf das Licht zu, vollzog das Landemanöver und legte an.

»Es tut mir vom Herzen leid, aber Sophie hat nicht unrecht. Wir können dich an Bord nicht gebrauchen. Hier sind 30 Dollar. Ich wünsche dir viel Erfolg für deinen weiteren Lebensweg und hoffe, dich unter anderen Umständen wiederzusehen. Dann lade ich dich zu einem Bier unter Palmen ein, um das Leben zu feiern«, sagte Sven und schenkte dem Deutschen ein Lächeln.

»Erspar mir dein Mitgefühl« zischte Marcel, obwohl ihm Sven mit seiner offenen, ehrlichen Art nicht unsympathisch war.

Der Koch sprang vom Bord, nur fort von der Niederländerin, die ihm von Anfang an misstraut hatte und ihm feindselig gesonnen war. Ihm mangelte es an Kraft, um auf dem weichen Boden das Gleichgewicht zu halten. Er fiel mit dem Kopf voran auf den Sand, trommelte mit den Fäusten, schrie seine Wut in die Nacht. Es half alles nichts, weder der Seebär noch Sophie kümmerten sich um das Schicksal des Pechvogels, der ein weiteres Mal auf sich allein gestellt war. *Wenn ich diese Furie noch einmal wiedersehe, zahle ich es ihr heim.*

Hauch der Wildnis

Ohrenbetäubender Lärm umgab den Gestrandeten, Milliarden von Insekten veranstalteten ihr Abendkonzert. Es verschmolz mit der Brandung des Meeres, die ihre Wellen ans Land trieb.

Es war Mitternacht, kein Stern brachte Licht in das Dunkel, das sich wie eine Mauer vor dem Deutschen aufbaute. *Wie soll ich in dieser Finsternis einen Schlafplatz finden? Ich schaffe es weder bis zur Nationalpark Verwaltung noch zu irgendeiner Hütte.* Marcel beschloss, bei der Anlegestelle im Schimmer der Petroleumleuchte zu nächtigen. Dort hatte er die Chance, drohende Gefahren aus dem Dschungel oder durch Wegelagerer rechtzeitig zu erkennen. Er schlenderte zurück zum Meer und stierte in die Finsternis. Von dem Boot war nichts zu sehen, obwohl es sicher nur ein paar Meter auf dem Wasser zurückgelegt hatte. Der Gestrandete legte sich auf die Holzplanken, zog die Schuhe aus und richtete den Blick gen Himmel. Die Sichel des Mondes verschwand hinter fluffigen Wolken. Marcel hatte Angst vor der Natur, die ihm die Wildheit zu Füßen legte. Wieder einmal war ein Neuanfang gescheitert. Stattdessen trudelte er von einem Unglück ins andere. Der Songtext einer Düsseldorfer Punkband hämmerte in seinen Ohren. Der Refrain lautete: *„Steh auf, wenn du am Boden liegst".* Aber er war zu erschöpft von der durchwachten Nacht auf dem Boot und dem Stress, um der Aufforderung des Sängers Folge zu leisten. Im Bruchteil von Sekunden schlief Marcel in Rückenlage ein.

Ein Rascheln weckte ihn. Irgendetwas kroch um seine Füße. Marcel spannte alle Sinne an, achtete auf jedes Geräusch, das ihm zu Ohren kam. Eine Minute lang passierte nichts. Er schlug die Augen auf. Es herrschte immer noch Nacht. Aber, so sehr er sich auch bemühte, er war nicht in der Lage, den Verursacher des Geräusches zu identifizieren. Er spürte, wie etwas auf seinen Unterschenkel kroch. Es kitzelte, fühlte sich samtweich an. Sein Puls fuhr hoch, wie bei einem Windhund im Wettkampfmodus. Kalter Schweiß bildete sich auf der Stirn. *Ein Tier! Hoffentlich kein Giftiges.* Es blieb nicht bei der unteren Körperregion. Im Zeitlupentempo kroch das Wesen die Beine hoch, streifte kurz die Genitalien und erreichte den Bauch. Atemlose Stille. Nur das Rauschen des Meeres bewies, dass die Erde sich weiterdrehte, der Pechvogel nicht in den Fängen eines Albtraums lag. *Bloß nicht hyperventilieren!* Das Wesen kroch weiter, bis es genau über seinem Herzen verharrte. Jetzt konnte er es im Schummerlicht der Leuchte erkennen: Es war eine Tarantel, handtellergroß mit kräftigen Beißklauen und behaarten Laufbeinpaaren. Ausdruckslos starrten ihn die nah beieinanderliegenden Glubscher an. Ihre dünnen Beine vibrierten. Wie hypnotisiert blieb Marcel liegen und versuchte, die Atmung zu kontrollieren, jede Bewegung des Brustkorbs zu unterbinden. Sein Herz, über dem sich die Vogelspinne eingerichtet hatte, überschlug sich. Er hörte es laut schlagen und fragte sich, wie lange er in der Lage war, die Luft anzuhalten. *Das Pochen wird sie als Bedrohung empfinden. Gleich wird sie zubeißen und ihr Gift in meinen Körper spritzen.* Gedanken liefen Amok, er stand kurz davor, mit der Faust auf die Tarantel zu schlagen oder sie mit einem Seitenhieb von seinem T-Shirt zu wischen. Ihre phosphoreszierenden Augen weckten bei dem Deutschen die Befürchtung, dass ihre Reaktionen den seinigen überlegen waren. Wenngleich der Biss der Vogelspinne nicht zum Tode führt, war ihm bewusst, dass die Wunde in dem Tropenklima nicht ausheilen und sich infizieren würde. Er begann zu meditieren. Eine angenehme Wärme durchströmte seinen Körper. Der Herzschlag verlangsamte sich. Er nahm die Spinne schemenhaft wie durch eine milchige Scheibe wahr. Der Gliederfüßer verharrte nach wie vor auf dem Herzen, doch Marcel spürte, wie das Tier ruhiger wurde, die Augen in eine unendliche Ferne stierten. *Bitte verschone mich. Ich verspreche dir, dass ich niemals ein Wesen deiner Art töten werde, egal, unter welchen Umständen ich es antreffe.* War die Spinne in der Lage, Stimmungen ihres Opfers aufzunehmen, oder folgte sie ihren Instinkten? Jedenfalls setzte sie sich in Bewegung und krabbelte über das Gesicht des Blondschopfs auf die Holzplanken. Die Tarantel verschwand so lautlos, wie sie gekommen war. Welche Nahrung hätte sie auch bei einem Menschen gefunden, der nichts außer der Kleidung auf der Haut trug?

Ein leichter Juckreiz auf der Brust blieb zurück. Marcel richtete sich auf und rannte durch die Dunkelheit, obwohl er keine Ahnung hatte, wohin der Wind ihn trieb. Er stolperte über eine Wurzel und stürzte. Er zog sich an einen Baumstamm hoch und wartete hinter ihm auf den Beginn der Morgenröte. Im Ruhemodus spürte er, wie die gesamte Kleidung vor Nässe triefte. In Strömen floss der Schweiß an seinem Körper herunter und tränkte den Boden mit Feuchtigkeit.

Zwei Stunden bangen Ausharrens vergingen. Die Sonne erhob sich als roter Ball aus dem Ozean und tauchte die Landschaft in ein Meer aus Grüntönen – Sträucher, Bäume, Bambus, soweit das Auge reichte. Marcel wagte es, sein Versteck zu verlassen. Ohne ein Geräusch zu verursachen, trat eine 1,55 Meter große Person aus dem Wald heraus. *Huch, wo kommt die Kleine her? Ein Sprössling von einem Mitarbeiter der Nationalparkverwaltung?* Sie steuerte direkt auf ihn zu - es war ein 15-jähriges Teenie. Ihr Teint war heller als der von den Thailänderinnen vom Festland. Sie lächelte ihn an und verbeugte sich vor ihm. Die Jugendliche trug ein lila T-Shirt, unter dem sich ihre Rippen abzeichneten. Es bildete einen Kontrast zu dem schulterlangen, pechschwarzen Haar und dem langen, dunkelroten Wickelrock mit weißen Ornamenten, der ihr Outfit abrundete. Die nach Jasmin duftenden Kleider deuteten darauf hin, dass sie einer Familie entstammte, die Wert auf das Erscheinungsbild legte. Am linken Unterarm baumelten vier Armbänder aus Messing. Ihr Gesicht mit den hervorstehenden Wangenknochen wies eine Besonderheit auf: Die Hälfte der Stirn wurde von einer Narbe bedeckt, ein Anzeichen dafür, dass die Haut tief verletzt worden war. Unter den geschwungenen Brauen leuchteten ihre Augen, das Fenster zur Seele, wie Sterne am Firmament. Marcel war fasziniert von ihrer tiefschwarzen Farbe und der

Mandelform. Etwas an ihr entzog sich dem Verstand, ein Geheimnis, das die Heranwachsende in sich trug und sie von Jugendlichen ihres Alters unterschied.

»Kann ich dir helfen?«, fragte sie und faltete ihre Hände vor die Brust.

»Ich habe noch nie einen Touristen angetroffen, der allein in dieser Wildnis die Nacht verbracht hat.«

Sie bediente sich der englischen Sprache, obwohl diese auf den abgelegenen Inseln Thailands weitgehend unbekannt ist. Marcel überspielte seine Verwunderung und sagte: »Darauf hätte ich liebend gerne verzichtet, aber es gab Streit mit einem Skipper und seiner herzlosen Freundin. Die beiden haben mich auf dieser Insel abgesetzt.«

»Ach ja, die Skipper aus dem Westen! Sie haben es in den letzten Jahren nicht leicht gehabt, mussten wegen der Corona-Pandemie auf Einkünfte verzichten. Einige sind daran verzweifelt und wurden depressiv.«

»Na ja, in meinem Fall war es weniger die Depression als vielmehr die Aggression, die mir zum Verhängnis geworden ist. Und dann kam auch noch diese Vogelspinne hinzu, die mir nach dem Leben getrachtet hat.«

»Das wundert mich! Normalerweise meiden Riesenspinnen die Menschen. Hast du sie in irgendeiner Form provoziert?«

»Nein, der verfluchte Gliederfüßer hat mich ohne ersichtlichen Grund angegriffen.«

»Er ist nicht verflucht, sondern ein Geschenk des Waldes. Du musst die Tiere nicht fürchten! Ich habe gesehen, wie du mit der Seele der Spinne gesprochen hast.«

Marcel bezweifelte ihre Sicht der Dinge, denn er führte das Ende des Zwischenfalls auf seine Meditationstechnik zurück. Unwillkürlich trat er zwei Schritte zur Seite. Ihm bereitete der Umstand Sorge, dass die Jugendliche ihn beobachtet hatte, ihm aber nicht zur Hilfe gekommen war.

»Wer … bist du…?«

»Du brauchst keine Angst vor mir zu haben! Ich heiße Dao und komme aus dem Dorf am Meer. Es ist meine Mission, mich um die

Korallengärten zu kümmern. Die Natur ist freundlich, nur die Menschen sind es nicht.«

Marcel zog die Stirn in Falten und dachte über ihre Behauptung nach. Er benötigte eine halbe Minute, bis die Antwort aus ihn herausprudelte. Er war sich nicht darüber bewusst, was ihn dazu veranlasste, aber er gab seine Befindlichkeit mit vier Sätzen preis: »Du sprichst mir aus der Seele. Ich habe im Leben nie Glück gehabt. Von den Mitmenschen werde ich seit meiner Kindheit gedemütigt. Ich bin zur falschen Zeit im falschen Körper zur Welt gekommen.«

Dao hörte augenblicklich auf zu lächeln und schaute ihm in die Augen. Ein Geruch von Jasmin strömte ihm entgegen.

»So, so, ein Pechvogel! Du bist nicht der Einzige, der in dieser Welt auf der Schattenseite steht. Aber wenn du dein Schicksal annimmst, entsteht daraus eine Kraft, die dich wie ein Stern am Firmament durch die Nacht führt.«

»Hoffentlich! Bei meinen Fehltritten käme mir himmlische Unterstützung gelegen. Seitdem ich in Thailand bin, geht alles schief. Mir scheint, dass ich zum Scheitern verurteilt bin.«

Dao lachte und erhob die rechte Hand auf Brusthöhe, die Abhaya Mudra, die Handgeste des Buddhas, die Ermutigung und Furchtlosigkeit symbolisiert.

»Unsinn! Jeder Mensch verdient eine zweite Chance. Das Leben ist nicht gerade, geht verschlungene Wege und bietet eine Vielzahl von Möglichkeiten, neu anzufangen. Am Mittag deines Lebens wirst du dich von einem Pechvogel in einen Pfau verwandeln.«

Die Ruhe, mit der Dao die Worte formte, führte Marcel in eine Welt, in der Zuversicht herrschte. War es Zufall, dass er, mitten in der Wildnis, auf ein junges Mädchen traf, welches Lebensweisheiten predigte und ihm die Hoffnung zurückgab?

Er überspielte seine Verwunderung, ging einen Schritt auf Dao zu und sagte: »Ich wünschte, die Menschen hätten deine Liebenswürdigkeit.«

»Mach mir keine Komplimente. Ich mag das nicht. Sag mir lieber, warum du auf diese Insel gekommen bist und welche Pläne du in der Zukunft verfolgst?«

Pläne? Zukunft? Habe ich eine?

Marcel hatte sein Leben bislang nie geplant, war der Typ Mann, der sich dorthin wandte, wohin der Wind ihn trieb. Wenn er Entscheidungen traf, spielte das Bauchgefühl die Hauptrolle, die Spontanität, die seine Aktivitäten steuerte.

»Vielleicht spanne ich ein paar Tage auf der Insel aus, damit ich neue Kraft schöpfen kann. Was danach passiert, überlasse ich dem Zufall.«

»Dem Zufall? Ich habe eine bessere Idee. Meine Familie nimmt dich gerne auf. Sie braucht das Geld und freut sich, wenn ein Gast Abwechslung in den Alltag bringt.«

»Ich würde das Angebot annehmen, aber ich habe kein Geld, um in einem Gasthaus zu logieren.«

»Oh, ich fürchte, es ist gar kein richtiges Gasthaus«, sagte sie und wiegte ihren Kopf. »Ich entstamme einer Familie der Seenomaden. Wir führen ein Leben im Einklang mit der Natur und nutzen nur das, was sie uns anbietet. Für fünf Dollar am Tag kannst du bei meiner Familie nächtigen und hast das Essen frei. Außerdem gibt es Wasser, so viel du möchtest«, sagte sie und kicherte in sich hinein. Ihm schwante, dass er eine Welt betreten hatte, in der 30 Dollar, sein letztes Geld, ein kleines Vermögen war.

Fünf Dollar für eine Übernachtung? Dann reicht mein Geld für vier Tage, denn ich muss die Rückfahrt zum Festland einkalkulieren. Diese Zeitspanne reicht aus, um Kraft zu tanken und zu überlegen, wie es mir gelingt, in Thailand Fuß zu fassen.

»Einverstanden! Dann führe mich mal in dein Reich.«

»Nein, du findest den Weg allein. Folge diesem Trampelpfad zum Meer. Nimm das Boot nach Ko Surin Tai. An der Ao Bon Bucht liegt das Dorf der Seenomaden. Frage nach San Pha, das ist mein Vater.«

»Kommst du heute zu den Mahlzeiten? Ich würde unsere Unterhaltung gerne fortsetzen.«

»Vielleicht! Aber zuvor muss ich mich um die Korallengärten kümmern. Sie bedürfen des Schutzes.«

Die Antwort irritierte Marcel, denn was konnte ein Mädchen gegen die Korallenbleiche unternehmen? Oder gegen Tauchtouristen, die die Natur missachteten und bunte Polypen als Souvenir mit nach Hause nahmen? Bevor er dazu kam, eine Nachfrage zu stellen, ermahnte sie ihn: »Ich habe eine Bitte. Erzähle meinen Eltern nichts davon, dass du mich getroffen hast und ich dir den Tipp für die Übernachtung gegeben habe. Genieß die Zeit bei ihnen, ohne sie mit Fragen zu überhäufen. Du beherrschst die Grundzüge der thailändischen Sprache und bist in der Lage, dich mit ihnen zu unterhalten. Niemand aus meiner Familie spricht auch nur ein Wort Englisch.«

»Wie bitte? Woher weißt du, dass ich Thai gelernt …?«

Dao drehte sich um und wandte sich dem Wald zu, wobei ihre Füße kaum den Boden zu berühren schienen. Sie verschmolz mit dem Grün des Dschungels. *Ein merkwürdiges Mädchen. Irgendetwas stimmt mit ihr nicht, aber sie trägt die Sonne in den Augen.* Marcel benötigte eine Weile, um das Gespräch mit Dao zu verarbeiten, verstand einige ihrer Behauptungen nicht, nahm sich aber vor, ihrer Bitte zu entsprechen. Sicher würde sich alles aufklären, sobald er in der Unterkunft der Seenomadenfamilie Aufnahme fand. Dort würde er Zeit und Muße finden, durch Unterhaltungen seine Sprachkenntnisse zu vertiefen. Kopfschüttelnd folgte er dem Hinweis des Mädchens und begab sich auf den Weg zur Bootsanlegestelle, der sich durch dichten Dschungel schlängelte. Immer wieder raschelte es im Unterholz. Affen turnten auf den Bäumen, Warane krochen aus dem Wald, um Ausschau zu halten nach dem Fremdling, der in ihr Revier eindrang. Marcel ging ihnen aus dem Weg, denn, wenn man ihnen zu nahekommt oder sie sich bedroht fühlen, greifen sie an. Er ließ Vorsicht walten und versuchte, jegliches Geräusch zu vermeiden.

An der Anlegestelle wartete eine Familie auf die Ankunft des Bootes. Die Kinder, zwei Jungen und ein Mädchen, musterten den Fremden mit weit aufgerissenen Augen. Die Jungen trauten sich an ihn heran und berührten seine weiße Haut. Sie hatten kaum Kontakt zu Menschen, die aus der Kälte kamen. Im Verlauf der Bootsfahrt folgte das Mädchen dem Beispiel der Brüder und wich keine Sekunde von der Seite des Exoten. Marcel versuchte, die Kleine mit Gesten zum Lachen zu bringen, was ihm nach ein paar Fehlversuchen auch gelang.

 Auf Ko Surin Tai empfing ihn die Hitze des Tages. Marcel vermochte nicht, mit dem Tempo der Familie mitzuhalten, und gönnte sich eine Verschnaufpause im Schatten eines Baumes. Er gewährte keine Kühlung, bot aber Hohlräume für Insekten aller Art, darunter solche, die Marcel bestenfalls aus Naturfilmen kannte. Mit Schweißperlen auf der Stirn setzte er seinen Weg fort. Ein Geruch von Meersalz und Rauch erfüllte die Luft, Anzeichen dafür, dass er sich dem Dorf näherte. Am Waldrand sammelte ein Mädchen etwas vom Boden auf. *Was sucht das Kind hier? Früchte, Gewürze, Pflanzen?* Er konnte nicht erkennen, ob es eine Thai oder ein Mädchen aus dem Volk der Moken war. Mit fragendem Blick schlenderte er an ihr vorbei. Sie wandte ihm das Gesicht zu. Marcel erschrak. Zunächst nahm er an, Dao säße am Wegesrand, denn die Gesichtszüge erinnerten ihn an das mysteriöse Mädchen. Beim genauen Hinsehen realisierte er aber, dass er eine Frau vor sich hatte. Er schätzte ihr Alter auf Mitte zwanzig, obwohl sie lediglich 1,35 Meter maß. *Merkwürdig! Sind Seenomaden alle so klein?* Ihre tiefschwarzen Augen durchbohrten ihn, versuchten zu ergründen, was den Fremden dazu veranlasste, diese selten von Touristen besuchte Insel aufzusuchen. Marcel schenkte ihr ein Lächeln und spazierte weiter, bis er zu einem Abhang gelangte. Er hielt inne und atmete tief durch. Die Natur empfing ihn mit einem Farbenspiel vom satten Grün des Waldes und dem Azurblau des Meeres. *Geschafft! Hier werde ich vergessen, dass der Rest der Welt überhaupt existiert.*

Das Dorf der Seenomaden schmorte in der Sonne. Es lag direkt am Meer an einem geschwungenen Strand. Ohne zu zögern, rutschte der junge Mann den Abhang runter, nur fort von dem Dschungel, wo Vogelspinnen,

Warane und Stechmücken nach Beute suchten. Der Geruch von Meersalz und Rauch löste eine Hustenreizung aus, die den Besucher verriet. Jemand aus dem Dorf rief etwas in den Wind hinein. Marcel unterdrückte den Reiz und steuerte auf eine Ansammlung von Bambushütten mit Dächern aus getrockneten Palmblättern zu, die sich zwischen dem Ozean und dem Wald drängelten. Vorgelagert, im Meer, dümpelten Boote, deren Aufbauten den Hütten am Land ähnelten. Am Eingang des Dorfes stoben sechs kläffende Hunde auf ihn zu. Marcel beachtete sie nicht und setzte seinen Weg fort, obwohl die Köter unangenehme Assoziationen in ihm hervorriefen. Eine Schar Kinder jagte über den Strand und schlug Purzelbäume in der Brandung. Sie bemerkten den Fremden und rannten lachend und kreischend auf ihn zu. Im Gegensatz zu den Hunden ließen sie sich nicht abschütteln, sondern hefteten sich an seine Fersen. »Farang, Farang«, schrien sie und grapschten nach seiner Jeans sowie der hellen Haut an den Unterarmen. Das Dorf bestand aus Pfahlbauten, unter denen kleine Gruppen – zumeist Frauen- saßen. Vor einem Stelzenhaus hockten fünf Kinder, zwei Mädchen und drei Jungen, die handgefertigte Boote, geschnitzte Delfine, Schildkröten aus Holz und Glasperlenketten feilboten. An diesem Tag würden sie kein Geld einnehmen, denn die Tagestouristen, die sich im Nationalpark aufhielten, verzichteten auf den Besuch von Ko Surin Tai. Die Zeit stand still, es gab nichts, was Marcel aus anderen thailändischen Orten gewohnt war: Autos, Motorräder, Mobilfunknetze, Menschenmassen, Garküchen oder Kramer Läden, in denen es Annehmlichkeiten gab, die das Leben erleichtern. Aus einem Domizil drang ein Stimmenwirrwarr nach draußen. Davor hockte ein Mann mit einem T-Shirt, welches das Emblem des englischen Fußballklubs „FC Chelsea" zierte. Er starrte auf den Boden und murmelte etwas in einer Sprache, die Marcel nie zuvor in seinem Leben vernommen hatte. Obwohl Marcel den Eindruck hatte, dass der Fußballfan mit den Gedanken in einer anderen Welt schwebte, sprach er ihn auf Thai an: »Guten Tag. Können Sie mir sagen, wie ich zum Haus von San Pha gelange?«

Der Seenomade deutete mit der rechten Hand auf den Pfahlbau, der am Rand der Siedlung in der Hitze des Tages glitzerte. Marcel steuerte auf die auf Stelzen stehende Behausung zu, quälte sich die Stufen der Holztreppe hoch und klopfte an die Tür. Niemand antwortete oder gewährte ihm Einlass. *Offensichtlich nicht die angemessene Form, um in ein Haus der Seenomaden einzutreten.* »San Pha, San Pha! Hören sie mich?«

Im Inneren schepperte etwas, Marcel vernahm Schritte, die sich langsam näherten. Eine kleine, ältere Frau öffnete die Tür. Ihre grauen Haare waren streng nach hinten gekämmt und zum Zopf gebunden. Sie trug ein gelbes T-Shirt sowie ein rot-weißes Wickeltuch mit Blumenmuster. Was ihm am meisten auffiel, war ihre bleiche helle Haut, die ihn an ein Gespenst aus einem Gruselfilm erinnerte. Später erfuhr Marcel, dass Khin Kyi[3], so lautete ihr Name, Thanaka aufgetragen hatte, eine gelblich-weiße Paste aus fein geriebener Baumrinde, die aus dem indischen Holzapfelbaum gewonnen wird. Sie ist das Make-up aller burmesischen Frauen und soll gegen Hautalterung und UV-Strahlung schützen. Marcel fühlte sich außerstande, das Alter der Hausherrin zu bestimmen, aber mit ihrer faltigen Haut und der gebeugten Körperhaltung wirkte sie abgearbeitet und verbraucht. Sie starrte erst auf seine Narbe, dann auf die Kleidung, die ihr Misstrauen weckte. In ihrer Welt gab es niemanden, der seine Nachlässigkeit zur Schau trug. Ihre Blicke schrien: *Was will der Clown hier?*

Nun galt es, die Sprachkenntnisse anzuwenden, denn der junge Mann wusste aus einer Bemerkung von Dao, dass die Frau kein Wort Englisch sprach. Im gebrochenen Thai erklärte er, dass er eine Weile bei der Familie übernachten wolle und fünf Dollar am Tag zahlen könne, wobei er hoffe, dass die Mahlzeiten im Preis eingeschlossen seien. Mit offenem Mund starrte die Frau ihn an. Er sah den Gesichtszügen an, dass nie zuvor ein Fremder nach Kost und Logis in ihrem Haus nachgefragt hatte. Beinah

---

[3] Aufgrund der für Menschen aus dem westlichen Kulturkreis ungewohnten südostasiatischen Namen befindet sich in der Anlage eine Übersicht über die wichtigsten Figuren des Romans.

hätte er verraten, dass der Tipp von Dao, ihrer Tochter, stammte, aber dann erinnerte er sich an deren Bitte, die Familie über die Empfehlung im Unklaren zu lassen.

»Wie viele Tage… willst du… bei uns bleiben«, fragte die Mutter und zog die Stirn in Falten.

»Vier Nächte, für länger reichen meine bescheidenen Mittel nicht.«

Marcel wunderte sich über sich selbst. Zum ersten Mal in seinem Leben kümmerte er sich um seine Finanzen und plante, sie sinnvoll einzusetzen. Würde er in Thailand lernen, mit Geld umzugehen?

Die Seenomadin streckte ihm die Hand entgegen und öffnete sie, für ihn der Hinweis, dass er den Übernachtungspreis sofort zu entrichten hatte. Er kramte in seiner Hosentasche, zog den 20 Dollar Schein heraus und überreichte ihn ihr. »Khrap, kharp!« Die Frau verbeugte sich, nahm das Geld entgegen und bat ihren Gast, in das Domizil einzutreten. Marcel stellte sich auf einen Kulturschock ein. Der erste Eindruck belehrte ihn eines Besseren - der Wohnbereich strotzte vor Sauberkeit. Zwar war jeder Quadratzentimeter genutzt, aber im Haus herrschte Ordnung. Links neben der Eingangstür befand sich die Kochgelegenheit, eine Gasfeuerstelle mit einer einzigen Flamme. An der Rückseite baumelten, wie an einer Perlenschnur aufgereiht, fünf Hängematten.

»Die Linke ist für Dao, die ist für Fremde tabu. Bitte halte dich von ihr fern und berühre sie auch nicht. Du bekommst heute Nacht eine Eigene. Bis dahin kannst du die von meiner Tochter Palita nutzen«, sagte die Gastgeberin und deutete auf den mittleren Schlafplatz. In Ermangelung von Stühlen und Tischen hockte sich Marcel auf den Boden.

»Ich heiße Khin Kyi, bin 54 Jahre alt und stamme ursprünglich aus dem Seegebiet um Myanmar. Mein Mann und ich leben auf dem Land und nicht auf dem Meer. Ich arbeite in dem Zeltlager bei der Nationalparkverwaltung.«

Marcel hatte Mühe, den Sinn der Sätze zu verstehen, denn Khin bediente sich nicht des Hochthailändischen, sondern eines Dialektes. Er bat sie darum, langsamer zu sprechen. Die Frau entschuldigte sich und wiederholte einige Passagen. Durch sein Sprachtalent verstand der Deutsche, was die Gastgeberin ihm mitteilte. Er stand im Begriff, ihr eine Frage zu den Familienverhältnissen zu stellen. Die Eingangstür bewegte sich im Wind. Jemand begehrte Einlass, zaghaft und vorsichtig, als ginge es darum, jemanden zu überraschen.

»Komm rein, wir haben einen Gast, der sich darüber freut, dich kennenzulernen«, sagte Khin.

Die Tür wurde aufgeschoben - eine junge Frau mit gewölbter Stirn und ebenmäßigen Gesichtszügen trat ein. Marcel glaubte, seinen Augen nicht zu trauen. Die 25-jährige Tochter glich im Gesicht der 1.35 Meter großen Person, die am Waldrand nach Kräutern gesucht hatte. Aber im Gegensatz zu ihr maß dieses Familienmitglied stattliche 168 Zentimeter.

»Das ist Chonthicha, die Bewachte. Du kannst dich leider nicht mit ihr unterhalten, denn sie hat im Alter von vier Jahren die Sprache verloren. Aber sie teilt sich uns durch Gesten und Blicke mit. Für uns ist es kein Problem, mit ihr zu kommunizieren. Wir rufen sie mit ihrem Kosenamen „Cha". Wenn du ihn verwendest, ist es für dich einfacher, sich den Namen einzuprägen«, sagte Khin.

Chonthicha faltete die Hände vor die Brust und verbeugte sich vor dem Gast, der so unvermittelt in ihr Leben trat. Ohne den Fremden weiter zu beachten, wandte sie sich ab und ging zu der Feuerstelle. Dort bereitete sie die Meeresfrüchte, die sie in den Korallengärten gesammelt hatte, für das Mahl zu - Krebse, einen Oktopus sowie kleine Fische, von denen einer, nach Luft schnappend, mit dem Tode rang. Der Blondschopf schaute ihr zu, die flinken Hände, die graziösen Bewegungen, die Ernsthaftigkeit, mit der sich die Beauty ihrer Aufgabe widmete. Er stand im Begriff, Khin nach der Ursache der Stummheit ihrer Tochter zu befragen. Der auf den Boden gerichtete Blick der Hausherrin hielt ihn davon ab. Er wusste, dass die Krankheit verschiedene Ursachen haben konnte: Sie kann angeboren sein, aber auch durch Verletzungen des Gehirns, Schlaganfälle oder durch

Operationen entstehen. Aufgrund der äußerlichen Unversehrtheit von Cha hielt Marcel es für wahrscheinlicher, dass eine psychische Störung, ein Trauma in der Kindheit, der auslösende Faktor gewesen war. Er würde das Familiengeheimnis zu einem späteren Zeitpunkt lüften, glaubte er. Die Holztreppe knarzte. Die Tür wurde ein zweites Mal aufgeschoben. Die junge kleinwüchsige Frau vom Wegesrand, die Zwillingsschwester von Chonthicha, freute sich darüber, zwei Frösche sowie eine kleine Schlange, die sie im Wald gefangen hatte, dem Mahl hinzuzufügen.

»Das ist Palita, die im Meer geborene. Nun kennst du fast die gesamte Familie. Meinen Mann, San Pha, lernst du beim Essen kennen«, sagte Khin.

Marcel wunderte sich, warum Cha nur 1,35 Meter maß, zumal ihre Zwillingsschwester über eine stattliche Größe verfügte. Aus Höflichkeit der Gastgeberin gegenüber, unterließ er es, das Gespräch in diese Richtung zu lenken. Stattdessen hing er seinen Gedanken an. Da hockte er auf dem Boden, in einer Hütte fernab der Zivilisation, eine ungewohnte Umgebung für einen Mann, der das Gedränge in der Düsseldorfer Altstadt gewohnt war. Oder die Designerläden auf der Königsallee, den Japan Tag und die Rosenmontagszüge, bei denen die Kamelle auf den Köpfen der Menschen am Straßenrand prasselte. War das der Neuanfang, den er sich erträumt hatte, die ersten Schritte in ein Leben ohne Zwänge und Bevormundung, gegen die er sich zeit seines Lebens gewehrt hatte? Eigentlich hatte er sich den Start anders vorgestellt, aber die Umstände, in denen er hineingeraten war, ließen ihm keine Wahl. Es galt, die nächsten Aktivitäten mit Bedacht anzugehen. Vielleicht gab es eine Möglichkeit, auf der Hauptinsel auf ein neues Schiff anzuheuern und einer geregelten Arbeit mit Leuten nachzugehen, die ihn so akzeptierten, wie er war.

Während Marcel über die Zukunft nachdachte, bereiteten die Frauen das Essen zu.

Hauptsache kein Massaman-Curry!

Die Gastgeber forderten ihn auf, an ihrer Seite Platz zu nehmen. Er gesellte sich zu dem Trio, das die Speisen auf dem Boden ausgebreitet hatte. Pünktlich zum Essen erschien San Pha, der Hausherr, einen Kopf kleiner als Marcel und von schmächtiger Statur. Der 50-Jährige begrüßte den Farang knapp, ohne Fragen zu stellen. Offenbar hatte sich im Dorf herumgesprochen, dass ein Fremder zu Besuch weilte. Der Blondschopf verzichtete darauf, von dem Frosch zu kosten und begnügte sich mit einer Portion Reis und einem Fisch, der so klein war, dass er ihn beim zweiten Bissen verspeist hatte. Zu dem Mahl gab es Wasser, welches Cha aus dem vor dem Stelzenhaus positionierten Bottich schöpfte. *Hoffentlich ist es abgekocht,* dachte Marcel und löschte seinen Durst.

War es aber nicht. Eine Stunde nach dem Essen verspürte er ein Ziehen im Bauch, das sich zu Krämpfen ausweitete. Der Farang schwang sich in die Hängematte und vertraute den Selbstheilungskräften des Körpers. Er versuchte, eine geeignete Liegeposition einzunehmen, wandte sich wie ein Wurm, wälzte sich von einer Seite zur anderen, drehte den Kopf von links nach rechts. Der Rücken rebellierte. Mit einem Sauertopfgesicht und Magenkrämpfen verließ er die Hängematte und legte sich auf den Boden. San Pha richtete ihn auf und lehrte ihn, sich in dem Netz nicht parallel, sondern leicht diagonal zu den Enden zu positionieren, also die Füße an den Rand und den Kopf an die gegenüberliegende Seite zu bringen. Der Farang bemühte sich, den Ratschlag des Hausherrn zu befolgen. Vor Erschöpfung glitt er ins Land der Träume. Das Fieber, das ihn in der Nacht heimsuchte, beschleunigte seine Genesung.

Beim Aufwachen setzte die Dämmerung ein. Marcel fühlte sich wie neugeboren, von den Magenkrämpfen blieb nicht mehr als ein leichtes Ziehen übrig, das Fieber war verschwunden. Die Frauen waren erneut mit der Zubereitung von Speisen beschäftigt. Da Marcel keinen Hunger verspürte, meldete er sich für das Essen ab. Er wolle die Gegend erkunden, sagte er und verließ das Haus, um einen Strandspaziergang zu unternehmen. Wind kam auf. Schäumende Wellen tanzten in der Dunkelheit.

Etwas war anders als sonst, es lag eine Spannung in der Luft. An der Bucht am Ende des Dorfes wich das Wasser unvermittelt um zwei Meter zurück. Der junge Mann geriet in Panik, denn er wusste aus Berichten in den Nachrichten, dass dies ein Anzeichen für einen Tsunami war.

Im Kopfkino liefen Bilder jener Katastrophe ab, die sich am zweiten Weihnachtstag des Jahres 2004 als Folge eines Seebebens vor der indonesischen Insel Sumatra ereignet hatte: Eine gigantische Wasserwand erhob sich aus dem Indischen Ozean. Bis zu sechs Tsunamis, viele Meter hoch, schlugen an Land. Die Wellen vernichteten Häuser, Dörfer, Städte. Rund 230.000 Menschen in vierzehn Staaten verloren im Verlauf des Unglücks ihr Leben. In Indonesien, Thailand, Sri Lanka und Indien fielen ganze Landstriche den Fluten zum Opfer. Das Meer holte sich jene, die zu schwach waren, sich an eine Palme zu klammern, auf ein Hausdach oder einen Hügel zu retten oder sich an Treibgut festzuhalten. In Khao Lak erreichte die Wasserwand eine Höhe von über 10 Meter. Mit mehr als 4000 Tsunami-Opfern beklagte diese Region die meisten Toten in Thailand.

Marcel schickte sich an, die Flucht zu ergreifen, um höheres Terrain zu erreichen, wo die Welle ihm nichts anhaben konnte. Eine Fistelstimme rief nach ihm.

»Keine Angst, ich bin es nur! Das Wasser beruhigt sich gleich.«

Der junge Mann ging ein paar Schritte in die Richtung, aus der er die Stimme vernommen hatte.

Schemenhaft tauchte am Rand des Dorfes, am Waldrand, ein gestrandeter Kabang, das Hausboot der Moken, auf.

Erneut säuselte jemand: »Keine Angst, ich bin es, dein Freund!«

Marcel schwankte zwischen Neugier und Furcht, denn der Satz folgte den Ausspracheregeln des „Oxford Englisch".

Wer, zum Teufel, ist das und was will diese Person von mir? Ich kenne niemanden auf dieser Insel.

Die Stimme des Gegenübers klang hell, piepsig und brüchig. Marcel war nicht in der Lage, zu erkennen, ob eine Frau oder ein Mann nach ihm rief. Er überwand seine Scheu und näherte sich dem Hausboot in Trippelschritten, jederzeit bereit, die Flucht zu ergreifen oder einen Angriff abzuwehren. Mehrfach schlug er sich mit der flachen Hand auf die Stirn, um sicherzustellen, dass sein Verstand ihm keinen Streich spielte.

»Marcel, Marcel, komm zu mir! Ich bin ein alter Mann aus dem Volk der Seenomaden, der dir freundlich gesonnen ist.«

Auf dem Bug des Bootes tauchte eine Person auf, die ihm zuwinkte, ohne jeden Zweifel ein Mann. Marcel vermutete, dass der Kerl ihm etwas verkaufen wollte und von Khin erfahren hatte, wie sein Name lautete. Zwei weitere Trippelschritte - im fahlen Licht des Mondes erkannte Marcel, wer ihn zu sich gerufen hatte. Unwillkürlich wich er einen Schritt zurück. Ein Greis, dem Tod näher als dem Leben, empfing ihn mit ausgebreiteten Armen. Mit nacktem Oberkörper, einem Büschel schneeweißer Haare, tiefdunkler vernarbter Haut, eingefallenen Wangen und zahnlosem Mund wirkte er wie ein Wesen aus einer längst untergegangenen Epoche. Ein weinroter Wickelrock, der seit 30 Jahren nicht gewechselt worden war, bedeckte seinen spindeldürren, ausgemergelten Körper. Der Greis bemerkte das Entsetzen in den Augen des Deutschen, hob das Kinn an und setzte zum Reden ein, doch seine Lippen brachten, trotz leichter Bewegung, keinen Ton heraus. Hatte es ihm die Sprache verschlagen oder flößte ihm das Erscheinungsbild des Blondschopfs Angst ein? Marcel betrachtete das Boot, das in eine Schieflage geraten war und — so glaubte er- kurz vor dem Kentern stand. Es war an der Leeseite aufgerissen, auf den Planken tanzte das Wasser mit dem Wind. Der Strohhütte fehlte jegliche Form der Bedachung. Marcel wagte nicht, einen Fuß auf das Boot zu setzen, sondern verharrte auf der Stelle. *Bin ich einer Halluzination erlegen? Träume ich?* Die Worte des Greises, im perfekten Oxford Englisch formuliert, belehrten Marcel eines Besseren: »Sorge dich nicht Pechvogel! Es gibt leuchtende Sterne in der Dunkelheit an Stellen, wo du sie am wenigsten vermutest. Wenn du ihnen folgst, verlässt du den Pfad der Dornen und tauchst ein in die Welt des Glücks.«

Marcel wunderte sich sowohl über die philosophische Einlassung des Greises als auch über dessen Beherrschung der englischen Hochsprache.

»Woher... hast du Kenntnis... von meinen Schicksalsschlägen?«

»Oh, ich bin Thong, der Uropa von Dao. Sie hat mir alles über dich berichtet. Es gibt nicht viele Fremde, die den Weg zu den Seenomaden finden, geschweige denn bei uns übernachten.«

Marcel ging einen Schritt auf den Greis zu und fragte: »Wieso sprichst du so hervorragend Englisch?«

Der Greis grinste und sagte: »Ich habe in Bombay, als Indien noch zur britischen Krone gehörte, auf ein Kreuzfahrtschiff angeheuert und habe drei Jahre auf ihm gearbeitet. Dort habe ich von einem englischen Aristokraten, der sich ebenso wie ich geweigert hatte, auch nur einen Schritt an Land zu setzen, eure Sprache erlernt.«

Es mangelte dem jungen Mann an Geschichtskenntnissen, sonst hätten die Ausführungen des Greises zu seinem Werdegang Unbehagen hervorgerufen.

»Ach so, dann warst du es, der Dao die Fremdsprache beigebracht hat?«

»Na, klar, Dao ist und bleibt mein Sonnenschein! Ich bin davon überzeugt, dass sie es geschafft hätte, als Erste aus diesem Dorf die Universität in Bangkok zu besuchen.«

»Hätte? Das ganze Leben liegt vor ihr!«

Anstatt einer Antwort drehte Thong sich um und fixierte das Meer, der Welt ohne Gesetze, wo die Freiheit wohnt. Nach einer Zeitspanne, die dem Deutschen wie eine Ewigkeit vorkam, wandte sich der Greis seinem Gast zu, schaute auf ihn herab und vermittelte ihm eine Ruhe und Gelassenheit, die dieser niemals zuvor im Leben erfahren hatte.

»Ich bin in meiner Jugendzeit ständig auf dem Meer herumgereist, habe die Seestraßen von Myanmar befahren und die schwimmenden Gärten des Inle-Sees, wo Gemüse angebaut wird, durchkreuzt.«

»Gemüse aus dem Wasser? Das glaube ich jetzt nicht.«

»Na, klar! Die Intha, die Söhne des Sees, beherrschen diese Kunst seit Jahrhunderten.«

»Solche Orte interessieren mich, denn ich verfolge das Ziel, in Thailand ein Reisebüro zu eröffnen und Touren anzubieten, die nicht in jedem Katalog zu finden sind.«

»Wenn du Zeit hast, kann ich dir Orte nennen, die an Schönheit nicht zu überbieten sind.«

Thong kroch vom Boot, ergriff die Hand des Düsseldorfers und sagte: »Ich bin uralt, kenne die Geschichte aus eigener Erfahrung. Viele Plagen haben mein Volk heimgesucht, Ideologien und Soldaten sind über uns hergefallen. Man hat versucht, uns den Stolz zu rauben und uns gezwungen, die Lebensweise der Landratten anzunehmen. Jedes Mal haben die Monsunregen die Übel weggespült. Wundere dich nicht, wenn ich manchmal in Bildern spreche, denn ich bin Schamane und stehe in Kontakt mit den Geistern der Natur. Spute dich! Die Familie erwartet dich und wird für dein Wohlbefinden sorgen.«

Marcel war zu perplex, um Fragen zu stellen, und folgte der Aufforderung des Greises.

Seenomade, Gemüsehelfer, Reiseführer, Mitarbeiter auf einem Kreuzfahrtschiff, Schamane. Ich weiß nicht, ob man dem Greis trauen kann oder ob es nichts weiter als Seemannsgarn ist, was er zum Besten gibt.

Mit Fragezeichen in den Gedanken trat der Düsseldorfer den Rückweg an. Die Laute aus dem Urwald irritierten ihn. Marcel war die Wildnis nicht gewohnt, kam er doch aus einer Stadt, in der es vor Menschen wimmelte, jede potenzielle Gefahrenstelle mit einem Warnhinweis versehen war. Dennoch freute er sich auf das Inselleben, denn er kam aus der Natur, spürte sie tief im Herzen. Er genoss das Meer, das Glücksgefühle in ihm hervorrief, das Leben ohne Autos, Internet und Sozialversicherungen. Auf halbem Weg zu seinem Obdach durchwühlten Geisterkrabben den Sand nach Nahrung. Einige Tiere krabbelten über seine Füße.

»Autsch!«

Eines hatte mit seinen Zangen nach dem rechten Zeh geschnappt. Es war der Reaktionsfähigkeit des Blondschopfes geschuldet, dass es zu keiner Wunde kam, aus der Blut austrat. *Was ist nur mit den Tieren los? Alle verhalten sich mir gegenüber aggressiv.* Marcel beschleunigte den Gang und wich den Geisterkrabben aus. Mit Wind in den Haaren, Salz auf den Lippen und dem Geräusch sich am Strand brechender Wellen schob er die Tür der Pfahlhütte auf. Die Frauen schliefen, ohne einen Laut von sich zu geben. Die Hängematte von Dao war ebenso frei, wie die von San Pha. Der Gast legte sich auf seine Schlafstätte und lauschte dem Rauschen des Meeres.

Gegen Mitternacht vernahm er Schritte vor dem Pfahlbau. Die Tür wurde aufgestoßen – San Pha wankte in den Raum, wobei er den Wok auf der Feuerstelle umstieß. Krachend schlug er auf dem Boden auf. Ohne ein Wort mit seiner Frau oder den Kindern zu wechseln, schwang er sich in die Hängematte und schnarchte dermaßen laut, dass der Farang im Verlauf der Nacht kein Auge zubekam. *Oh, je! Der Kerl ist völlig betrunken. Wenn das so weiter geht, lege ich mich an den Strand, egal welches Ungeziefer dort sein Unwesen treibt.* Aber was war mit dem Meer, mit dem Strand, wo sich das Wasser um zwei Meter zurückgezogen hatte?

Welt gegen den Strom

Marcel sehnte den Morgen herbei, spürte seinen Rücken, denn er hatte sich in der Hängematte gedreht und dabei eine Liegeposition eingenommen, die nicht den Empfehlungen des Hausherrn entsprach. Im Haus herrschte reger Betrieb, die Frauen bereiteten das Essen zu. San Pha hockte auf der Holztreppe und schielte auf das Meer.

Nachdem sich Marcel aus der Matte gequält hatte, versammelte sich die Familie auf einer auf dem Boden liegenden Bambusmatte, um das Frühstück einzunehmen. Es gab Congee Chok. Der Reisbrei wurde heiß serviert, verfeinert mit dünnen Streifen von Ingwer, Koriander und Frühlingszwiebeln. Dazu wurden kleine, gegrillte Fische gereicht. *Hoffentlich gibt es diesen Brei nicht jeden Morgen,* dachte Marcel und brachte nur wenige Bissen herunter.

»Das Chok hilft, um den Kater nach durchzechter Nacht loszuwerden«, sagte Khin, wobei sie ihren Mann ins Visier nahm. San reagierte nicht, es hatte den Anschein, als würde ihm alles, was geschah, nicht tangieren. Er hatte bislang kein Wort mit dem Farang gesprochen, ihn an diesem Morgen weder begrüßt noch angeschaut. Marcel sah ihn von der Seite an. Die Blicke des Hausherrn schweiften in eine unendliche Ferne. Auch Palita schwieg, schmiegte sich aber eng an ihre Zwillingsschwester an. Melancholie spiegelte sich in ihren Gesichtern, die nicht zur Mentalität der Thais passte, die immer lachen, selbst dann, wenn es nichts zu lachen gibt.

Die beiden Töchter erhoben sich vom Boden, nahmen zwei Körbe von der Wand und schlenderten zur Tür.

»Wir gehen Muscheln sammeln«, sagte Palita. »Eigentlich ist das hier im Nationalpark verboten, aber wir lassen uns nicht erwischen.«

Ohne ein Lächeln verließen sie die Behausung. *Die Frauen haben wenig Freude im Leben. Was hat sie verletzt,* fragte sich Marcel und schaute ihnen mit gerunzelter Stirn nach.

San Pha erhob sich vom Boden, zog seinen Gast hoch und bugsierte ihn zur Tür.

»An den Rändern des Dorfes türmen sich kantige Steine. Links entleeren sich Männer, rechts Frauen. Wenn du willst, kannst du mit mir gehen. Ich zeige dir Plätze, die nicht zum Himmel stinken.«

»Ja... gut zu wissen, nein ... ich komme später nach«, sagte Marcel und trat einen Schritt zurück.

»Ich fahre jetzt mit dem Boot zur Nordinsel. Einer muss das Geld verdienen, um Reis und Gemüse auf dem Markt zu kaufen. Wenn du willst, komm einfach mit. Aber wir müssen uns beeilen, sonst legt der Kahn ohne uns ab«, sagte Khin.

»OK, ich wüsste auch nicht, was ich hier tagsüber unternehmen könnte. Ich kann mich schließlich nicht den ganzen Abend mit Thong unterhalten.«

»Thong? Wer ist Thong?«

»Na, ja, der Uropa von Dao.«

»Ach, ja«, sagte sie und zerrieb eine Chili-Schote bis zur Unkenntlichkeit. Im Eiltempo verließ Khin das Stelzenhaus und lief zum Meer, wo ein Longtail-Boot mit laufendem Motor vor dem Auslaufen stand. Marcel rannte hinter ihr her, holte sie ein und fragte: »Warum ist Dao heute nicht nach Hause gekommen?«

»Ach, meine Tochter führt ein Leben nach eigenen Vorstellungen, wohnt weit entfernt vom Dorf in einem Baumhaus und…« Mitten im Satz hielt sie inne und errötete. Hatte sie in der Hektik etwas verraten, was der Fremde nicht wissen durfte?

»Und was?«

»Ach, nichts! Sie hat… eine Arbeit zu verrichten, die es ihr nicht erlaubt… längere Zeit bei uns zu verweilen. Aber spätestens… zum Ne-en Lobong, dem Fest, bei dem die Pfähle die Geister der Ahnen beherbergen, kommt sie… uns besuchen.«

Mutter und Tochter hüten ein Geheimnis, dachte Marcel, verzichtete aber darauf, weitere Fragen zu stellen. Er war sich sicher, es zu einem späteren Zeitpunkt herauszufinden.

An der Anlegestelle sagte der Bootsführer: »Hin- und zurück 100 Baht[4]« und streckte dem Farang die leere Hand entgegen.

»So viel für diese kurze Strecke«, fragte Marcel, dessen bescheidenes Geldvermögen mit jeder Aktivität schrumpfte. Ihm missfiel, dass Ausländer bei dem Transportunternehmer mehr zahlten als Einheimische.

»Du kannst ja schwimmen. Die Haie freuen sich auf fette Nahrung«, antwortete der Bootsführer, riss ihm den Schein aus den Händen und startete

---

[4] 2,62 Euro im August 2024

den Außenbordmotor. Eine Wolke aus blauem Dunst schlug den Passagieren ins Gesicht, die bemüht waren, das Gleichgewicht auf dem schmalen Langboot zu halten. Der Fahrtwind blies ihnen ins Gesicht, unabhängig davon, welchem Wettertief er entgegenstrebte. Marcel fühlte sich unwohl, denn Khin starrte ihn während der gesamten Überfahrt von der Seite an. Irgendetwas war geschehen und er vermutete, dass der Schlüssel für ihr Verhalten in der vorangegangenen Unterhaltung begründet lag.

Am Steg vor dem Büro der Nationalparkverwaltung legte das Boot an. Die Passagiere sprangen von Bord, allen voran Khin, die ihm zurief: »Ich arbeite hier in der Bungalow-Anlage und habe keine Zeit, mich um dich zu kümmern. Die Strände Ao Chong Khad und Ao Mai Ngam sind durch einen Dschungelpfad miteinander verbunden. Dort triffst du auf deinesgleichen.«

Mit der rechten Hand deutete sie dorthin, wo die Strände in der Sonne schmorten. Marcel folgte der Aufforderung mit Zeitverzögerung. Die Mixtur aus giftgrünen Bäumen, Pflanzen und Kriechtieren löste in ihm Unbehagen aus, zumal er bei dem Fußweg auf sich allein gestellt war. Er beschleunigte seine Schritte. Zwischen den Bäumen schimmerte etwas Weißes. Marcel atmete tief durch – das Zeltlager zum Greifen nah. Am Ende des Trampelpfades lud eine nach allen Seiten offene Versorgungsstation zum Verweilen an. Mit der Holzkonstruktion und dem strohgedeckten Dach ähnelte es eher einer Scheune, denn einem Restaurant. *Endlich! Ich habe Durst.* Der Farang trat ein und setzte sich auf eine Holzbank, die durch den Regen der vergangenen Nacht vor Nässe triefte. Viel war nicht los. Die Touristen verbrachten den Tag mit Tauchen, Schnorcheln oder Kajak fahren. Am Tresen hockten zwei Ranger, die ihre Suppe löffelten, daneben ein mit Jeans und T-Shirt bekleideter Junge, der den Service der Station managte. Es dauerte eine Weile, bis er auf den Deutschen zukam, um ihn nach seinen Wünschen zu befragen. Marcel orderte eine Flasche Wasser, denn der Durst schnürte ihm die Kehle zu.

»Khrap, kharp! Das Wasser geben wir kostenlos ab«, sagte der Junge. »Wir möchten nicht, dass auf dem Archipel jemand verdurstet.«

»Hm, das freut mich!«

Aus der Küchentür der Gaststätte trat der Chef des Jungen mit einem T-Shirt aus Schweiß und Schmutz heraus, dessen Bauch das Textil an den Rand des Zerberstens führte. Mit nach vorn gebeugter Körperhaltung und Schlafzimmeraugen, die jeden Blickkontakt vermieden, steuerte er auf den Gast zu. Marcel reichte ein Sekundenblick, um festzustellen, ob die Chemie mit Personen, die seinen Weg kreuzten, stimmte oder nicht. Er teilte diese Fähigkeit mit den meisten anderen Menschen, allerdings mit dem Unterschied, dass er über eine größere Differenzierung verfügte. Er hatte eine Skala entwickelt, die zehn Stufen umfasste: von sehr sympathisch über neutral bis sehr unsympathisch. Vor allem die Augen spielten bei der Einteilung eine Rolle, gewährten sie doch einen Einblick in das Innere des Menschen. Danach folgten die Mimik und die Körperhaltung, die Hinweise auf die aktuelle Verfassung gaben. Auch die Kleidung trug ihren Teil zur Bewertung bei, denn sie verriet einiges über die Einstellungen und das Lebensgefühl des Trägers. Im Falle des Restaurantbesitzers fiel das Urteil eindeutig aus. Er gehörte der zweitschlechtesten Kategorie „unsympathisch" an. *Immerhin gibt es Menschen, die hinter diesem Tunichtgut rangieren,* dachte Marcel und nickte.

»Sawadie kha⁵. Kann ich etwas für dich tun? Zu dieser Zeit verirren sich nur wenige Touristen in mein Restaurant.«

»Nein, ich wollte nur…«.

Marcel hatte den Satz nicht zu Ende geführt. Der Dicke schmiss sich neben ihm auf die Bank und begann, auf Thai, zu quatschen – über das abgeschiedene Leben auf Ko Surin, die ignoranten Touristen und die „Seezigeuner", die sich weigerten, die Lebensweise der thailändischen Gesellschaft anzunehmen. Der Blondschopf hörte schweigend zu,

---

⁵ Form der Begrüßung

Zwischenfragen waren nicht erwünscht, denn es gab nur einen, der sich in Szene setzte. Marcel fühlte sich in seiner Einschätzung bestätigt und überlegte, ob der Gesprächspartner nicht der allerschlechtesten Kategorie zuzuordnen war. Marcel verachtete Menschen, die sich über alles beschwerten, keine Gelegenheit ausließen, Frust abzulassen und ihren Lebensstil als den einzig richtigen anpriesen. Dennoch überwand Marcel seine Aversion und nutzte die Situation aus, um in Erfahrung zu bringen, welche Einstellungen sein Gegenüber hatte, was ihn antrieb oder hemmte. Auch, wenn Marcel dem Dicken in keinen seiner Auffassungen zustimmte, genoss er insgeheim den Umstand, dass er dessen Ausführungen weitestgehend verstand, zumindest dann, wenn der Kontext des Themas bekannt war. Je länger der Monolog andauerte, desto mehr hasste Marcel den Besserwisser, der mit seinen Kochkünsten prahlte und sich sowohl über die „Seezigeuner" als auch über die Touristen lustig machte. Dennoch stellte Marcel, der finanziellen Not gehorchend, ihm nach einer halben Stunde die Frage, die ihm gleich zu Beginn der Unterhaltung auf den Lippen gelegen hatte: »Gibt es für mich in dieser Station etwas zu tun? Kann ich in der Küche helfen oder sonst eine Tätigkeit im Zeltlager übernehmen?«

Mit offenstehendem Mund starrte der Dicke ihn an und sprach kein einziges Wort. Hatte ihn das Gesuch nach Arbeit dermaßen überrascht, dass er keinen Ton über die Lippen brachte? War es Marcel nicht gelungen, sein Anliegen trefflich zu beschreiben? Es war ihm bewusst, dass es ihm an Sprachpraxis mangelte, insbesondere was die richtige Tonhöhe des Gesprochenen anbetraf.

»Also ...nein?«

»Hm, lass mich nachdenken. Ich weiß zwar nicht, über welche Qualifikationen du verfügst, aber ich könnte – für ein oder zwei Tage- eine Hilfskraft in der Küche gebrauchen. Das Wochenende steht vor der Tür. Da ist mehr los als heute.«

»Super! Ich bin in der Lage, Gerichte aus aller Herren Länder zuzubereiten.«

»Schön, dann kannst du mir beim Kochen assistieren. Aber zunächst möchte ich deine Arbeitseinstellung testen. Du wirst die Küche aufräumen. Ich will keinen Fettfleck sehen. Für diese Arbeit zahle ich dir 80 Baht, einverstanden?«

Marcel erhob sich und baute sich vor dem Dicken auf: »80 Baht? Der Betrag reicht nicht einmal aus, um mit dem Boot auf diese Insel zu gelangen!«

»Beruhige dich, Farang! Es ist eine Art Probezeit. Bedenke, dass nicht weit von hier, in Myanmar, viele Menschen für ihre Arbeit nicht mehr als einen Dollar am Tag erhalten.«

In Ermangelung einer Alternative nahm Marcel das Angebot per Handschlag an.

»Dann folge mir mal in mein Reich. Es sind nur ein paar Kleinigkeiten, die du zu erledigen hast. Danach assistierst du mir beim Kochen. Übrigens, alle nennen mich hier „Dtan“, ein einfacher Name, den du dir leicht merken kannst.«

Marcel kannte den Hintergrund des thailändischen Spitznamens nicht, sonst hätte er vermutlich darauf verzichtet, seinen Chef in dieser Form anzusprechen. Zwei Tage später erfuhr er von Palita, dass der Name so viel wie „Zuckerpalme“ bedeutet.

In der Küche regierte das Chaos. Kein Gegenstand lag dort, wo er hingehörte. Töpfe, dreckige Pfannen, Teller und Gläser türmten sich zu Bergen. Auf dem Boden eines Wok blühte der Schimmel. Den „Red Snapper“ auf der Anrichte umschwirrten Fliegen und in der Luft lag ein modriger Geruch.

»Na, dann, schaff mal Ordnung! Darin seid ihr Deutschen schließlich Meister«, sagte Dtan und kicherte in sich hinein.

Aufräumen, Küchenabfälle entsorgen, Pfannen und Teller spülen, Gemüse putzen, Suppe kochen, Fleisch anbraten, Essen servieren und abräumen, erneut spülen, Stühle und Tische säubern, Küche ausfegen und für das Frühstück des kommenden Tages vorbereiten – Marcel hatte alle Hände voll zu tun und spürte nicht, wie die Zeit im Flug verging.

»Du hast dich nicht so dumm angestellt, wie man es von einem Farang erwarten würde«, sagte der Dicke nach getaner Arbeit und klopfte ihm auf die Schulter. »Wenn du willst, kannst du morgen wiederkommen.«

»Für den Hungerlohn? Das lohnt sich für mich nicht.«

»OK, dann mache ich dir ein Angebot. Du übernimmst die Küche und bereitest das Essen allein zu. Ich habe ein paar Geschäfte auf dem Festland zu erledigen und bin zeitlich unter Druck.«

»Was springt dabei für mich raus?«

»500 Baht! Aber nur, wenn es vonseiten der Gäste keine Beschwerden gibt und das Menü in Ordnung ist, sonst gibt es nur die Hälfte.«

Marcel ging in sich und fragte sich, welche Kriterien der Hausherr bei der Bewertung der Speisen zugrunde legte. *Der Halsabschneider findet mit Sicherheit irgendeinen Grund, um mich zu betrügen.*

»Was steht morgen auf dem Speiseplan?«

»Das hängt davon ab, was in der Frühe auf dem Markt angeboten wird.«

Der Farang verdrängte seine Bedenken und räumte der Chance, sein Budget aufzubessern, den Vorrang ein.

»Also gut! Wann geht es morgen los?«

»Das Frühstück ist so gut wie fertig. Es reicht, wenn du am Nachmittag hier erscheinst.«

Ohne sich von dem Angestellten zu verabschieden oder sich für dessen Dienste zu bedanken, trottete Dtan zu seiner Wohnung.

»Beeil dich! Das letzte Boot nach Ko Surin Tai legt um 21.00 Uhr ab«, rief er beim Eintritt in das Haus. Es entzog sich der Kenntnis des Deutschen, was die Uhr geschlagen hatte, denn in der Versorgungsstation gab es weder eine Datums- noch eine Zeitangabe. Der Hinweis des Dicken verdeutlichte jedoch, dass es galt, keine Zeit zu verlieren. Eine zweite Nacht im Dschungel oder auf harten Holzbänken war nicht verlockend, zumal Marcel das Entgelt für die Rückfahrt im Voraus entrichtet hatte. Er setzte zum Spurt an und rannte durch die Dunkelheit. Ein Außenborder heulte auf, das Boot stand in Begriff, abzulegen.

»Nein, Stopp! Nehmt mich mit!«

Im letzten Moment erkannte der Bootsführer, dass es einen weiteren Passagier gab. Der Farang sprang ins Boot und hockte sich auf die Sitzbank. Außer ihm gab es nur einen einzigen Passagier – ein 14-jähriger Junge mit kurzen schwarzen Haaren und einer Perlenkette um den Hals, lächelte ihn an. Das T-Shirt und die Stoffhose glichen der himmelblauen Farbe des Meeres. Marcel nickte ihm zu. Der Junge verbeugte sich, immer und immer wieder. Wenn der Düsseldorfer eins nicht mochte, dann waren es Menschen, die vor Freundlichkeit trieften. Es war ihm bewusst, dass in Thailand, dem Land des Lächelns, die Liebenswürdigkeit zum Alltag gehörte, aber was dieser Typ vollführte, sprengte den Rahmen. *Überfreundliche Menschen haben etwas zu verbergen.*

»Ich heiße Natthapon, tapferer Krieger. Ich stehe dir zu Diensten. Kann ich etwas für dich tun?«

Die Frage des Jungen riss den Deutschen aus den Gedanken.

»Ja…nein…, lass mich in Ruhe! Ich bin müde.«

Anstatt der Aufforderung Folge zu leisten, lächelte der Junge weiter und bot in blumigen Worten seine Dienste an. Marcel ignorierte ihn und gab ihm keine Antwort. Der Junge überhäufte ihn mit Komplimenten, bewunderte sein Aussehen, die blonden Haare und blauen Augen, die es bei den Bewohnern des Archipels nicht gab. Marcel drehte sich um und wandte sich dem Ozean zu. Natthapon redete wie ein Wasserfall weiter, bis er nach einer halben Stunde endlich kapierte, dass er mit dem Fremden nicht ins Gespräch kam. Im Augenwinkel beobachtete der Farang, wie der Junge Selbstgespräche führte und dabei ein Wort ständig wiederholte. Marcel hatte diese Sprache nie zuvor in seinem Leben vernommen. Er sehnte die Ankunft auf der Südinsel herbei, das Ende eines Tages, an dem er Menschen getroffen hatte, die in seiner Sympathieskala unterste Plätze belegten.

Beim Aussteigen bemerkte Marcel, dass Natthapon unter einer Gehbehinderung litt. Er ging auf Holzkrücken und es hatte den Anschein, als ob ihm jeder Schritt Schmerzen bereitete. *Armer Junge! Ich habe ihm unrecht getan. Sicher ist die Behinderung der Grund für seine Unterwürfigkeit.*

Der Farang eilte zum Dorf der Seenomaden, wobei er den Jungen aus den Augen verlor. Marcel war zu aufgeregt, um zu schlafen, hatte das Bedürfnis, sich mit einem Menschen auszutauschen. In der Hoffnung, dass Thong sich Zeit für ihn nehmen würde, schlenderte Marcel zu der Stelle, wo der Kabang des Greises im seichten Wasser vor sich hingedümpelt hatte. Es herrschte Windstille – nur das Rauschen des Meeres bewies, dass die Welt sich weiterdrehte, sich die Erde auf gewohnter Umlaufbahn befand. Von dem Greis fehlte jede Spur. Dort, wo das Hausboot gelegen hatte, war nichts außer Wasser, in dem sich Meeresgetier tummelte. Marcel sorgte sich um den alten Mann, der in der Sympathieskala, nach dem letzten Gespräch, an Profil gewonnen hatte. *Wie ist es möglich, dass Thong mit diesem verrotteten Kahn aufs Meer hinausfährt,* dachte er und schlenderte zur Pfahlhütte seiner Gastgeber. Er zog seine Schuhe aus und trat ein. Die Frauen schliefen, die Petroleumlampen gelöscht. Die Matten von Dao und San Pha gähnten vor Leere. Marcel versuchte, die Schlafenden nicht zu stören, und schwang sich in seine Schaukel. Wie in der Nacht zuvor kam der Hausherr gegen 23.00 Uhr zurück. Gewöhnlich verbrachte er die Abende mit Glückspielen, wobei der Alkohol in Strömen floss. *Arme Khin! Hoffentlich versäuft und verspielt ihr Mann nicht alles, was die Familie zum Leben benötigt.*

Knochenjobs

Das Frühstück am Morgen fiel mager aus. Es gab keinen Reis, sondern ausschließlich ein paar kleine Fische, die Cha auf dem Grill zubereitete. Marcel beobachtete sie, wobei er ihre graziösen Bewegungen, die Geschmeidigkeit ihrer Finger sowie das lange glatte Haar, das über ihrer Brust wippte, bewunderte. Einmal gewann er sogar den Eindruck, als zeichne sich ein Lächeln in ihrem Gesicht ab. Der Farang berichtete, was er am

Tag zuvor erlebt hatte, von der Arbeit in der Station des Zeltlagers und von Natthapon, dessen Freundlichkeit ihn abgeschreckt hätte.

»Natthapon? Du hast dich mit diesem Tunichtgut eingelassen«, zischte Khin und wischte sich eine Schweißperle von der Stirn.

»Ja, nein…warum magst du ihn nicht? Er ist einer von euch, spricht die Sprache der Moken.«

Sie winkte ab und sagte: »Ach was, er kennt nicht einmal die zehn wichtigsten Wörter. Der Junge hat keine Erlaubnis, diese Insel zu betreten. Er hat hier nichts zu suchen!«

»Er ist ein Kind. Außerdem leidet er unter einer Fehlstellung der Beine.«

»Kein falsches Mitleid. Halte dich von ihm fern. Ich möchte nicht, dass du in diesem Hause jemals wieder seinen Namen erwähnst«, fauchte Khin und baute sich vor ihrem Gast auf.

»OK, ich konnte ja nicht ahnen, wie sehr du ihn verachtest.«

»Verachtung? Das ist nicht der richtige Begriff für diesen Diener des Bösen.«

Marcel irritierte das Verhalten der Hausherrin, hatte sie nie zuvor so aufgebracht erlebt.

Oh nein, wie naiv diese Leute sind. Eine körperliche Behinderung reicht aus, um einen Menschen zu diskriminieren. Jetzt fehlt nur noch der Hinkefuß, dann würde man Natthapon für die Ausgeburt der Hölle halten.

Der Farang hatte bei Thong erfahren, dass Dämonen in der Welt der Seenomaden eine Rolle einnehmen, die nicht in die Vorstellungswelt der Europäer passt. Aber von diesem Hänfling ging keine Gefahr aus, so zumindest, glaubte Marcel. Dass Cha bei der Erwähnung seines Namens zusammenzuckte und sich in die hintere Ecke des Raumes zurückgezogen hatte, entzog sich der Aufmerksamkeit des Deutschen. Er verzichtete darauf, das Mysterium aufzulösen, zumal Dao ihn darum gebeten hatte, von Nachfragen abzusehen. Es war ratsam, über manche Dinge den Mantel des Schweigens zu legen.

Marcel stolzierte zum Meer, dort wo die Träume der Moken, denen die thailändische Regierung immer mehr Regeln auferlegte, begraben waren. Drei Männer trugen ein Netz ans Ufer und schütteten es aus. Der erste Fang des Tages wartete auf Bewunderer. Aus den Pfahlbauten stürmten die Dorfbewohner heraus, die sich wie Kinder freuten. Es war nicht viel, was sie zu fassen bekamen. Der Fischreichtum der Andamanensee gehörte der Vergangenheit an. Schwimmende Fischfabriken aus Thailand, China und Japan sorgten dafür, dass die Lebensgrundlage der Seenomaden schwand. Marcel warf einen Blick auf die Ausbeute, zappelnde Fische, die vor dem Erstickungstod standen. Er wandte sich ab und suchte den Liegeplatz von Thong auf, fand ihn aber nirgends.

 In größter Sorge um den alten Mann nahm der Deutsche am Mittag das Boot zur Nordinsel, um zu seiner Arbeitsstelle zu gelangen. Dtan erwartete ihn mit in den Hüften gestemmten Armen.

»Sawadie kha. Wieder mal spät dran? Jetzt aber schnell, es gibt viel zu tun.«

»Aber sich sollte doch…«

»Keine Diskussion. Ich muss rüber zum Festland und warte seit einer halben Stunde auf dich.«

»Reg dich ab, Dtan! Was soll ich heute kochen und wie viele Personen sind zu bewirtschaften?«

»12 Gäste aus fünf verschiedenen Nationen. Es gibt Massaman Curry, aber in der Originalrezeptur.«

Marcel errötete. *Ausgerechnet Massaman Curry!*

»Gab es sonst nichts auf dem Markt wie die Zutaten zu diesem Allerweltsgesicht?«

»Halt deinen Mund! Ich entscheide, was gekocht wird. Außerdem muss ich auf die Kosten achten«, sprach der Dicke und schleppte sich zu der Fähre.

Mit der Faust in der Hosentasche begab sich Marcel in die Küche. Er traute seinen Augen nicht.

Berge von Abfällen türmten sich auf dem Boden, an Essensresten vom Frühstück labten sich Ratten, die erst beim Näherkommen das Weite suchten.

»Mein Gott, was hat der Kerl für ein Chaos hinterlassen!«

Aufräumen, spülen, Boden säubern, Abfall entsorgen, Ungeziefer entfernen – der Farang mühte sich, die Gaststätte in einen akzeptablen Zustand zu versetzen, bis ihm der Schweiß unter die Kleidung kroch.

Am späten Nachmittag begann er mit der Zubereitung des Abendessens, das für 18.00 Uhr auf dem Speiseplan der Touristengruppe stand. Diesmal bereitete es ihm keine Mühe, das Gericht in der Form zuzubereiten, wie es die Originalrezeptur erforderte.

Um 17.30 Uhr trafen die Gäste ein, die unter Leitung von Maison, einem Skipper aus Kalifornien, zum Tauchen auf die Surin-Inseln gekommen waren. Marcel deckte den Tisch, schenkte Wasser aus und trug das Essen auf. Er selbst nahm von dem Mahl nicht einen Bissen zu sich, obwohl der Hunger im Magen rumorte. Der Curry schien den Gästen zu munden, niemand äußerte Kritik oder rührte die Speisen nicht an.

»Wie in einem Bangkoker Spezialitätenrestaurant, einfach spitze, was du in dieser Wildnis gezaubert hast«, lobte Maison den Deutschen zum Abschluss des Mahls und klopfte ihm auf die Schultern.

Dieser Satz erfüllte ihn mit Stolz, zum ersten Mal in Thailand gelang etwas, wandelte er nicht auf der Verliererstraße. Mit spielerischer Leichtigkeit räumte Marcel den Tisch ab und versorgte die Touristen mit Getränken, wobei einige dem Alkohol frönten und ein Bier nach dem anderen in sich hineinschütteten. Die Gruppe genoss die Tropennacht und lauschte den Erzählungen des Amerikaners, der, genau wie Sven, seit Jahren in der Andamanensee Touristen durch die Inselwelt führte. Die beiden Männer kannten sich persönlich. Es gab nicht viele Ausländer, denen es in der Corona-Krise gelungen war, ihr Business aufrechtzuerhalten.

Punkt 20.00 Uhr, als die Arbeiten in der Küche beendet waren, stolzierte Dtan durch das Zeltlager und erkundigte sich bei den Gästen, ob alles ihren Vorstellungen entsprochen hätte und sie mit der Bewirtung zufrieden gewesen wären. Erneut lobte Maison die Kochkünste des Düsseldorfers.

»Kannst du mir bitte die 500 Baht geben. Ich muss zum Boot und möchte nicht, dass ich wieder in Zeitnot gerate«, sagte Marcel zu Dtan, nachdem dieser den Gästen die Rechnung präsentiert hatte.

»Sorry, aber ich kann dir nur 250 Baht zahlen.«

»Wie bitte? Willst du mich vergackeiern?«

»Wir hatten vereinbart, dass du nur die Hälfte erhältst, wenn es Beschwerden gibt.«

»Märchenonkel! Unterhalte dich mit Maison, der ist begeistert von meinen Kochkünsten. Ich habe den Curry nach der Originalrezeptur des persischen Kaufmanns aus dem 17. Jahrhundert zubereitet. Es gibt nichts zu beanstanden.«

»Oh doch, Farang, das gibt es! Die ältere Dame aus Großbritannien hat sich beklagt. Der Curry sei zu scharf gewesen. Sie hätte vier Bier trinken müssen, um den Chili-Geschmack zu übertünchen.«

Dtan deutete auf die Dame, die mit dem Kopf vorüber auf dem Tisch eingeschlafen war.

Die ist vor einer Stunde durch das Restaurant getorkelt und hat nichts mehr gerafft, dachte der Koch und baute sich vor dem Restaurantbesitzer auf. »Du bist ein gottverdammter Halsabschneider und Faulenzer. Man sollte diese Drecksbude dichtmachen und dich zum Abspecken in ein Kloster stecken. Vielleicht kommst du dort zu Verstand.«

»Unverschämter Lümmel. Hier entscheide ich, wer für welche Leistung wie viel Geld bekommt. Geh mir aus den Augen! Wegen deiner Impertinenz erhältst du von mir keinen Cent.«

Marcel packte den Dicken am Kragen. Ein Geruch nach billigem Parfüm schlug dem Deutschen entgegen.

»Zu Hilfe, zu Hilfe, mein Koch bringt mich um!«

Vom Streit der beiden Männer aufgeschreckt, stürmte Mason in die Küche. Der Amerikaner war ein schlanker Endvierziger mit Geheimratsecken und einer dünnen Nickelbrille auf der Nase. Er wirkte wie ein Professor der Geisteswissenschaften, das glatte Gegenteil zu Sven, dem Seebären.

»Was ist hier los? Hat euch die Hitze um den Verstand gebracht?«

Die Streithähne berichteten - ein jeder aus seiner Sicht- was vorgefallen war. Die Ruhe und Gelassenheit des Amerikaners sorgten dafür, dass sich die Gemüter beruhigten, was der Gesundheit des Dicken, der seit Jahren an Diabetes litt, zuträglich war. Bei der Frage der Entlohnung lagen die Vorstellungen der Zänker weit auseinander. Dtan beharrte darauf, seinem Koch aufgrund dessen Aggressivität zu bestrafen und ihn mit leeren Händen nach Hause zu schicken. Zweimal drohte er mit der Polizei, die solche Verhaltensweisen in einem Nationalpark nicht toleriere. Nach einer halbstündigen Diskussion gelang es dem Skipper, einen Kompromiss zu finden. Dtan solle seinem Koch 250 Baht zahlen und den Angriff auf sich beruhen lassen. Zähneknirschend stimmte der Gastronom dem Vorschlag zu und warf dem Tagelöhner das Geld vor die Füße. Marcel unterdrückte seine Wut und hob die Scheine auf.

»Hey, Narzi! Versuch mal, bei deiner Rückreise den Wind zu fangen. Vielleicht bist du darin erfolgreicher als beim Kochen«, fauchte der Dicke.

Marcel stürmte mit geballten Fäusten auf seinen Kontrahenten zu, um ihn erneut zu attackieren. Maison packte den Koch an der Schulter und hielt ihn zurück.

»Komm, es hat keinen Sinn, sich mit diesem Tunichtgut auseinanderzusetzen. Die Fähre wartet nicht.«

Beim Verlassen der Station sagte Maison zu dem Deutschen: »Nimm dich vor dem Kerl in Acht. Er hat Freunde bei der Polizei, die er gelegentlich mit Geschenken schmiert.«

»Ja, aber 250 Baht für einen Tag Arbeit, das ist ein Hungerlohn. Außerdem hat er mich wie einen Sklaven behandelt und mir Beleidigungen an den Kopf geworfen, die in Deutschland eine Anklage rechtfertigen würden.«

»Ich stimme dir zu. Aber in Rechtsfragen steht ein Farang in Thailand immer auf der Verliererseite. Ich mache dir einen anderen Vorschlag.«

»Was hast du dir ausgeheckt?«

»Ich habe mit Sven gesprochen. Er hat mir berichtet, dass du zwar nicht zum Tiefseetauchen taugst, aber durchaus in der Lage bist, Anfängern zur Seite zu stehen. Ich unternehme morgen mit einer Gruppe von Touristen für zwei Tage eine Tour durch den Archipel. Wenn es dein Zeitplan erlaubt, kannst du mich bei den Ausflügen begleiten.«

»Auch wieder für 500 Baht, von denen ich die Hälfte erhalte?«

»Wo willst du hin, ich bin kein Halsabschneider, sondern ein Geschäftsmann, der seine Mitarbeiter fair behandelt. Ich zahle dir den gleichen Lohn wie Sven, also 20 Dollar am Tag.«

»Einverstanden! Treffen wir uns hier im Zeltlager?«

»Nein, das würde den Dicken provozieren. Ich möchte nicht, dass er einen Herzinfarkt erleidet. Ich hole dich um 9.00 Uhr am Anleger von Ko Surin Tai ab.«

Marcel schlug in die ausgestreckte Hand des Skippers ein und beeilte sich, das letzte Boot zur Südinsel zu erreichen. Diesmal war er der einzige Passagier. Von Natthapon fehlte jede Spur. Die Fahrt verlief unruhig. Die Wellen nagten am Longtail-Boot und trieben es wie eine Nussschale vor sich her. Mit kalkweißem Gesicht quälte sich der Farang ans Land und wankte zum Strand, dorthin, wo gewöhnlich der Kabang von Thon im Wasser dümpelte. Er wünschte sich nichts sehnlicher, als den alten Mann wiederzusehen, denn er hatte ihn in sein Herz geschlossen. Erneut zog sich das Meer um zwei Meter zurück. Marcel atmete durch - der Greis hockte im Schneidersitz auf dem Bug des Schiffes und winkte ihn zu sich heran.

»Bist du ein Gott oder ein Dämon, der Macht über das Wasser hat?«

Der Greis winkte ab und sagte: »Nein, weder noch! Wie du weißt, bin ich Schamane. Von Zeit zu Zeit prüfe ich, ob ich die Magie besitze, die mich früher ausgezeichnet hat.«

»Was hat das mit dem Meer und den Wellen zu tun?«

»Ich versuche, das Wasser für ein paar Sekunden zum Tanzen zu bringen. Das ist völlig gefahrlos. Aber es gibt jemanden, der diese Kunst tausendmal besser beherrscht als ich. Meine Kräfte schwinden mit zunehmendem Alter, die seinigen nehmen von Tag zu Tag zu.«

»Oh! Wer ist dieser Meeresfürst? Kannst du mich mit ihm bekannt machen? Ich bin neugierig!«

Schweigen, aber der Blick des Seenomaden verriet, dass er nicht bereit war, den Namen der Person zu offenbaren.

Marcel sah von weiteren Erkundigungen ab und sagte: »Wie dem auch sei. Ich freue mich, dich wohlbehalten anzutreffen. Ich war in Sorge um deine Gesundheit.«

»No worries, Pechvogel, kümmere dich um deine eigene Verfassung! Hast du dich in der neuen Umgebung eingelebt?«

»Ja, nach anfänglichen Schwierigkeiten.«

»Das wundert mich!«

Der Farang verbarg den Ärger über diese Antwort hinter einer Fassade aus Gleichmut. Er nutzte die Gelegenheit, um eine Frage zu stellen, die ihm auf dem Herzen lag: »Warum ist Cha eigentlich stumm? Ich habe den Eindruck gewonnen, dass die Familie ein Geheimnis hütet.«

Die Miene des Seenomaden verfinsterte sich, sein Blick schweifte über das Meer, als ob die Antwort auf den Wellen trieb. Er baute sich vor dem Deutschen auf und sagte mit einem dunklen Tonfall, der nicht zu seiner schmächtigen Figur passte: »Nicht die Stimmen aus der Welt der Leiden entscheiden darüber, welchen Weg du einschlägst. Diejenigen, die du nicht hörst, die aus den Tiefen deiner Seele kommen, führen dich durch die Nacht.«

Marcel starrte den Greis mit offenstehendem Mund an.

»Das verstehe ich nicht, was willst du mir damit sagen?«

»Versuche, es selbst herauszufinden. Bis dahin bitte ich dich, niemanden auf der Insel ein zweites Mal diese Frage zu stellen.«

»Nein…ja…, entschuldige meine Neugier«, sagte Marcel und verbeugte sich vor dem alten Mann, dessen Aggression den Deutschen unvorbereitet traf.

»OK, akzeptiert! Stellen wir alles auf Anfang. Wie lebt es sich als Tourist auf den Inseln?«

Jetzt zog Marcel die Mundwinkel nach unten.

»Ich bin kein Tourist, sondern hege die Absicht, mich in Thailand niederzulassen, vielleicht sogar bei den Seenomaden.«

Thong lachte, wobei Marcel sich fragte, ob er sich einer Beschwichtigungsgeste bediente oder sich der Greis über die Pläne des Deutschen amüsierte.

»Entschuldigung! Mir ist klar, dass du nicht wegen ein paar Bildern oder Posts in den sozialen Netzwerken in dieses Land gereist bist. Wir sollten beide das Gehirn einschalten, bevor Worte einen anderen Menschen verletzen.«

Marcel nickte und schwieg. Der alte Mann kehrte in seine meditative Sitzposition zurück. Marcel nahm auf dem Sand vor dem Hausboot Platz. Lange Zeit saßen die Männer wortlos nebeneinander und lauschten den Wellen, die sanft den Strand küssten. Was hatte Marcel für einen Sonderling angetroffen? Wenn sein Aussehen und biblisches Alter nicht gewesen wären, hätte man ihn für einen Professor aus London gehalten, der in die Wildnis gereist war, um fremden Kulturen das Oxford-Englisch zu lehren. Sogar mit dem Internet schien er sich auszukennen. Dennoch stellte Marcel manches infrage, was der alte Mann ihm mitgeteilt hatte, zumal der Blondschopf den Eindruck gewann, dass Thong ihm etwas verschwieg.

Wie ein Messer brach die Stimme des Greises die Stille: »Wer am Strand steht, richtet seinen Blick nicht auf das Land, sondern aufs Meer.«

»Klar! Man genießt die Wellen, das Spiel der Fische und die Weite, die uns der Ozean uns bietet.«

»Unterbrich mich nicht! Landratten unterschätzen die Gefahren, die im Meer lauern.«

»Das mag ja sein. Aber für mich gibt es dennoch keinen Grund, dieses Glücksgefühl am Wasser infrage zu stellen.«

»Oh doch Pechvogel, den gibt es und den solltest du dir hinter beide Ohren schreiben.«

Marcel erhob sich vom Boden und runzelte mit der Stirn.

»Und der lautet?«

»Wenn du die Absicht verfolgst, bei uns zu bleiben, dann achte die Regeln der Seenomaden. Es gibt ein Tabu, das niemand verletzen darf.«

»Ein Tabu?«

»Oh ja! Ich habe gehört, dass du morgen unsere Riffe besuchst, um dort zu tauchen?«

»Ja, das stimmt. Wer hat dir das erzählt?«

»Das spielt jetzt keine Rolle. Breche nirgendwo in der Andamanensee die Korallen in ihren Gärten, selbst dann nicht, wenn die schillerndsten Farben dich verführen.«

»Das habe ich nicht vor. Es fällt mir nicht schwer, dieses Gebot einzuhalten. Der Schutz des Meeres liegt mir am Herzen.«

»Höre auf meine Worte: Breche niemals die Korallen! Es geht nicht nur um den Naturschutz, so wichtig die Nesseltiere auch für das Ökosystem sind.«

»Sondern?«

Anstatt einer Antwort richtete der Greis sich auf und zog sich in seine Schlafkabine zurück.

Der Farang gewann den Eindruck, dass es Thong nicht gestattet war, mit Fremden über den Hintergrund des Tabus zu sprechen.

Marcel trat den Heimweg an, den Kopf beladen mit Gedanken, die sich zu Bergen türmten. *Was steckt hinter diesem Tabu? Ich bin mir sicher, dass es mit dem Geisterglauben der Moken in Verbindung steht.*

Er schob die Tür auf. Khin hockte abseits am Boden und wimmerte vor sich hin. Sie bemerkte den Gast, erhob sich mit schmerzverzerrtem Gesicht und legte sich neben ihrem Mann in die Hängematte. Der Blondschopf war zu erschöpft, um den Grund für ihren Schmerz zu hinterfragen.

Ko Surin Marinepark

Am nächsten Morgen bemerkte Marcel, wie von einer Platzwunde auf ihrer Stirn ein rotes Rinnsal über die rechte Wange lief und ihre Unterlippe geschwollen war.

Sie säuberte die Wunde und sagte: »Ich bin gefallen.« Mit einer unmissverständlichen Handbewegung unterstrich sie, dass das Thema damit für sie erledigt war.

Marcel hegte einen Verdacht, der in seiner Seele schmerzte, verzichtete aber auf Nachfragen.

Er würdigte dem Hausherrn keines Blickes und lief zum Bootsanleger, um auf Mason zu warten, der versprochen hatte, ihn für einen Tag als Tauchbegleiter für Anfänger zu beschäftigen.

Der Blondschopf hockte sich auf den Boden, wobei sein Blick auf sein rechtes Hosenbein fiel. Jemand hatte die Löcher in der Jeans gestopft. *Das muss Khin oder eine ihrer Töchter gewesen sein.*

9.15 Uhr - keine Jacht in Sichtweite.

9.30 Uhr – vom Skipper keine Spur.

Eine weitere Enttäuschung. Alle wollen etwas von mir, aber wenn ich etwas benötige, ist keiner da, der mir unter die Arme greift.

Marcel stand im Begriff, zum Pfahlbau zurückzukehren. Der Skipper tauchte auf, die Zwillingsschwestern Cha und Palita im Schlepptau.

»Na, du hast wohl befürchtet, wir hätten dich vergessen? Es ist heute zu stürmisch, um am Pier anzulegen. Mein Boot liegt auf Reede. Deine beiden Freundinnen kommen mit.«

Mit ausgebreiteten Armen stammelte Marcel: »Warum… habt ihr mir denn nicht … beim Frühstück?«

»Wir wollten dich überraschen. Es gibt nicht viel in unserem Leben, was uns Freude bereitet«, sagte Palita und zog den Farang hinter sich her.

Mason krümmte sich vor Lachen, denn der Blondschopf war zwei Köpfe größer als die junge Frau, die seit dem vierten Lebensjahr kaum gewachsen war. Marcel fragte sich, ob es ihr an Wachstumshormonen mangelte oder eine Krankheit der Seele der auslösende Faktor war. Er erinnerte sich an den Roman „Die Blechtrommel“ von Günther Grass, in dem der Protagonist „Oskar Matzerath“ seit seinem dritten Geburtstag nicht gewachsen war. Da ihre Zwillingsschwester Cha eine stattliche Größe aufwies, vermutete Marcel, dass Zweiteres den Ausschlag gegeben hatte.

Auf der Jacht sagte Mason zu dem Deutschen: »Ich kenne die Familie schon seit Jahren. Sie ist sehr arm und fährt nicht mehr hinaus aufs Meer. Im Nationalpark dürfen sie kein Holz für ihre Boote schlagen und sind gezwungen, an Land zu bleiben. Die beiden jungen Damen kommen heute mit uns, um an den Korallenriffen nach Meeresfrüchten zu suchen.«

»Ich freue mich, dass du dich um sie kümmerst. Ich habe den Eindruck gewonnen, dass der Hausherr das Wenige, was die Familie besitzt, verspielt und vertrinkt.«

»Ja, das ist leider wahr«, sagte Mason und dirigierte den Tagelöhner zu dem Longtail-Boot, welches die Vierergruppe zu der auf Reede liegenden Jacht schipperte.

Die Touristen scharrten mit den Füßen und begrüßten den Skipper mit den Worten »Na, endlich, das hat aber lange gedauert!«

Nach einer von heftigen Wellenschlägen geprägten Überfahrt erreichte die Jacht eines der Korallenriffe vor den Surin Inseln an der HQ Bay. Die Taucher trafen die Vorbereitungen für das Abenteuer. Marcel ließ sich fallen und schwebte – gemeinsam mit vier Engländern, darunter die ältere Dame, die die Schärfe des Curries moniert hatte, in die Tiefe.

Ausgerechnet diese Xanthippe gehört zu meiner Gruppe.

Schwärme bunter Fische, Clownfische, Kaiserfische, Kugel- und Kofferfische sowie vereinzelt Oktopusse, Seepferdchen oder Schildkröten gaben sich ein Stelldichein.

Am Nachmittag nahm das Boot Kurs auf den Richelieu Rock, eine Gruppe schlanker Felsen.

»Hier habt ihr die einmalige Gelegenheit, Walhaie und Barrakudas zu beobachten. Genießt den Tauchgang! Richelieu Rock ist ein Tauchparadies von Weltklasseformat. Aber achtet auf die Strömung. Sie kann sehr stark sein«, gab Mason der Gruppe mit auf den Weg ins Wasser.

Es dauerte nicht lange, bis die Taucher den Weg eines Walhais kreuzten, der ihnen aufzeigte, wie klein Menschen in der Unendlichkeit des Ozeans sind. Ein Mantarochen tauchte auf. Sie schwammen mit ihm um die Wette, vermochten aber nicht, mit seinem Tempo mitzuhalten. *So habe ich mir das Paradies vorgestellt,* dachte Marcel und verdrängte für einen Moment die Sorge um seine Kompetenz, anderen Menschen das Tauchen zu lehren. Bei Einbruch der Dunkelheit steuerte Maison das Boot in eine Bucht, wo Besatzungsmitglieder und Passagiere den Abend unter dem Sternenzelt genossen.

Mit dem ersten Sonnenstrahl nahm das Boot am Folgetag Kurs auf die Burma Banks, ein abgelegenes Tauchrevier mit untereinander verbundenen Seeschluchten, die ihresgleichen auf der Welt suchen. Die Engländerinnen verzichteten auf den Tauchgang und begnügten sich damit, am Riff zu schnorcheln. Marcel beobachtete Palita, die ohne Tauchausrüstung in die Tiefe schoss. Sie sammelte Muscheln, Garnelen sowie Schnecken in den Farben des Meeresbodens.

»Wie kann die junge Frau mit bloßem Blick erkennen, was sich mir sogar mit Schwimmbrille nur als fahles Einerlei offenbart«, fragte Marcel den Skipper, der an der Reling das Treiben im Wasser beobachtete.

»Die Mokenkinder besitzen die Gabe, unter Wasser scharf zu sehen. Im Erwachsenenalter verlieren sie dieses Privileg. Palita ist, was ihre Physis anbelangt, ein Kind geblieben. Daher ist es ihr, trotz ihres Alters, gelungen, sich diese Fähigkeit zu bewahren.«

»Kinder mit Superaugen? Ich wusste nicht, dass es so was auf diesem Planeten gibt.«

»Auf dem Archipel gibt es viel mehr, was sich deiner Vorstellungskraft entzieht.«

Auf der Rückfahrt nach Ko Surin Tai hockte der Farang gegenüber den Zwillingen, die die Ausbeute aus dem Meer auf den Schiffsplanken ausgelegt hatten.

Die beiden tuschelten miteinander. Ihre Augen ruhten auf dem blonden Schopf des Deutschen, eine Spielart der Natur, die es in ihrer Welt nicht gab. Cha wäre am liebsten aufgestanden, um ihn an den Haaren zu zupfen, um zu prüfen, ob sie echt waren oder er eine Perücke aus einem Schönheitssalon der Inselhauptstadt trug. Palita hielt sie zurück.

Marcel hatte keine Ahnung, worüber sich die Beiden in der Zeichensprache unterhielten. Er fühlte sich aufgehoben auf dem Boot mit dem Skipper Mason, der den Tauchkenntnissen des Autodidakten Anerkennung zollte. Der Blondschopf schielte immer wieder rüber zu den Geschwistern, versuchte aber, sein Interesse an den Damen hinter einer Fassade aus Gleichgültigkeit zu verbergen. Mit ihren ebenmäßigen, sonnenverwöhnten Gesichtern und den langen, schwarzen Haaren glichen sie Prinzessinnen aus dem Märchenbuch. Palitas Erscheinungsbild wirkte aufgrund ihrer Statur unausgewogen. Bei Cha entfaltete sich die Schönheit in voller Reife.

Marcel fiel es schwer, den Blick von der großen Schwester abzuwenden. Ihm gefiel die junge Frau, die immer so wirkte, als träume sie mit offenen Augen, als suche sie das Glück an einem Ort außerhalb dieses Planeten. Er spürte, dass auch sie etwas für ihn empfand – manchmal sagen Blicke mehr als 1000 Worte.

»Habt ihr die Löcher in der Jeans gestopft«, fragte Marcel und schaute den Damen tief in die Augen. Sie kicherten, gaben ihm jedoch keine Antwort. Nach einer Weile sagte Palita: »Meine Schwester möchte etwas über dein Leben erfahren, aus welchem Land du kommst und ob du verheiratet bist.«

»Da gibt es nicht viel Positives zu berichten. Ich ziehe das Unglück an, unabhängig davon, wo ich mich aufhalte. Mit Frauen habe ich immer nur Pech gehabt.«

Cha bediente sich der Zeichensprache, die der Farang nicht zu deuten vermochte, aber Palita übersetzte: »An diesen Themen ist meine Schwester interessiert. Erzähl doch weiter.«

Der Redefluss beflügelt von der Magie des Meeres und dem Interesse der Damen berichtete Marcel über Europa, über den Krieg in der Ukraine, die Energiewende in Deutschland und den Rosenmontagszug in Düsseldorf.

»Nein, das ist nicht das, was sie hören möchte. Erzähle etwas über dich persönlich, über deine Familie, die Kinder und deine Frau.«

»Ich habe doch schon erwähnt, dass ich keine Frau habe.«

»Sondern?«

»Also gut, wenn sie es unbedingt wissen will, gebe ich ihr ein paar Infos über mein Leben im Schatten der Düsseldorfer Bürotürme: Es fing schon damit an, dass ich als Kind zu Hause nie etwas Vernünftiges zu essen bekam. Häufig gab es lediglich ein paar Erdnussflips oder Paprika Kartoffelchips, um die ich mich mit anderen Kindern gestritten habe. Ich weiß bis heute nicht, wer mein Vater ist. Die Mutter war krank und konnte ohne Drogen nicht leben. Dennoch habe ich sie geliebt und trage die Erinnerung an sie bis heute im Herzen.«

Beim Thema Drogen geriet das Temperament von Cha in Wallungen. Sie nutzte ihre Hände, die Augen und die Mimik, um sich mitzuteilen. Ihr Körper war ständig in Bewegung, sie drehte sich nach vorn, zur Seite und nach hinten, um ihre Emotionen auszudrücken. Noch bevor Palita zur

Übersetzung ansetzte, ahnte der Farang, welche Frage Cha auf der Zunge lag.

»Sie möchte wissen, ob du heute noch etwas mit Drogen zu tun hast?«

»Nein, keine Sorge. Ich hasse Drogen und alles, was mit ihnen in Verbindung steht. Ich fürchte mich sowohl vor ihrer Wirkung als auch vor dem Milieu, in dem sie gehandelt werden.«

Cha entspannte sich. Der Farang fuhr fort, aus seinem Leben zu berichten: »Hin- und hergerissen zwischen den Partnerschaften meiner Mutter erlebte ich eine Kindheit voller Wechselbäder. Die Spielkameraden wechselten häufig. Als Jugendlicher wurde ich von den Mitschülern gemobbt. Da ich mehr mit meiner Verteidigung als mit dem Lernstoff beschäftigt war, verließ ich die Schule ohne Abschluss.«

Die Geschwister kicherten.

Wahrscheinlich wissen sie nicht, was ein Schulabschluss ist, dachte Marcel und ignorierte die Einlassung.

In Wahrheit lachten die jungen Damen über den Begriff „Mobbing", der ihnen unbekannt war.

»Mein beruflicher Werdegang glich einem Fiasko, denn ich erlebte eine Pleite nach der anderen. Aber auch in anderen Bereichen ging alles schief. Auf meine gescheiterte Ehe folgten Frauengeschichten, die im Chaos endeten. Stets gaben Geldprobleme Anlass zum Streit.«

Diesmal wog Palita ihren Kopf hin- und her und sah zu ihm auf.

»Was ist los? Hat Cha etwas nicht verstanden? Weiß sie nicht, warum Geld in meiner Kultur von größter Bedeutung ist?«

»Halte uns nicht für Einfaltspinsel! Sie wundert sich darüber, wie gut du dich in der Landessprache verständigen kannst.«

»Oh, danke für das Kompliment. Aber ich kann es nur sprechen. Lesen oder Schreiben entzieht sich meiner Kenntnisnahme.«

»Das geht uns genauso. Unsere Muttersprache gehört zum Zweig der malayo-polynesischen Sprache und hat nichts mit dem Thai gemein. Für uns ist es, genau wie für dich, eine Fremdsprache. Aber bitte, erzähl doch weiter! Cha kann es kaum erwarten, mehr über dein Leben zu erfahren.«

»OK, auch wenn es mich traurig stimmt. Meine Mutter starb im Alter von fünfzig Jahren an einer Überdosis Heroin. Sie hatte es nie einfach im Leben gehabt, eine Kindheit ohne Freude. Bitte habt Verständnis dafür, dass ich nichts weiter über sie berichten möchte.«

Die Zwillinge nickten. Cha reagierte mit ihrer typischen Gestensprache, wobei Palita Zeit benötigte, um zu übersetzen.

»Sie kann das, was du uns dargelegt hast, aus eigener Erfahrung nachvollziehen. Wenn über deiner Kindheit ein Schatten liegt, wird es nie hell im Leben«, sagte sie und ergriff seine Hand. Marcel spürte, dass er einen wunden Punkt berührt hatte, der beide Frauen betraf. Er verzichtete darauf, sie zu bedrängen, und fuhr mit seinem Bericht fort: »Nach dem Tod meiner Mutter geriet ich in einen Abwärtsstrudel, bis ich auf Lisa traf, die ich sofort ins Herz schloss. Aber sie war eine Betrügerin, die mich ins Unglück gestürzt hat. Mich friert, sobald ich an sie denke.«

Im Augenwinkel beobachtete der Farang, wie Cha den Kopf wiegte und Palita mit der Zeichensprache Anweisungen erteilte.

»Darüber, dass du Lisa verachtest, hat meine Schwester Verständnis. Aber sie hat den Eindruck, dass du ihr etwas verschweigst, was in deiner jüngsten Vergangenheit begründet liegt. Vor allem interessiert sie, was dich zu uns geführt hat und wie es dir auf der Insel gefällt.«

Marcel stemmte die Arme in die Hüften und sagte: »Nein, jetzt reicht es mir! Ich habe schon viel zu viel von mir preisgegeben. Nun möchte ich etwas über euch erfahren. Ein Leben in Extremen. Über den Dschungel, der bis ans Meer greift, die Haie, die sich gegenseitig die Beute streitig machen und die Tsunamis, die seit Jahrhunderten den Archipel heimsuchen.«

Beim Begriff „Tsunami" nahmen sich die Zwillinge in die Arme. Von einem Moment zum anderen verfielen sie in eine Schockstarre. Sie wirkten verängstigt und zerbrechlich zugleich, wie zwei Vögel, denen man die Flügel gestutzt hatte.

»Habe ich etwas Falsches gesagt?«

Keine Antwort, die Unterhaltung war beendet. Marcel gelang es im Verlauf der Überfahrt nicht, die Zwillinge aufzumuntern. Er schloss die Augen und meditierte. Das Ziel, die Gedankenfreiheit zu erreichen, verfehlte er. Im Gegenteil – eine Flut von Fragen schoss durch sein Gehirn. Cha mochte ihn, das spürte er in seinem Herzen und dieses Gefühl beruhte auf Gegenseitigkeit. Wenn ihre tiefschwarzen Augen auf ihn ruhten, glaubte er, ins Paradies zu schauen. Aber sollte er es wagen, sich ihr zu nähern, in ihr Leben einzudringen und sie zu ehelichen, Kinder gemeinsam großzuziehen? Für einen „one night stand" war ihm Cha zu wertvoll und diese Form der Beziehung passte auch nicht zur Natur dieses Volkes. Hatte er ein Recht dazu, in eine Kultur einzutauchen, deren Vorstellungswelt der seinigen diametral gegenüberstand? War er in der Lage, ihr die Schwermut von der Stirn zu küssen, er, der selbst Probleme hatte, das Leben zu meistern? Ein Meer von Erwartungen würde auf ihn zukommen und ihn überfordern. *Ich bringe ihr Unglück und ziehe sie tiefer in den Abgrund hinein. Es ist besser, sich von Cha fernzuhalten. Sie wird ihre Erfüllung bei einem anderen Mann finden.*

An der tiefsten Stelle des Meeres bekam die Jacht eine Schräglage. Marcel äugte zu Mason, der die Jacht steuerte. Das Ruder wurde ihm aus der Hand gerissen. Eine Gruppe von Bydwalen, einige Tiere über elf Meter lang, rammten den Kiel des Bootes. Die Säuger kommunizierten untereinander, pfiffen sich gegenseitig zu.

»Was ist passiert«, rief Marcel, aber seine Frage ging im Lärm der Wale unter. An der linken Seite der Jacht sprang der Anführer der Gruppe aus dem Wasser, um Luft zu holen, neue Kraft zu tanken für den Angriff auf das Schiff. Er tauchte ab und hob das Boot an der Unterseite an. Zum zweiten Mal bekam es eine Schräglage, stand kurz vor dem Untergang.

»Sofort rüber zur anderen Seite, sonst sind wir verloren«, schrie Mason die Passagiere an.

Niemand widersetzte sich der Anweisung. Das Boot stabilisierte sich, die Touristen kehrten auf ihre Plätze zurück.

Nach zehn Minuten entfernten sich die Wale vom Boot und zogen ihre Bahnen durch den Ozean. Die Meeresoberfläche war spiegelglatt – nichts erinnerte an den Überfall, der die Jacht an den Rand des Kenterns gebracht hatte. Marcel erhob sich von der Sitzbank und torkelte zum Skipper, der mit schmerzverzerrtem Gesicht und zersplitterter Nickelbrille am Ruder hockte.

»Bist du verletzt?«

»Nein, nicht der Rede wert. Ich habe mir nur die Schulter ausgekugelt. Außerdem habe ich mir den Fuß verrenkt.«

»Das ist sicher schmerzhaft. Kann ich dir helfen? Benötigst du einen Arzt?«

»Nein, sobald ich am Land bin, rufe ich den Schamanen. Er ist ein Meister seiner Zunft und bedient sich natürlicher Heilverfahren. Ich setze volles Vertrauen in ihn.«

»Wie du meinst. Warum haben die Wale uns attackiert? Ich war mir nicht darüber im Klaren, dass sich die Tiere dermaßen aggressiv gegenüber Schiffen verhalten.«

»Ich auch nicht! Ich bin im Atlantik zweimal von Orcas angegriffen worden, habe einmal nur um ein Haar überlebt. Einen Angriff von Brydwalen hat es, soweit ich unterrichtet bin, nie zuvor gegeben.«

»Hoffentlich ist das Boot nicht beschädigt.«

»Es funktioniert, nach meiner Einschätzung, einwandfrei. Dennoch werde ich es an Land einer Prüfung unterziehen.«

Marcel torkelte zurück zu seinem Sitzplatz, wo ihn die Zwillingsschwestern mit aschfahlen Gesichtern erwarteten. Auch sie hatten keine Erklärung dafür, warum die Wale die Jacht angegriffen hatten, kannten keinen vergleichbaren Zwischenfall aus der Vergangenheit. In ihrer Mimik las Marcel, dass ihnen der Angriff Sorgen bereitete.

Am Rand der Nacht warf der Schiffsjunge an der Anlegestelle der Ao Bon Bucht das Tau an Land, sprang vom Boot und befestigte es an einem Holzpfahl. Die Passagiere hatten sich von ihrem Schrecken erholt und bedankten sich beim Skipper dafür, dass er sie sicher zur Anlegestelle gebracht hatte.

»In letzter Zeit häufen sich Unglücke auf der Andamanensee, für die niemand eine Erklärung hat«, sagte er, rief einen Freund an und erteilte ihm den Auftrag, das Boot auf Schäden zu überprüfen.

Mason humpelte auf Marcel zu und lobte ihn für seine Arbeit unter Wasser. Selbst die Engländerin sei voll des Lobes gewesen. Der Amerikaner drückte dem Deutschen zwei 20 Dollar Noten in die Hand und bot an, ihm seine Tauchausrüstung für die Dauer von drei Monaten auszuleihen. Er würde Thailand morgen verlassen, um seine Familie in Los Angelos zu besuchen und erst wieder nach der Regenzeit ins Land der Engel zurückkehren. Falls das Boot Schaden genommen hätte, gäbe es genügend Zeit, um es zu reparieren.

Marcel nahm das Angebot an, bedankte sich tausendmal und versprach, die Zeit zu nutzen, um seine Tauchkenntnisse zu vertiefen. Beide Männer freuten sich darauf, bei nächster Gelegenheit zusammenzuarbeiten.

Beim Verlassen des Bootes rief er Marcel zu: »Ach, übrigens soll ich dich von Sophie grüßen. Ich soll dir ausrichten, es täte ihr leid, wie sie dich behandelt hat. Es sei nicht so gemeint gewesen und sie bittet dich um Entschuldigung.«

Marcels Blick verfinsterte sich. »Sophie? Richte ihr aus, dass ich die Entschuldigung nicht annehme. Diese Xanthippe kann mir den Buckel runterrutschen!«

»Ha, ha, ha, das mache ich, Dummkopf! Ich gebe dir mein Ehrenwort, dass ich ihr deine Antwort ausrichten werde.«

Nun gab es zwei Frauen in der Region, deren Gedanken um den Blond-schopf kreisten. Die Seenomadin eine Göttin, die Niederländerin eine Hexe, so zumindest empfand es Marcel in diesem Moment.

San Pha

Der Hausherr, der den Farang bei sich aufgenommen hatte, wartete, bis seine Frau aus dem Haus gegangen war, um sich an der linken Seite der Bucht zu erleichtern. Mit schlechtem Gewissen schlich er zum Pier, wo er in das Boot zur Hauptinsel einstieg. Er war nervös, die Sorgen um seine Tochter Dao zerrten an seinem Nervenkostüm. Nur wenn der Alkohol seine Sinne betörte, atmete er das Leben.

Bei der Ankunft am Zielort fingerte er nach den Banknoten in seiner Hosentasche, das letzte Geld der Familie, und eilte zur Gaststätte am Zeltlager, wo in einem Hinterzimmer Glücksspiele stattfanden. Dtan gewährte ihm Einlass und kniff ein Auge zu. San Pha war Stammgast, der keine Gelegenheit ausließ, um dem Laster zu frönen. Er grüßte knapp und drückte sich an Dtan, der mit seiner Körperfülle den Zutritt erschwerte, vorbei. In Vorfreude auf satte Gewinne schob der Seenomade die Tür zum Hinterzimmer auf, ein abgedunkelter Raum mit Funzellicht. Es zauberte Schatten an die Wände, an denen der Schimmel blühte. Vier Männer hockten um einen runden Tisch, der unter der Last von Geldmünzen, Wertgegenständen und alkoholischen Getränken ächzte. Zwei von ihnen waren Seenomaden, die anderen Thailänder vom Festland. Hinter der Gruppe thronte der Spielleiter vor zwei Scheiben mit Zahlen und chinesischen Sternzeichen.

Es war nicht so, dass San Pha unter Spielsucht litt. Cha hatte ihn wiederholt gewarnt und behauptet, auf lange Sicht könne man bei Glücksspielen nicht gewinnen. Der Vater stimmte ihr insgeheim zu, aber es blieb ihm keine Wahl. Er musste etwas riskieren, um den Lebensunterhalt der Familie sicherzustellen. Die Einkünfte aus dem Fischfang und die Souvenirverkäufe an die Touristen reichten nicht aus, um die Regenzeit zu überbrücken. Außerdem standen die Naturgeister an seiner Seite. Sie würden ihm den entscheidenden Hinweis liefern, welches Tier Gewinnchancen hatte.

Der Spielleiter wies den Neuankömmling mit einer Handbewegung an, Platz zu nehmen.

»Willkommen in unserer Mitte! Ich bin Ganja. Wir sind heute nur zu fünft. Wenn du auf die richtige Zahl oder das richtige Tier setzt, bekommst du deinen Einsatz 20-fach zurück.«

Das klang verlockend. San Pha hockte sich auf den Stuhl und füllte das Glas mit Sang Som, den thailändischen Rum, bis zum Rand voll. Ihm gefiel, dass Dtan den Spielern den Schnaps kostenlos offerierte. Der Spielleiter bat um Einsätze für die nächste Runde, bei der das Rad mit den Zahlen gedreht wurde. Die vier Mitspieler folgten der Aufforderung, wobei zwei von ihnen auf die „Neun" setzten, die Zahl, die in Thailand als Glücksbringer gilt. Mit einer Bewegung der rechten Hand setzte Ganja das Rad in Bewegung. Nach einer Minute blieb es bei der Zahl „Vier" stehen. Keiner der Spieler hatte auf sie gesetzt. Ganja räumte das Geld vom Tisch ab und bat um neue Einsätze. San Pha verzog keine Miene, denn er vertraute den Zahlen nicht. Stattdessen wartete er, bis der Spielleiter den Modus änderte und sich dem Rad mit den Tierkreiszeichen zuwandte. Es thronte auf drei Metallbeinen, wobei die Scheibe in allen Farben des Regenbogenspektrums schillerte. Jedes der zwölf Segmente zierte ein Tier. Ratte, Büffel, Tiger, Hase, Drache, Schlange, Hai, Ziege, Affe, Hahn, Hund und Schwein standen zur Auswahl. Das Pferd, welches ein Teil des chinesischen Horoskops bildete, fehlte. An seine Stelle trat der Hai, ein Zugeständnis an die Vorstellungswelt der Seenomaden, die diesen Raubfisch verehrten.

San Pha fasste sich in Geduld. Es galt, den richtigen Moment abzuwarten, nichts zu überstürzen oder sich von dem Spielleiter unter Druck setzen zu lassen. Die Naturgeister würden dem Vater der Seemädchen den Zeitpunkt verraten, wenn sein Tier an der Reihe war.

Draußen donnerte es. *Das ist das Zeichen*, dachte San Pha und setzte sein gesamtes Geld auf den Hai.

Ganja schaute ihn mit hochgezogenen Augenbrauen an und drehte das Rad im Uhrzeigersinn.

Der Familienvater lächelte, denn er wusste, dass ihm der Gewinn sicher war. Das Rad wurde langsamer, bewegte sich kaum von der Stelle, bis es am Hai hängen blieb.

»Heute scheint dein Glückstag zu sein«, zischte Ganja und schob dem Seenomaden den 20-fachen Betrag rüber. Draußen ertönte ein zweiter Donnerschlag, diesmal heftiger als zuvor.

Die zwei Thailänder am Tisch trauten ihren Augen nicht. Einer flüsterte dem anderen ins Ohr: »Was macht der Kerl? Schau dir den Irren an.« San Pha blieb unbeeindruckt und ließ den gesamten Betrag auf den Hai stehen. Es gab keine Zweifel, der zweite Donnerschlag war das Zeichen, auf das der Vater gewartet hatte. Ganja setzte das Rad in Bewegung, eine Spur schneller als zuvor. Er hegte die Hoffnung, durch das Tempo anderen Tieren größere Chancen gegenüber dem Hai einzuräumen: Dem Tiger, der beim Jagen 60 Stundenkilometer erreicht oder dem Drachen, der es in der Luft mit dem Wind aufnimmt. Während das Schicksal seine Runden drehte, rieb der Spielleiter mit den Sohlen den Flaum des Teppichbodens ab, denn er fürchtete sich vor dem Verlust. Der Gewinn von einer Woche würde dahinschmelzen, wenn das Rad beim Hai hängen bliebe. Es verringerte seine Geschwindigkeit. Nun oblag es der Glücksgöttin Fortuna, die Entscheidung zu treffen.

Die Luft vibrierte vor Spannung, niemand wagte, zu atmen. Der kleinste Luftzug, ein Wimpernschlag oder das Surren einer Mücke konnte dazu beitragen, das Ergebnis zu verfälschen. Das Rattern der Scheibe verstummte. Die Tür zum Hinterzimmer wurde aufgeschoben. Dtan quetschte sich durch die Öffnung und stierte auf den Hauptakteur, den Seenomaden aus Ko Surin Tai.

Seinem süßsauren Gesichtsausdruck war nicht zu entnehmen, auf wessen Seite der Gastwirt stand. Gönnte er dem Seenomaden das Glück oder hielt er zu Ganja, der regelmäßig die Gaststätte in eine Spielhölle verwandelte? San Pha bekam nichts von dem Geschehen um ihn herum mit. Seine Gedanken weilten in einer anderen Welt, dem Kosmos der Naturgeister, die ihm zuriefen: »Wenn du fest an uns glaubst, helfen wir dir. Der Hai ist unser Held, daran können weder Hase, Affe oder sonst ein Tier etwas ändern.«

Im Kopfkino des Seenomaden liefen Bilder ab. Er führte ein Verkaufsgespräch mit einem Bootsbauer, der ihm ein Kabang offerierte. San Pha drückte ihm die Geldscheine in die Hände und fuhr hinauf aufs Meer, dem Leben entgegen. In den Blicken seiner Frau und der Töchter spiegelte sich Bewunderung. Er genoss den Wind in den Haaren, das Salz auf der Haut und den Geruch von Freiheit, der in der Luft lag.

Für den Bruchteil einer Sekunde hörte die Welt auf, sich zu drehen. Fortuna waltete ihres Amtes.

Oben am Rad des Schicksals, wo bei einer Uhr gewöhnlich die zwölf steht, tauchte das Abbild des Schweins auf. Ausgerechnet dieses Tier, von dessen Fleisch der Vater nie gekostet hatte, machte das Rennen, triumphierte über Büffel, Schlange, Hahn und Hai. Der Seenomade verzweifelte an der Welt, wähnte sich im falschen Film, haderte mit den Geistern, die ihm ihre Gunst nicht erwiesen hatten. Er fingerte nach den Geldscheinen, die er auf den Hai gesetzt hatte, aber sie waren weg, befanden sich in der Obhut des Spielleiters, der mit ausdrucksloser Miene zur nächsten Runde aufforderte. San Pha spürte, wie jemand ihm unter die Achseln griff und ihn hochhievte.

»Es ist Zeit, zu gehen«, sagte Dtan. »Deine Frau sorgt sich um dich und wartet sicher schon im Haus.«

»Meine Frau? Oh, die habe ich glatt vergessen. Ich muss weiterspielen. Es gibt doch Schuldscheine!«

»Nein, das Maß ist voll. Begleiche zunächst deine Altschulden, dann können wir über neues Geld verhandeln«.

»Scheißkerl!«

Mit einem Ruck befreite sich San Pha aus dem Griff des Unsympathen und trottete zum Ausgang.

Der Gang des Vaters wirkte schwer und unbeholfen, er hatte Mühe, das Gleichgewicht zu halten.

Das Gewitter hatte sich verzogen. Dennoch würde die Sonne für ihn nie mehr scheinen.

Vertreibung aus dem Paradies von Gestern

Die Zwillinge und der Farang sprangen an Land, erleichtert, den Angriff der Wale unbeschadet überstanden zu haben. Händchenhaltend schritten die jungen Frauen voran, wobei die Dunkelheit ihre Trittsicherheit nicht beeinträchtigte. Jede trug einen Korb, worin sich die Früchte ihrer Arbeit aus den Korallengärten stapelten. *Ein kleiner Trost. Das Frühstück wird morgen reichhaltiger ausfallen*, freute sich Marcel und trabte hinter ihnen her.

»Spute dich Farang! Sie braucht deine Hilfe.«

»Was hast du gesagt, Palita?«

Die Angesprochene drehte sich um und sah den Deutschen mit einem Gesichtsausdruck an, in dem sich Verständnislosigkeit spiegelte. Das Trio marschierte weiter, vorbei an einem Baumriesen, durch dessen Geäst der Mond fahles Licht zur Erde sandte.

»Spute dich Marcel! Sie braucht deine Hilfe, sofort!«

Da war sie wieder, die Stimme, die ihn anwies, sich zu beeilen, aber es war nicht Palita, die diese Worte sprach. Der Farang blieb stehen und beobachtete die Umgebung. Hinter ihm lärmte der Urwald – von Mason fehlte jede Spur. In den Wipfeln schwangen sich Affen von Ast zu Ast mit dem Ziel, dem Trio auf Schritt und Tritt zu folgen. *Ich muss mich an diese Wildnis gewöhnen, sonst verliere ich den Verstand. Es ist nicht das erste Mal, dass ich Stimmen höre, die es nicht gibt.*

Marcel nahm Tempo auf und schloss zu den Zwillingen auf.

»Spute dich Farang! Sie braucht deine Hilfe.«

Es gab keinerlei Zweifel. Die Stimme, lauter und klarer als zuvor, entsprang der Realität, dem Hier und Jetzt. Nun war es nicht schwer, sie zu identifizieren. Es war die Stimme von Dao und sie kam von oben, von dem Baum, auf dem die Affen turnten. Khin hatte ihm in einem unbedachten Moment verraten, dass ihre Tochter in einem Baumhaus lebte, aber sie hatte auch gesagt, die Behausung läge weit entfernt vom Dorf, am anderen Ende der Insel. Jetzt aber war das Dorf zum Greifen nah, in 100 Metern würde Marcel den Pfahlbau der Gastfamilie erreichen.

»Habt ihr das gehört? Eure kleine Schwester will uns etwas mitteilen!«
Anstatt einer Antwort blieben die Geschwister auf der Stelle stehen und
starrten ihn wie einen Geist aus einer anderen Welt an. Nahmen sie die
Stimme ihrer Schwester nicht wahr oder wunderten sie sich darüber, dass
Marcel Dao kannte?

»Spute dich Farang! Sie braucht jetzt deine Hilfe.«

Marcel setzte zum Spurt an, unabhängig davon, wie es Dao gelungen war,
ihm diesen Hinweis zu übermitteln. Irgendetwas war geschehen und es
galt, keine Zeit zu verlieren. Es ging um Khin, um das Haus und es war
ein Notfall. Mit dunkler Vorahnung riss er die Tür auf. Er erstarrte. Im
Zustand der Volltrunkenheit kniete San Pha auf dem Brustkorb seiner
Frau und würgte sie. Ihr Kopf hatte die Farbe einer Tomate angenommen,
die Zunge hing heraus und anstelle eines Hilferufs ertönte ein Röcheln.
Mit den Händen hinderte sie ihren Mann daran, sie zu erwürgen. Er lachte
hämisch und schlug ihr mit der Faust ins Gesicht. Erneut versuchte er, das
Opfer zu strangulieren, es ins Jenseits zu befördern. Khin ruderte mit den
Armen, drehte den Kopf erst nach links, dann nach rechts und unternahm
den Versuch, sich mithilfe der Unterschenkel aus ihrer Lage zu befreien.
Es half alles nichts – die Würgegriffe verstärkten sich. Marcel stürmte auf
den Trunkenbold zu und hieb mit der Faust auf dessen Hinterkopf ein.
Ein Aufschrei – er ließ von seinem Opfer ab und schlug mit dem Rücken
auf den Holzpaneelen auf. Wie ein angeschlagener Boxer richtete er sich
auf. Der Farang stieß ihn zur Seite und wandte sich Khin zu, die wim-
mernd am Boden lag.

»Geht schon! Ich bin in Ordnung«, sagte sie und fuhr sich an den Hals.
Sie blutete aus Nase und Mund, über der rechten Augenbraue klaffte eine
Wunde. Mit gefletschten Zähnen stürzte sich San Pha auf den Deutschen
und trat ihm mit dem Knie in die Hoden. Der Farang schrie auf vor
Schmerz, fasste sich an die betreffende Stelle und ging in die Knie. Diesen
Moment der Hilflosigkeit nutzte San Pha aus und schlug zu – immer und
immer wieder, jedes Mal eine Spur heftiger. Marcel verlor das Bewusstsein.

Die Zwillinge stürmten in den Raum und verhinderten, dass San Pha seinen Kontrahenten zu Tode prügelte. Der Vater wagte nicht, sich an seinen Töchtern zu vergreifen, und verließ den Pfahlbau mit einer Flut von Flüchen. Er würde wieder kommen, aber nicht allein, sondern mit Verstärkung.

Der Farang kam zu sich. Er schaute in das Antlitz von Cha, die ihn anlächelte. Befand er sich im Himmel. Reichte ihm ein Engel die Hand, um ihn ins Paradies zu führen? Hätte sie reden können, wären Worte der Liebe über ihre Lippen geflossen, aber auch ohne Sprache konnte er ihre Gefühle in der Mimik lesen. Palita und Khin richteten ihn auf, gaben ihm Wasser, reinigten seine Wunden und legten ihm den Dank zu Füßen.

»Gerade noch rechtzeitig«, sagte Palita. »Mein Vater war nicht nur betrunken, sondern hat beim Spiel unser ganzes Geld verloren. Er hat auf sein Lieblingstier gesetzt, aber das Rad hat eine andere Wahl getroffen.«

»Er ist kein schlechter Mensch. Die Verzweiflung führt dazu, dass er Dinge tut, die er später bereut. Er kann das Leben an Land nicht ertragen und sehnt sich nach dem Meer«, ergänzte Khin.

Stimmen ertönten, rau und laut, rasch näherkommend. Die Tür wurde aufgestoßen – zwei Mannsbilder, die Zech- und Spielkumpanen von San Pha, stürmten in den Raum, den Hausherrn im Schlepptau. Er wirkte beherrscht, die Wut, die ihn zur Raserei gebracht hatte, war einer Entschlossenheit gewichen, die den Blondschopf überraschte.

»Der Farang, der Pechvogel aus dem Land der Kälte, ist schuld, dass ich mein gesamtes Geld beim Spiel verloren habe.«

»Was? ... wie... bitte?«

»Er hat die Geister der Ahnen eingefroren, wodurch ein anderes Tier gewonnen hat. Er ist der Grund dafür, dass ich für den Rest meines Lebens mit Armut gestraft bin.«

Marcel setzte zur Gegenrede an. Er konnte die Worte in der Luft greifen, aber er brachte sie nicht über die Lippen. Jetzt war er derjenige, der für das Unglück der Familie verantwortlich sein sollte. Wie immer war er es,

115

der Farang, der die Schuld trug: Schuld am Lauf des Glücksrades, Schuld am Überfall in Patong, Schuld am Auftreten der Riff Haie, Schuld am misslungenen Essen auf dem Boot. Cha gestikulierte mit Händen und Füßen, vollzog Bewegungen, die sie in dieser Form nie zuvor in ihrem Leben gemacht hatte. Palita, Khin und San Pha konnten ihre Antwort lesen: »So ein Unsinn! Vater, daran glaubst du doch selbst nicht!« Ihre Antwort ging unter im Stimmengewirr und den Lügen, die Marcel den Atem raubten.

»Du verlässt auf der Stelle die Familie. Ich will dich nie wieder in diesem Haus sehen«, sagte San Pha und baute sich vor dem Düsseldorfer auf. Cha brach in Tränen aus und sank nieder.

»Vor allem aber lässt du meine Tochter in Ruhe. Cha braucht keinen Pechvogel, sondern ein Mannsbild, der ihr die Angst vor der Zukunft nimmt und sie lehrt, zu gehorchen.«

»Das wünscht sich diese Rose am allerwenigsten«, entgegnete Marcel und warf Cha einen Blick zu, der ihren Tränenfluss verstärkte.

»Eine Unverfrorenheit, was sich dieser Farang erlaubt. Wird freundlich von der Gastfamilie aufgenommen, frisst sich jeden Tag voll und schlägt dann den Hausherrn nieder«, empörte sich ein Zechkumpan. Dessen untersetzte Figur und die Muskelpakete an den Oberarmen forderten nicht zum Widerspruch auf. Marcel hatte keine Wahl. Er war gezwungen, sein Obdach zu verlassen, sonst drohten Handgreiflichkeiten oder -schlimmer noch- Knochenbrüche und ausgeschlagene Zähne. Er hechtete zu seiner Schlafstätte, zog das Foto seiner Mutter aus dem Netz und legte es an sein Herz. Es würde ihm Trost spenden in einer Welt, in der Gewalt regiert. Palita gesellte sich zu ihrer Zwillingsschwester, um sie in die Arme zu nehmen. Cha lief eine Träne über die Wange, wobei sie eine Muschel bis zur Unkenntlichkeit zerbröselte. Alle Augenpaare richteten sich auf das Mädchen, dessen Traurigkeit so tief war wie das Meer. Diesen Moment nutzte Marcel, um Khin den 20 Dollarschein in die Hand zu drücken.

»Für dich und deine Kinder. Ich danke euch für alles, was ihr für mich getan habt«, flüsterte er und drückte sich an dem Spalier der Zechkumpane vorbei durch die offenstehende Tür. Hasserfüllte Kommentare begleiteten seinen Weg in die Dunkelheit. Ein Seenomade, dessen glattes schwarzes Haar mit einer roten Strähne durchsetzt war, drohte: »Wenn du noch einmal einen Fuß auf diese Insel setzt, werfen wir dich den Haien zum Fraß vor.«

Der Farang verfiel in den Laufschritt, nur weg von den Männern, die seinen Tod forderten. Er fühlte sich vom Leben betrogen, vertrieben aus dem Paradies von gestern, in dem er seine Hoffnung gesetzt hatte. Er spielte mit dem Gedanken, sich zu revanchieren. Die Einsicht, dass Wut zu noch größerer Wut führt, hielt ihn davon ab. Hatte er den Tiefpunkt seines Lebens erreicht oder gab es einen Weg ins Licht? Marcel entschloss sich dazu, dem Schicksal die Stirn zu bieten, und setzte seine Flucht fort. An der Biegung des Weges, wo er die Stimme Daos zum ersten Mal vernommen hatte, hielt er inne und schielte zu den Baumkronen, die sich sanft im Passatwind wiegten. Stille herrschte, keine Spur des geheimnisvollen Mädchens, das tief in seine Seele geschaut und ihm dabei geholfen hatte, auf Ko Surin Fuß zu fassen.

An der Anlegestelle lärmten die Bewohner des Dschungels – Insekten, Amphiben, Gibbons und Languren. Aber es gab auch Tiere, die in der Dunkelheit verstummten und den Anbruch des Tages entgegenfieberten, wie die Nashornvögel, die Sambars, die Hirsche oder andere Säugetiere. *Die Natur an sich ist freundlich, nur die Menschen sind es nicht.*

Aus der Ferne ertönte ein Motorengeräusch – ein leises Wimmern, das sich mit der Zeit verstärkte. Die Konturen eines Bootes tauchten auf, erst verschwommen und unscharf, dann deutlich und prägnant. Knarzend legte es an. *Endlich*, dachte der Farang und sprang an Bord. Er fingerte nach dem Geld und übergab es dem Boy, der seinen Lebensunterhalt damit verdiente, zwischen Ko Surin und dem Festland zu pendeln. Mit gerunzelter Stirn zählte er die Scheine. Der Betrag reichte soeben aus, um den Deutschen seinem Ziel, dem Ort Khura Buri, näherzubringen.

Der Schiffsführer wartete, bis genügend Gäste an Bord waren. Nach zwei Stunden lichtete er den Anker. Im Verlauf der Schifffahrt fiel die Schwermut wie eine Würgeschlange über den Mann aus Deutschland her. Er zweifelte an allem, was er seit seiner Ankunft in Thailand unternommen hatte. *Wie kann man solchen Hirngespinsten anhängen? Anstatt das Leben anzunehmen, flüchtet San Pha in die Geisterwelt und sucht die Schuld bei jenen, die ihm fremd sind.* Marcel dachte an Cha, deren Herz in den Armen der Traurigkeit lag. Er hätte sie nicht daraus befreien können, sie tiefer hineingezogen in das Meer aus Melancholie, das ihre Seele verdunkelte. Dennoch nahm er sich vor, über den Skipper Maison Kontakt mit ihr aufzunehmen und sich nach ihrem Wohlergehen zu erkundigen.

 In Khura Buri regierte Hektik – ein Kommen und Gehen von Menschen, Booten und motorisiertem Verkehr. Es war Anfang März, die Bewohner des Festlandes ächzten unter einer Hitzewelle, welche die Temperatur am Tage über die 40 Grad Marke im Schatten trieb. Der Farang schleppte sich zum Markt, wo die Händler um Kundschaft buhlten. Er hatte keinen Cent in der Tasche, konnte sich nicht einmal eine Flasche Mineralwasser leisten. Gestern hatte er einen Rückschlag erlitten, der Zeit benötigte, um ihn zu verarbeiten. Aber in diesem Tropennest gab es keine Perspektiven. Stattdessen schnürte ihm der Durst die Kehle zu, jede Faser seines Körpers schrie: „Ich bin am Ende! Ich brauche Wasser, Wasser, Wasser…"

Beinah wäre er über eine Plastikflasche gestolpert, die ein Tourist auf die Straße geworfen hatte.

Marcel schielte zur Sonne, die sich dem Zenit näherte. Er suchte den Schatten auf und fand ihn unter einen mit Leinen bespannten Verkaufsstand für Früchte und Gemüse. Die zwei Bäuerinnen hinter der Auslage baten ihn, den Kunden den Vortritt zu gewähren. Marcel trat einen Schritt zur Seite.

»Falls du nichts kaufen willst, musst du weitergehen«, sagte die jüngere der beiden Frauen. Die Ältere stöhnte: »Nein, gönn ihm den Schatten, sonst kippt der Mann um. Wenn das mit der Hitze so weitergeht, wird diese Gegend unbewohnbar.«

Marcel vernahm die Stimmen wie durch Watte und reagierte nicht.

»Na, Freundchen! Wieder mal zu viel Salzwasser geschluckt?«

Der Farang fuhr zusammen. Eine kalte Hand legte sich auf seine Schulter und zerrte an seinem T-Shirt. *Verdammt, die Polizei! Jetzt haben sie mich.* Marcel drehte sich um und schaute in die lachenden Gesichter der beiden Chinesen, mit denen er gemeinsam auf dem Motorsegler von Sven zu Tauchgängen aufgebrochen war. Der Puls des Deutschen pendelte sich auf einem Niveau von 120 Schlägen in der Minute ein. Er mochte die Kerle nicht und bezweifelte, ob sie die Richtigen waren, um ihm zu helfen. Auf seiner Sympathieskala rangierte sowohl der übergewichtige als auch der gertenschlanke Chinese auf der untersten Stufe.

»Ach, ihr seid es nur… was führt euch…«

»Die Geschäfte! Wir sind nicht nur zum Vergnügen nach Khao Lak gekommen.«

Marcel war von dieser Aussage alles andere als überrascht. Bei dem Törn waren die Männer weder mit der Besatzung noch mit den anderen Touristen in Kontakt getreten. Im Verlauf der Tour hatten sie auch nicht gelacht. *Da steckt mehr dahinter, als die Euphorie für den Tauchsport* hatte Marcel gedacht und sie ignoriert.

»Wenn du magst, laden wir dich auf ein Bier und ein Festessen ein. Dann kannst du uns berichten, ob du mit Mantarochen geschwommen bist oder einen Walhai gesichtet hast.«

»Ich bin schon mit einer Flasche Wasser und ein Reisgericht zufrieden«, entgegnete Marcel, der allein bei dem Gedanken an Essen und Trinken, den Vorsatz, Vorsicht walten zu lassen, beiseiteschob.

»Klar! Dort drüben ist ein Restaurant, dort kannst du alles bestellen, was dir in den Sinn kommt.«

Marcel trabte hinter den Enddreißigern her, die sich mit ihren dunklen Sonnenbrillen und der Designerkleidung deutlich von der

Landbevölkerung am Rande des Phang Nga Nationalparks unterschieden. Er verspürte ein flaues Gefühl im Magen, misstraute der Freundlichkeit, mit der die beiden Männer ihm gegenübertraten und überlegte, ob es nicht besser wäre, die Einladung auszuschlagen und den Hafenort auf Schleichwegen zu verlassen. *Vielleicht wollen sie mit ihren Tauchabenteuer prahlen,* dachte er und verwarf den Gedanken an die Flucht.

Im Lokal, dessen Außenscheiben abgedunkelt waren, frönten die Chinesen ihren üblichen Speisegewohnheiten. Der kleinere, übergewichtige Mann bestellte ein Gericht nach dem anderen, bis sich der Gartentisch unter dem Gewicht der Speisen und Getränke bog. Marcel griff zu, genoss das üppige Mahl ebenso wie die Wasserflaschen und den Saft der frischen Kokosnüsse, den er mit dem Strohhalm in sich aufsog. Die Lebensgeister kehrten zurück, der Glaube daran, dass sich sein Schicksal zum Guten wandte. Die Chinesen berichteten von ihren Tauchgängen und den Fischen, die sie mit ihrer Unterwasserkamera eingefangen hatten. Mitten in Gespräch zauberte der größere, gertenschlanke Mann einen Gegenstand aus seiner Aktentasche.

»Schau mal, die habe ich am Richelieu Rock in einer Tiefe von 60 Metern gefunden.«

Marcel betrachtete das Fundstück, welches in allen Farben des Spektrums funkelte.

»Oh, nein, Korallen. Man darf sie doch nicht brechen!«

Die Chinesen lachten, ein kaltes Lachen, das an das Krächzen von Rabenvögeln erinnerte.

»Unsinn, die gibt es in diesem Gebiet wie Sand am Meer.«

»Ihr habt ein Tabu gebrochen. Das bringt Unglück!«

»Wer hat dir diesen Floh ins Ohr gesetzt? Die Seezigeuner mit ihrem Geisterglauben aus der Steinzeit?«

Erneut lachten die Männer, diesmal lauter und anhaltender als zuvor.

Marcel verging der Appetit, er verspürte das Verlangen, aufzuspringen und der Spargelstange mit der Faust ins Gesicht zu schlagen. Er beherrschte sich und unterdrückte seine Wut.

»Aber dieses Prachtexemplar ist nicht der Grund, warum wir dich zum Essen eingeladen haben«, sagte der Dicke.

»Sondern…?«

»Wir wollen dir ein Geschäft vorschlagen.«

»Ein Geschäft?«

»Ja, eine Arbeit, bei der du viel Geld verdienen kannst. Wir haben sehr wohl gemerkt, dass du gewisse Probleme mit deiner Liquidität hast.«

»Das ist… gelinde gesagt… untertrieben.«

»Na, siehst du.«

»Raus mit der Sprache! Worum geht es?«

»Um eine Flugreise, einen Ausflug in den Norden des Landes, dort, wo die Berge grüner und die Menschen heller sind«, sagte der Gertenschlanke.

»Verstehe ich nicht.«

»Hast du schon einmal etwas vom „Goldenen Dreieck" gehört, dem Grenzgebiet zwischen Thailand, Myanmar und Laos?«

Marcel legte beide Hände auf seine Wangen, atmete tief ein und langsam aus. Das „Goldene Dreieck"? Natürlich kannte er es. Für manche Freunde seiner Mutter war es der Sehnsuchtsort schlechthin, das Paradies für Opiumkonsumenten.

Der Düsseldorfer erinnerte sich an seinen sechsten Geburtstag: Ein Drogensüchtiger hatte behauptet, in Laos sei es einfacher, an Opium als an ein Bier heranzukommen. Marcel haste solche Gespräche. Stattdessen genoss er die Zeit, wenn seine Mutter mit ihm spielte oder zum Bahnhof spazierte, wo er Züge beobachtete, die in den Süden fuhren. Sie weckten sein Interesse für das Reisen, gaben den Ausschlag dafür, dass er sich Jahre später den Traum vom eigenen Reisebüro erfüllte, auch wenn die Glückseligkeit nur kurze Zeit andauerte. „Man kann die Symptome der Drogensucht bekämpfen, nicht aber deren Ursachen«, waren die Worte eines Therapeuten gewesen, der die Entziehungskur der Mutter eingefädelt hatte. »Sie ist als Kind von ihrem Stiefvater missbraucht worden. Dieses Trauma wird sie ein Leben lang begleiten.“ Marcel hatte gehofft, dass die Liebe zwischen Mutter und Kind helfen würde, die Schatten auf ihrer Seele zu vertreiben. Er verzieh ihr, wenn das Essen ausfiel oder sie spät in der Nacht nach Hause kam und sich – ohne nach ihm zu schauen – auf die Matratze schmiss. In der Adoleszenz erkannte er, dass der Therapeut recht hatte, seine Mutter ein Junkie war. Die Spritze gab ihr alles, was ihr fehlte: Liebe, Wärme und Schutz – sie war ein Freund, der ihr dazu verhalf, die Erinnerung aus dem Gedächtnis zu vertreiben. Am Grab seiner Mutter schwor Marcel: *Ich will nie wieder etwas mit Drogen zu tun haben und hasse alles, was mit dem Milieu in Verbindung steht.*

»5.000 Dollar, wenn du uns den Stoff in Phuket übergibst. 2.000 Dollar und 5.000 Baht als Vorschuss, um den Kurier aus Myanmar für seine Dienste zu entlohnen sowie für deine Auslagen zur Reise ins Dreiländereck. Der Preis des Stoffes, aus dem die Träume sind, wurde von uns im Voraus bezahlt«, erläuterte der Übergewichtige.

»Fünf Riesen als Lohn für einen kleinen Trip in die Berge sind doch nicht schlecht«, flötete die Spargelstange.

»So viel Geld? Und ich kenne nicht einmal eure Namen?«

»Oh, es ist besser, wenn du nicht weißt, mit wem du es zu tun hast«, sagte der Dicke.

»Nenne mich Onkel Li«, sagte die Spargelstange, »das Pummelchen hört auf den Namen Onkel Bo. Jetzt ist es einfacher für dich, sich unsere Namen zu merken.«

»Gibt es ein Risiko?«

»Wo willst du hin? Der Trip birgt keinerlei Gefahr in sich, ist absolut safe. Nach der Corona-Pandemie freut sich das thailändische Fremdenverkehrsamt über jeden Touristen, der sich in diese gottverdammte Gegend verirrt. Wir benötigen jemanden, der vertrauenswürdig ist und den dort niemand kennt.«

122

»Falls es, wider Erwarten, Probleme mit den Grenzern gibt, schiebe ihnen unauffällig 3.000 Baht rüber, dann steht deiner Ein- und Ausreise nichts im Wege. Binde dir die zehn Kilogramm in Form eines Gürtels um die Hüften. Du bist abgemagert, da fällt ein kleiner Rettungsring an der Taille nicht auf.«

»Um die… Hüften?«

»Na, klar! Deine Figur ist einer der Gründe, warum wir gerade dich ausgewählt haben.«

»Zehn Kilo Rohopium um die Hüften. Geht's noch?«

»Oh, es ist gar kein Rohopium. Die Menschen im „Goldenen Dreieck" wissen genau, wie sie ihre Einkommenssituation verbessern.«

»Raus mit der Sprache! Welche Art von Drogen soll ich nach Phuket schmuggeln?«

»Nichts Besonderes, nur absolut reines Heroin. Es lässt sich in Europa am besten vermarkten.«

Beim Begriff „Heroin" hatte Marcel das Gefühl, als würde ihm jemand das Herz aus der Brust reißen. Ausgerechnet Heroin, die Droge, die seiner Mutter zum Verhängnis geworden war. Im Kopfkino überschlugen sich die Bilder, seine Mutter mit den Konsumenten, die das Rauschgift mit Zitronensäure im Wasser aufkochten, es filterten und dann in ihre Venen injizierten. Er sah in euphorisierte Gesichter, die, befreit von Ängsten und Schmerzen, das Leben in vollen Zügen zu genießen schienen, nur um wenige Stunden später in Trübsal zu verfallen.

»Nein, niemals! Sucht euch einen anderen Idioten! Ich will nichts mit diesem Dreck zu tun haben.«

Marcel sprang auf und eilte aus dem Restaurant, nur fort von den Männern, die im Begriff standen, ihn ins Unglück zu stürzen, ihm seine Ethik zu rauben. Onkel Bo rannte hinter ihm her und packte ihm am Kragen.

»Das ist nicht alles, was wir dir offerieren, Freundchen! Du erhältst von uns einen neuen Pass. Man kann nicht ohne gültige Papiere nach

Myanmar einreisen. Selbstverständlich fliegst du Businessclass. Wir legen Wert darauf, dass unsere Geschäftspartner im Luxus schwelgen.«

»Woher wisst ihr…, dass ich keinen Pass…?«

»Oh, das sind nicht alle Informationen, die wir über dich zusammengetragen haben.«

»Was gibt es da noch?«

»Zechprellerei in einer Größenordnung, die aufhorchen lässt, Freundchen! Tamika lässt dich grüßen, unsere Freundin aus Patong. Wenigstens hast du die Kleine nach Strich und Faden durchgefickt, ha, ha, ha.«

Wie ein Messer rauschte ein Gedanke der Prostituierten durch das Gehirn des Düsseldorfers: *Nichts im Leben geschieht aus Zufall. Alle Begegnungen haben einen Grund, wobei manche dein Schicksalsrad aus dem Rhythmus bringen.* Unvermittelt realisierte er, welche Bedeutung diesen Sätzen zukam, aber es war zu spät. Im Augenwinkel beobachtete Marcel, wie Onkel Li zur anderen Straßenseite stolzierte und mit einem Polizisten sprach. Die beiden Männer unterhielten sich und gerieten immer mehr in Rage. Der Chinese deutete auf den Deutschen, dessen Puls ungeahnte Höhen erklomm. *Jetzt haben sie mich!*

»Keine Sorge, wir verraten nicht, was du verbrochen hast und dass du ohne Papiere durch das Land reist. Ohne Identität bist du vogelfrei, jeder kann mit dir machen, was er will. Wir wissen doch, welche Zustände in den thailändischen Gefängnissen herrschen. Wir möchten nicht, dass du an Krankheiten oder verdorbenem Essen krepierst.«

Onkel Bo streckte ihm die Hand entgegen und brummte: »Schlag ein Dummkopf, dann ist der Deal besiegelt.«

Die Situation war, wie die ehemalige Bundeskanzlerin Angela Merkel sich auszudrücken pflegte, alternativlos. Dennoch zögerte Marcel, den Auftrag anzunehmen, zu tief wog die Abscheu gegen den Drogenschmuggel, der viele Konsumenten ins Verderben führen würde. Kalter Schweiß bildete sich auf seiner Stirn, er suchte nach einem Ausweg, um sowohl der Verhaftung durch die Polizei als auch dem Deal mit den

Chinesen zu entgehen. Die Entscheidung wurde ihm abgenommen: Ein Geländewagen, riesengroß und dunkel, mit Scheiben aus Panzerglas brauste auf ihn zu. Bremsen quietschten, eine Tür wurde aufgerissen, ein paar für Marcel unverständliche Worte auf Mandarin ausgetauscht. Ehe er sich versah, hockte er in der Mitte der hinteren Sitzbank, eingequetscht zwischen Onkel Li und Onkel Bo, allein mit seinen Ängsten und dem Foto seiner Mutter in der Hosentasche. Draußen zog die Landschaft vorbei – üppiges Grün, in der Ferne grüßten Hügel, auf denen sich der Dschungel zurückgezogen hatte. An den Straßenrändern drängelten sich Menschen – Verkaufsstände, Straßenrestaurants, Hunde und Katzen, die von einer Seite zur anderen huschten, um der Verletzung durch Vehikel aller Art zu entgehen. Der Van erreichte das Ortsende und nahm Tempo auf.

Der motorisierte Verkehr in Thailand lässt sich mit vier Worten trefflich charakterisieren: Der Stärkere hat recht! Wer nach Regeln sucht, wird eine Enttäuschung erleben, denn diese sind dazu da, um gebrochen zu werden. Dieses Gesetz machte sich der Fahrer zu eigen: Mit über 120 Stundenkilometern raste er durch die Landschaft, unabhängig davon, wer sich ihm in den Weg stellte. Eine Frau rettete sich durch eine abrupte Körperdrehung vor dem Unfalltod. *Menschenleben spielen bei diesen Schurken keine Rolle.* Marcel fühlte sich wie in einem Schlachttransporter, hätte sich am liebsten befreit aus der Enge im Fond des Geländewagens, die Tür aufgerissen und zum Sprung in die Botanik angesetzt. Das Tempo des Autos sowie der Druck der Schenkel seiner Sitznachbarn hielten ihn von dem Vorhaben ab.

»Vergesse deinen Pass nicht«, sagte, Onkel Bo und drückte Marcel den Ausweis in die Hand. »Falls jemand von den Grenzern dumme Fragen stellt, behaupte einfach, du hättest dir die Haare gefärbt ha, ha, ha.«

»Wie bitte…, warum?«

»Setz dir bei der Ein- und Ausreise aus Thailand diese Hornbrille auf, dann bist du von dem Mann auf dem Passbild nicht zu unterscheiden«, sagte Onkel Li und übergab sie dem Deutschen.

Auf der Halbinsel Phuket bremste der Stau den Wagen aus. Bis zum Flughafen zählte Marcel die Stoßstangen, die sich der Weiterreise in den Weg stellten. Schließlich bog der Geländewagen in die Straße ein, die zum Domestik-Terminal führte, welches wenige Gehminuten von der internationalen Abflughalle entfernt liegt. Jede Reise beginnt mit einem Ausrufungszeichen, aber bei Marcel dominierte das Fragezeichen.

»Hier ist dein Hin- und Rückflugticket nach Chiang Mai. Es ist erforderlich, dort mit dem Bus weiter nach Chiang Rai zu reisen. Es gibt keine Direktverbindung von Phuket ins Goldene Dreieck«, erklärte Onkel Li.

Wie in Trance steckte Marcel das Ticket in die Hosentasche und flötete »Umsteigen…äh?«

»Ja! Das wirst du doch wohl hinkriegen, Tauchlehrer?«

»Klar! Ich fliege… nicht… zum ersten Mal.«

»Na, also!«

»In Chiang Rai nimmst du ein Songthai zur Grenzstadt Mai Sai. Dort überquerst du die Brücke der Freundschaft nach Tachilek in Myanmar, wo für dich ein Zimmer in einem Hotel am Fluss reserviert ist. Am nächsten Morgen triffst du unseren Mann, ein Burmese mit einem Glasauge. Sobald er dir die Ware übergeben hat, begibst du dich auf den Rückweg. Der Flug von Chiang Mai nach Phuket ist für 19.55 Uhr gebucht. Wir erwarten dich am Ausgang drei, wo sich die Mietwagen befinden«, brummte Onkel Bo.

»Nimm diese Mappe, darin findest du deinen Pass mit dem Visum für Myanmar, den Vorschuss sowie alle Informationen, die du für den Trip zu den Akha benötigst. Du liebst doch Naturvölker«, fragte Onkel Li und überreichte ihm mit einem Grinsen im Gesicht die Unterlagen.

»Ja…nein… an sich schon…, aber…«

»Und keine Tricks, sonst hängen wir dich auf. An deinen Eiern versteht sich«, warnte Onkel Li und vollzog eine Handbewegung, die keinen Zweifel am Wahrheitsgehalt der Drohung aufkommen ließ.

»Egal, wo du dich hinwendest, der Arm unserer Organisation in Bangkok reicht dorthin. Wir ziehen dich aus jedem Rattenloch, in welches du hineinkriechst«, sagte Onkel Bo.

Marcel grapschte nach der Mappe, kehrte den Schurken den Rücken zu und stürmte in die Abflughalle.

»Nicht vergessen, Ausgang drei. Schreib dir das hinter die Ohren!«, gaben ihm die Chinesen mit auf den Weg.

»Wenn alles funktioniert, kannst du mit dem Geld deinen Traum erfüllen und ein Reisebüro eröffnen, ha, ha, ha«, spottete Onkel Bo.

Scheißkerle!

Marcel wusste aus einer Fernsehreportage, mit wem er sich eingelassen hatte. Es handelte sich um die Triaden[6], die ihren Ursprung im China zu Zeiten der Qing-Dynastie zwischen dem 15. und 16. Jahrhundert hatten. Schon damals stand der Handel mit Opium auf der Agenda der Verbrecherorganisation. Marcel schauderte bei dem Gedanken an das Aufnahmeritual, bei dem Neumitglieder gezwungen waren, eine Mischung aus Wein und Tierblut zu trinken. Ihr auf dem Rücken tätowiertes Symbol ist das Dreieck aus „Himmel, Erde und Menschheit", in dessen Mitte ein Drache thront.

Im Terminal wimmelte es vor Menschen. Koffer rollten auf Betonböden, Türen wurden aufgerissen und zugeschlagen, Passagiere drängelten sich an den Sicherheitskontrollen. Der Drogenkurier nahm das Flugticket zur Hand. Er zitterte, hatte Mühe, die Buchstaben und Zahlen zu lesen. Er

---

[6] Neben dem Drogenhandel ist die Prostitution das zweite Standbein der Verbrecherorganisation. In Pattaya, dem Sündenpfuhl von Thailand, wird das Geschäft mit der käuflichen Lieben mittlerweile von der chinesischen Mafia kontrolliert.

torkelte zu einer Sitzschale, fiel in sie hinein und versuchte es ein zweites Mal. *Aha, Gate 15!*

Wie in Trance erhob er sich und reihte sich im Strom der Menschen ein. Nach dem Sicherheitscheck nahm er die Rolltreppe, die zu den Gates des Abflugterminals führte. Vor Nervosität rutschte einem Fluggast der Koffer aus den Händen. Er purzelte die Treppe herunter und schlug krachend auf dem Boden auf. Marcel mühte sich, dem Beispiel des Gepäckstücks nicht zu folgen und konzentrierte sich darauf, die Füße auf die Mitte der Stufe zu positionieren. Fieberhaft suchte er nach Auswegen, um die Reise in die Drogenhölle zu vermeiden. Er rechnete aus, welche Erlöse für zehn Kilogramm Heroin auf dem Schwarzmarkt in Deutschland zu erzielen wären. Er kam auf eine Summe von 300.000 Euro. Es war ihm bewusst, dass in Thailand bei massiven Verstößen gegen die Drogengesetze die Todesstrafe drohte und zweifelte nicht im Geringsten daran, dass sein Vorhaben diesen Tatbestand vollumfänglich erfüllte. Vor seinem geistigen Auge nahm er die Umrisse des Vollstreckungsbeamten wahr, der ihm eine Giftspritze in die Vene hämmerte.

Mit weichen Knien begab sich Marcel zum Gate und warf einen Blick auf die Passagiere. Thailänder, Chinesen sowie ein paar Touristen tummelten sich im Warteraum. Niemand fiel aus der Rolle, die Reisenden unterschieden sich in keiner Weise von jenen, die andere Reiseziele ansteuerten. Der Düsseldorfer fragte sich, was jeden Einzelnen von ihnen dazu veranlasste, in den Norden des Landes zu reisen. Die Familie mit den zwei kleinen Kindern – kehrten sie von einem Urlaub in ihre Heimatstadt zurück? Die Touristengruppe aus der Schweiz – stand eine Rundreise zu den Bergvölkern auf ihrem Programm? Der grau melierte Anzugträger mit dem Laptop einer Edelmarke – führten ihn Geschäfte nach Chiang Mai? Aber niemand unter den Passagieren brach zu einem Himmelfahrtskommando auf, dessen war sich Marcel sicher.

Eine halbe Stunde vor Abflug startete der Check-in. Wie immer nahm der Pechvogel im Heck der Maschine Platz, wo er sich zwischen zwei thailändische Geschäftsleute quetschte, die unentwegt auf ihren Smartphones herumfingerten. Die Krawatte des Herren am Fenster war dermaßen verknotet, dass er Mühe hatte, frei zu atmen. Der Typ auf dem Platz am Gang trug eine XXL- Herrenarmbanduhr mit Sekundenzeiger. Marcel konnte seinen Blick nicht davon abwenden, das Uhrzeiger-Set rief seine Aufmerksamkeit hervor. Die Zeiger rotierten, unabhängig davon, was sich in der Welt außerhalb des Gehäuses abspielte. *Könnte ich die Zeit anhalten, dann würde ich bis zum Ende meines Lebens im Flieger bleiben.* Dieser Zustand erschien ihm erträglicher, als die Aussicht, seine Prinzipien dem schnöden Mammon zu opfern.

Nach einer Flugzeit von einer Stunde tauchte das Häusermeer von Bangkok in der Sonne auf, der Stadt der Engel mit ihren über acht Millionen Einwohnern, den Blechlawinen auf achtspurigen Straßen und dem Königspalast, wo in allen Farben des Regenbogens schillernde Dämonen den Regenten bewachen. Marcel schenkte der Metropole, deren Fassaden wie eine Verheißung glitzerten, keine Beachtung. Er sinnierte, fand aber keine Antwort auf die Frage, welchen Weg er nach der Landung in Chiang Mai einschlagen sollte. Die Angst vor dem Drogenmilieu hinderte ihn daran, einen klaren Gedanken zu fassen. Man sagt, die Freiheit über den Wolken sei grenzenlos. Marcel konnte dieser Behauptung nichts abgewinnen. Durch seine Nervosität vergaß er sogar, das Geld aus der Mappe zu nehmen oder sich Einzelheiten seines Auftrages durchzulesen.

Der Landeanflug auf Chiang Mai, der fünftgrößten Stadt des Landes, scheiterte beim ersten Versuch – ein Tropengewitter zog über den Ort und verwandelte die Straßen in Bäche. Die Maschine startete durch und flog die Landebahn ein zweites Mal in der Erwartung an, der Sturm würde sich legen. Die Hoffnung trog. Eine halbe Stunde kreiste der Jet über der Stadt, durchgeschüttelt von Turbulenzen, die die zwei Geschäftsleute neben Marcel dazu veranlasste, sich ihres Mageninhalts zu entleeren. Beim dritten Versuch stand Fortuna aufseiten des Flugkapitäns. Trotz Seitenwinds gelang es ihm, den Jet auf der Landebahn aufzusetzen und im

Eiltempo zum Gate zu rattern. Mit Gesichtern weiß wie Kalk, und einem flauen Gefühl im Magen stolperten die Passagiere aus dem Flugzeug.

Kein gutes Omen, dachte Marcel und reihte sich in den Gänsemarsch zum Ausgang ein. Niemand fragte nach seinem Pass oder nahm Notiz von dem Mann, der sich anschickte, die Gesetze zu brechen.

Die Wartezeit für den Bus nach Chiang Rai betrug zweieinhalb Stunden. Er schlenderte zu einem Imbissstand und warf einen Blick auf die Speisekarte. Es gab verschiedene Curry- Varianten, aber auch Sai Ua, eine spiralförmige Grillwurst aus Schweinefleisch mit Gewürzen wie Zitronengras und Chili. Marcel, der vegetarischen Gerichten Vorzug einräumte, bestellte sich ein Reisgericht mit Tofu und Gemüse, das fad und abgestanden schmeckte. Er spielte mit dem Gedanken, zum internationalen Terminal zu wechseln, um mit dem Vorschuss aus dem Drogengeschäft ein Rückflugticket nach Deutschland zu erwerben. Die Aussicht, wegen Widerstands gegen die Staatsgewalt und Subventionsbetrug für ein oder zwei Jahre hinter Gittern zu verschwinden erschien ihm gering im Vergleich zu der Strafe, die ihn in Thailand erwartete. Marcel nahm den Pass zur Hand und traute seinen Augen nicht. Ein Fake, das leicht zu erkennen war. Offensichtlich hatten es die Onkel aus dem Reich der Mitte in der Kürze der Zeit nicht geschafft, ein Dokument mit einem Foto aufzutreiben, das eine größere Ähnlichkeit mit Marcel aufwies. Der Pass war ausgestellt auf einen gewissen Alfredo Accardi, wohnhaft in San Luca. *Ausgerechnet dieses Mafia-Nest in Kalabrien!* Das Bild zeigte einen Mann, der sich nicht nur in der Haarfarbe von dem Menschen unterschied, der dieses Dokument sein Eigen nannte. Dieser Pass mochte für Reisen ins „Goldene Dreieck" taugen, bei internationalen Flügen würde sein Inhaber in der Zelle landen. Marcel nahm die Warnung der Mafiosi, ihn an seinem Geschlechtsteil aufzuknüpfen ernst und war sich sicher, dass in jedem Gefängnis von Thailand ein Mitglied der Organisation einsaß. Ihm kam Murphys Gesetz in den Sinn: *Alles, was schief gehen kann, geht auch schief!*

Der sechste Todestag

Das Stakkato von Schritten auf dem Flur riss Stephan Malik aus der Lethargie. *Das ist Susan auf dem Weg in den Feierabend, zu ihrer Familie,* dachte er und warf einen Blick auf die Kirche, die mit Türmen, Einzelgebäuden, Maßwerkgalerien und Gebäudevorsprüngen die „Himmlische Stadt" symbolisierte, die sich auf die Erde herabgesenkt hat. Jedes Mal, wenn er einen der größten Kirchbauten der Landeshauptstadt betrachtete, dachte er *„Welch ein Unsinn! Statt dem Himmel auf Erden liegt mir in Düsseldorf die Hölle zu Füßen."*

Der kleine Zeiger der Kirchturmuhr wanderte in Richtung der Zahl „Sieben". *Ich muss los!*

Entgegen seiner Gewohnheit, bis in die Nacht hineinzuarbeiten, packte der Kommissar seine Sachen, pflückte die Feldjacke vom Haken und eilte aus dem Zimmer. Heute war ein besonderer Tag – der Todestag seiner Frau jährte sich zum sechsten Mal.

Um 20.09 Uhr im Februar des Jahres 2018 hatte sich der Killer Zutritt zu der Wohnung verschafft. Er hatte die Frau des Kommissars mit einer Grausamkeit ins Jenseits befördert, die den Ermittler an die Gräueltaten russischer Soldaten beim Krieg in der Ukraine erinnerte. Stephan hatte seinerzeit Kenntnis darüber erhalten, dass der Mafioso aus dem Gefängnis ausgebrochen war. Dieser hatte seine Strafe in Stuttgart-Stammheim verbüßt, rund 400 Kilometer von der Rheinmetropole entfernt. Malik hatte es nicht für möglich gehalten, dass er am selben Tag in Düsseldorf aufkreuzen würde, zumal die Privatadresse des Kommissars der Geheimhaltung unterlag. »Die schlimmsten Fehler im Leben sind diejenigen, die man nicht korrigieren kann«, hatte eine Psychologin im Rahmen eines Seminars für traumatisierte Polizeibeamte behauptet. Der Witwer stimmte dieser These zu, sie rumorte in den Nächten in seinem Kopf und führte dazu, dass er schweißgebadet aufwachte und bis zum Morgen die Minuten zählte, die der Wecker auf der Kommode anzeigte. In diesen Situationen wünschte er sich, er könnte die Zeit zurückdrehen. Dann hätte er die

Arbeit an jenem Tag früher beendet, wäre rechtzeitig zu Hause gewesen und sich mit dem Mafioso einen Zweikampf geliefert, denn das Ziel dessen Rache war der Kommissar und nicht Melanie, seine Ehefrau.

Wie in Trance fuhr Stephan mit seinem W 124 zum Friedhof. Das Tuckern des Dieselmotors trug nicht zu seiner Beruhigung bei. Am Friedhofseingang kam ihm eine Dame mittleren Alters mit Tränen in den Augen entgegen. Als sie ihn bemerkte, wischte sie sich das Wasser aus dem Gesicht und rang um Fassung. Er kannte die Frau, war ihr jeden Monat auf dem Gräberfeld begegnet, hatte aber nie gewagt, sie anzusprechen. Eine Leidensgenossin, die über die Empathie verfügte, ihm Trost zu spenden? Er wich ihren Blicken aus und setzte seinen Gang fort.

Es war nicht so, dass für den Gesetzeshüter Sex keine Rolle spielte. Der Endvierziger hatte nur jahrelang keine Frau angefasst, geschweige denn eine ins Bett bekommen. Gelegentlich drehte er sich nach ihnen um oder beobachtete sie in der Straßenbahn, besonders dann, wenn sie ihn an Melanie erinnerten. Der Witwer brachte nie den Mut auf, die Damen anzusprechen – selbst dann nicht, wenn sie ihm ein Lächeln schenkten oder ihre Blicke mehr sagten als tausend Worte. Es würde keine neue Liebe in seinem Leben geben, dazu war er zu sehr in seiner eigenen Gedankenwelt verstrickt. Niemand vermochte, den Panzer aus eingefrorenen Gefühlen aufzubrechen. Den Sex kompensierte er mit Arbeit. Einmal in der Woche fingerte er an sich herum, ohne dabei Freude zu empfinden.

Vor Melanies Grab verharrte der Witwer wie eine Statur und stierte auf die Stelle, wo seine Liebste der Verwesung anheimfiel. *Die schlimmsten Fehler im Leben sind diejenigen, die man nicht korrigieren kann!* Wie eine Endlosschleife dröhnte dieses Zitat in seinem Schädel- immer und immer wieder, er konnte sich nicht dagegen wehren. Er schlug sich mehrfach mit der flachen Hand auf die Stirn, um auf andere Gedanken zu kommen. Hinter den Sträuchern der Nachbargräber bewegte sich ein Schatten. Es raschelte. Stephan löste sich aus seiner Schockstarre und fingerte nach der Dienstwaffe in der Hosentasche. Jederzeit unterlag er der Gefahr, Opfer eines Rachefeldzugs zu werden. Ehemalige Sträflinge, die er ins Gefängnis gebracht hatte, Bosse von Drogenkartellen oder Clans trachteten ihm nach dem Leben. Der Einbruch des Mafia-Killers in seine Wohnung war kein Einzelfall. Malik lauschte in die Dunkelheit hinein. Nichts rührte sich, nur der Wind spielte mit Blättern, die der Frost im Dezember von den Bäumen gerissen hatte. *Ich habe mich getäuscht. Wenn das so weiter geht, verliere ich den Verstand.* Der Kommissar entspannte sich, warf einen letzten Blick auf das Grab und schlenderte zum Fahrzeug. Diesmal sprang der Motor nach dem dritten Startversuch an.

In der Wohnung öffnete der Witwer eine Flasche mit schräg aufgeklebtem rotem Label, unter dem ein Herr mit Frack, Zylinder und Spazierstock die Hand zum Gruße an die Hutkrempe führte. Stephan schüttete den Whiskey in sich hinein, bis die Hälfte des Flascheninhalts in seinem Blutkreislauf zirkulierte. Der schrille Ton des Smartphones brach die Stille. Auf dem Display erschien der Name „Henry", sein Informant aus dem Drogenmilieu. *Was will der Kerl zu so später Stunde von mir?* Mit zittrigen Händen nahm der Ermittler das Handy von der Tischplatte und drückte die Telefontaste, vermied es aber, sich mit seinem Namen zu melden.

»Na, Stephan, eingeschlafen?«

»Ach… du bist es… hat das nicht Zeit bis… morgen?«

»Oh, Alter! Wieder mal zu tief ins Glas geschaut, ha, ha, ha.«

»Verschon mich mit deinen dummen Anspielungen«, gab ihm der Kommissar zur Antwort und stand im Begriff, das Handy gegen die Wand zu schleudern.

»Mach mal halblang, Alter! Es gibt Neuigkeiten, die für dich von Interesse sind.«

»Mein Interesse an deinen Informationen hält sich am heutigen Tag in Grenzen.«

»Sagt dir der Name Marcel Leclerc etwas?«

Marcel Leclerc – der Widerling, der ihn auf so hinterhältige Art und Weise gedemütigt hatte. Von einem Moment auf den anderen verflüchtigte sich der Alkohol im Blutkreislauf des Ermittlers, jede Faser seines Körpers spannte sich an. Er versuchte, sein Interesse an dem Gauner herunterzuspielen, und fragte: »Was weißt du schon über diesen Nichtsnutz.«

»Es gibt Hinweise.«

»Was für Hinweise? Lass dir nicht jedes Wort einzeln aus der Nase ziehen.«

»Die Ndrangheta in Kalabrien und die chinesische Mafia!«

»Ja, ja, mir ist schon klar, dass diese Banden nichts Gutes im Schilde führen, aber was hat dieser Reisefutzi damit zu tun?«

»Eine Unmenge an Heroin soll aus dem Goldenen Dreieck über Bangkok nach Hamburg verschifft werden. Anschließend geht es mit dem LKW weiter nach Duisburg.«

»Wo und wann findet der Deal statt?«

»Hm, Leclerc ist bereits vor Ort, um den Stoff zu besorgen, und über die Grenze von Myanmar nach Thailand zu schmuggeln.«

»Woher weißt du das?«

»Das lass mal meine Sorge sein.«

»Ich nenne dir den Namen und die Anschrift des Empfängers in Ruhrort nach einer kleinen Spende deinerseits.«

»Wie viel?«

»Hm, 10.000, Alter, 10.000 Mäuse, bar auf die Kralle!«

»OK, ich rede mit meinem Boss.«

Der Haudegen warf das Smartphone auf die Couch, wobei er vergaß, das Gespräch mit der Ausschalttaste zu beenden. Er sprang auf, nahm den Whiskey zur Hand und schüttelte den Rest der Flasche in die Toilette. Es galt, klaren Kopf zu bewahren für ein Gespräch, vor dem ihm graute.

Am nächsten Morgen erschien Stephan um 7.55 Uhr im Polizeirevier, riss die Tür zum Zimmer seines Chefs auf und marschierte, ohne Termin, in dessen Arbeitszimmer.

»Halt! Sie können doch nicht…«, ereiferte sich Marina, drohte ihm mit ihren scharfkantigen Fingernägeln und nahm die Verfolgung auf.

»Oh, doch, ich kann«, gab er ihr zur Antwort und schlug ihr die Tür vor der Nase zu.

Wim hockte mit den Beinen auf dem Schreibtisch und telefonierte. Stephan riss ihm den Hörer aus den Händen und baute sich breitbeinig vor ihm auf.

»Was… erlaubst du dir?«

Malik ignorierte die Frage und berichtete ihm alles, was er am Abend zuvor von seinem Informanten erfahren hatte, wobei er den Wert des Heroins willkürlich auf eine Millionen Euro taxierte. Wim hörte, ohne ihn zu unterbrechen oder ein neues Telefongespräch anzunehmen, zu, was einer Sensation gleichkam. Am Ende der Ausführungen brummte er: »Vermutungen und Behauptungen, noch dazu von einer Quelle, die nicht vertrauenswürdig ist.«

»Wir müssen doch…«

»Wir müssen gar nichts, du willst.«

»Ja, schon, aber…«

»Es ist dein Fall. Aber ich möchte nicht, dass Nordrhein-Westfahlen mit Drogen aus Asien überschwemmt wird. Ich gewähre dir drei Wochen Urlaub. Reise auf eigene Kosten nach Thailand und bring den Kerl mit dem Stoff zurück nach Deutschland. Quid pro quo!«

»Was bedeutet das? Welche Gegenleistung erwartest du von mir?«

Es war Stephan klar gewesen, dass es nicht einfach sein würde, den Chef von der Notwendigkeit der Reise zu überzeugen. *Was führt der Kerl im Schilde*, dachte der Untergebene und stemmte die Hände in die Hüften.

»Nicht viel! Ich erwarte lediglich, dass du den Kerl schnappst. Wenn nicht, müssen wir uns darüber unterhalten, welche Aufgaben du in

Zukunft in diesem Hause ausfüllst. Es gibt unbesetzte Stellen im Innendienst.«

Stephan errötete. Dies kam selten vor, denn gewöhnlich hatte er sich im Griff, zeigte Nervenstärke in Situationen, die andere Menschen an den Rand des Zusammenbruchs führten.

»Innendienst? Du willst doch… wohl nicht…?«

Mit einer Handbewegung, die keinen Widerspruch duldete, schob Wim dem Kommissar den Urlaubsantrag rüber. Das Telefon bimmelte. Der Chef nahm den Hörer ab und tauchte in eine Welt ein, in der Worte mehr zählen als Taten. Stephan füllte das Formular aus, grapschte es von der Tischplatte und eilte mit der Faust in der Tasche aus dem Büro. Er stand kurz davor, etwas zu zerschlagen, zu zerreißen oder mit den Füßen zu zertrampeln.

»Das machen Sie kein zweites Mal mit mir«, geiferte Marina.

Anstatt einer Antwort warf er ihr das Formular auf den Tisch.

»Oh, wo soll es denn hingehen?«

»Ins Sauerland, zum Skifahren.«

»Komisch! Da liegt seit Jahren kein Schnee mehr. Schon gar nicht zu dieser Jahreszeit.«

»Doch, Kunstschnee, extra für mich von Kanonen auf die Piste gepustet.«

»Na, dann wünsche ich Ihnen Hals und Beinbruch! Aber zuvor rate ich dazu, ihre Drecksjacke einer Grundreinigung zu unterziehen. Es lohnt sich.«

Der Haudegen knallte die Tür ins Schloss. Die 10.000 Euro würde er aus eigener Schatulle bezahlen. *Ich bringe diesen Kerl zur Strecke. Wenn dies mein letzter Fall sein sollte, genieße ich das Privileg, diesen Vorzimmerdrachen nie mehr wiederzusehen.*

Im Land der Träume

Marcel kauerte auf einer Sitzbank in der Ankunftshalle, nahm die Mappe zur Hand und steckte die Geldscheine in seine Hosentasche. Ihm sprang ein DIN-A4-Blatt ins Auge, welches Einzelheiten des Auftrags enthielt. Das Ziel seiner Reise, Tachilek in Myanmar, war ihm bekannt. Dort sollte er im „River Side Hotel", eine Unterkunft mit Blick auf den Mekong, einchecken. Am nächsten Morgen würde ein Burmese namens Pho Wai um 9.00 Uhr am Flussufer auf ihn warten. Er sei ganz in schwarz gekleidet und fiele durch ein Glasauge auf. Das Passwort für die Übergabe des Heroins lautete: Sao Thusandi, Prinzessin der Shan. *Oh, der Romantitel von Inge Sargent, der kürzlich verstorbenen Buchautorin aus den USA.* Marcel hatte den Roman verschlungen, mitgefiebert mit der Protagonistin, deren Ehemann, ein Shan-Prinz, durch die Militär-Junta inhaftiert wurde und auf mysteriöse Art und Weise verschwunden war. *Wie sich die Geschichte wiederholt. Auch heute tyrannisiert die Militärdiktatur das Volk.*

Der Bus nach Chiang Rai trudelte mit einer Verspätung von 45 Minuten ein. Der Farang nahm im Fond des Vehikels Platz, um bei Kontrollen auf der Strecke nicht sofort ins Blickfeld der Polizeibeamten zu geraten. Hinter abgedunkelten Scheiben zog das Häusermeer vorbei. Außerhalb der Stadt breitete sich eine Landschaft aus, durch die er für einen Moment seine prekäre Lage vergaß. Fruchtbare, von Reisfeldern durchzogene Täler wucherten mit ihrem Grün. Mit Regenwald überzogene Gebirgsketten sowie die Dörfer der Bergvölker mit ihren farbenfrohen Stammestrachten zeugten von der Ursprünglichkeit dieses Teils des Landes.

Nach dreistündiger Busfahrt tauchten die Umrisse von Chiang Rai am Horizont auf, dem Tor zur grünen Grenze mit Myanmar und Laos. Dort drängte sich ein unüberschaubares Gemisch von ethnischen Minderheiten auf engstem Raum. Marcel wusste aus dem Gespräch mit einem Traveller, der bei ihm regelmäßig Flüge nach Südostasien gebucht hatte, dass in dieser Region der Schmuggel mit Drogen, Menschen, Teakholz und Waffen ebenso zum Alltag gehörte wie Brandrodung und Kahlschlag. Beim

Ausstieg am Busbahnhof stockte Marcel der Atem, denn es war noch heißer als im Süden des Landes.

Nach einer Wartezeit von 55 Minuten in praller Sonne nahm er das Songthaew nach Mai Sae, wo er eine Stunde später eintraf und sich umgehend zum Torbogen kurz vor dem Grenzübergang begab. Er zögerte und schaute sich um, ob ihn jemand beobachtete oder verfolgte. Die Nacht war über die Siedlung hereingebrochen und es galt, Vorsicht walten zu lassen. Die Touristen, die sich an der nördlichsten Stelle Thailands versammelt hatten, ermutigten ihn dazu, den Weg fortzusetzen und sich unter sie zu mischen. Auf der Brücke herrschte reger Grenzverkehr von Fußgängern und Fahrzeugen. Menschen sprangen über den Zaun, ohne dass sie jemand aufhielt. Kinder schwammen durch den Mekong, der sich wie ein Reptil durch die Landschaft schlängelte. Zwielichtige Gestalten lehnten an dem Geländer der Brücke und führten Telefongespräche. Marcel setzte die Hornbrille auf und wagte es, sich in die Reihe der Grenzgänger einzufügen. Dem Zollbeamten genügte ein flüchtiger Blick auf den Pass des Deutschen, der angeblich ein Italiener war. Mit barscher Handbewegung forderte der Grenzer Marcel dazu auf, zu passieren. War er von der Drogenmafia geschmiert oder fiel es ihm schwer, europäische Gesichter zu unterscheiden? Niemand bemerkte, dass der Drogenkurier wider Willen mit einer falschen Identität ins Land der goldenen Pagoden einreiste. *Die Chinesen hatten recht! In diesem Chaos falle ich in der Menge nicht auf.*
Auf der anderen Seite der Brücke, in Myanmar, kam ihm eine Schar von Tuktuk-Fahrern entgegen, die jeden Touristen mit ihren Angeboten nervten. Marcel ignorierte sie ebenso wie die fliegenden Händler, die Medikamente, Potenzmittel und Zigaretten aus Bauchläden für kleines Geld feilboten. *Ich möchte nicht wissen, was alles unter den Auslagen verborgen ist,* dachte Marcel und wechselte die Straßenseite. Einer der Männer, welcher als einziger keinen Bauchladen trug, heftete sich an seine Fersen. Der Farang beschleunigte die Schritte, doch der Kerl hielt mit dem Tempo mit. Marcel blieb stehen, drehte sich um und schielte zum Verfolger, der seinen Weg

durch die Dunkelheit fortsetzte. Ohne nach außen erkennbarer Gefühlsregung eilte er vorbei. Marcel sah zweimal hin, bis er realisierte, wer der
Mann war. Der Burmese maß gerade einmal 1,60 Meter, die Arme, dünn
wie die eines Kindes. Die Kleider schlotterten um Beine und Hüften, an
den nackten Unterarmen zeichneten sich Kratzspuren ab. Das Auffälligste
an ihm aber waren seine Augen - tiefschwarz und hohl, der Blick in eine
unendliche Ferne gerichtet. *Ein Opiumsüchtiger*, dachte Marcel und begab
sich zu seiner Unterkunft, dem „River Side Hotel". An der Rezeption erwartete ihn ein Chinese, der anstelle einer Begrüßung auf die auf der Theke
positionierte Kasse verwies. Der Farang beglich den Übernachtungspreis,
stieg die Stufen zur ersten Etage hoch und drehte den Knauf der Zimmertür, die sich knarzend öffnete. Ein Geruch, der Übelkeit hervorrief, schlug
ihm entgegen. Das Zimmer mit abgenutzten Möbeln und einem Mosaik
von Wasserflecken auf dem fadenscheinigen Teppich hatte die Hitze des
Tages in sich aufgenommen. An der Decke verrichtete ein Ventilator seine
Arbeit, vermochte dem Gast aber keine Kühlung zu verschaffen. Insekten,
die er nie zuvor im Leben gesehen hatte, schwirrten durch den Raum. Das
Schlimmste war die Toilette. Die Haare und der krustige, gelbe Fleck auf
dem Sitz luden nicht zum Verweilen ein. Lediglich die Buddha Statue, die
auf dem Beistelltisch neben dem Bett thronte, verströmte einen Hauch
von Behaglichkeit. Marcel eilte zum Fenster und schob einen Flügel auf.
Er sog die Tropenluft ein und bewunderte den Mekong, die Mutter allen
Wassers. An diesem Uferabschnitt herrschte keine Rheinromantik. Longtail-Boote zogen ihre Bahnen, Lastenträger mühten sich, Ware vom Fluss
ins Dorf zu befördern, wo abgashustende Brummis mit laufenden Motoren auf Fracht warteten. An der Hotelwand huschte ein Schatten vorbei.
Der Farang beugte sich aus dem Fenster und stierte in die Dunkelheit. Ein
Kind oder ein kleiner Mann duckte sich und verschwand in der Botanik.
Hoffentlich nicht der Süchtige von vorhin. Beim Schließen des Fensters bemerkte
Marcel, dass der Hebel nicht funktionierte, es unmöglich war, es zu ver-
riegeln. Es war ein Leichtes für jeden Einbrecher, an der Fassade des

Hotels bis zum ersten Stockwerk hochzuklettern. Auch die Tür mit ihrem Drehknopf bot keinerlei Sicherheit, zumal Marcel Zweifel hegte, dass die Rezeption im Verlauf der Nacht durchgehend besetzt war.

Schlafen konnte der Düsseldorfer nicht. Stattdessen suchte er fieberhaft nach dem Ausweg aus einer Situation, die ihn in akute Lebensgefahr brachte und gegen alles verstieß, was ihm heilig war. Er erinnerte sich an den Mönch am Nai Yang Beach, der dazu aufgefordert hatte, jeden Tag eine gute Tat zu vollbringen. Jeder Reichtum, der auf dem Leiden anderer Menschen beruht, verdunkelt die Seele, hatte Marcel in der Düsseldorfer Drogenszene erfahren.

Um Mitternacht fasste er einen Entschluss, der es ihm ermöglichte, seinen Prinzipien treu zu bleiben: *Ich werde in Myanmar bleiben und im Schutz der Dunkelheit in Tachileik den Bus nach Kengtung nehmen. Von dort gibt es Flugverbindungen nach Yangon.* Marcel war zwar nie zuvor durch Myanmar gereist, hatte aber zu Beginn seiner Selbstständigkeit eine maßgeschneiderte Reise in dieses Land verkauft. Nun verhalfen ihm seine Kenntnisse der Geografie dazu, eine Fluchtroute auszuarbeiten, die Aussicht auf Erfolg versprach. In der Hauptstadt würde er die Deutsche Botschaft aufsuchen, den Beamten seine Situation schildern und mit der nächsten Maschine nach Europa fliegen. Dass in seinem Heimatland eine Gefängnisstrafe auf ihn wartete, nahm er in Kauf. Er hoffte, dass der Arm der Mafia nicht bis in die abgelegene Shan-Provinz des Vielvölkerstaates reichte und er die Chance hatte, unerkannt nach Deutschland zu gelangen. Erleichtert, endlich ein klares Ziel vor Augen zu haben, fiel er in den Schlaf.

Es dauerte nicht lange, bis ihn ein Traum heimsuchte. Marcel hockte in einem Flugzeug auf dem Fensterplatz und schielte nach draußen. Pechschwarze Nacht – nur die Positionslichter bewiesen, dass sich etwas in der Troposphäre bewegte. Er wandte den Blick ab und beobachtete den Monitor mit der Fluginformation. Der Jet düste über ein Meer, weit und breit kein Festland in Sicht oder eine Insel, die Orientierung bot. *Welcher Ozean ist das?* Die Anzeige zum Anlegen der Sicherheitsgurte leuchtete auf –

immer und immer wieder, jedes Mal verbunden mit einem Warnton, der beständig an Lautstärke zunahm. Er wuchs zu einem Heulen an. Turbulenzen setzten ein, aber nicht das übliche Ruckeln, als würde man mit dem Auto über einen Feldweg brettern. Die Nase des Fliegers senkte sich mit einer ruckartigen Bewegung nach unten. Im selben Atemzug kehrte sie in die Ausgangsstellung zurück. Erneut senkte sich der Bug. Der Jet geriet ins Trudeln, schwankte von einer Seite zur anderen. Marcel hielt Ausschau nach den Stewardessen, die schon tausendmal brenzlige Situationen erlebt und gemeistert hatten. Sie rannten, wie von der Tarantel gestochen, durch die Gänge – ziel- und planlos, als ahnten sie, welche Katastrophe auf sie zukam. Die Sauerstoffmasken lösten sich aus ihren Verankerungen und fielen herunter. Erneut vibrierte der Rumpf des Jets, wobei sich die Schaukelbewegungen verstärkten. Das Flugzeug schoss – begleitet von einem Aufschrei aus 320 Kehlen – in die Tiefe. Anstatt das Tempo zu drosseln, nahm der Pilot Fahrt auf und düste dem Meer entgegen. Marcel hielt sich am Sitz fest und stierte aus dem Fenster. Das Wasser kam nah und näher. Es herrschte Sturm, Wellen türmten sich auf.

 Der Aufprall riss Marcel aus dem Albtraum. *Hilfe… Hilfe… ich ertrinke!* Er öffnete die Augen auf und ruderte mit den Armen, als ob er das rettende Ufer schwimmend erreichen könnte. In Schweiß gebadet richtete er sich auf und verharrte eine Minute auf der Matratze. Er kniff sich mit den Fingern in den Handrücken, um sicherzustellen, dass er lebte. Mit einer Drehbewegung verließ er das Bett und wankte – ohne das Licht anzuknipsen- zur Toilette. Die mangelnde Hygiene nahm er billigend in Kauf. *Mann oh Mann, was für ein Albtraum!* Im Schlafraum schepperte etwas. Er lauschte in die Dunkelheit hinein. Kein Laut erregte sein Misstrauen. *Bin ich immer noch am Fantasieren? Ist der Traum nicht zu Ende?*

Sekunden vergingen, ohne das etwas geschah. Plötzlich war es wieder da, dieses merkwürdige Geräusch. Er erhob sich vom Toilettensitz und schlich zur Tür, zögerte aber, sie aufzuschieben. Die Entscheidung, in den Schlafraum zurückzukehren, wurde ihm abgenommen. Mit einem

Kampfschrei stieß jemand die Tür auf. Das Türblatt traf Marcel am Kopf. Er hatte keine Zeit, sich dem Schmerz hinzugeben, denn ein untersetzter Mann mit einem Dreitagebart prügelte auf ihn ein. Instinktiv duckte sich der Farang und drückte sich an dem Angreifer vorbei in den Schlafraum. Zwei weitere Männer erwarteten ihn mit einem Grinsen im Gesicht, darunter der Hänfling, der ihn seit dem Grenzübertritt verfolgt hatte. *Ich wusste es. Der Süchtige hat es auf mich abgesehen.* Der Bärtige packte den Deutschen von hinten und schmiss ihn auf die Matratze. Vier Knie bohrten sich in seinen Brustkorb, der sich unter der Last senkte. Wie Schraubstöcke legten sich die Pranken der Angreifer um den Hals des Düsseldorfers. Er röchelte, verdrehte die Augen, bekam keine Luft. Mit den Ellbogen stieß er den Männern in die Rippen. Die Würgegriffe verstärkten sich. Millionen Sterne flimmerten vor seinen Augen, die ein Stück weit aus ihrer Höhle hervortraten. Unter Aufbietung aller Kraftreserven fingerte Marcel nach der auf dem Beistelltisch positionierten Buddha Statue, bekam sie zu fassen und donnerte die Steinfigur nacheinander auf die Schläfen der Angreifer. Augenblicklich ließen sie von ihrem Opfer ab und rekelten sich vor Schmerzen auf dem Teppich, der deren Blut in sich aufsog. Das Überraschungsmoment nutzte Marcel zur Flucht. Er sprang auf, stieß den Hänfling zur Seite und hechtete die Treppen herunter, vorbei an der Rezeption, die vor Leere gähnte. Er rannte zum Fluss, nur weg von den Schurken, die es entweder auf sein Geld oder auf sein Leben abgesehen hatten. Stimmen ertönten – die Männer hatten die Verfolgung aufgenommen, kamen ihm immer näher. Marcel hatte nicht fest genug zugeschlagen. Er drehte sich um – einer der Finsterlinge rannte schneller als er, würde ihn in ein paar Sekunden einholen. In dessen rechter Hand blitzte etwas auf. Es war ein Messer und es gab keinen Zweifel, welchen Zweck es diente. Marcel blieb keine Wahl – er stürzte sich in die Fluten des Mekong und schwamm um sein Leben. Er wusste aus Erfahrung, dass viele Südostasiaten nicht schwimmen konnten oder zumindest nicht in der Lage waren, seinem Tempo im Wasser zu folgen. Er behielt recht. Fluchend

verharrte der Mann am Ufer und warf ihm das Messer hinterher. Marcel fragte sich, in welche Richtung ihn die Strömung trieb. Er versuchte, den Kopf über Wasser zu halten, und steuerte auf einen Punkt am Horizont zu, wo sich etwas bewegte. Ein Kahn kam ihm entgegen, zog, wie seit Jahrhunderten, Bahnen durch das Grenzgebiet. Im Rattern der Schiffsschraube mischte sich der Ruf des Todes. Es gelang Marcel, unter dem Boot abzutauchen und, ohne Verletzung, auf der anderen Seite weiter zu schwimmen. Seine Tauchkenntnisse verhalfen ihm dazu, die richtigen Bewegungen auszuführen. Mit letzter Willensanstrengung gelang es ihm, sich gegen die Strömung zu stemmen und sich dem Punkt zu nähern. Jetzt konnte er auch erkennen, worum es sich handelte: Ein Wasserbüffel suhlte sich im Fluss. Das war nicht der Strohhalm, der Rettung versprach, denn das Tier fühlte sich durch den nächtlichen Besucher gestört, schnaufte und nahm eine Kampfhaltung ein. *Heute hat sich die Welt gegen mich verschworen.* Der Farang versuchte, dem wasserspeienden Ungetüm auszuweichen, um an einer anderen Stelle ans Ufer zu gelangen. Chancenlos – das Rind erwies sich als der bessere Schwimmer, holte ihn nach wenigen Minuten ein. Eine kalte Schnauze stieß gegen das Hinterteil des Düsseldorfers.
»Was soll das? Verschwinde!«
Marcel rief sich die Worte von Dao ins Gedächtnis: *Du brauchst die Tiere nicht zu fürchten, denn ich habe gesehen, wie du mit ihrer Seele gesprochen hast.* Er beendete seine Schwimmbewegungen, legte sich auf die Wellen und ließ sich treiben. Der Büffel folgte ihm. Mit leiser, monotoner Stimme sprach Marcel auf das Tier ein. Es verlor seine Aggressivität und kam zur Ruhe. Meter für Meter entfernte sich Marcel von dem Rind, bis es mit der Dunkelheit verschmolz.
Das Ufer zum Greifen nah. Kraulend näherte sich der Farang dem Land, bekam einen Strauch zu fassen und zog sich aus den Fluten. Ihm gelang es nicht, den Hang mit dem rutschigen Lehmboden hinaufzuklettern. Vor Erschöpfung blieb er mit den Füßen im Wasser liegen und fiel in einen Schlaf, der einer Ohnmacht glich.

 Ein Lichtstrahl weckte ihn – am Horizont erhob sich ein Feuerball über die Landschaft.

Marcel stand auf, klopfte den Schmutz von der Kleidung ab und schleppte sich den Hang hoch.

Hinter einem Baum suchte er Schutz und fingerte nach den Geldscheinen und dem Bild der Mutter in den Hosentaschen. Das Foto war verblasst. Mit einer Träne auf der Wange übergab er es dem Mekong. Es schwamm auf der Oberfläche und Marcel fragte sich, ob es jemals das Delta in Vietnam erreichen würde. Er wünschte ihr alles Gute dieser Welt bei der Reise zum Meer und hoffte, dass ihr Geist dort eins werden würde mit den Elementen, die das Leben auf der Erde ermöglichen. Den Pass schleuderte er in die Fluten, denn er bestand aus minderwertigem Material und war durch die Nässe unbrauchbar geworden. Die Geldscheine sahen mitgenommen aus und trieften vor Nässe. Er wagte nicht, sie auseinanderzufalten, sondern legte das Bündel in die Sonne, um sie zu trocknen. Marcel schaute sich um und betrachtete die Landschaft, die ihm umgab. Er kauerte an einer Biegung des Flusses, hatte keine Ahnung, welches Land ihm zu Füßen lag. Myanmar, Laos, Thailand? Beim Schwimmen hatte er keine große Distanz zurückgelegt, war aber abgetrieben worden. Von der Stadt fehlte jede Spur, sattgrüne Reisfelder dominierten das Landschaftsbild. Musste er den Plan, über Yangon auszureisen, aufgeben? Marcel fand keine Antwort auf die Fragen und hielt Ausschau nach Menschen, die sich auf dem Mekong bewegten. Boote zogen vorbei, doch er wagte nicht, Kontakt aufzunehmen – zu groß war die Furcht, den Gaunern aus Tachilek in die Arme zu laufen.

Durch die Hitze des Tages war nach vier Stunden jegliche Feuchtigkeit aus der Kleidung und dem Papierbündel gewichen. Der Farang separierte die Geldscheine voneinander und faltete sie auseinander. Sie waren zwar blasser als zuvor, aber durchaus brauchbar. Aus der Ferne ertönte ein Motorengeräusch. Marcel suchte Deckung hinter einen Baum, um abzuwarten, wer seinen Weg kreuzte. Ein Moped mit Beiwagen ratterte über den Feldweg, eine Bäuerin mit ihrer mobilen Küche auf den Weg zum Markt. *Die ist harmlos!* Er verließ sein Versteck und trottete auf das Gefährt zu. Es schien, als würde die Frau, eine rundliche Mittfünfzigerin mit pechschwarzen zu einem Dutt zusammengebundenen Haaren, ihn ignorieren und an ihm vorbeifahren. Aber dann hielt sie an, drehte sich um und sagte: »Oh, ein Farang! Hast du dich in dieser Gegend verlaufen?«

»Ja! Ich habe nicht auf den Weg geachtet und weiß nicht, welche Straße mich zurück nach Mae Sae führt.«

»Ich habe es deiner Nasenspitze angesehen, dass du dich verirrt hast. Aber, erklär mir bitte, wieso du so gut Thai sprichst? Normalerweise bekommen Farangs kein Wort in unserer Sprache über die Lippen.«

»Na, ja, ich…«

»Hm, wie dem auch sei! Ich fahre zwar nicht nach Mae Sae, sondern zum Nachtmarkt nach Chiang Rai. Wenn du möchtest, nehme ich dich bis dahin mit.«

Das passt, dachte Marcel und sagte: »Ja, gerne…warum nicht?«

»Nur keine Hemmungen. Steig auf. Mein Name ist Kanita. Ich wohne im Dorf hinter der Biegung des Flusses.«

Der Farang ließ sich nicht ein zweites Mal bitten, nahm Platz auf den Soziussitz und stellte sich vor: »Marcel Leclerc aus Düsseldorf, Inhaber eines Reisebüros.«

»Ach, du kommst auch aus einem Dorf. Wie schön!«

Ehe er zur Aufklärung beitragen konnte, setzte sich das Gefährt in Bewegung. Marcel hielt sich an den Hüften der älteren Dame fest, hatte aber Probleme, das Gleichgewicht auf der holprigen Piste zu halten. Die Fahrt bot eine Überraschung, denn die häufigste Form der Fortbewegung in Thailand ist das Dreigenerationen Moped, also Opa oder Oma, Mutter und Kind. Dort, wo der Feldweg in die Straße mündete, wartete ein Hüne mit wehendem Haar auf die Mitfahrgelegenheit nach Chiang Rai.

»Mein Sohn Pana, der beste Street Food Koch in ganz Thailand. Er benötigt nicht viel Raum und wird sich schlank machen.«

Das Gegenteil war der Fall. Die Fahrt zur Stadt geriet zum Martyrium. Eingequetscht zwischen Mutter und Sohn mühte sich der Farang, frei zu atmen. Er versuchte, sich Platz zu verschaffen, scheiterte aber an den Körpern, die sich ihm entgegenstemmten.

Nach drei Stunden zwängte sich das Gespann durch die Gassen, vorbei am Wat Klang Wiang mit seinen Elefantenfiguren und Buddha Statuen. Auf einem Schotterplatz am Rand der Altstadt nahm die Fahrt ihr Ende. Marcel quälte sich vom Soziussitz und suchte seinen Körper nach Quetschungen ab. Abgesehen von einem eingeschlafenen Unterschenkel blieb er unversehrt.

»Es dauert nicht lange, bis wir die Küche aufgebaut haben. Unsere Spezialität ist Massaman-Curry. Wenn du willst, bekommst du die erste, extra große Portion.«

Der Farang verbarg seine Aversion gegen das Gericht hinter einer Fassade aus Gleichgültigkeit und flötete: »Das klingt verlockend, aber ich habe keine Zeit, muss heute Abend in Chiang Mai meinen Flug nach Phuket antreten. Vielen Dank, dass ihr mich mitgenommen habt.«

Marcel drückte Kanita zwei Scheine in die Hand und humpelte durch den Strom von Menschen, der kein Ende nahm, vorbei an Essensständen mit Köchinnen aus allen Teilen der Region. Er rettete sich auf einen Schemel unter einem Baum, der Schutz vor der Sonne bot. Es war 14.00 Uhr, es verblieben vier Stunden, um das Tageslicht auszunutzen. *Phuket* hatte er zu Kanita gesagt, Phuket sei sein Reiseziel. Aber war dem wirklich so? Phuket, die Höhle des Löwen? Er ahnte, wie sehr die Onkel unter Druck standen, ihre Organisation von ihnen verlangte, das eingesetzte Kapital bis auf den letzten Cent an sie zurückzuzahlen. Szenarien schwirrten durch seinen Kopf, fieberhaft suchte er nach Auswegen, sich der angedrohten Strafe zu entziehen. Das Vorhaben, über Yangon nach Deutschland auszureisen, war gescheitert. Die deutsche Botschaft in

Bangkok zu erreichen, barg Risiken in sich. Es war Freitag, das Büro würde erst am Montag öffnen. Außerdem residierte in der Hauptstadt die Zentrale jener Organisation, die ihm nach dem misslungenen Drogentransport nach dem Leben trachtete. Phuket hatte den Vorteil, dass die Stadt in der Nähe des Domizils von Sven lag. Schon einmal hatte er Marcel aus der Patsche geholfen. Der Deutsche vertraute dem Skipper und hegte die Hoffnung, dass dies ein zweites Mal geschehen würde. Außerdem eröffnete das Flugticket die Möglichkeit, auf schnellstem Weg aus dem Goldenen Dreieck mit seinen finsteren Gestalten zu verschwinden. *Angst ist kein guter Ratgeber. Niemand erwartet, dass ich den gebuchten Flug antrete. Ich werde in Phuket das Terminal über Gate drei verlassen und weder Onkel Li noch Onkel Bo werden mich dort erwarten.*

Burma Banks

Laboon schwebte nach oben, zu dem Lichtschimmer, der Freiheit verhieß. Über 20 Jahre hatte er sich in Geduld geübt, zwei Jahrzehnte in einem Gefängnis, aus dem es kein Entrinnen gab. Immer wieder hatte er
versucht, sich aus eigner Kraft den Weg nach draußen zu bahnen, sich
gegen die Korallen gestemmt, die Wellen aufgefordert, ein Schlupfloch
zu schaffen, durch das er entweichen konnte. Am Ende hatte er die Versuche eingestellt, sein Schicksal akzeptiert und Zeit verstreichen lassen.
Zwar hatte er einen Diener, der ihm ergeben war, doch dieser konnte
nicht schwimmen, war für Aufgaben an Land zuständig. Mehrfach hatte
Laboon ihn gerufen und ihm befohlen, mit dem Boot zu der Stelle zu
fahren, wo ein Zauber ihn überlistet hatte, die Magie aus einer Welt, die
stärker war als die Seinige. Aber der Diener war nicht in der Lage gewesen, ihm zu helfen, scheiterte dabei, Taucher zu motivieren, die Korallen
beiseite zu räumen, die den Weg ins offene Meer blockierten. Außerdem
gab es zwei Wächter, die mit den Nesseltieren und dem Ozean sprachen.
Sie unternahmen alles, um den Naturgeist an der Flucht zu hindern.
Aber durch die lange Regenerationszeit hatte er neue Energien aufgebaut
und sie dazu genutzt, um Einfluss auf die Geschehnisse auf den Meeren
zu nehmen. Die großen Säuger besuchten ihn täglich, denn sie spürten,
dass seine Flucht kurz bevorstand. Sie berichteten ihm, dass die Weltmeere vor dem Kollaps stünden. Müllteppiche würden im Karussell der
Meeresströmungen durch die Ozeane wirbeln, Vögel zu schwarzen Öl-
klumpen verkleben und Meerestiere sich an Plastik in den Tod knabbern.
Die Hälfte der tropischen Korallenriffe sei abgestorben und hätte ihren
Kipppunkt überschritten. Wut war in dem Naturgeist hochgestiegen, ein
Hass auf alles, was die Menschen dem Meer zufügten. Er ahnte, dass
seine Kräfte nicht ausreichten, um den Untergang der maritimen Welt zu
verhindern, aber er wollte seinen Beitrag dazu leisten, ihn hinauszuzö-
gern und den Verursachern Grenzen aufzuzeigen. »Greift Boote und
Taucher an, sobald sie euren Weg kreuzen«, hatte er den Großfischen

148

befohlen. Die Zeit drängte. Durch die Corona-Pandemie waren jahrelang keine Tauchtouristen zu den Burma Banks gereist. Seit zwei Jahren kamen sie wieder in Scharen und verhielten sich rücksichtsloser denn je zuvor. Sie zerstörten die Natur und bereiteten den Tieren die Hölle auf Erden. Laboon hatte dem Diener befohlen, mehr Taucher auf das Riff hinzuweisen. Es hatte Risse bekommen, war an Stellen zerbröselt, die zu Beginn seiner Gefangenschaft undurchdringlich schienen. Nun galt es, einen letzten Anlauf zu wagen, zumal die Kräfte der Wächter schwanden. Ihr Zauber verblasste mit den Wellen, die unablässig über die Korallenbänke schwappten. *Ich brauche nicht viel Raum, ein paar Zentimeter reichen aus. Sorge dafür, dass die Taucher Korallen an der richtigen Stelle brechen, bis das Loch groß genug ist, um mich durchzuschlängeln.*

Der Diener unternahm alles, um seinem Herrn zu gefallen, hatte dieser doch versprochen, ihm als Dank für die Befreiung die Behinderung zu nehmen. Für den jungen Mann gab es keinen Grund, den Wahrheitsgehalt dieser Aussage anzuzweifeln. Bei jeder Gelegenheit führte er Tauchtouristen zu den Burma Banks, schwärmte von den Korallen, die es hier zu entdecken gab und veranlasste die Besucher dazu, an der Stelle ins Wasser zu springen, wo sein Herr auf perfide Art und Weise gefangen genommen worden war. Irgendwann würde ein Tölpel den letzten, entscheidenden Fehler begehen, das Tabu brechen, wodurch Bewohner und Fischer der Andamanensee für ihre Missetaten zur Rechenschaft gezogen würden.

Auf die Dummheit der Menschen ist verlass, wusste Laboon. Er erinnerte sich an das Jahr 479 vor Christi Geburt, als die persischen Belagerer von Potidaia in Griechenland von einer riesigen Welle überrascht wurden. Anstatt zu fliehen und höheres Terrain aufzusuchen, verfolgten sie das Ziel, das sich zurückziehende Meer zu nutzen, um die Stadt anzugreifen. *Was für Einfaltspinsel! Keiner von ihnen hat überlebt.*

Kriege, Aufstände und Gewalt zogen sich seither wie ein roter Faden durch die Geschichte der Menschheit. Der Schutz der Umwelt gehörte weder beim Meer noch am Land dazu, wo Banden von Brandstiftern und Holzfällern ihr Unwesen trieben. Dass der Homo sapiens nicht zuletzt durch Mitgefühl und Empathie auf der Siegertreppe der Evolution thronte, führte nicht dazu, dass der Naturgeist seine Meinung über den Erzfeind revidierte. Es fehlte ein Mosaikstein, ein einziges auseinanderbrechendes Korallengebilde, dann würde er jene Position zurückerobern, die ihm, seit Anbeginn der Erde, gebührte.

Glaube, Hoffnung, Meditation

Um 19.00 Uhr trudelte Marcel mit dem Sammeltaxi am Flughafen von Chiang Mai an.

Er beeilte sich, um das in wenigen Minuten anstehende Boarding nicht zu verpassen. Im Laufschritt passierte er die Eingangskontrolle sowie den Sicherheitscheck. Niemand fragte nach dem Pass, denn es handelte sich um einen Inlandsflug. Der Lautsprecher verkündete den „Final Call" für den Flug in den Süden des Landes. Mit zerzausten Haaren hetzte der Farang zum Gate, lief die Gangway entlang und schmiss sich auf seinen Sitz. Die Maschine war zu 60 % ausgebucht, aber er hatte wieder einmal Pech. Der Platz in der Mitte, eingequetscht zwischen zwei Chinesen, deren Unterarme auf den Sitzlehnen ruhten, blieb ihm vorbehalten. Marcel hatte nichts anderes erwartet.

Nach zwei Stunden war die Quälerei vorbei. Mit einem eingeschlafenen linken Arm verließ Marcel den Flieger und trieb im Strom der Passagiere zur Ankunftshalle. War es ein Gang in den Tod? Er wusste aus einem Bericht in einer Düsseldorfer Tageszeitung, dass die Triaden für Verräter und Betrüger drakonische Strafen vorsahen. Mitunter wurden die Delinquenten dem Waterboarding unterzogen oder durch andere im alten China beliebte Foltermethoden malträtiert. Ihm schauderte bei dem Gedanken an die beiden Onkel, die längst Kenntnis von der gescheiterten Übergabe des Heroins erlangt hatten.

In der Ankunftshalle regierte Hektik: Reiseleiter erwarteten Touristen, Familienangehörige ihre Verwandten, Hotelbesitzer hievten Schilder mit den Namen ihrer Gäste hoch. Der Farang schlenderte achtlos an ihnen vorbei und hielt Ausschau nach dem Ausgang drei. *Vielleicht ist es besser, einen anderen Weg zu nehmen.* Marcel verlangsamte seinen Schritt, bis er vor jener Schiebetür verharrte, die die Mafiosi ihm vorgegeben hatten. Mit erhobenem Kopf betrat er das Außengelände des Terminals, wo sich Menschen, Busse und Taxis auf dem Asphalt drängelten. Von Onkel Bo und Onkel Li fehlte jede Spur.

Genau wie ich vermutet habe. Dieser Ausgang ist der sicherste Platz in ganz Thailand.

Marcel ging zum Taxistand und ließ sich auf die Sitzreihe im Fond des Wagens fallen.

»Wohin darf ich Sie kutschieren?«, fragte der Fahrer.

»Zur Innenstadt von Phuket!«

»Phuket-City? Die Stadt hat 80.000 Einwohner. Wenn es Ihre Zeit erlaubt, unternehmen wir gemeinsam eine Besichtigungstour. In den Gassen gibt es viele Restaurants, Shops, Boutiquen, Cafés und Tempel. Man kann dort wunderbar bummeln und shoppen.«

»Nein... kein Sightseeing. Ich bin geschäftlich unterwegs. Setzen Sie mich an der Stelle ab, an der sich die meisten Menschen aufhalten.«

»Wie es Ihnen beliebt.«

Der Fahrer zuckte mit den Schultern und drehte den Autoschlüssel um. Das Auto tuckerte durch das Flughafengelände und steuerte über das zentrale Bergland die Inselhauptstadt an. An Ampeln, deren Rotphasen eine gefühlte Ewigkeit andauerten, staute sich der Verkehr, eine einzige Blechlawine, die sich durch die Tropenlandschaft schlängelte. Immer wieder schielte der Taxifahrer in den Rückspiegel, um Ausschau zu halten nach dem Touristen, der ihm verdächtig vorkam. Der Fahrer wurde unruhig, zumal er von seinem Boss einen anderen Auftrag erhalten hatte. Hinter der Straßenkreuzung, die unter der Last des Verkehrs ächzte, stoppte er an einer Ausbuchtung und deutete mit der rechten Hand nach draußen.

»Nehmen Sie diese Straße in die Altstadt. Sie führt zur Thalang Road. Heute ist zwar kein Sonntagsmarkt, aber dort finden Sie Menschen aus aller Herren Länder.«

»Super!«

Ehe Marcel sich versah, quälte er sich durch die Menschenmenge, vorbei an Restaurants mit ihren Wachleuten und an Garküchen mit Gerichten aus Südthailand. Um dem Gewusel zu entgehen, bog der Farang in eine

Seitenstraße ein, die aus der Altstadt herausführte. Er gelangte zu einer Straße, auf der sich Busse drängelten. Dahinter erstrahlte eine Tempelanlage mit einer 60 Meter hohen Stupa im blauen Licht. Die Anlage, die den Namen Wat Mongkol Nimit trug, zog Marcel in ihren Bann, obwohl er in Deutschland religiösen Bauwerken skeptisch gegenübergestanden hatte. Wozu diente ein Gott, der untätig war, wenn man seiner am nötigsten bedurfte? Eine Explosion aus einer backsteinofen-ähnlichen Konstruktion hallte durch die Nacht. Marcel zuckte zusammen, aber es waren nichts weiter als Knallkörper, mit denen die Gläubigen Dankbarkeit zollten, wenn ihre Wünsche erfüllt worden waren. Aus dem zentralen Tempel erklang ein meditativer Singsang. Der Farang stolzierte auf das Gebäude zu und äugte hinein. Eine Gruppe von Mönchen – ganz in Orange gekleidet – hockte auf dem Boden und lauschte einem Prediger, der Buddha-Sprüche rezitierte. Wie ein Messer schoss ein Gedanke durch den Kopf des Düsseldorfers. *Das ist die Lösung! Der Tempel! Hier werde ich untertauchen, bis sich die Aufregung um meine Person gelegt hat.* Nachdem die Meditation beendet war, sprach Marcel den Leiter des Wat an, ob die Möglichkeit bestünde, in den Orden einzutreten. Der Abt, der den Namen Sulak Chah trug, zeigte sich alles andere als überrascht, denn es gäbe zahlreiche Farangs, die im Tempel nach dem Sinn des Lebens suchten. Marcel könne als Dek Wat, also als angehender Mönch, auf unbestimmte Zeit im Wat bleiben. Der Leiter führte aus, dass sein Orden den Regeln der Theravada-Lehre folgte, wobei es sich um die älteste existierende Schultradition des Buddhismus handele. Er empfahl dem Farang, das Leben nach fünf ethischen Prinzipien auszurichten, deren oberstes Ziel es sei, weder für sich selbst noch für andere Lebewesen Leid zu erzeugen. Er solle keine Lebewesen töten und ihnen keinen Schaden zufügen, nichts nehmen, ohne vorher darum zu fragen, sexuellen Kontakt unterlassen, der Wahrheit verpflichtet sein, nie Alkohol trinken oder Substanzen konsumieren, die zur Unachtsamkeit führen.

»Das kommt mir entgegen! Ich hasse Drogen aller Art und auch den anderen Prinzipien kann ich nur zustimmen. Besonders die sexuellen Kontakte haben bei mir nur Leiden ausgelöst.«

Sulak Chah lachte, unterließ es aber, gleich zu Anfang in die Psyche des Novizen einzudringen.

»Im Tempel hast du die Gelegenheit, über das Leben nachzudenken und deinen Weg ins Glück zu finden.«

Der Weg, auf dem die Endorphine tanzen? Die Worte klangen wie Honig in den Ohren eines Menschen, der seit seiner Geburt vom Pech verfolgt worden war.

»Das ist genau das, wonach ich suche.«

»Das freut mich. Wenn du möchtest, kannst du sofort mit den Mönchen an der Abendmeditation teilnehmen. Du weißt doch, was Meditation bedeutet und wie man sie ausführt?«

»Ja, ich wende die Technik immer dann an, wenn das Leben mich mit Verachtung straft. Manchmal gelingt es mir, die Gedankenfreiheit zu erreichen.«

»Du hast das Ziel der Meditation erfasst. Bei uns bekommst du genügend Zeit, um deine Technik zu verfeinern. Du tauchst in Sphären des Bewusstseins ein, die den meisten Menschen verschlossen sind. Außerdem solltest du die Gelegenheit nutzen, um dich mit unserem Glauben und Ritualen auseinanderzusetzen.«

Der Abt marschierte mit den Mönchen zu einem Raum im hinteren Teil der Tempelanlage.

Marcel folgte ihnen, erleichtert, so problemlos Aufnahme im Wat gefunden zu haben. Ein Mönch forderte ihn auf, die Straßenkleidung abzulegen, und bat ihn, das typische orangefarbene Gewand der Ordensbrüder überzustreifen. Orange gälte im Buddhismus als Farbe der höchsten Erleuchtung und der Weisheit, die Farbe der Ergebenheit und der Askese. Um das Geld oder die Wertgegenstände in den Hosentaschen bräuchte er sich nicht zu kümmern, es sei nie etwas im Kloster abhandengekommen. Der

Farang nahm ihm beim Wort, entledigte sich seiner Kleidung und streifte den Umhang über.

»Wenn du bereit bist, schneide ich dir auf der Stelle die Haare ab.«

»Warum nicht? Je früher, desto besser«, gab Marcel ihm zur Antwort, denn er verband mit der Rasur die Hoffnung, sein Äußeres dergestalt zu verändern, dass die Verfolger ihn nicht erkannten.

Die Prozedur nahm eine halbe Stunde in Anspruch, es gab keinen Zeitdruck. Die Mönche besaßen nichts, außer das, was sie auf ihrer Haut trugen. Nur Zeit stand ihnen im Überfluss zur Verfügung.

»So, jetzt bist du einer von uns. Komm mit, die Mönche befinden sich bereits im Zustand der Versenkung«, sagte der Friseur und schob den Deutschen in den Meditationsraum, wo der Abt für ihn einen Platz reserviert hatte. Stundenlang hockte Marcel in bewegungsloser Haltung auf dem Boden und wartete auf das Zeichen, die Meditation zu beenden. Der Obertongesang und ein kräftiger Glockenschlag rissen ihn aus der Agonie. Ein Teil der Glieder war eingeschlafen, die Beine gefühllos. Marcel benötigte eine Weile, um die Bewegungsfähigkeit zurückzuerlangen.

Ein Ordensbruder begleitete ihn zum Dormitorium, dem Schlafsaal des Klosters, wo die Novizen nächtigten. Die Mönche hätten einen anderen, größeren Ruheraum. Nur wenige ältere Ordensgeistliche besäßen eine eigene Zelle, die gleichzeitig als Meditationsraum diene, erklärte er. Da Marcel bei den Seenomaden gelernt hatte, mit vielen Menschen in einem Zimmer zu nächtigen, bereitete ihm die Situation keinerlei Probleme, zumal er die letzten zwei Nächte nicht in den Schlaf gefunden hatte. Er legte sich auf die Bastmatte und starrte an die Decke, an der ein Wasserkranz Zeugnis ablegte von der Undichtigkeit des Daches. Sein Rücken sehnte sich zurück in die Hängematte, die für ihn mehr war als ein Schlafplatz: ein Stück Freiheit, ein Ort zum Träumen und ein sicherer Hafen in einer Welt voller Unwägbarkeiten. Die Müdigkeit versüßte ihm die Umstellung.

Der Schlaf war tief, aber kurz. Beim sonoren Klang der Turmglocke, die unablässig zum Aufstehen aufforderte, schreckte der Farang hoch. *Warum müssen Glocken immer so laut sein? Ich will schlafen!*

Marcel äugte zur Fensterfront unter der Zimmerdecke, durch deren Scheiben das Sternenlicht funkelte. Mit schweren Gliedern erhob er sich vom Boden und stellte sich am Ende der Schlange an. Im Gänsemarsch begaben sich die Novizen in den Versammlungsraum. Der Singsang der Mönche geleitete ihn in eine Welt, in der Hektik ein Fremdwort war.

Nach der Morgenmeditation marschierten die Männer zu den Wasserbecken, wo sie sich wuschen und erfrischten. Ein Ordensbruder, dessen Backenknochen hervortraten, führte den Deutschen in seine Aufgaben ein. Sie bestanden darin, die Schlafräume zu reinigen, die Gartenanlage zu pflegen und die im Kloster aufgestellten Buddha-Statuen zu waschen. Marcel verrichtete seine Pflicht in Ruhe und Gelassenheit. Gelegentlich warf er einen Blick auf die Besucher, die durch die Anlage stolzierten, aber weder Onkel Bo noch Onkel Li gaben sich ein Stelldichein.

Gegen 12.30 Uhr ertönte ein Gong. Der Farang reihte sich ein in die Schlange der Mönche und wartete auf ein Zeichen, um den Speiseraum zu betreten. Endlich war es so weit, er hatte seit Tagen keine Nahrung zu sich genommen. In der Mitte des Raumes stand nichts weiter als eine lange Holzbank, auf der die Mönche der Reihe nach Platz nahmen, wobei die Novizen zum Schluss in den Genuss eines Sitzplatzes kamen. Das Schweinefleisch bestand aus Fett, Knorpel oder Knochen. Schweigend wandten sich die Männer dem zu, was ihnen ein Unternehmer aus Phuket gespendet hatte. Marcel begnügte sich mit weißem Reis und etwas Soße, deren Schärfe ihm die Tränen in die Augen trieb. Das Fleisch schob er einem Jugendlichen rüber, der durch sein Untergewicht wie ein Knabe wirkte. Ein Mönch, der einer rein vegetarischen Ernährungsweise den Vorzug einräumte, lächelte dem Deutschen zu und sagte: »Kein Fleisch! Besser für nächstes Leben! Gutes Karma«. Die 108 Perlen seiner Mala, der im

Hinduismus und Buddhismus gebräuchlichen Gebetskette, glitten durch seine Finger.

Ab 13.00 war es den Mönchen untersagt, feste Nahrung zu sich zu nehmen. Wer Appetit hatte, dem stand es frei, Tee zu trinken, Zucker, Honig oder Butter auf der Zunge zergehen zu lassen. Marcel nutzte jede Gelegenheit, um seinen Hunger zu stillen, denn er hatte seit seiner Ankunft in Thailand fünf Kilogramm abgenommen. Der Umhang schlotterte um seine Hüften, der Waschbrettbauch geriet einem Leistungssportler zur Ehre. An den Nachmittagen folgte das Studium der Tripitakka, den heiligen Schriften sowie das Lesen und Erlernen der Lehrreden Buddhas. Da Marcel weder die Schrift noch die Sprache beherrschte, übernahm ein Mönch die Aufgabe, ihm Einzelunterricht zu erteilen.

Ab 16.00 Uhr hatten die Männer frei und nutzten die entschleunigte Zeit nach Gutdünken. Einige Ordensbrüder gingen ihren Studien nach oder meditierten. Der Abt empfing Gläubige oder lehrte älteren Mönchen, die Schriften Buddhas zu interpretieren. Marcel nutzte den Freiraum dazu, um fehlenden Schlaf im Dormitorium nachzuholen. Ihm mangelte es an Elan, er war müde und litt unter Konzentrationsstörungen. Den Novizen blieb die Liebe des Farang zu seinem Ruhelager nicht verborgen. Sie lachten und verpassten ihm einen Spitznamen, der ihn während des Aufenthaltes im Kloster auf Schritt und Tritt begleitete. Sie nannten ihn den „Schläfer".

An den Abenden versammelten sich die Mönche im Versammlungsraum, um gemeinsam zu schweigen oder zu singen. Zweimal am Tag zogen sich die Männer, unter Anleitung von Sulak Chah, zur Meditation zurück. Marcel bemühte sich, den Zustand der Gedankenfreiheit zu erreichen, schlief aber regelmäßig nach ein paar Minuten ein. Der Abt erkannte seine Probleme, rüttelte ihn wach und sagte: »Na, Bruder! Wenn du so weitermachst, wirst du dich nicht weiterentwickeln.«

»Entschuldigung! In meinem Kopf laufen Bilder ab, die mich daran hindern, mich zu konzentrieren. Plötzlich reißt der Film und ich schlafe ein«, erklärte Marcel.

»Gedankenfreiheit kann man nicht erzwingen. Gedanken kommen und gehen wie Wellen im Meer. Bei einem Sturm schaukeln sie sich hoch, wir können uns nicht dagegen wehren.«

»Das ist mir klar. Aber was kann ich unternehmen, um von der Meditation zu profitieren?«

»Lass die Gedanken zu, denn das ist der Weg, um ihre Energie abzuschwächen und letztendlich aufzulösen. Richte deine Aufmerksamkeit auf die Atmung, fühle, wie sich der Bauch beim Einatmen ausdehnt und beim Ausatmen zusammenzieht. Wenn du diese Technik perfektionierst, dringst du in wenigen Monaten in Sphären vor, die das Bewusstsein auf eine höhere Ebene führen.«

»Das verstehe ich nicht. Was meinst du damit und was bedeutet das für mich?«

»Du besitzt Fähigkeiten, Dinge zu sehen, die anderen Menschen verborgen bleiben. Durch Tiefenmeditation wird es dir gelingen, ein inneres Tor aufzustoßen, das Zugang gewährt zu deiner Zukunft. Dann wird dein Leben auf den Schwingen des Glücks dahingleiten.«

»Ich befürchte, es mangelt mir an Begabung, um dieses Ziel zu erreichen. Außerdem bin ich mir nicht sicher, ob es gut für mich ist, die Zukunft zu kennen. Was ist, wenn ich keine habe oder mein Weg durch die Zeit sich in Dunkelheit verliert? Nein, ich bin schon damit zufrieden, wenn der Kopf frei von Sorgen aller Art ist.«

Der Abt zog die Augenbrauen hoch und sagte: »Es kommt die Zeit, da wirst du dich an meine Worte erinnern.«

Er warf dem Novizen einen Blick zu, der Bewunderung zum Ausdruck brachte und wandte sich den Mönchen zu, die seiner Hilfe in einem größeren Umfang bedurften.

Am Folgetag erteilte der Abt dem Farang weitere Anweisungen zur Verfeinerung der Technik. Außerdem erhielt Marcel ein Mantra, das auf seine Persönlichkeit zugeschnitten war. Dennoch verfiel er gelegentlich in alte Gewohnheiten und machte seinem Spitznamen alle Ehre.

Tage und Wochen vergingen – Marcel hatte sich eingelebt, liebte die Konstanz, den klaren Plan, nach dem das Dasein ablief. Ihm behagten das weltabgewandte, in sich gekehrte Leben, die geistige Ruhe und die Konzentration auf das Wesen der Dinge. Niemand verletzte ihn oder nahm seine Fehler zum Anlass, ihn zu demütigen. Es gab keinen Stress, keinen Streit, keine Frauen, keine Drogen, keine Onkel aus dem Reich der Mitte. Auch der Umstand, dass es im Buddhismus keinen Gott gab, entsprach seiner Lebensanschauung. Die Männer verrichteten ihre Dienste mit Muße und Gelassenheit, es fehlte der Chef, der sie zu mehr Leistung aufforderte oder ihre Arbeit kontrollierte. Alles beruhte auf Vertrauen, auf der Gewissheit, dass die Mönche ihr Bestes gaben, um Buddha zu dienen. Im Kloster herrschte, abgesehen von dem Gemurmel und dem Singsang der Mönche, Stillschweigen, ein krasser Gegensatz zur Glitzerwelt der Inselhauptstadt. Vor allem aber hatte der Düsseldorfer sich von der Überdosis Pech erholt, dem Motor der Abwärtsspirale, die vor seinem Eintritt in den Wat an Tempo zugelegt hatte. Sein ursprüngliches Ziel, sich in der Wohnstätte zurückzuziehen, bis die Wut der Verfolger verflogen war, wich dem Wunsch, sich dem Leben außerhalb der Mauern für immer zu entziehen. Er misstraute der Welt der Digitaluhren, die jeden Tag einen Tick schneller rotierten, den Konsumtempeln, in denen Mädchen mit Fingernägeln, lang wie Tigerkrallen, Waren anboten, die niemand benötigte.

An einem Tag im April, an dem die Sonne das Thermometer auf 38 Grad hochtrieb, spazierte der Schläfer um 15. 00 Uhr im kleinen Garten des Wats umher. Eine Schar Hühner mit ihren Küken querte seinen Weg. Für sie und die anderen Tiere bildete das Kloster einen Schutzwall vor der Außenwelt mit ihren Schlachtern, Metzgern und Hundefängern, die ihnen nach dem Leben trachteten. Marcel traf auf einen Mönch, der einem Käfigvogel die Freiheit schenkte.

»Jeden Tag eine gute Tat, mein Bruder?«

»Genau, das ist für einen Buddhisten Pflicht. Dadurch verbessern wir unser Karma. Ich hege die Hoffnung, mich im nächsten Leben aus dem

Kreislauf des Leidens und der Wiedergeburten zu befreien. Auf keinen Fall möchte ich als Tier oder Dämon wiedergeboren werden.«

Der Schläfer gab ihm keine Antwort. Er entstammte einer Welt, in der es an Spiritualität mangelte. Aber ihm schwante, dass es Wahrheiten gab, die er mit seiner westlichen Brille nicht erfasste.

Der Abt, der das Gespräch hinter einem Baum belauscht hatte, kam auf das Duo zu und fragte Marcel, ob es ihm im Wat gefalle und er von den Lehren Buddhas profitiere.

»Ja, sehr! Sogar an die Verpflegung und die damit verbundene tägliche Fastenzeit sowie an die Bastmatte im Dormitorium habe ich mich gewöhnt.«

»Das freut mich. Kannst du dir vorstellen, in einem Jahr die Mönchsweihe zu erhalten?«

Der Schläfer wog den Kopf hin- und her und benötigte eine Weile für die Antwort: »Vielleicht! Zwar bin ich in Deutschland ohne Religion aufgewachsen, aber bei euch fühle ich mich wohl. Bezüglich der Wiedergeburt hege ich allerdings Zweifel.«

»Die Monsunregen weichen der Trockenheit«, antwortete Sulak Chah und erhob sein Haupt gen Himmel. »Aber sie kommen jedes Jahr wieder, spenden Leben und erfreuen uns mit ihrer Beständigkeit«.

»Ja, aber mit solchen Naturgesetzen, lässt sich nicht die Seelenwanderung erklären.«

»Wenn du stirbst, verfällt dein Körper, nicht aber die Seele und der Geist. Sie bleiben erhalten, wandern weiter und erwachen in einem neuen Körper, wo der Kreislauf des Lebens, das Samsara, von vorn beginnt. Aber bedenke: Es bist nicht du, der wiedergeboren wird, sondern es ist lediglich dein Geist. Verstorbene, die im Leben besondere Verdienste erworben haben, ist es mitunter sogar vergönnt, sich auszusuchen, welchen Körper sie sich nehmen.«

»Schwer vorstellbar, aber zumindest ein Gedanke, der uns dazu verhilft, den Würgegriff des Todes zu ertragen«, sagte Marcel und zog die Stirn in Falten.

»Ich rate dir, die heiligen Schriften zu studieren und mit der Zeit immer tiefer zu meditieren. Zunächst aber erwarte ich von dir eine Entscheidung, ob du bleibst oder es vorziehst, das Wat zu verlassen. Sobald du dich für uns entschieden hast, wirst du jeden Morgen mit den Mönchen durch die Straßen von Phuket pilgern, um Nahrung von den Menschen zu erbeten.« Wie ein Blitz drang das Ansinnen des Ordensleiters in die Gedankenwelt des Novizen ein. Marcel, ein Bettelmönch? In seinem Kopfkino lief ein Film von den Gefahren ab, die außerhalb der Klostermauern auf ihn warteten. Er sah sich in die Enge getrieben, von den Triaden aufgegriffen, die ihn der drakonischen Bestrafung, zuführten, die sie ihm angedroht hatten. Die Polizei nahm sich seiner an, führte ihn mit Handschellen zu einer Gefängniszelle, in der sich Ratten an Essensresten labten.

Marcel errötete und brachte kein Wort über die Lippen. Sulak Chah las die Verunsicherung seines Gesprächspartners in dessen Mimik und sagte: »Deine Augen verraten mir, wie die Entscheidung ausfällt. Aber ich bitte dich darum, sie mit Bedacht zu treffen. Wäge Vor- und Nachteile untereinander und gegeneinander ab und betrachte das Leben, wie es sich auf dem einen Weg und auf dem anderen weiterentwickelt.«

Marcel zuckte mit den Achseln und stammelte: »Ja…nein… ich weiß… nicht. Bis wann benötigst du meine Entscheidung?«

»Vom 13. bis 15. April 2024, feiern wir Songkran, das thailändische Neujahrsfest. Am Morgen des ersten Feiertages erwarte ich deine Antwort.« Der Abt lächelte in einer Art und Weise, wie es jenen Menschen vorbehalten ist, deren Leben auf den Flügeln der Liebe und Zufriedenheit seine Bahnen zieht. Er berührte den Novizen mit dem Zeigefinger auf die Stirnmitte und schlenderte zu seinem Studienraum. Der Schläfer verspürte ein flaues Gefühl im Magen, ein Druck lastete auf seinen Schultern wie seit

Wochen nicht mehr. Der Abt nötigte ihn zu einer Entscheidung und es verblieben zwei Tage, um sie zu treffen.

Mit hängendem Kopf zog sich der Farang ins Dormitorium zurück und verzichtete darauf, den Rest des Tages mit den anderen Mönchen zu verbringen. Der Schlaf verlief unruhig, immer wieder fuhr er hoch, schlug um sich und vertrieb imaginäre Feinde mit den Fäusten. In Schweiß gebadet prüfte er Alternativen, suchte nach Auswegen aus der Situation, die ihn überforderte. *Ich muss achtsam sein und meinen eigenen Weg finden*, dachte er und verbrachte den Folgetag mit Tiefenmeditation.

Als die Nacht am tiefsten war, traf er seine Entscheidung: *Ich werde den Tempel verlassen, so gerne ich auch hiergeblieben wäre.* Ein Europäer im Gewand eines Bettelmönchs, der morgens durch die Gassen zieht, würde zur Touristenattraktion avancieren. Nach wenigen Tagen stünde ein Artikel über den Sonderling in der Tageszeitung. Dann wäre es für die Verfolger ein leichtes, ihn aufzuspüren.

Der Novize entschied sich gegen das, wonach sich sein Herz sehnte. Es fiel ihm nicht leicht, denn sowohl der Abt als auch einige der Mönche rangierten auf seiner persönlichen Sympathieskala weit oben.

Am Morgen des 13. Aprils, einem Samstag, legte Marcel sein Gewand ab und streifte die Straßenkleidung über. Ein Griff in die Hosentaschen der Jeans – die Geldscheine waren genau dort, wo er sie bei seiner Ankunft abgelegt hatte. Im Versammlungsraum wartete der Abt auf ihn, um die Abschiedszeremonie vorzunehmen. Der Leiter des Wats verneigte sich dermaßen tief vor dem Schüler, dass der alte Mann Probleme hatte, wieder in eine aufrechte Position zurückzukehren.

»Es schmerzt meiner Seele, einen Bruder mit solchen Fähigkeiten zu verlieren«, sagte er und überreichte dem Deutschen die Entlassungsurkunde, die dessen Zeit im Wat dokumentierte. Marcel lag eine Nachfrage auf den Lippen, doch der Blick auf dem Text des Schriftstücks rührte ihn zu Tränen: „Kein Unrecht tun, stets nach dem Guten streben, kein Lebewesen töten und das Denken durch Meditation reinigen. Führe das Leben der Liebe! Die Erinnerung an dich wohnt für immer in unseren Herzen."

Marcel bedankte sich bei dem Abt, für alles, was er im Wat gelernt hatte und versprach, die Regeln einzuhalten.

Schweren Schritts steuerte der Farang auf den Ausgang des Wat Mongkol Nimit zu, vorbei an Familien, Buddhastatuen oder Abbildern anderer hochgeschätzter Personen, denen die Gläubigen Opfergaben zu Füßen legten. Am Tor begrüßte der Mönch, der dem Vogel die Freiheit geschenkt hatte, die Gläubigen, stand für Auskünfte zur Verfügung und unterstützte Gehbehinderte dabei, den Obolus abzuliefern. Er ergriff die Hand des Deutschen und sagte, es täte ihm leid, dass der Schläfer den Tempel verließe. Er frage sich, was der Farang jetzt mit dem Leben anfinge. Marcel stand nicht der Sinn danach, Erklärungen abzugeben, zumal er auf die Frage keine Antwort hatte. Er verneigte sich vor dem Mönch und sagte beiläufig: »Kamala, ich reise nach Kamala«. Ohne sich umzuschauen, überquerte der ehemalige Novize die Straße und tauchte ein in die Gassen der Altstadt, in denen es vor Menschen wimmelte. Es war heiß, die Sonne thronte über dem Häusermeer und tauchte es in gleißendes Licht. Marcel blinzelte und schützte seine Augen mit den Handflächen. Songkran, das Wasserfest, elektrisierte die Massen. Er wurde von einer Seite zur anderen geschoben, stolperte, wäre um ein Haar von einem Moped, das sich durch die Menschenmenge drängelte, angefahren worden. Marcel bog in eine Nebenstraße ein, wo weniger Menschen flanierten. Eine Brise aus Backofenluft durchzog die Gasse und fuhr ihm durch die Haare. Fünf Jugendliche traten aus einer Toreinfahrt hervor und legten mit Sturmgewehren auf ihn an. *Das ist mein Ende! Hoffentlich hat der Abt mich nicht belogen und ich kann mir im nächsten Leben den Körper aussuchen, in welchem sich mein Geist wohlfühlt.* Dass Marcel bislang im Leben keine besonderen Verdienste erworben hatte, geriet in diesem Moment der Panik in Vergessenheit.

Songkran

Der Tag, an dem das Leben des Kommissars Stephan Malik neue Impulse erhielt, begann mit Kopfschütteln. Am 13. April des Jahres 2024 hockte er im Polizeirevier von Phuket Stadt und raufte sich die Haare. Es war nicht das erste Mal, dass er den Kollegen von der Inselhauptstadt einen Besuch abstattete. Bei jedem Termin war er enttäuscht worden, denn die Gesetzeshüter von der „Royal Thai Police" trieften zwar vor Freundlichkeit, glänzten aber durch Untätigkeit. Die erste Enttäuschung war der Umstand, dass kaum jemand die englische Sprache beherrschte. Bei den Wenigen, die sich ihrer bedienten, benötigte Stephan eine Unendlichkeit, bis er das Kauderwelsch entschlüsselte, zumal er selbst über rudimentäre Kenntnisse verfügte. Beim zweiten Termin hatten die Kollegen einen Übersetzer zu dem Gespräch hinzugebeten, aber auch dessen Fremdsprachenkenntnisse reichten nicht aus. Immer wieder kam es zu Missverständnissen, wurden Fragen falsch verstanden oder übersetzt. Stephan war kein Mann, dem die Geduld in die Wiege gelegt worden war. Mit hochrotem Kopf war er aufgestanden und hatte mit der Faust auf den Tisch geschlagen. »Typisch Farang«, hatten die Beamten wie aus der Pistole geschossen zu ihm gesagt und ihn mit Missachtung gestraft. Danach war ihre Kooperationsbereitschaft auf den Nullpunkt gesunken, denn es war verpönt, in Thailand das Gesicht zu verlieren.

Heute stand der letzte Termin im Polizeirevier an. Man wies unmissverständlich darauf hin, dass weitere Auskünfte nur auf Veranlassung der „Deutschen Botschaft" in Bangkok erfolgen würden. Ein diesbezügliches Ersuchen läge aber nicht vor, der Kommissar ermittle auf eigene Faust. Stephan nahm die Ausführungen mit versteinerter Miene zur Kenntnis. Er tröstete sich mit dem Umstand, dass Marcel Leclerc auch in Thailand gesucht wurde, und zwar wegen Zechprellerei in einer Größenordnung, die alles andere als vernachlässigbar war. Von den Drogengeschäften des Reisebüroinhabers hatte die Royal Police durch einen Informanten aus Chiang Mai Kenntnis erhalten, es aber nicht für nötig erachtet, die Suche nach dem Straftäter zu intensivieren. Auch der Aufenthaltsort von Leclerc war den Kollegen nicht bekannt. Malik bemerkte, wie die Hektik in dem Revier von Minute zu Minute zunahm. Polizisten, die von einer Patrouille zurückkehrten, kamen durchnässt herein und wünschten sich gegenseitig ein frohes neues Jahr.

»Heute ist der erste Tag vom Songkran, dem Wasserfest, wie ihr Europäer es nennt. Aus diesem Grund schließen wir jetzt das Revier für drei Tage. Wir wünschen dir viel Erfolg bei der Suche nach Niklas Leclerc. Gib uns Bescheid, sobald du den Kerl geschnappt hast.«

Einer der Beamten, der von Kopf bis Fuß vor Nässe triefte, zog den Haudegen an den Schultern hoch und bugsierte ihn zur Ausgangstür.

»Nicht anfassen! Ich finde den Weg nach draußen allein«, sagte er, riss sich los und ballte die Hände zu Fäusten.

An der Tür blieb er stehen, drehte sich um und sagte: »Ich hätte mehr Engagement von euch erwartet«.

»Ich will dich hier nicht mehr sehen«, gab der leitende Beamte der Polizeistation dem Deutschen mit auf dem Weg.

Von diesen Schlafmützen kann ich keine Hilfe erwarten, dachte Stephan und streckte seine geschlossene Hand mit ausgestrecktem Mittelfinger in Richtung der Beamten. Es dauerte nicht lange, bis die Wut des deutschen Kommissars eine Abkühlung erhielt - überall standen Leute, die mit Wasser spritzten - aus Eimern, mit dem Gartenschlauch, mit Wasserpistolen und all dem, was dazu diente, dem Brauch den Stempel aufzudrücken. Malik beobachtete zwei Männer, die mit einer bis zum Rand gefüllten Badewanne auf ein Songthaew zusteuerten, um den kompletten Inhalt auf den Leibern der Passagiere auszugießen, die ihrem Schicksal mit schierem Entsetzen entgegensahen. Unter die Feiernden mischten sich Touristen, die überwiegende Mehrzahl aus Russland und China. Der Gesetzeshüter wohnte dem Treiben mit Kopfschütteln bei. Eine Europäerin, der die Verwunderung des Deutschen auffiel, sprach ihn an und sagte: »Songkran ist das Wasserfest der Thais, welches zum traditionellen

Neujahrsfest nach dem Mondkalender gefeiert wird. Früher diente es dazu, älteren Personen respektvoll Wasser über die Hände zu gießen. Wohnungen und Häuser wurden gereinigt, um gut ins neue Jahr zu starten. Aber bei der jüngeren Generation artet es mittlerweile zu einer Wasserschlacht aus.«

»Wie lange dauert dieser Unfug?«

»Drei Tage, bis zum 15. April. Genießen Sie die Erfrischung! Aber kommen Sie unbedingt zum Vegetarier-Fest im September zurück. Dort treffen Sie auf Chinesen, die sich Schwerter durch die Backen schieben und dennoch keinen Tropfen Blut verlieren.«

Auf diesen Anblick kann ich verzichten, dachte Stephan und wandte sich von der Frau ab. Für ihn war Vegetarismus eine Form geistiger Verwirrung, die zum Niedergang der deutschen Kultur beitrug. Er liebte Steaks, blutig gebraten und groß, am liebsten aus dem Land der Gauchos oder Burger aus Edelimbissbuden. Überhaupt stand er nicht auf Feste, weder auf buddhistische noch auf christliche. Er hasste Weihnachten, wenn die Welt in Deutschland im Koma lag und selbst die Ganoven eine Atempause einlegten.

Beim Unterfangen, in eine Seitenstraße abzubiegen, geschah das Ungemach: Bewohner der oberen Etagen schütteten eimerweise Wasser auf den ahnungslosen Kommissar und riefen ihm zu: »Viel Erfolg im neuen Jahr!« Er drohte ihnen mit der Faust, unterließ es aber, den Vorfall zu kommentieren oder von den Thais Schmerzensgeld einzufordern. Es hätte ihm ohnehin nicht zugestanden. Stephan wischte sich den Schweiß von der Stirn. Die Sonne stand senkrecht am Himmel und trieb das Thermometer in der zweiten Hitzewelle des Jahres auf 40 Grad Celsius. Dennoch gab es aus seiner Sicht keinen Grund, die Feldjacke auszuziehen. Sie war sein Markenzeichen, wie der W 124, der Mercedes, an dem der Rost nagte. Der Ermittler schlenderte vorbei an Street Food Küchen, deren Dämpfe bei ihm einen Hustenreiz auslösten. Seit er in Thailand war, hatte er den Eindruck gewonnen, dass die Frauen den ganzen Tag damit befasst waren, Mahlzeiten im Wok zuzubereiten. Die Garküchen verströmten den Duft von gegrilltem Fleisch oder Fisch. Sie animierten die Passanten entweder zum Verweilen oder zum Weitergehen, je nachdem, welche Geschmacksrichtung sie präferierten. Stephan fragte sich, für wen diese Unmenge an Gerichten bestimmt war, denn bei ihm zügelte die Hitze den Appetit.

Weil er den Gestank nicht ertrug, betrat er eine Bar, in der sich zur Mittagszeit, bis auf den Kellner, niemand aufhielt. Sie war klimatisiert, der ideale Ort, um die Mittagshitze auszusitzen. Malik nahm auf einem Barhocker Platz und probierte die Longdrinks auf der Getränkekarte der Reihe nach aus. Mai Thai, Singapore Sling, Mojito, Caipirinha – keiner mundete dem Kommissar, denn sie enthielten wenig Alkohol, aber jede Menge Eis. *Ich bin auf mich allein gestellt, aber dieser Kleinganove hat gegen mich keine Chance,* dachte er und bestellte sich einen „Sex on the Beach" in der Erwartung, dass dieser Drink gehaltvoller war als die anderen. Die Hoffnung trog.

Er erinnerte sich an einen Fall im letzten Jahr, bei dem die Mordkommission ihn um Hilfe gebeten hatte: Ein Psychopath prahlte mit Internet damit, ein Snuff- Video zu drehen, und übermittelte der Polizei ein Foto von dem Ort, wo der Mord an einer Minderjährigen gefilmt und live ins Netz gestellt werden sollte. Die Zeit drängte und die Kollegen hatten jegliche Hoffnung verloren, dem Finsterling zuvorzukommen. Stephan reichte eine halbe Stunde, um den Ort des Geschehens zu identifizieren. Auf dem Boden des Raumes lag – von den Ermittlern unbemerkt – eine Stempelkarte aus einer Zeit, in der in der Industrieruine rege Betriebsamkeit herrschte. Mit einem Digitalprogramm vergrößerte er die Stempelkarte um das Zehnfache und zog mit den darauf enthaltenen Daten Rückschlüsse auf den Tatort. Als der Psychopath das Mädchen in den Raum schleifte, war es für die Polizei ein Leichtes, ihn zu überwältigen und seiner Strafe zuzuführen.

»Stephan, du bist ein Teufelskerl mit den Instinkten eines Fuchses«, hatten die Kollegen zu ihm gesagt, obwohl sie wussten, dass er zudem über ein hohes Maß an Intelligenz verfügte.

Beschwingt und frustriert zugleich verließ der Gesetzeshüter das Etablissement und wurde unvermittelt in die Partystimmung hineingerissen, die in der Stadt regierte. Er bahnte sich seinen Weg durch die Menschenmenge, vorbei an ausgelassen tanzenden, singenden und Wasser verschüttenden Thais. *Wo würde ich mich aufhalten, wenn ich nach dem Drogendeal untertauchen müsste,* fragte er sich und fuhr zusammen, als ein junger Thai ihn von hinten mit einem Kübel Eiswasser übergoss.

»Verpiss dich!«, fluchte der Teufelskerl und fuhr mit seinen Überlegungen fort. *Möglicherweise hat Leclerc ein Apartment in einer Hochhausanlage angemietet,* überlegte er, verwarf den Gedanken aber umgehend, denn zur täglichen Lebensführung müsste der Delinquent Märkte aufsuchen und lief dabei Gefahr, von der Polizei aufgegriffen zu werden. Die Stadt Patong als Rückzugsort kam nicht in Betracht, denn dort lauerte das Risiko, einem Hotelangestellten in die Arme zu laufen. Auch die Touristenorte mit ihren Polizeipatrouillen schieden aus. Aber der Kommissar wusste aus Erfahrung, dass sich flüchtige Täter in solche Orte zurückziehen, in denen sie sich auskennen. Dort gab es mehr Möglichkeiten, sich dem Zugriff durch Flucht oder Verstecken zu entziehen. *Phuket-City! Ich bin mir sicher, dass sich der Kerl hier irgendwo aufhält,* dachte er und gelangte zu einer Tempelanlage, in der sich Menschen in ihren besten Kleidern, bewaffnet mit Kerzen, Räucherstäbchen und Blütenwasser, um Buddhafiguren oder den Schreinen verehrter Personen drängelten. Hinter der Eingangspforte bot ein Mönch komplette Sets an - viele Aspekte im Land der Engel haben ihren Ursprung in religiöser Hingabe, welche untrennbar mit dem alltäglichen Leben verwoben sind.

»Bitte, greifen Sie zu«, forderte er Malik auf. »Dem heiligen Wasser wird eine reinigende Wirkung des Geistes nachgesagt.«

»Nein Danke. Mein Geist ist schon klar. Ich benötige keine…«

Der Ermittler stockte mitten im Satz. *Das ist es! Leclerc hat sich ins Kloster zurückgezogen. Niemand kommt auf die Idee, ihn dort zu suchen.* Stephan nahm sein Smartphone zur Hand und prüfte, wie viele Tempel es auf der Halbinsel Phuket gab. Ernüchterung machte sich breit, denn es waren derer 29. Er wandte sich dem Mönch zu und sagte: »Alles klar! Geben Sie mir zwei Sets, dann bin ich für die Dauer meines Aufenthalts in Thailand auf der sicheren Seite.«

Mit einem Grinsen im Gesicht überreichte der Mönch ihm die gewünschten Opfergaben. Der Teufelskerl nahm sie mit einer wirschen Handbewegung entgegen, zog das Foto von Marcel Leclerc aus seinem Rucksack und hielt es dem Geistlichen unter die Nase.

»Kennen Sie diesen Mann?«

»Nein, nie gesehen. Wer gibt Ihnen das Recht, von mir Informationen einzuholen?«

»Schauen Sie sich das Foto bitte genau an.«

»Ich schwöre bei meinen Großeltern: Diesen Menschen kenne ich nicht. Aber er sieht sehr sympathisch aus. Warum suchen Sie nach ihm?«

Anstatt einer Antwort wandte sich der Kommissar von dem Ordensbruder ab. Stephan hegte keine Zweifel am Wahrheitsgehalt seiner Aussage. Er hatte in einem bundesdeutschen Dossier für Polizeieinsätze in Thailand gelesen, dass den Einheimischen die Familie heilig sei. Er eilte zum Ausgang und drückte den Eltern mit vier Kindern die zwei Sets in die Hände.

 Stunden vergingen, längst war die Dunkelheit über die Inselhauptstadt hereingebrochen.

Die Partystimmung war aus den Fugen geraten, überall tummelten sich Betrunkene, unter ihnen etliche Touristen, die mit ihrer klatschnassen Kleidung Unterschlupf in Hauseingängen oder Parkanlagen suchten. Zwölf Tempel hatte Stephan besucht, in jedem nach Leclerc gefahndet, aber niemand kannte den Mann aus Deutschland. Um 20.10 Uhr gelangte der Gesetzeshüter zum Wat Mongkol Nimit an der Ranong Street.

Ihm gefielen die Verzierungen aus Stuck, Gold oder weißen Marmor. Er bewunderte den zum Tempel gehörigen Garten, wo die Welt Luft zum Atmen hatte. Zum ersten Mal seit seiner Ankunft in Thailand verspürte er ein Hochgefühl und vollzog nach, warum jedes Jahr Abermillionen Touristen ins Land des Lächelns aufbrechen. Am Eingang zur Tempelanlage geriet ein Mönch ins Blickfeld, der die Besucher begrüßte und ihnen beim Transport der Opfergaben Hilfestellungen leistete. Der Kommissar ging auf ihn zu und verneigte sich vor ihm. Stand er im Begriff, sich den Gewohnheiten und Gepflogenheiten des südostasiatischen Landes anzupassen? Er fingerte nach dem Foto von Leclerc und hielt es dem Mönch unter die Nase.

»Wissen Sie, wer das ist? Haben Sie diesen Mann hier gesehen?«
Schweigen.
Dem Teufelskerl gelang es, seiner Aussprache einen freundlichen Touch zu verleihen. Er hatte begriffen, dass es in Thailand verpönt war, mit jemanden auf offener Straße zu streiten oder die Stimme zu erheben. Niemand durfte das Gesicht verlieren, denn dann biss man auf Granit und erreichte gar nichts.
»Kennen Sie diesen Mann?«
Die Stimme des Kommissars klang wie eine Flöte. Lautes Schweigen. Stephan fiel eine tonnenschwere Last von den Schultern. Der Mönch wusste, wer der Gesuchte war, pflegte persönliche Kontakte mit ihm, das stand für Stephan wie in Stein gemeißelt fest. *Endlich eine Spur, ein Baustein, der mich zu dem Kerl führt*, dachte er, verbeugte sich ein zweites Mal vor dem Geistlichen und flehte ihn mit einer Fistelstimme an: »Bitte helfen Sie mir! Ich muss ihn finden, weil es für mein Seelenheil von Bedeutung ist.«
Der Mönch senkte den Blick und gab vor, seinen Gesprächspartner nicht zu bemerken. Stephan übte sich in Geduld und vermied jeglichen Druck. Kein unfreundliches Wort kam über seine Lippen, keine Mimik, die offenbarte, dass die Zeit drängte. Der Mönch versuchte, sich durch

Meditation von der Welt der Fragen und Nachforschungen zu lösen. Er spürte die Aura, die von dem Muskelprotz aus Deutschland ausging, befürchtete, dass dieser nicht in friedlicher Absicht nach dem ehemaligen Novizen fahndete. Andererseits verpflichtete ihn die Religion dazu, nicht zu lügen. Dieses Gebot von Buddha durfte er nicht brechen. Es wäre schlecht für sein Karma, ein Malus für das nächste Leben, in dem er die Konsequenzen zu tragen hätte, wobei er im Worst Case als Dämon um die Häuser der Menschen herumschleichen müsste. Der Mönch war nicht bereit, dieses Risiko einzugehen.

Der Kommissar wiederholte seine Frage: »Kennen Sie diesen Mann«? Nach zwei Minuten sah sich der Mönch genötigt, ihm zu antworten: »Was passiert, wenn Sie ihn finden? Werden Sie ihn töten?«, fragte er mit einer Stimme, die nicht zu seinem zierlichen, schlanken Körperbau passte. Stephan trat einen Schritt zurück, die Bassstimme des Ordensbruders irritierte ihn. Aber der Ermittler war, genau wie sein Gegenüber, ein Mensch, der Lügen hasste. Er besaß ein offenes, ehrliches Wesen, war es gewohnt, einem Gesprächspartner die Meinung unverblümt ins Gesicht zu sagen. So war es auch diesmal: »Ja, er hat eine Dummheit begangen, vielleicht sogar derer zwei«, gab der Kommissar zu. »Es ist nur gerecht, wenn er dafür zur Verantwortung gezogen wird. Aber er wird mit einer Gefängnisstrafe davonkommen, die, bei guter Führung, nach drei oder vier Jahren beendet sein dürfte.«

Der Mönch verharrte wie eine Statue auf der Stelle, es hatte den Anschein, als ob er nicht begriff, was der Fremde aus Deutschland ihm mitgeteilt hatte.

»Ich flehe Sie an, bei der Ehre Ihrer Eltern und Großeltern: Helfen Sie mir bitte! Wo finde ich Marcel Leclerc?«

»Kamala!«

Der Mönch wagte nicht, den Namen des Ortes laut auszusprechen, sondern flüsterte dermaßen leise, dass Malik ihn nicht verstand. Er presste sein rechtes Ohr auf die Lippen des Ordensbruders und bat ihm, das

Wort zu wiederholen. Es dauerte eine Weile, bis der Geistliche sich dazu entschloss, der Bitte nachzukommen.

»Kamala! Ich glaube, er hat mir gesagt, er schlösse nicht aus, nach Kamala zu reisen.«

Der Teufelskerl bedankte sich tausendmal und versprach, den ehemaligen Novizen kein körperliches Leid zuzufügen. Der Geistliche sank nieder und weinte.

»Du hast kein Unrecht begangen«, tröstete ihn der Kommissar, wandte sich von ihm ab und stürmte zum Taxistand. Es galt, die Gunst der Stunde zu nutzen. Es war Songkran, möglicherweise tanzte Leclerc in diesem Moment mit den Thais auf offener Straße, wiegte sich in Sicherheit in der Menschenmenge, ahnte nichts von der Gefahr, in der er schwebte.

Eine Dreiviertelstunde später trudelte der Gesetzeshüter in dem Touristenort an der Westküste der Halbinsel ein. Kaum ausgestiegen, wurde er von Kindern mit Wasserpistolen angegriffen. Er schenkte ihnen ein Lächeln und fuhr mit den Recherchen fort, suchte im Internet nach Firmen, die Kontakte nach Deutschland oder anderen europäischen Ländern unterhielten. Die meisten Büros, Bäckereien oder Restaurants waren aufgrund des Festes geschlossen, was Stephan nicht davon abhielt, Erkundigungen über die Eigentümer bei den auf den Straßen feiernden Nachbarn einzuholen. Er erfuhr nichts, was ihm dienlich war, scheiterte an den nicht vorhandenen Englischkenntnissen der Thais.

Am dritten Tag von Songkran – die Feierlichkeiten neigten sich dem Ende zu - betrat er das Grundstück von Sven. Es lag etwas in der Luft, er spürte eine Anspannung, die seinen gesamten Körper erfasste. Sein Bauchgefühl meldete sich, Instinkte, die nur er besaß und die ihm weiterhalfen, wenn andere Beamten den Fall zu den Akten gelegt hatten. *Er war hier! Ich fühle seine Aura.* Mit den Händen am Schaft der Waffe schlich Stephan zur Eingangstür und versuchte, sie aufzuschieben. Vergeblich – sie war verriegelt. An der Tür prangerte ein Schild mit der Aufschrift:

„Bis zum 29.04.2024 wegen unseres Segeltörns geschlossen!" Darunter war eine Vielzahl von Inseln, Orten und Tauchrevieren aufgeführt, die im Rahmen der Tour angesteuert wurden. Falls der Gesuchte unter den Reiseteilnehmern weilte, war es unmöglich, zur rechten Zeit am rechten Ort zu sein, um ihn zu überwältigen. Stephan stierte durch das Fenster, suchte jeden Quadratzentimeter des Raumes nach Hinweisen ab. Er stutzte. Freude stieg in ihm hoch, die Endorphine tanzten, wie seit Langem nicht mehr. An der Wand prangerte das Foto des letzten Segeltörns des Skippers zu den Surin-Inseln, neun Personen, darunter Leclerc mit einem Gesichtsausdruck, der von Selbstzweifeln geprägt war. *Ich habe den Schweinehund, der mich zum Gespött des Kommissariats gemacht hat. Die Zeit ist auf meiner Seite.*

Stephan checkte ein in das Hotel mit Blick auf das Grundstück des Seebären. Die Rezeption legte ihm die Vergänglichkeit zu Füßen. Im Zimmer aus der Epoche, als Thailand den Namen „Siam" trug, blühte der Schimmel an den Wänden. Er übersah die Mängel, denn alles, was ihn antrieb, war die Ergreifung des Gauners und dafür bot die Lage dieses Hotels beste Voraussetzungen. Die Angst, nach seiner Rückkehr in die Heimatstadt eine Aufgabe im Innendienst auszuführen, motivierte ihn dazu, jede Unannehmlichkeit in Kauf zu nehmen. Der Teufelskerl hatte verstanden, wie die Menschen im Land der Engel tickten, dass Hektik, Pünktlichkeit und Streitsucht nicht zu den Tugenden zählten. Dieser Einsicht war der Schlüssel zu seinem Erfolg.

Am nächsten Tag genoss er den Alkohol, der im Supermarkt im Zentrum von Kamala in der Zeit zwischen 11.00 Uhr und 14.00 Uhr vormittags und später zwischen 17.00 und 24.00 Uhr verkauft werden durfte.

Am Ende der Nacht quälte ihn ein Albtraum: Er kauerte vor dem Grab seiner Frau und starrte auf deren Todesdatum. Plötzlich bebte die Erde. Vor seinen Füßen öffnete sich eine Spalte, die bis zum Mittelpunkt des Planeten reichte. Jemand gab ihm von hinten einen Schubs. Mit dem Kopf vornüber fiel der Kommissar in die Tiefe. An den Seitenwänden loderten Feuer, die seine Panik verstärkten. Immer schneller düste er durch das Inferno.

Beim Aufprall schreckte er, in Schweiß gebadet, hoch. Vor Entsetzen mutierte sein Todesschrei zu einem Röcheln. Er sprang aus dem Bett und rettete sich ins Bad. Vor dem Spiegel betrachtete er den eigenen Gesichts- und Augenausdruck. Er erblickte einen Menschen, der älter aussah, als er war. Mit zunehmender Aufenthaltsdauer in der Herberge wiederholte sich der Albtraum wie eine Endlosschleife. Stand der Teufelskerl kurz davor, den Verstand zu verlieren?

Alkohol und Leitungswasser

Nach der Wasserschlacht in der Altstadt von Phuket war Marcel in der Hoffnung nach Kamala gereist, dort von Angriffen aus dem Hinterhalt verschont zu bleiben. Er unterlag einer Täuschung. Songkran hatte das Badeparadies an der Westküste mit seinen Elefantencamps und Luxusherbergen fest im Griff. Der Unterschied zur Inselhauptstadt bestand darin, dass sich das Spektakel auf wenige Straßenzüge beschränkte. Auch hier dominierten unter den Touristen die Russen und Chinesen. Ehe der Pechvogel die Muße fand, sich zu orientieren, wurde er von einer Gruppe europäischer Rucksacktouristen mitgerissen. Die Backpacker kamen aus Belgien, Frankreich, Spanien, Irland und England. Sie lieferten sich nasse Geflechte mit Thais, die es auf Touristen aus dem Ausland abgesehen hatten. Der Farang erwarb ein Wassergewehr und stürzte sich ins Getümmel. Lachen, schreien, feiern, trinken, küssen. Eine Irin mit grünen Augen und Sommersprossen, die ihrem Gesicht einen Touch von Frische verliehen, folgte ihm auf Schritt und Tritt. Seine Narbe störte sie nicht, denn die Mittzwanzigerin mochte keine Männer ohne Makel, verweichlichte Schönlinge, die beim ersten Streit zu Heulkrämpfen neigten. Sollte Marcel es wagen, sich ihr zu nähern? Ein „One-Night-Stand" unter Palmen? Marcel spürte, wie das Verlangen nach Sex mit einer Frau durch die erzwungene Askese im Wat in ihm hochstieg. Wie so oft in seinem Leben unterdrückte er den Trieb und widmete sich dem Geschehen auf der Straße.

Nach einer wilden Wasserschlacht zog sich die Gruppe in eine Bar mit Außengastronomie zurück, um die Kleider zu trocknen. Marcel lud die Globetrotter zu einem Drink ein, ein Angebot, das freudestrahlend angenommen wurde. Ein Cocktail nach dem anderen wurde gemixt, gereicht und heruntergeschüttet. Ein Engländer, Historiker aus London, prahlte damit, sich als Kind das Ziel gesetzt zu haben, jedes Land der Welt und jede Insel mindestens einmal im Leben zu besuchen. Nun stünde er kurz davor, seinen Lebenstraum zu verwirklichen. Die Backpacker hingen an seinen Lippen. Marcel rief den Kellner und orderte eine weitere Runde. Zum ersten Mal seit Langem spürte er das Leben in all seinen Facetten, genoss es, den Tag zu feiern, zu tanzen, zu singen und alles zu vergessen, was ihn bedrückte. Er verstieß gegen die Regeln, die er im Wat erlernt hatte, trank Alkohol und bestellte sich einen Burger mit doppeltem Patty. Er realisierte, dass er die richtige Entscheidung getroffen hatte und das Leben im Wat nicht seinen Vorstellungen entsprach – die Gefühle eingefroren, die körperlichen Bedürfnisse verdrängt zugunsten einer Monotonie, die jegliche Spontanität unterdrückt.

Am Abend erreichte die Partystimmung ihren Höhepunkt. Die Rucksackreisenden verbrüderten sich mit einer Gruppe junger Thais, die sich von Stunde zu Stunde vergrößerte. Marcel sprühte vor Begeisterung, tauchte ein in den Kosmos der Freude, dem Grundgesetz des Lebens. Er spendierte den mittlerweile auf 25 Personen angewachsenen Partygästen alles, was ihnen in den Sinn kam: Drinks, Smoothies, Rauchwaren, Speisen, wobei einige die Gelegenheit nutzten, sich Gerichte zu bestellen, die außerhalb ihrer eigenen finanziellen Möglichkeiten lagen. Je später der Abend, desto mehr dominierten irische Volksweisen, die von allen Betrunkenen, gleich welcher Nationalität, mit Inbrunst mitgegrölt wurden. Um 23.00 Uhr, Marcel hatte eine weitere Runde bezahlt, fingerte er nach den Scheinen in seiner Hosentasche. Er erstarrte. Eine 100 Dollarnote harrte der Ausgabe - der gesamte Vorschuss aus dem geplatzten Drogendeal an einem Abend aufgebraucht. *Ich muss mich verdrücken, sonst bin ich bankrott.* Marcel nutzte den Gang zur Toilette, um sich durch das Fenster zu quetschen und im Schatten der Nacht unterzutauchen. Die Partygäste riefen nach ihm. Vergeblich. Sie realisierten, dass ihr Gönner das Weite gesucht hatte. Grölend schlugen sie den Weg zu ihren Absteigen ein. »Spaßbremse«, schimpfte einer. Die Irin löste sich mit ihrer Freundin von der Gruppe und versuchte, ihrem Prinzen im Gewusel der Gassen zu folgen, fand ihn aber nirgends.

Marcel lief zur Hauptstraße, auf der der Verkehr zu dieser späten Stunde zum Erliegen kam. Im Laufschritt begab er sich auf den Weg zum Domizil von Sven, dem Menschen, der ihm ein Lächeln geschenkt hatte, das ehrlich gemeint gewesen war. Zudem hatte der Seebär dem Deutschen versprochen, ihn beim nächsten Aufeinandertreffen zu einem Bier unter Palmen einzuladen. Zwar hasste Marcel die Vorstellung, Sophie, die Furie aus den Niederlanden, wiederzusehen, aber er hatte keine Wahl. Sven war mit der Skipper-Szene auf der Halbinsel bestens vernetzt, kannte Mason und all die anderen Bootsinhaber. *Ich bin davon überzeugt, dass er mir einen Job vermittelt.*

Auf dem Weg lag eine Wechselstube, die aufgrund der Feierlichkeiten geöffnet war. Die Spaßbremse wechselte die Dollarnote in Thai Baht um, bemerkte aber nicht, dass er die Währung zum schlechtesten Kurs in Kamala getauscht hatte. Seine Schwäche, der Umgang mit Geld, strafte ihn mit Unfairness.

Das Gebäude des Seebären lag im Dunklen, keine Menschenseele weit und breit. Der Düsseldorfer ging zur Tür und drückte die Klinke nieder. Sie war verschlossen. Ihm sprang die Hinweistafel ins Auge, die von dem Trip des Skippers in die thailändische Inselwelt Zeugnis ablegte. Im fahlen Licht des Mondes bestaunte Marcel die Reiseroute: Ko Phayam, die Insel der Cashew-Baum-Plantagen, Ko Chang, Ko Surin und Ko Similan Nationalpark mit seinen diversen Tauchrevieren. Am unteren Rand der Tafel prangerte das Datum der Abreise. *Aha! Sven ist gestern losgesegelt. Wenn ich mich beeile, treffe ich ihn morgen Abend auf Ko Phayam.* Wenn Marcel dort nicht auf den Skipper treffen sollte, bestand immer noch die Möglichkeit, sich auf der Insel als Erntehelfer zu verdingen. Er würde sich unter die Arbeitskräfte aus Myanmar mischen und ein bescheidenes Leben führen. Das Risiko, dass die Triaden ihn auf der Insel am Ende von Thailand aufspürten, hielt er für gering.

Marcel suchte die Haltestelle auf, an der die Busse zur Provinzhauptstadt Ranong an der Grenze zu Myanmar mehrmals täglich anhielten. Er

nahm hinter einem Baum die Hockposition ein, um sich vor den Back-
packern zu verbergen.

Um 23.30 lief die Irin mit ihrer Freundin auf der anderen Straßenseite
vorbei. Eine verpasste Gelegenheit? Marcel überlegte, wie sein Leben
verlaufen wäre, wenn er sich mit dem Mädchen, das immer lachte, eingelassen hätte. Er kam zu dem Ergebnis, dass die Liebe von kurzer Dauer
wäre und am Ende in einer Enttäuschung münden würde.

Den Kopf voll von Party, Musik und einer Überdosis Lebensfreude war-
tete er auf die Ankunft des Busses. Er bereute nichts, hatte er doch im
Regen getanzt und einigen jungen Menschen den schönsten Tag ihrer
Reise beschert.

Gegen 10.00 Uhr legte das grün-schwarz-blau gemusterte Vehikel, voll-
gepackt mit Menschen aus aller Herren Länder, an der Haltestelle einen
Stopp ein, um den einzigen Fahrgast in Kamala aufzunehmen. Der Bus
bot Beinfreiheit und besaß eine Toilette, die von den Reisenden im
„Zehn-Minutentakt" aufgesucht wurde.

Nach fünf Stunden trudelte der Bus in Ranong ein. Der Farang fuhr mit
dem Sammeltaxi zum Pier, von dem aus die Boote nach Ko Phayam ablegten. Er lag in einer flachen Lagune, die an beiden Ufern mit Mangro-
ven bewachsen war. Statt des preisgünstigen Slowboats wählte er die
„Speed Variante", wodurch sich die Überfahrt zu der Insel um 40 Minuten verkürzte. Dass sein Geldvermögen weiter schrumpfte und Sophie
ihn nicht mit offenen Armen empfangen würde, nahm er billigend in
Kauf. Anstatt, wie beim Abschied geplant, sich an ihr zu revanchieren,
hegte er die Absicht, sie mit Nichtachtung zu strafen.

An der Bootsanlegestelle in Ko Phayam hielt Marcel Ausschau nach der
Jacht des Seebären, fand sie aber nirgends. Er fragte einen Polizisten, ob
ein schwedischer Motorsegler heute im Hafen eingelaufen sei. Der Beamte verneinte die Frage und empfahl, an den beiden Hauptstränden der
Insel, der Büffel Bay und dem Long Beach nachzuschauen, dort würden
des Öfteren Schiffe auf Reede liegen. Der Farang rief nach einem Taxi.

Er erlebte eine Enttäuschung, denn auf dem Eiland gab es keinen Auto-
verkehr.

»Hier übernehmen Motorräder den Transport der Gäste«, belehrte ihn
ein Mitarbeiter des örtlichen Tour Unternehmens und verwies auf eine
Holzhütte, wo eine junge Frau Fahrscheine zu allen Orten der Insel ver-
kaufte. Marcel folgte dem Hinweis und entschied sich dafür, zunächst die
Büffel Bay anzusteuern. *Dieser Name passt zu der Furie wie die Faust aufs
Auge.*

Er schlenderte zu dem Pulk von Motorradfahrern, die, beladen mit den
Koffern und Rucksäcken der Touristen, zu den diversen Herbergen der
Insel aufbrachen. Ein Thai-Mädchen, keine 20 Jahre jung und mit der Figur eines Kindes, bat ihn, auf dem Sozius-Sitz Platz zu nehmen, und
brauste los. Die Straße, gesäumt von Gummi- und Cashewnuss Bäumen,
war dermaßen schmal, dass zwei Motorräder wenig Bewegungsspielraum
hatten, um aneinander vorbeizukommen. Der Wald war erfüllt von den
Rufen der Adler und Nashornvögel, die kein Risiko scheuten, um ihre
Nester vor Feinden zu verteidigen. Je länger die Fahrt dauerte, desto fester schmiegte sich der Deutsche an den Rücken des Mädchens an, denn
er fürchtete, in einer Kurve das Gleichgewicht zu verlieren. Nach einer
Viertelstunde kam die Bay in Sichtweite, die durch ihre Form an die Hör-
ner eines Büffels erinnerte. Marcel bat die Thailänderin, die gesamte
Bucht abzufahren. Erfolglos – von dem Motorsegler fehlte jede Spur.

»Für 200 Baht fahre ich dich zum Long Beach. Dort übernachten auch
sehr viele Touristen«, sagte die Kindfrau.

Schade, an diesem paradiesischen Ort wäre ich gerne länger geblieben, dachte
Marcel, ohne zu ahnen, dass alle Hotels am Strand illegal errichtet worden waren. Die Thailänderin holte alles aus der Maschine heraus, was
diese hergab. Am Long Beach sprang der Farang vom Motorrad, erleichtert, dass kein Unfall seiner Suche ein Ende gesetzt hatte. Er schickte
sich an, den drei Kilometer langen Strand zu Fuß zu erkunden. Marcel
war überrascht – es gab keine Schlepper, keine Bier-Bars, keinen Jetski-

Verleih oder Longtail-Boote, die mit ihren Abgasen die Luft verpesteten. Stattdessen weißer, puderweißer Sand, türkisblaues, seichtes Meer, mit Palmen gesäumte Ufer sowie illegal errichtete Ferienhütten. Von dem Skipper fehlte jede Spur. Der Düsseldorfer stand kurz davor, die Suche abzubrechen. Vor den letzten beiden Unterkünften flatterte eine schwedische Fahne im Wind. *Das muss er sein,* dachte Marcel und steuerte auf die Hütte zu. Draußen, auf dem Meer, dümpelte die Jacht, keine 500 Meter vom Strand entfernt, im Wasser. Der Farang stieß einen Freudenschrei auf und beschleunigte seine Schritte. Vor einem der Bungalows hockte Sophie, den Kopf in den Händen vergraben. Die Niederländerin wirkte geistesabwesend und zerbrechlich, ganz anders als beim Trip zu den Surin-Inseln. Sie bemerkte den Düsseldorfer, schaute kurz hoch und sagte: »High!« Es war keine Begrüßung der Freude oder der Ablehnung, sondern ein Wort ohne Bedeutung. Es schien, als schwebte sie in einer Welt, in der es für Empfindungen keinen Raum gab. Er vermisste das Funkeln in ihren Augen, wenn sie wütend auf ihn gewesen war, wenn sie an den Lippen von Sven gehangen oder auf das Meer geschaut hatte. Marcel ignorierte sie und trabte weiter zur nächsten Hütte, hinter der sich Palmen im Wind wiegten. Mit einem knappen »Hey man«, forderte sie ihn auf, sich umzudrehen.

»Sorry, ich habe nicht vor, heute Abend für euch zu kochen. Ich möchte Sven um einen Gefallen bitten.«

Sophie deutete auf die Jacht und sagte: »Wenn du möchtest, rufe ich ihn an. Ich bin mir sicher, dass er dich abholt.«

Es irritierte Marcel, Worte der Hilfsbereitschaft aus dem Mund einer Frau zu vernehmen, die ihn mit Füßen getreten hatte. Es dauerte eine Weile, bis er ihr antwortete: » Ja, bitte mach das. Es wäre mir unangenehm, wenn ich den Weg schwimmend zurücklegen müsste.«

Sophie lachte, das erste Lachen, welches er bei einem Gespräch mit ihr vernommen hatte. Sie fingerte nach ihrem Handy und nahm Kontakt mit

Sven auf, der ein paar Minuten später mit dem Beiboot am Strand auftauchte. Die beiden Männer umarmten sich.

»Es tut mir leid, wie ich dich damals behandelt habe.«

»Schon gut! Ich hatte nichts anderes erwartet.«

»Ich habe dir versprochen, bei unserem Wiedersehen, das Leben zu fei-
ern. Dieses Versprechen werde ich heute einlösen«, sagte der Seebär.
Bevor Marcel ins Boot einstieg, drehte er sich um und nickte Sophie zu.
Melancholie zeichnete sich in ihren Gesichtszügen ab. Er genoss die
Überfahrt, das Salz in der Luft, den Wind in den Haaren und das Wasser,
welches sein T-Shirt durchnässte.

In der Kabine des Seebären regierte das Chaos. Auf dem Schreibtisch
tummelten sich Aktenstapel, an einer Papierschachtel klebten Essens-
reste. Am Boden kullerte eine Schnapsflasche von einer Seite zur anderen. *Skandinavier können nicht mit Alkohol umgehen.*

»Bitte entschuldige, dass ich nicht aufgeräumt habe, aber Sophie ist nicht
mehr bei mir«, sagte er und öffnete zwei Flaschen Singha Bier.

»Ja, ich habe mich schon gewundert, warum sie allein in einer Strandhütte übernachtet.«

»Sie ist nicht allein. Neben ihrer Strandhütte habe ich den Freund einer
chinesischen Geschäftsfrau einquartiert, der unter Seekrankheit leidet.
Deswegen habe ich hier einen Stopp eingelegt, sonst wären wir längst auf
hoher See. Aber über die Trennung rede ich nicht gerne.«

Die beiden Männer nahmen auf einer Couch Platz, die so eng war, dass
sich ihre Oberschenkel berührten. Sven leerte das Bier in wenigen Zügen.

»Zur Feier des Abends spendiere ich uns zwei Flaschen Sang Som Rum,
ein Spitzenprodukt aus der Hauptstadt.«

Er erhob sich, nahm die Behältnisse vom Regal und drückte dem Deutschen eins in die Hand.

»So, nun schieß mal los! Was hast du in den letzten Wochen angestellt?«

Marcel berichtete über seinen Besuch bei den Moken, die Seenomadenfamilie und über das Leben im Wat. Den gescheiterten Drogendeal ins Goldene Dreieck verschwieg er.

Je länger das Gespräch andauerte, desto schneller leerte sich die Rumflasche des Schweden.

Marcel vermied es, sich vom Alkohol benebeln zu lassen und nutzte die Gelegenheit, den größten Teil des hochprozentigen Getränks in einer neben ihm stehenden Suppenschale aus Plastik zu entsorgen.

»Ich habe dir von meinen Versuchen berichtet, im Land der Engel Fuß zu fassen. Jetzt möchte ich aber erfahren, wie es dir ergangen ist«, sagte Marcel und sah den Schweden mit einem Blick an, in dem sich Neugier und Empathie abzeichnete. Entgegen der Absicht, nichts über die Trennung zu berichten, gab es für den Skipper nur dieses eine Thema.

»Gestern haben wir beschlossen, uns zu trennen.«

»Hm, hat es Streit gegeben?«

»Ja, sie weigert sich, das Dorf der Moken zu besuchen, weil es sie an einen Menschenzoo erinnert, wo sich Reiche am Leben von Armen ergötzen. Aber mir bleibt keine Wahl. Ohne diesen Programmpunkt verliere ich Gäste. Ich kann es mir nicht leisten, auf Einnahmen zu verzichten.«

»Da kann ich ihr nur zustimmen. Auch mir missfallen die Boote mit den Touristen, die keinen Anstand besitzen. Aber das ist doch nicht der einzige Grund für eure Trennung?«

»Nein, wir haben uns im Labyrinth des Lebens verirrt.«

»Das überrascht mich. Ich hatte den Eindruck gewonnen, dass ihr beide auf dem Boot euren Traum lebt.«

»Sie fühlt sich weder auf dem Meer noch am Land wohl. Sie war als Studentin der Ethnologie in diese Region gereist, um die Lebensweise der Seenomaden zu erforschen. Seitdem ist sie auf der Suche nach ihrem eigenen Weg, weiß aber nicht, wo er seinen Anfang nimmt.«

»Wage einen letzten Versuch, um eure Liebe zu retten. Ihr könntet euch eine Existenz an Land aufbauen. Vielleicht eine Reiseagentur? Ich könnte mir sogar vorstellen, dass wir das Projekt gemeinsam stemmen.«

»Nein, du kennst Sophie nicht. Was sie einmal beschlossen hat, steht wie in Stein gemeißelt fest.

Manchmal lebt man sich auseinander und man kann nichts dagegen tun. Für mich gibt es nichts Schöneres auf der Welt, als die Jacht. Wenn ich sterbe, soll meine Asche im Meer verstreut werden.«

»Nun ja, wenn dem so ist, dann müsst ihr versuchen, mit der Situation umzugehen. Das Leben ist nicht gerade, hat Ecken und Kanten und geht Wege, die uns vor Herausforderungen stellen.«

»Ja, sicher. Dennoch ist es schwer, allein im Leben zu stehen. Aber du bist für mich ein Vorbild, wenn es darum geht, mit Rückschlägen umzugehen. Übrigens tut es Sophie leid, wie sie dich auf dem Boot abgekanzelt hat. Das war gemein. Wir hatten uns schon damals gestritten und sie hat ihre Wut an dir ausgelassen.«

»Ich habe im Wat gelernt, wie wichtig es ist, zu vergessen und zu verzeihen. Nur Massaman-Curry rühre ich nicht mehr an.«

Der Seebär lachte. Er leerte den Rest der Flasche in wenigen Zügen und sagte: »Es ist an der Zeit, dich zur Insel zurückzubringen, denn hier auf dem Boot sind alle Plätze belegt. Zwar ist in meiner Kabine ein Bett frei, aber nur wegen Liebeskummer steht mir nicht der Sinn nach einer Homo-Ehe.«

Jetzt war es Marcel, der lachte. »Nein, das möchte ich auch nicht. Hoffentlich gibt es eine Unterkunft, die mich zu so später Stunde aufnimmt.«

»Kein Problem! Die Monsunzeit steht vor der Tür. Nach dem Wasserfest verlassen die meisten Touristen Thailand. Es wird den Weicheiern zu feucht und zu windig.«

Marcel bezweifelte, ob der Skipper im Zustand der Trunkenheit in der Lage war, das Boot zu führen, und sagte: »Ich habe Bedenken, ob wir nicht zu viel Hochprozentiges zu uns genommen haben. Vielleicht ist es besser, wenn ich mir den Schlafplatz auf dem Deck einrichte. Mir macht es nichts aus, auf Komfort zu verzichten.«

»Das möchte ich dir nicht zumuten, denn ab 04.00 Uhr sind heftige Regenfälle angekündigt. Ich bin Alkohol gewöhnt. Das Beiboot findet die paar Meter bis zum Strand allein.«

Bevor Marcel die Gelegenheit hatte, zu widersprechen, hockte er in der Schaluppe, die im Zickzack Kurs auf den „Long Beach“ zusteuerte.

»Kann ich morgen mit dir darüber reden, ob du einen Tipp hast, wo ich einen Job finden kann? Vielleicht wäre es sogar möglich, bei dir anzuheuern, jetzt, da Sophie nicht mehr auf dem Boot ist«, fragte Marcel beiläufig.

Sven schwieg und errötete. Er hatte einen Tauchlehrer und einen Koch eingestellt. So leid es ihm tat, aber für den Düsseldorfer gab es keine Arbeit auf dem Segler. Auch die anderen Skipper standen im Begriff, ihre Boote vor den Monsunregen in Sicherheit zu bringen. Marcel erkannte am Gesichtsausdruck des Schweden, was in ihm vorging, und verzichtete auf Nachfragen. Warum sollte ein feucht-fröhlicher Abend im Frust enden?

Mit einem beherzten Sprung erreichte Marcel den Strand am Long Beach.

»Sophie passt besser zu dir als zu mir«, rief Sven dem Deutschen hinterher.

»Das glaube ich kaum. Zwei Suchende behindern sich gegenseitig, anstatt voneinander zu profitieren.«

Die Antwort ging im Lärm unter, denn Sven wendete das Beiboot und gab Vollgas. Marcel hatte keine Zeit, über die Bemerkung des Schweden nachzudenken. Er musste eine Unterkunft finden, bevor alle Türen verschlossen waren und der Regen einsetzte. Unmittelbar neben der Hütte von Sophie steckte in der Nachbaranlage ein Schild mit der Aufschrift „Vacancy“ im Boden.

Marcel überlegte, ob er die Gelegenheit nutzen sollte, um mit der Niederländerin ins Gespräch zu kommen. *Die Trennung zerrt an ihr. Nur die Zeit heilt Wunden.* Er entschied sich dazu, die Distanz zu wahren, und suchte den Strand nach anderen Quartieren ab. Die Himmelskörper verkrochen sich hinter Wolken, die sich bis in die Stratosphäre türmten. Weit und breit kein Leben, die Touristen lagen in den Betten und kämpften mit Moskitos, die nach den ersten heftigen Regenfällen des Jahres ihren Hunger stillten. Die Herbergen waren verschlossen oder belegt, nirgends fand sich eine Möglichkeit, zu übernachten. Marcel beschloss, zu der Anlage zurückzukehren, die freie Betten offerierte. Er stand im Begriff, die Eingangspforte aufzuschieben. Ein Wimmern ertönte, wie von einem Menschen, der unter Schmerzen litt. Er blieb stehen und lauschte. *Nur der Wind, der sich in den Palmen fängt.* Marcel schleppte sich voran, er war müde, sehnte sich nach einer Schlafgelegenheit. Da war es wieder, dieses Wimmern, diesmal lauter und deutlicher als zuvor. Es gab keinen Zweifel, die Geräusche kamen aus der Hütte der Niederländerin. *Da stimmt was nicht. Sie ist in Gefahr!* Sich umdrehen, los spurten, die Tür der Unterkunft aufreißen, war eins. Befürchtungen bestätigten sich - ein Hüne mit einer Körpergröße von 196 cm lag auf der Holländerin und versuchte, sein Glied in deren Scheide zu rammen. Sie strampelte, schlug um sich, kratzte dem Vergewaltiger die Wangen blutig. Je stärker sich das Opfer wehrte, desto mehr steigerte sich die sexuelle Gier des Riesens. Gegen dessen Bärenkräfte hatte Sophie nicht die Spur einer Chance. Ein zweiter untersetzter, kräftig gebauter Kerl mit heruntergelassener Hose hielt ihr den Mund zu. Er schlug ihr dermaßen heftig ins Gesicht, dass jegliche Gegenwehr zum Erliegen kam. Marcel zögerte keine Sekunde. Mit einem Aufschrei, der alle Gäste der Nachbarhütten aus dem Schlaf riss, stürzte er sich auf den Vergewaltiger und rollte ihn zur Seite. Mit den Füßen trat Marcel auf das Gesicht des Hünen ein, bis Blut aus dessen Nase tropfte.

»Drecksau! Du wagst es, uns zu stören?«, zischte der Untersetzte und kam seinem Freund zur Hilfe. Marcel war dem Finsterling körperlich in jeder Hinsicht unterlegen. Er zog den Deutschen an den Haaren hoch und würgte ihn, bis das Weiße aus den Augen hervortrat. Mordlust und Hass spiegelten sich in den Augen des Angreifers. Obwohl Marcel mit dem Tode rang und Dunkelheit in der Hütte herrschte, versuchte er, sich die äußeren Merkmale des Kerls einzuprägen. Dem Düsseldorfer fiel auf, dass er eine Glatze hatte und die rechte Stirnseite ein Tattoo zierte. Sophie, die sich inzwischen vom Boden erhoben hatte, schlug dem Würger von hinten mit voller Wucht einen Kaffeebecher auf den Schädel. Diesen Moment der Konfusion nutzte Marcel, um sich aus dem Todesgriff zu befreien.

»Haut ab, sonst schlage ich euch krankenhausreif«, zischte er.

Die Sexualstraftäter schauten sich gegenseitig an und brachen in Gelächter aus. Vier Fäuste schlugen auf den Wehrlosen ein. Sophie rannte aus dem Zimmer und schrie ihre Verzweiflung in die Welt. Marcel verlor das Bewusstsein und tauchte ein in die Welt, welche keinen Schmerz kennt.

Er erwachte und fragte sich, ob er lebte oder in einer Dimension schwebte, in der Zeit in einem Meer aus Träumen versank.

»Aufwachen, ich bin es«, hauchte eine Stimme, brüchig und leise, wie von einer Witwe am Grab ihres verstorbenen Ehepartners.

»Wer … bist du?«

»Sophie, deine Freundin.«

»Was… zum Teufel…ist geschehen?«

Marcel erlangte die Fähigkeit zum Denken zurück. *Habe ich mich verhört oder hat sie sich als meine Freundin geoutet?*

»Ich weiß es nicht. In der Dunkelheit war es unmöglich, die Gesichter der Kerle zu erkennen. Auch ihre Sprache habe ich nicht identifiziert. Aber es war kein thailändisch oder eine mir bekannte Language aus einem anderen Land«, sagte sie.

»Wieso bin ich… noch… am Leben?«

»Dein Kampfschrei hat den gesamten Strandabschnitt in Aufregung versetzt. Kurz nachdem du ohnmächtig geworden bist, hat eine Gruppe von Männern aus den umliegenden Anlagen die Kerle vertrieben. Wenn du nicht gewesen wärst, hätte ich das Zeitliche gesegnet.«

»Na ja, jetzt übertreib mal nicht«, sagte Marcel und erhob sich vom Boden.

»Bitte leg dich wieder hin. Du blutest aus Mund und Nase. Ich möchte deine Wunden reinigen«, sagte sie und tupfte das Blut mit einem nassen Tuch ab.

»Nein, dafür ist jetzt keine Zeit. Wir müssen den Kerlen das Handwerk legen. Ich habe mir ihre Gesichter und ihr Erscheinungsbild eingeprägt. Ein zwei Meter Mann sowie ein untersetzter Glatzkopf mit Kratzwunden auf den Wangen und ein Tattoo sind auf dieser Insel eine Ausnahmeerscheinung.«

»Nein, die Verhaftung der Dreckskerle hat Zeit bis morgen. Du benötigst Ruhe und musst dich von dem Angriff erholen.«

»Morgen ist es zu spät, dann haben sie die Insel längst verlassen. An der Bootsanlegestelle gibt es eine Polizeiwache. Ich muss sie aufsuchen, um die Flucht der Kerle zu verhindern.«

»Das lasse ich nicht zu. Du bist zu schwach, um dich auf den Beinen zu halten. Außerdem gibt es mitten in der Nacht kein Moped, das dich dorthin bringt.«

»Das benötige ich nicht, denn ich lege die Strecke im Laufschritt zurück«, sagte Marcel, eilte zur Tür und startete seinen Lauf durch die Dunkelheit.

»Nein, bitte bleib bei mir. Wir müssen reden…über uns!«

»Ja, das machen wir! Später, wenn ich meine Pflicht erfüllt habe.«

In ihren Augen las Marcel nicht nur Dankbarkeit, sondern auch Zuneigung, die ihn gleichermaßen überraschte wie schmeichelte. Schweren Herzens ließ er die Niederländerin in der Unterkunft zurück. In seiner persönlichen Sympathie Skala rutschte sie vom negativen Bereich in den positiven. Er verdrängte das Verlangen, zu ihr zurückzukehren, um sie in die Arme zu nehmen. Nach dem ersten Kilometer spürte er, wie ihn die Kräfte verließen. Er verlangsamte den Lauf und schnappte nach Luft. *Sophie hatte recht. Es wäre besser gewesen, sich zu schonen.*

Wind kam auf, der den Regen mit sich brachte. Marcel stemmte sich gegen die Wetterkapriolen. Er hatte im Wat gelernt, dass Unrecht tabu ist, jeder Mensch zu guten Taten verpflichtet ist. Diese Regeln hatten die Vergewaltiger auf das Gröbste gebrochen. Dafür mussten sie zur Rechenschaft gezogen werden. Hinter ihm raschelte es. Er drehte sich um und spähte in die Dunkelheit. Gab es einen Verfolger, der ihn beobachtete? Der Farang lauschte dem Gesang der Grillen und Frösche. Ihr Zirpen und Quaken hing zwischen den Gummi- und Cashewnuss Bäumen, die den Bewohner bescheidene Einkommen bescherten. An einer Engstelle versperrten ihm Amphibien den Weg. Er trabte in den Wald und nahm einen Umweg in Kauf. *Die Viecher haben es auf mich abgesehen.*

Bei der „Middle Village", die die Hälfte des Weges vom Long Beach zur Bootsanlegestelle markierte, vernahm er das Tuckern eines Traktors, der auf den mit Betonplatten ausgelegten schmalen Fahrweg der Insel entlang ratterte. *Wer ist jetzt schon unterwegs*, fragte er sich und spähte zum Himmel. Der Sonnenaufgang ließ auf sich warten. Marcel vermutete, dass burmesische Erntearbeiter, die auf dem Eiland für einen Hungerlohn schufteten, die Kühle der Nacht ausnutzten, um zu ihrer Arbeitsstelle zu gelangen. Das Fuhrwerk näherte sich im Schritttempo, wobei es die gesamte Breite der Betonpiste in Anspruch nahm. Der Farang wich auf den Rand aus und wartete darauf, dass der Traktor vorbeifuhr. Kaum hatte die Landmaschine ihn überholt, quietschten Bremsen. Das Motorengeräusch verstummte. Zwei Männer sprangen von den Sitzen und stürmten auf den Deutschen zu. Im Licht der Scheinwerfer erkannte Marcel, dass es besser gewesen wäre, den Ratschlag von Sophie zu befolgen. Onkel Li und Onkel Bo ließen keine Zweifel aufkommen, nach wem sie auf dieser Insel suchten.

»Wolltet ihr Sophie… vergewaltigen?«, stammelte Marcel, obwohl er wusste, dass die Mafiosi nicht die Kerle aus der Strandhütte waren.

»Sophie? Wer soll das sein? Wir interessieren uns nicht für Frauen«, brummte Onkel Li und fasste seinem Freund wie zur Bestätigung in den Schritt.

»Nein, nein, wir sind anständige Bürger, so etwas machen wir nicht. Wir sind dir zu Ehren auf diese Armutsinsel gereist.«

»Was wollt ihr von mir?«

»Du wagst es, uns diese Frage zu stellen, Freundchen?«, brummte Onkel Bo, ging zum Traktor und kehrte mit einem Seil zurück. Marcels Herz schlug bis zum Hals, ein Reigen schwarzer Gedanken schoss ihm durch den Kopf. Zwar hatte er im Wat gelernt, dass der Tod nicht das Ende, sondern der Beginn eines neuen Anfangs ist, aber es gelang ihm nicht, sich durch diese Vorstellung zu beruhigen. Er fürchtete sich vor dem Sterben, war davon überzeugt, dass die Mafiosi eine Todesart für ihn ausgewählt hatten, die jegliche Menschlichkeit mit Füßen trat. Um Zeit zu gewinnen, fragte er: »Wie seid ihr auf meine Spur gekommen?«

»Unsere Organisation hat überall Mittelsmänner. Zur Not hätten wir dich aus dem ewigen Eis im Südpol oder unter den Pygmäen in den tiefsten Urwäldern des Kongos an deinem Geschlechtsteil herausgezogen«, sagte Onkel Li.

»So, und nun Schluss mit dem Gequatsche. Rück die Kohle raus, aber dalli!«, forderte Onkel Bo den Deutschen auf.

Marcel verschlug es die Sprache.

»Bist du taub oder hast du angenommen, dass wir von der Wohlfahrt sind?«

»Nein…. kein Geld.«

»Wie bitte? Kannst du das noch einmal wiederholen?«

»Ich habe alles… ausgegeben.«

Onkel Bo beendete das Gespräch, indem er Marcel mit einem Faustschlag niederstreckte.

Der Aufprall auf dem Waldboden verhinderte Knochenbrüche. Unter Gewaltanwendung schleiften die Chinesen den Gefangenen zu einem Baum, der von der Straße aus nicht sichtbar war. Dort banden sie den verhinderten Drogenkurier mit dem Seil am Stamm fest.

»Au, nicht so stramm! Egal, was ihr im Schilde führt, aber bis dahin bin ich längst erstickt.«

Widerwillig löste Onkel Li die Spannung. Immerhin war Marcel jetzt in der Lage, Finger und Zehen zu bewegen.

»Eigentlich hatten wir die Absicht, dich an deinen Eiern aufzuhängen. Aber diese Gnade erweisen wir dir nicht«, sagte Onkel Li.

»Für Verräter, die uns perfide hintergehen, gibt es eine Methode, die zu Songkran passt. Du liebst doch das Wasserfest«, fragte Onkel Bo mit hochgezogenen Augenbrauen.

Marcel verweigerte die Antwort, denn er ahnte, dass der von dem Chinesen hergestellte Bezug zum thailändischen Neujahrsfest eine Grausamkeit beinhaltete, die ihresgleichen suchte.

»Also gut«, brummte Onkel Bo. »Wenn du nicht mit uns reden willst, dann klären wir dich auf.«

»Wir fixieren dich mit dem Kopf nach unten, legen ein Tuch über dein Gesicht und beträufeln Mund und Nase mit ein wenig Wasser«, erklärte Onkel Li.

»Water…boarding!«, stammelte Marcel.

»Du hast es erfasst. In einer halben Stunde sind wir mit den Utensilien zurück. Du bekommst alle Zeit der Welt, um dein Ableben zu genießen«, spottete Onkel Bo.

»Stopf dem Verräter das Maul! Dann kann er nicht um Hilfe schreien«, sagte Onkel Li.

Onkel Bo führte den Knebel in den Mund von Marcel ein und fixierte ihn dermaßen heftig mit Klebeband, dass der Gefangene nach Luft rang.

»Sei vorsichtig, sonst nippelt der Kerl ab und vermasselt uns den Tag. Du bist doch keine Spaßbremse, oder?«, frotzelte Onkel Li.

Anstatt einer Antwort vernahmen die Chinesen ein Röcheln. Onkel Bo befolgte den Ratschlag seines Kollegen und achtete darauf, dass Marcel Luft bekam. Grinsend machten sich die Drogenhändler auf dem Weg zu ihrem Traktor, der scheppernd ansprang.

Eine halbe Stunde Zeit, um mich zu befreien, dachte Marcel und versuchte, sich schlank zu machen, streckte seine Füße tausendmal nach links und rechts. Er nutzte die Nässe der Kleidung aus, wand sich wie ein Wurm, machte sich groß und klein. Anstatt sich zu lockern, schnitt sich das Seil tiefer in die Haut ein. Die Chinesen beherrschten ihr Handwerk, verstanden es, Ausbruchsversuche von Gefangenen im Keim zu ersticken. Der Farang verlor den Lebensmut. Er stellte die Befreiungsversuche ein und stierte auf den Boden, auf dem sich das Wasser seinen Weg zum Meer bahnte. Hätte er gewusst, dass er heute im Alter von 28 Jahren sterben würde, wäre er anders mit der Zeit umgegangen, hätte jeden einzelnen Tag genossen, auch dann, wenn die Sonne hinter Gewitterwolken verschwunden war.

In der Baumkrone raschelte es. Kreischen, Grunzen und Hecheln wechselten sich ab. *Sind das Affen?* Marcel neigte den Kopf zur Seite und blinzelte nach oben, aber das Seil war dermaßen fest verknotet, dass er nicht in der Lage war, die Verursacher der Geräusche zu identifizieren. Drei Meter von ihm entfernt brach ein Ast. Ein Wesen kam von hinten auf ihn zu und schlich um den Baumstamm. Marcel befürchtete, dass die Chinesen früher als erwartet zurückgekommen waren. Das Adrenalin schoss einer Sturmflut gleich durch seine Adern.

»Keine Panik, Pechvogel! Ich bin es nur, dein Mädchen aus dem Dorf am Meer.«

Es trat einen Schritt vor. Jetzt konnte Marcel auch erkennen, wer sich ihm genähert hatte. Es war Dao, die Schwester von Cha und Palita aus Ko Surin Tai. In ihrer rechten Hand funkelte ein Messer, dessen Spitze leicht nach oben gebogen war. Marcel biss sich auf die Unterlippe. Der metallische Geschmack auf der Zunge bewies, dass er keiner Täuschung

unterlag, er weder fantasierte noch träumte. Vor Freude trunken bat er
sie darum, das Seil mit dem Messer zu zerschneiden, aber Dao behauptete, es mangele ihr an Kraft, um die Klinge zu führen. Mit einem Lächeln überreichte sie ihm das Werkzeug und forderte ihn auf, sich selbst
zu befreien.

»Bist du bitte so lieb und vertreibst die Affen aus dem Baum. Man weiß
nie, was sie als Nächstes im Schilde führen.«

»Nein, das sind meine Freunde, zwei Paare aus dem Baumhaus. Sie werden uns warnen, sobald Gefahr droht.«

»Wie seid ihr hierhergekommen und warum hilfst du ausgerechnet mir?«

»Du hast meiner Mutter das Leben gerettet. Dafür schulde ich dir Dank.«
Das Mädchen schaute an ihm vorbei in eine unendliche Ferne, für
Marcel ein untrügliches Zeichen, dass noch ein anderes Motiv eine Rolle
spielte.

Die Erde drehte sich weiter auf ihrer Umlaufbahn. In wenigen Minuten
würden die Chinesen mit einer Wanne voller Wasser auftauchen, um ihren schändlichen Plan umzusetzen. Marcel hatte keine Zeit, um sich mit
Dao zu unterhalten. Er nahm das Messer in die rechte Hand und durchtrennte das Seil Millimeter für Millimeter, wobei er sich - ausgehend von
den Unterarmen- nach oben vorarbeitete. Er fragte sich, warum das
Mädchen ihm nicht half. Aber sie stand einfach nur da und schaute zu,
wie er sich abmühte.

Eine halbe Stunde verstrich. Die Makaken im Baum stießen Warnlaute
aus. Aus der Ferne erklang das Tuckern des Trekkers.

»Beeil dich, sonst bist du des Todes!«

Mit dem Mut der Verzweiflung durchtrennte Marcel eine weitere Schleife
und schaffte es, sich zu befreien.

»Jetzt aber schnell, wir dürfen keine Zeit verlieren«, sagte Dao und
rannte in den Wald hinein.

»Wo laufen wir hin? Zum Boot von Sven?«

»Nein, das wäre zu gefährlich. Folge mir, ohne Fragen zu stellen.«

Der Farang folgte der Aufforderung, hatte aber Mühe, mit dem Tempo des Mädchens mitzuhalten. Sein linker Arm – eingeschlafen, der Körper von Verletzungen gezeichnet, die Kondition - ein Schatten ihrer selbst. »Langsamer! Ich halte dieses Tempo nicht durch.«

»Keine Müdigkeit vortäuschen, gleich haben wir die höchste Stelle unseres Weges erreicht. Danach schlängelt sich der Trampelfahrt runter zum Meer. Du bekommst genügend Zeit, um dich von dem Überfall zu erholen.«

Marcel mobilisierte letzte Kraftreserven, unterdrückte den Schmerz und nahm sich Dao als Vorbild, die scheinbar schwerelos durch die Wildnis hüpfte. Beim Laufen flatterten ihm Blätter ins Gesicht, wild und flüchtig wie der Wind, der sie antrieb. Hinter der Biegung des Trampelpfades glitzerte das Meer in der Sonne. Marcel schöpfte Hoffnung, obwohl der Pfad steil abfiel. Er hatte sich durch den Starkregen in einen Morast aus Schlamm verwandelt. Immer wieder stürzte Marcel, rutschte auf dem Hosenboden, stand auf, nur um über die nächste Baumwurzel zu stolpern. Am Horizont erhob sich die Sonne wie ein Feuerball aus dem Meer. *Steh auf, wenn du am Boden liegst.*

»Na also, geht doch«, sagte Dao und deutete auf das Boot, das auf den Flüchtenden wartete.

Erleuchteter Buddha, das Hausboot von Thong! Wie ist das möglich?

»Ich habe doch gesagt, dass du keine Fragen stellen sollst«, sagte Dao und wies ihn an, die letzten Meter bis zum Boot mit Achtsamkeit zurückzulegen.

Marcel hatte das Gefühl, als würde ein Blitz in seinen Körper einschlagen. Verstand sich das Mädchen darauf, Gedanken zu lesen? Er verzichtete darauf, das Mysterium aufzudecken, denn er sehnte sich nach Ruhe, die ihn auf dem Meer erwartete.

Thong baute sich hinter dem Steuer auf und deutete mit dem Zeigefinger in die Richtung, in der das Ziel lag. Er wirkte jünger, die Augen glänzten, jede seiner Bewegung verriet Erregung.

193

»35 Seemeilen liegen bis zu den Gewässern von Ko Surin vor uns. Das Boot verfügt über einen Motor aus dem vergangenen Jahrhundert. Stell dich darauf ein, im Verlauf der Reise zwei Sonnen zu begrüßen«, sagte er und lichtete den Anker.

»Nach Ko Surin? Mir graut vor dieser Insel, denn dort lebt eine Gruppe von Männern, die die Absicht verfolgt, mich den Haien zum Fraß vorzuwerfen. Bitte setz mich woanders ab, damit mir dieses Schicksal erspart bleibt.«

»Keine Panik, Pechvogel! Diesmal ist dir das Glück hold, denn die Situation auf der Insel hat sich verändert«.

»In welcher Hinsicht?«

»San Pha hat Khin Kyi verlassen. Sie wohnt allein mit den Zwillingen im Stelzenhaus und freut sich auf deinen Besuch. Aber es gibt noch jemand anderen, der deiner Ankunft entgegenfiebert.«

»Cha?«

Anstelle einer Antwort schmiss der Greis den Außenborder an. Dao nahm den Deutschen zur Seite und sagte mit einer Stimme, die Mühe hatte, sich gegen den Wind durchzusetzen: »Du trägst die Verantwortung für meine Schwester. Sorge dafür, dass ihre Liebe frei von Leiden bleibt. Cha ist empfindsam und sensibel. Die Seerose verblüht, sobald du sie verletzt.«

Thong beschwichtigte und sagte: »Lass den jungen Leuten ihren Lauf! Wenn die Weisheit Asiens und der Verstand des Westens sich vereinen, kann die Liebe die Welt zum Leuchten bringen.«

Das Mädchen winkte ab. Ihr missfiel die Weltanschauung des Greises, der alles in größeren Zusammenhängen sah und darüber den Alltag vergaß. Zuviel auf einmal strömte auf Marcel ein. Er bekam kein Wort heraus, in seinem Gedankenspiel kursierten Szenen von Neuanfängen und Weltuntergängen. Er verpasste die Gelegenheit, sich bei Dao für die Rettung in letzter Minute zu bedanken.

»Es gibt eine Kleinigkeit, die ich dir nicht ersparen kann, Pechvogel«, sagte Thong.

»Vor einer Minute hast du mir berichtet, dass mein Glücksstern leuchtet.«

»Ja, aber zunächst wartet ein Abenteuer auf uns«, sagte Thong und deutete mit beiden Ringfingern zum Himmel, wo eine Schar Seevögel kreischend in Richtung Land zog.

»Was bedeutet das?«

»Normalerweise würde ich mir heute eine Bucht suchen, die den Wind nicht kennt. Aber durch deine Verfolger bleibt uns nichts anderes übrig als auszulaufen.«

»Was rollt da auf uns zu? Ein Tsunami?«

Thong lachte und sagte: »Das wäre schön, dann könnten wir im Meer auf der Welle tanzen oder mit den Fischen spielen. Auch Monsterwellen, die diesen Kahn in Sekundenbruchteilen zum Zerbersten bringen, müssen wir seit dem Jahr 2004 nicht fürchten.«

»Raus mit der Sprache, was ist es?«

»Ein Sturm zieht auf. Nichts Außergewöhnliches für diese Jahreszeit, aber mein Boot, weißt du, ist uralt.«

»Besteht das Risiko, zu kentern?«

»Das ist nicht ausgeschlossen. Aber Dao und ich haben schon größere Herausforderungen gemeistert. Auf dem Meer wohnt die Freiheit, das höchste Gut, das wir im Leben besitzen. Verbarrikadiere dich im Unterdeck, dort ist der Wellengang erträglicher und du siehst nicht, wie die Natur wütet, ha, ha, ha.«

Mit einer Handbewegung, die keinen Widerspruch duldete, wies er Marcel den Weg ins Dunkel. Dieser folgte der Aufforderung mit flauem Gefühl im Magen. Die Ansage, sich nicht zu sorgen, betrachtete er als eine Form des Betrugs. Ein letzter Blick zurück – das Meer war ruhig, nichts deutete darauf hin, dass ein Unwetter aufzog. Der Farang sog die Seeluft in seine Lunge und spürte die Kraft, die das Meer ihm schenkte.

195

Er drehte sich um, hangelte sich an den Holmen der Leiter, deren Sprossen an zwei Stellen gebrochen waren, hinunter. Er nahm das Unterdeck in Augenschein. Panik bemächtigte sich seiner. Er wusste, dass das Hausboot vor Altersschwäche ächzte, aber dieses Szenario hatte er nicht erwartet. Alles in dem Raum war dem Verfall preisgegeben, morsches Holz, brüchige Fensterscheiben, Ratten, die sich an ihren Beutetieren labten. Am schlimmsten wog der Umstand, dass er bis zu den Knöcheln durch Salzwasser wartete. *Mit diesem Totenschiff kommen wir nicht einmal bis zur nächsten Bucht.*

Eine Serie von Blitzen tunkte den Morgen in gleißendes Licht. Wie auf Kommando ließen die Ratten von ihrem Mahl ab, stürmten zum Oberdeck und sprangen an Land. Marcel folgte ihnen, stand im Begriff, sich gemeinsam mit ihnen in Sicherheit zu bringen, aber es war zu spät – zu groß war die Distanz zum rettenden Ufer. Am Horizont baute sich eine Wolkenfront auf, undurchdringlich und unheimlich, wie ein Dschungel, der nie zuvor von Menschen betreten worden war. Der Kabang nahm Fahrt auf, steuerte geradewegs auf das Unwetter zu. In seiner Verzweiflung rief der Farang nach Dao. »Du musst mir helfen! Ich will sofort zurück zur Bucht.«

Niemand antwortete. Der Düsseldorfer suchte das Oberdeck ab, aber weder das Mädchen noch ihr Onkel zeigten sich ihm. Hatten sie sich in einer nur ihnen zugänglichen Kammer in Sicherheit gebracht? Schipperte er mit einem Phantomschiff über den Ozean? Hatten die Chinesen ihn massakriert und es war sein Geist, der ihn zum Narren hielt? Marcel warf einen Blick auf die Unwetterfront, die dem Tag das Licht raubte. Die Wolkenwand stieg höher bis zur Himmelsmitte, wo sie sich in Flocken auflöste, die sich rasch ausbreiteten. Es wurde kälter, das Rauschen der See geriet zu einem schwankenden Laut, in den sich der Heulton des Windes mischte. Wellen türmten sich auf zu Gebirgen aus Wasser, spielten mit den Sturm, fielen in sich zusammen. Zehn Sekunden später wuchsen sie erneut ins Unermessliche. Der Sturm spritzte Marcel Wasser in Fontänen ins Gesicht, bis jede Faser der Kleidung vor Nässe triefte. Er klammerte sich am Mast fest, unfähig, sich auch nur einen Schritt zu bewegen. Wasser schlug auf den gekrümmten Rücken ein und kroch zerrend an den Beinen hoch. Für die Dauer eines Atemzuges herrschte Windstille. Die Ruhe vor dem Kentern? Der Düsseldorfer nutzte die Gelegenheit, spurtete los und kletterte die Holzsprossen zum Unterdeck runter. *Oh je, was ist denn das?* Sein Puls geriet aus dem Takt, denn das Salzwasser reichte ihm bis zum Bauchnabel.

»Du musst das Wasser ins Meer schütten«, schrie eine Mädchenstimme vom Oberdeck.

Also doch! Sie ist an Bord. Ich frage mich, in welchem Verschlag sie sich mit Thong verschanzt hat.

»Das wirst du niemals herausfinden! Nimm den Eimer, der an der Wand hängt. Aber beeil dich, denn Haie begleiten unser Boot. Die Biester spüren, wenn es etwas zu fressen gibt.«

»Bitte helfe mir! Gemeinsam sind wir stark!«

»Das ist unmöglich, Pechvogel. Es mangelt mir an Körperkraft. Du schaffst das allein«!

Marcel hatte nicht die Zeit, seine Bitte zu wiederholen, denn das Wasser stieg höher und höher. Die Aussicht, den Haien als Nahrungsquelle zu dienen, setzte Kräfte frei, die in seinem tiefsten Inneren schlummerten. Er riss den Plastikeimer von der Wand, füllte ihn mit Wasser, hangelte sich die Leiter hoch und schüttete den Inhalt ins Meer- tausendundeins Mal, bis zur völligen Erschöpfung. Bei jedem Gang lief er Gefahr, in den wütenden Ozean zu stürzen.

 So unvermittelt, wie das Unwetter gekommen war, verzog es sich. Am Horizont blitzte es, schäumendes Wasser legte Zeugnis ab von der Gewalt, mit der die Natur über das Boot hergefallen war. *Keine Panik*, die Worte des Kapitäns klangen wie Hohn in den Ohren des Farangs. Er taumelte im Unterdeck zu der auf drei Beinen und einem Stapel Haiflossen ruhenden Holzbank. Er verschlief die Fahrt, war befreit von der

Verpflichtung, sich dem Überlebenskampf zu stellen. Er ahnte nichts von der Gefahr, die in der Andamanensee auf ihn lauerte, von dem seidenen Faden, an dem das Leben zigtausender Menschen baumelte.

Am Ende der Nacht schwebte Dao zu ihm herunter, um seine Wunden zu reinigen, und ihm die Hand auf die Stirn zu legen. Einerseits stimmte es sie traurig, welches Leid Marcel zu erdulden hatte, dass seine Versuche, im Land der Engel das Glück zu finden, allesamt gescheitert waren. Andererseits bewunderte sie seinen Mut, immer wieder aufzustehen, den Einsatz für die Gerechtigkeit, die Hilfsbereitschaft sowie die Wertvorstellungen, die er im Wat gefestigt hatte – eine Blaupause für Menschen, die ein Leben im Schatten führen. Sie nahm sich vor, weiter auf ihn aufzupassen, denn sonst war er dem Untergang geweiht.

Der Kabang lief in den Ko Surin National Park ein und setzte den Flüchtling vor dem Dorf der Moken ab. Würden die Einheimischen ihm freundlich begegnen, den Farang in ihrer Mitte aufnehmen?

Mit dem Kopf vornüber im Korallensand erwachte er in Bauchlage. Die Augen brannten, er hatte Mühe, seine Gedanken zu ordnen und die Glieder zu bewegen. Übelkeit bemächtigte sich seiner, er hatte Salzwasser im Überfluss geschluckt. Schwindel stellte sich ein. Er erbrach sich, bis die Gallenflüssigkeit den Boden grünlich einfärbte. Die Sonne stand senkrecht am Himmel und trieb ihm den Schweiß unter die Kleidung. Er äugte zum Meer, dorthin, wo früher das Hausboot von Thong vor Anker gelegen hatte. Es war verschwunden, nichts deutete auf die Schaluppe hin, in der die Besatzung dem Unwetter ausgesetzt gewesen war. *Hoffentlich ist der Kahn nicht auseinandergebrochen und ich bin der einzige Überlebende.* Jemand fuhr ihm mit der Hand durch das blonde Haar, zärtlich und gefühlvoll, aber ohne ein Wort der Begrüßung. Er wandte den Kopf zur Seite und blinzelte nach oben. Cha beugte sich über ihn und küsste seine Stirn. Ihre Blicke versprühten Liebe und dieses Gefühl beruhte auf Gegenseitigkeit. *Der Abt hat mir geraten, das Leben der Liebe zu führen. Wie gerne komme ich dieser Aufforderung nach.* Marcel verdrängte alles, was er sich in

Bezug auf Cha vorgenommen hatte, erhob sich, wischte sich den Sand aus den Augen und nahm sie zärtlich in den Arm. Der längste Kuss der Welt rührte ihn zu Tränen. Wenn Herzen miteinander flüstern, gibt es keine Macht im Universum, die sie aus dem Takt bringt. Dennoch gab es Kräfte, die den Versuch unternahmen, dieses Gesetz der Liebe zu brechen.

Palita

Die Zwillingsschwester von Cha nutzte die Morgenröte für ihre Suche nach etwas Essbarem für die Familie. Sie liebte die Natur, denn es bedurfte keiner Worte, um sie zu verstehen. Im Dorf war sie von früh bis spät mit Cha zusammen, die außerhalb des Hauses auf eine Übersetzerin angewiesen war. Nach beschwerlichem Fußweg über Trampelpfade erreichte Palita das von einem kleinen Fluss gespeiste Sumpfgebiet, in dem es in der Trockenzeit vor Tieren wimmelte. Ihre geringe Körpergröße und das Gewicht von gerade einmal 20 Kilogramm kamen ihr in diesem Terrain zugute. Kaum hörbar wartete sie durch knietiefes Wasser und hielt Ausschau nach allem, was sich im und auf ihm bewegte. Es war nicht einfach, die Tiere mit bloßen Händen zu fangen, denn sie zeichneten sich durch Instinkte aus, welche die Menschen in dieser Form nicht besaßen. Ein Wimpernschlag oder ein Fremdgeruch reichten aus, um die Kreaturen zu warnen. Es gab keinen Grund, sie zu verachten oder sie als minderwertig zu betrachten. Im Gegenteil: Die Moken verehrten die Tiere, bewunderten ihre Überlebensstrategien, die Fähigkeit, sich gegen Feinde aller Art zur Wehr zu setzen.

An diesem Tag war das Jagdglück aufseiten der kleinen Frau. Nach vier Stunden war sie mit der Ausbeute zufrieden. In ihrem Korb kämpfte Meeres- und Flussgetier jedweder Art um das Leben. Garnelen, Flusskrebse, Frösche und eine kleine Wasserschlange, versuchten, sich zu befreien. Palita gab ihnen keine Chance und verließ das Sumpfgebiet, um im Wald nach Kräutern zu suchen. Er war ihr Zufluchtsort, diente ihr als Raum der Besinnung und der Selbstfindung, wo sie für sich allein war. Aber heute gab es etwas, was in ihrem Bauch rumorte: Es galt, die Trockenzeit auszunutzen, bevor der Monsun jegliche Aktivität im Freien erschwerte. An einer Lichtung, die geschützt von Baumriesen in der Sonne glänzte, schaute sie sich um. Sie legte Wert auf ein Ambiente, das ihre Sinne betörte, Harmonie und Frieden in einer Welt voller Unzulänglichkeiten. Alles entsprach ihren Vorstellungen. Sie entkleidete sich und legte sich auf den Rücken. Trotz ihrer geringen Körpergröße war sie eine Frau im Alter von 25 Jahren mit den gleichen Bedürfnissen wie ihre Geschlechtsgenossinnen.

Als Jugendliche hatte sie unter Schuldgefühlen gelitten, bis sie erkannte, dass Masturbation eines der natürlichsten Praktiken auf diesem Planeten ist. Sie hatte Affen beobachtet, die ständig miteinander Sex hatten, denen es aber nichts ausmachte, wenn kein anderer da war – sich selbst Erleichterung zu verschaffen. *Sind die Menschen nicht aus diesen Wesen hervorgegangen,* hatte sie sich gefragt und war ihrem Beispiel gefolgt.

Ihr Atem beschleunigte sich. Vor ihrem geistigen Auge tauchte ein Bild auf, das sie sich immer dann in Erinnerung rief, wenn sie kurz vor dem Orgasmus stand – das Antlitz eines Moken, mit dem sie seit frühester Kindheit gespielt hatte. Sie hatte ihn beobachtet, wie die Sonne bei seiner Abreise zu den Fischgründen einen Bronzeschimmer auf seine dunkel gegerbte Haut geworfen und seinem struppigen Haar einem Touch von Rot verliehen hatte. Er war der einzige Junge, für den sie bereit gewesen wäre, ihren Lebensweg zu verändern. Inzwischen war er verheiratet und Vater von drei Kindern. Bei dem Gedanken an ihm rauschte der Orgasmus wie ein Pfeil durch ihren Körper, schenkte ihr die Freude, an der es ihr mangelte. Seit ihrer Kindheit litt die Kleine unter einem Trauma. Zudem sorgte sie sich um ihre Schwester Dao, die in einem Baumhaus vegetierte, wo Gefahren aller Art lauerten.

Als Kind war Palita immer traurig gewesen und hatte sich der Welt durch Wachstumsverweigerung entzogen. Auch die Jugendzeit war freudlos verlaufen. Das Leichtgewicht war in der Schule gemoppt worden und hatte das Gespött der Klassenkameraden zu ertragen. Sie verlies die Lehranstalt nach vier Jahren ohne Abschluss. Beziehungen mit Männern scheiterten. Niemand war erpicht darauf, eine Kindfrau in die Familie einzuführen, ins Haus, wo Arbeit wartete, die Muskelkraft erforderte. Im Erwachsenenalter hatte sich die Situation verändert: Palita verstand sich darauf, Heilkräuter im Wald aufzuspüren. Sogar der Schamane bediente sich ihrer Intuition und beschrieb ihr Pflanzen, deren Wirkung nur er kannte, darunter manche mit psychoaktiven Wirkstoffen. Solche Halluzinogene verzerren und verstärken die Sinneswahrnehmung, wobei die tatsächlichen Auswirkungen variieren und nicht vorhersehbar sind. Mit zunehmendem Alter gelang es der Kleinen immer besser, der Natur solche Geheimnisse zu entlocken. Dank ihrer Fähigkeiten hatte Palita die Dunkelheit bunt angemalt und war im Dorf zu einer Person herangereift, die Anerkennung genoss.

Zu allem Unglück hat uns Vater verlassen, dachte sie, streifte die Jeanshose sowie das lila T-Shirt über und schlug den Weg ein, der tiefer in den Wald hineinführte. Der Verlust des Vaters wog schwer, denn er hatte niemals ein Wort des Zorns an sie gerichtet, geschweige denn, sie geschlagen. Immer dann, wenn Probleme mit Gleichaltrigen aufgetreten waren, hatte er die Kleine in Schutz genommen und gegen all jene verteidigt, die ihr Schmerzen zufügten. Die Hoffnung, ihr Vater würde bald zurückkehren, beflügelte ihre Schritte. Er hatte mit Khin alle Leiden dieser Welt geteilt. Das würde er nicht aufgeben für einen Lebensstil, der von Entbehrung geprägt war. Dass er ihre Mutter verprügelt hatte, führte das Leichtgewicht auf den Alkohol, dem Dämon der westlichen Zivilisation, zurück. San Pha trank, weil er unglücklich war und nicht dazu bereit war, das Leben eines Thailänders zu führen, glaubte sie. Auch die Mutter lag der Kleinen am Herzen, doch die arbeitete von früh bis spät und sorgte sich um das Wohlergehen der Familie. Palita war davon überzeugt, dass Khin nicht begriffen hatte, was aus ihrer Tochter geworden war. *Wenn man so klein ist, wird man das ganze Leben wie ein Kind behandelt, selbst dann, wenn man längst das Erwachsenenalter erreicht hat.*

Palita trabte weiter zu einem Teil des Waldes, der nur ihr bekannt war. Niemand durfte herausfinden, wo sich die Wunderpflanzen der Insel vor der Welt verbargen. Mit ihrer Hilfe gelang es, alle Krankheiten zu heilen, unter denen die Menschen an der Grenze zwischen Meer und Dschungel litten. Die Kindfrau verabscheute die westliche Medizin, die für Seenomaden nicht bezahlbar war und ihrer Meinung nach die Symptome, nicht aber die Ursachen behandelte. Stattdessen vertraute sie dem Schamanen, der mit den Geistern kommunizierte und mit bloßen Handauflegen Dämonen vertrieb. Sie wusste, dass sie sich in diesem Punkt von ihren Geschwistern unterschied. Dao war den Buddhismus zugewandt, glaubte fest an Wiedergeburt. Auch sie verließ sich auf die Wirkung der Wildkräuter, unterstützte den Heilungsprozess aber durch Tiefenmeditation. Chonthicha gewann sowohl dem Animismus mit der Naturheilkunde als auch dem Buddhismus etwas ab und suchte sich das Beste aus beiden Welten heraus.

Einmal im Jahr stand Palita im Mittelpunkt der Dorfgemeinschaft. Das wichtigste Fest des Jahres, das *Ne-en Lobong*, brachte Abwechselung in den Alltag. Zu den Zeremonien versammelten sich Verwandte und Freunde aus weit entfernten Gebieten auf der Insel, um zu fasten und zu singen. Palita liebte die Tänzer, die sich in Trance versetzten. Zum Ende der Zeremonie oblag ihr die Aufgabe, das Lajang, das kleine Boot, ins Meer zu schieben, damit es Unglück, Krankheit und böse Kräfte davonträgt. Bislang war es ihr allerdings nicht gelungen, mit den Ahnen in Kontakt zu treten. Das war dem Schamanen und jenen Auserwählten vorbehalten, denen es gelang, einen Blick in die Seelen der Verstorbenen zu werfen.

Palita schlich zu ihren Lieblingsplätzen, wo die Schatten wohnten. Sie suchte unter Sträuchern, in Mulden und im Unterholz. Die Kleinwüchsigkeit geriet ihr zum Vorteil, denn sie war näher dran am Boden und deckte Geheimnisse auf, die anderen Menschen verborgen blieben.

Die Dämmerung setzte ein. Trotz der Enttäuschung über das magere Ergebnis ihrer Suche begab sich die Kleine auf dem Nachhauseweg. Am Ende der Trockenzeit gab es nicht viel, was die Natur den Sammlern und Jägern feilbot. *Wenigstens reicht der Fang für eine Mahlzeit aus.* Palita freute sich darauf, ihre Zwillingsschwester wiederzusehen. Chonthicha war ihr ein und alles, ihr Anker in stürmischen Zeiten. Ohne ihren Schmerz hätte es die Kleine nicht geschafft, sich zu der Persönlichkeit zu entwickeln, die sie heute war. Nun bestand die Gefahr, dass das magische Band, welches die beiden Seelen seit der Geburt miteinander verband, Risse bekam. Ein Fremder hatte sich zwischen die Schwestern gestellt und stand im Begriff, Cha zu verführen. *Der Farang ist ein Lügner. Er wird meine Schwester benutzen, nur um wenig später in sein Land, in dem das Geld auf der Straße liegt, zurückzukehren*, dachte Palita und hielt Ausschau nach der untergehenden Sonne. Kurz vor dem Dorf kreuzten vier Männer den Weg der Kleinen. Sie blickten von oben auf sie herab und grinsten. Die kräftig gebauten Burschen wussten aus Erfahrung, dass Palita kein Interesse an ihnen zeigte, ein Umstand, der auf Gegenseitigkeit beruhte. Für die Mokenfrau war das Dasein einfacher ohne einen Mann mit seinen Launen. *Ich habe keine Lust, nach ihrer Pfeife zu tanzen*, dachte sie und strafte die Mannsbilder mit Missachtung. Sie fühlte sich aufgehoben in der Familie, ein anderes Wort für Liebe. Die Familie thronte über alles in der Welt, für sie war die Kleine bereit, alles zu opfern, sogar ihr eigenes Leben. Der Farang störte die Harmonie, trieb einen Keil zwischen sie und ihrer Zwillingsschwester. Palita hatte einen Plan geschmiedet, um den Störenfried für immer von der Insel zu vertreiben. Das Vorhaben barg Risiken in sich, aber es gab keine andere Möglichkeit, um die Schwester davor zu bewahren, den Kardinalfehler ihres Lebens zu begehen. Dass es dabei Opfer geben würde, spielte in den Überlegungen der Kindfrau keine Rolle.

Chonthicha

Die Zwillingsschwester von Palita hockte gemeinsam mit zwei Kindern aus dem Dorf unter einer Pfahlhütte und wartete auf Touristen, um ihnen Souvenirs zu verkaufen. Es gab Schildkröten, Haie und andere Tiere, welche die Seenomaden verehrten. Ein groß gewachsener Europäer mit einem Designer T-Shirt kam auf sie zu und sagte: »Hm, was für eine eigenartige Kröte! Aber mir gefällt das Holz, aus dem sie geschnitzt ist. Die weißen Punkte am Kopf, ihre Augen, sehen lustig aus. Was kostet sie?«

Cha bat ein Kind, den Preis von 200 Baht an den Kunden weiterzugeben.

»Ist die junge Dame nicht in der Lage, für sich selbst zu sprechen?«

Die Angesprochene legte zwei Finger auf ihre Lippen und schüttelte mit dem Kopf.

»Ich verstehe! Du bist stumm. Kannst du mich denn wenigstens hören?«

Cha nickte.

»Was, so teuer? Ich gebe dir 60 Baht. Damit hast du immer noch genug verdient.«

Eine Träne kullerte über ihre Wange. Palitas Zwillingsschwester war sensibel und verletzlich, wie eine Mimose, die sich bei Berührung von der Welt abwendet. Sie hatte 12 Stunden an der Schildkröte gearbeitet, sie aus grobem Holz geschnitzt, sie poliert und am nächsten Tag angemalt. Das Kind, ein 10-jähriges Mädchen, kam ihr zur Hilfe, indem sie dem Hünen eine Frage stellte, die ihn überraschte.

»Hey! Ich habe noch nie ein so schönes T-Shirt gesehen. Was kostet es?«

Der Tourist runzelte mit der Stirn und überlegte, worauf das Kind mit dieser Frage anspielte.

»Äh, es hat…«

Mitten im Satz brach er ab, denn es dämmerte ihn, dass beim Preis für sein Oberteil mehrere Nullen an die 60 Baht anzufügen waren.

»OK, ich gebe dir 150 Baht, aber das ist mein letztes Wort.«

Ohne eine Miene zu verziehen, nahm Cha das Geld entgegen. Gefühle von Scham und Ohnmacht verdunkelten ihr Gemüt. Sie erinnerte sich an die Zeit der Corona-Pandemie, in der die Welt frei von Touristen war, aber auch die Einkommen der Seenomaden gegen Null tendierten. Jetzt kamen sie wieder in Scharen vom Festland, mit ihren Booten, die die Fische und die Vögel in Panik versetzten. Ursprünglich war Palita die Aufgabe zugefallen, Souvenirs an Touristen zu verkaufen, denn sie war klein und wirkte wie ein Kind. Aber die Zwillingsschwester verfügte über die Gabe, Heilpflanzen und Gewürze im Wald aufzuspüren, die für das Leben der Seenomaden von Bedeutung waren. Cha bewunderte ihre Fähigkeit, sich die Natur zunutze zu machen, ohne sie zu zerstören, ihr nur das zu entnehmen, was zum Überleben erforderlich war: Ingwer, die Wunderwurzel, die gegen Muskelschmerzen Übelkeit und Magen-Darm-Beschwerden hilft. Rhododendron-Blätter, deren Substanzen hemmend auf das Wachstum von Krebszellen wirken oder Bakterien abtöten. Durian Früchte, aus deren Rinde, Blättern und Wurzeln man einen Trunk gegen Fieber und Gelbsucht braut. Papaya, deren Saft aus der Schale gegen Verstopfung und Husten hilft. Wenn man die unreife grüne Frucht in Streifen schneidet und sie auf Entzündungen legt, heilen sie schnell aus. Aber es gab Heilpflanzen, deren Wirkung nur der Schamane kannte. Er hütete sie wie einen Schatz und würde sein Wissen zu gegebener Zeit an den Nachfolger weiterreichen. Die Kindfrau hatte Chancen, diese Position einzunehmen. Wegen dieser Begabung hatte der Dorfälteste Cha gebeten, die Aufgaben der Zwillingsschwester zu übernehmen und sich dem Tourismusgeschäft zu widmen. Sie hatte den Ringtausch, ohne zu murren, akzeptiert, obwohl sie unter den Kommentaren und dem Verhalten der Besucher aus der Welt des Geldes und der Hektik litt, die zudem nicht davor zurückschreckten, sie wegen ihrer Behinderung zu hänseln.

 Cha hatte am eignen Leib erfahren, welche Wirkung die Naturheilmittel entfalten und setzte volles Vertrauen in sie. Vor drei Jahren war sie während des Monsuns mit hohem Fieber ans Bett gefesselt. Ein aus verschiedenen Heilpflanzen zusammengebrauter Trank mit giftgrüner Farbe hatte sie zurück ins Leben gebracht. »Wozu dient die beste Klinik auf dem Festland, wenn wir sie nicht bezahlen können und es beim großen Regen wochenlang keine Möglichkeit gibt, die Inseln zu verlassen«, hatte ihr Vater zu ihr gesagt und ihr einen Kuss auf die Stirn gedrückt. Im Angesicht des Todes war ihr klar geworden, dass die Seenomaden nur sich selbst helfen konnten und es niemanden gab, der ihnen in der Not beistand. Vieles verband sie mit ihrer Zwillingsschwester, die Traurigkeit, die Liebe zur Natur und der Respekt vor dem Meer, das manchmal so grausam zu den Menschen war. Aber es gab Wesensmerkmale, die die beiden voneinander unterschieden: Im Gegensatz zu Palita spielte Sexualität für sie eine Nebenrolle, zu tief wog die Trübsal, die Cha seit jenem Ereignis in ihrer Kindheit gefangen hielt. Die Sorge um das Wohlergehen ihrer Schwester Dao verfestigte das Trauma. Wenn ein Mann den Weg von Chonthicha kreuzte, reichte ein schüchterner Blick aus, um festzustellen, dass sich nichts in ihr regte, sich keine Faser ihres Körpers anspannte. Die Hormone der Zwillinge tanzten nicht im Takt.

Mit 150 Baht im Brustgurt kehrte Cha in ihr Domizil zurück, wo Khin die Abendmahlzeit vorbereitete. Die Tochter übergab das Geld und wartete auf die Reaktion der Mutter.

»Besser als nichts«, seufzte sie, »seitdem dein Vater dem Ruf des Meeres gefolgt ist, benötigen wir jeden Baht.«

Cha verschränkte die Arme vor die Brust. Gefühle kämpften miteinander, spielten Ping-Pong. Sie liebte ihn, genau wie Palita, wusste aber auch, dass er Khin seit Beginn der Partnerschaft unterdrückt hatte. Dass er sie verprügelt hatte, betrachtete Cha als einen Ausrutscher, aber sein Befehlston, die Geringschätzung der Arbeitsleistungen von Frauen und den Hang, das Hab und Gut der Familie aufs Spiel zu setzen, verstörten sie. *Ich weiß nicht, ob ich mir wünschen sollte, dass er zurückkehrt.*

»Freust du dich schon auf das Ne-en Lobong?«, fragte ihre Mutter und hielt Ausschau nach Palita, deren Rückkehr überfällig war. Khin sorgte sich um ihre Tochter, die allein in den Wald gegangen war. Die Lider der Mutter zuckten, voller Unruhe nahm sie die Tür in Augenschein, aber es gab niemanden, der Einlass begehrte.

Cha schmiss den Brustgurt auf die Ablage, wohl wissend, dass ihre Antwort Widerspruch hervorrufen würde.

»Willst du mir keine Antwort geben?«

Cha trat an die Mutter heran, damit diese in der Lage war, die Zeichensprache in Worte zu kleiden: »Ja und Nein! Ich bin froh, unsere Verwandten aus Phuket und Takua Pa wiederzusehen.«

»Aber?«

»Ich mag es nicht, wenn sich die Männer in Trance tanzen und Palita ein Schiff mit Geistern auf das Meer schickt.«

»Warum? Es ist wichtig, das Böse vom Dorf fernzuhalten.«

»Die einzigen Teufel, die es auf dieser Erde gibt, sind diejenigen, die in unseren Köpfen rotieren.«

»Ich bin davon überzeugt, dass du diesbezüglich einer Fehleinschätzung unterliegst. Die Hoffnung der Thais auf Wiedergeburt ist auch nichts anderes als eine Illusion«, behauptete Khin und unterbrach ihre Vorbereitungen für das Abendessen.

»Ich bin mir nicht sicher. Zumindest ist es eine schöne Vorstellung«, sagte Cha und fragte sich, warum die Mutter das Gespräch gerade jetzt auf das Geisterfest gelenkt hatte. Die Tochter überspielte ihre Unsicherheit mit einem Lächeln. Sie fieberte der Rückkehr von Marcel entgegen, der am Strand mit den Kindern spielte. Ihm schenkte sie ihre ganze Liebe, ohne Vorbedingungen und Zweifel. Nur er war in der Lage, ihr Herz aus den Armen der Traurigkeit zu lösen. An die Folgen, die die Beziehung für ihre Zwillingsschwester mit sich brachte, verschwendete sie zu diesem Zeitpunkt keinen Gedanken.

Engelbert Gottschalk

Die Tür wurde aufgeschoben. Palita stolzierte mit der Ausbeute in den Pfahlbau. Die Mutter atmete tief durch und forderte sie dazu auf, ihr den Fang des Tages zu präsentieren.

Chonthicha und Marcel

Cha ergriff die Hand des Liebsten und führte ihn in eine Ecke des Raums, wo zwei lange Stangen auf ihren Einsatz warteten. Sie trug ein knallgelbes T-Shirt, das einen starken Kontrast zu ihrem schulterlangen schwarzen Haaren bildete. Um die Hüften unterstrich ein dunkelroter Wickelrock mit weißen Ornamenten ihr farbenfrohes Outfit. Den linken Unterarm schmückten zwei Armbänder aus Messing. Cha nahm eine der Stangen an sich und übergab sie ihrem Freund.

Eine Harpune, die dem Fischfang dient, dachte Marcel und fragte sich, inwieweit dieses Werkzeug es ermöglichte, eine ausreichende Menge für die hungrigen Mägen von vier Personen zu erbeuten. Händchenhaltend verließen die Turteltauben den Pfahlbau.

Khin, die dem Verhältnis mit gemischten Gefühlen gegenüberstand, sah dem Liebespaar nach, bis es aus ihrem Blickwinkel verschwand. Einerseits freute sie sich darüber, wie die Augen ihrer Tochter vor Glückseligkeit strahlten, jede ihrer Bewegungen verriet „Hurra, ich bin verliebt". Aber, genau wie Dao, befürchtete Khin, der Farang könnte, nach ein paar Schäferstündchen am Strand, das Weite suchen.

Das Liebespaar wanderte entlang der Küstenlinie, ehe es eine Lagune erreichte, die durch glasklares, flaches Wasser bestach. Sie wateten hindurch und hielten Ausschau nach Meerestieren, die an ihnen vorbeihuschten. Hundertundein mal stach Marcel zu, um einen Fisch aufzuspießen. Es war ihm bewusst, dass Licht, wenn es auf die Grenzfläche zweier Stoffe trifft, zum Teil reflektiert wird und zum Teil an der Grenzfläche beider Stoffe die Richtung verändert. Unter Beachtung des Brechungsgesetzes zielte er nicht auf den Fisch selbst, sondern auf irgendeine Stelle daneben.

In seiner Jugendzeit war er einmal mit einem Freund seiner Mutter zum Angelwochenende an den Zeudersee in die Niederlande gereist. Mit „Hightech-Angeln" und Schnüren, dünn wie Seidenfäden, war es ein Leichtes gewesen, die Fische zu überlisten. Es blieb bei diesem einen Abstecher. Ihm missfielen die Umstände der Jagd, bei dem sich ein Wurm, stumm vor Schmerzen, auf dem Angelhaken krümmte und die erbeuteten Meerestiere entweder am Land erstickten oder mit einem dumpfen Schlag auf den Hinterkopf ihr Leben aushauchten.

 Aber hier, in der Lagune, ging es nicht darum, einem Hobby zu frönen. Es galt, das Überleben der Familie sicherzustellen. Marcel intensivierte seine Bemühungen, konzentrierte sich, beachtete die Brechung und stieß zu – immer und immer wieder.

Mit hängendem Kopf stand er nach zwei Stunden mit leeren Händen da und schleuderte den Speer in die Botanik. Cha war mehr Erfolg vergönnt. Von Zeit zu Zeit zog sie ein Beutetier aus dem Wasser. Doch es handelte sich ausnahmslos um kleine Fische, die nicht einmal für das Abendessen genügend Protein spendeten.

Die Sonne erreichte den höchsten Punkt am Horizont. Die Seenomadin drückte ihrem Begleiter einen Kuss auf die Wange und führte ihn zu der Stelle des Strandes, wo die Wurzeln der Bäume im Wasser badeten. Cha entdeckte ein Spinnennetz und stand im Begriff das Muttertier einzufangen. Marcel hielt sie zurück und bat darum, den Gliederfüßer nicht zu behelligen. Die Vehemenz, mit der Marcel das Anliegen vortrug, veranlasste die Seenomadin dazu, seiner Bitte zu entsprechen. Sie zog ein altes Boot unter dem Blätterdach einer Palme hervor. Mit vereinten Kräften hievten sie es ins Meer. Die Beiden sprangen nacheinander in den Kahn und ruderten dorthin, wo Wellen das morsche Holz in ihren Schoß wiegten. Marcel mühte sich, das eintretende Wasser mit einer Schöpfkelle aus dem Boot zu schaufeln. Diese Aufgabe fiel ihm nicht schwer, denn er hatte Routine im Umgang mit Schiffen, die dem Untergang geweiht waren. Cha thronte aufrecht mit der Harpune im Anschlag am Bug und wartete auf ihre Chance, Beutetiere zu erlegen. Nach drei Stunden intensiven Pirschens gelang es ihr, dem Meer zwei mittelgroße Fische zu entreißen.

»Das reicht soeben für vier Personen aus«, verdeutlichte sie ihm mit Gesten und riss das Ruder herum. Marcel nickte dreimal, das Zeichen, dass er sie verstanden hatte. Seit Tagen übte er sich in der Gebärdensprache, hatte gehofft, sie im Schlaf zu erlernen. Er war einer Täuschung erlegen – immer wieder gab es Missverständnisse, er verwechselte die Gesten und vergaß, was Cha ihm am Tag zuvor gelernt hatte. Das Thai ist eine Tonsprache, bei der die meist einsilbigen Wörter durch Aussprache in unterschiedlichen Tonhöhen und Tonverläufen eine gänzlich andere Bedeutung erlangen. In der gesprochenen Sprache hatte er es geschafft, die Klippen zu umschiffen, aber die Übertragung in die Gestensprache bereitete ihm Kopfzerbrechen. *Die Liebe wird mich lehren, die Barriere zu überwinden. Ich verstehe mich mit ihr auch ohne Worte.*

Das Paar ruderte zurück zum Strand und machte das Boot fest. Eng umschlungen stolzierten sie über den brennend heißen Sand. Cha führte ihren Liebsten zu einer Stelle, an der die Palmen dicht beieinanderstanden. Sie legte sich auf den Boden, entkleidete sich und schaute Marcel mit Augen an, die ihm zuriefen: *Jetzt bin ich bereit für die Liebe. Ich will für immer dein sein.* Seine Blicke ruhten auf ihr, der brauen Haut, das lange, schwarze Haar und die kleinen Brüste, die sich ihm entgegenstreckten. Welten trennten die stumme Schönheit von der Andamanensee und den blonden Deutschen aus dem Land, in dem die Kälte wohnt. Und doch zog sie ein Verlangen zueinander, das stärker war als die Vernunft, eine Leidenschaft, die alles in den Schatten stellte, was sie zuvor erlebt hatten. Die Worte von Dao klangen in den Ohren des Düsseldorfers: *Sorge dafür, dass die Liebe meiner Schwester frei von Leiden bleibt. Cha ist empfindsam und sensibel. Die Seerose verblüht, wenn du sie verletzt.* Er schob alle Bedenken beiseite, wagte ein zweites Mal seit seiner Ankunft im Land der Engel den Sprung ins Feuer der Liebe. Er schwor sich, die Seerose niemals zu betrügen oder sie zu hintergehen. Es war wahre Liebe. Zwei Herzen schlugen im Takt, ohne Hintergedanken und Schranken, davon war Marcel felsenfest überzeugt. Diesmal würde sein Gefühl ihn nicht in die Irre führen. Er legte die Kleider ab, langsam und bedächtig, als ob es galt, die Zeit anzuhalten. Er kniete sich neben ihr, strich über ihr Haar und küsste sie an Stellen, die nie zuvor ein Mensch berührt hatte. Um ihr keine Schmerzen zu bereiten, bat er sie, sich auf seinen Schoß zu setzen. Nun konnte sie entscheiden, welche Bewegungen ihr Befriedigung verschafften und welche nicht. Sie fühlten, wie sich ihre Körper vom Boden lösten, wie ihre Seelen Seite an Seite oberhalb des Meeres schwebten. Aus der Vogelperspektive sahen sie, wie sie sich im Sand wälzten und die Lust den Schweiß auf ihre Körper trieb. Es war nicht mehr weit bis zum ersten Orgasmus der schönen Frau. Ein leises Stöhnen ertönte. *Was war denn das?* Marcel traute seinen Ohren nicht und drang tiefer in sie ein. Das Stöhnen wurde lauter, bis beim Orgasmus ein Schrei erklang, der alle Tiere des Dschungels in die Flucht trieb. Cha war in der Lage, sich mitzuteilen, Gefühle in Worte zu kleiden. Die Liebe hatte sie aus dem Gefängnis des Schweigens befreit.

Selbstzweifel

Kichernd badeten die Turteltauben im Meer, schwammen mit den Fischen um die Wette, genossen das Salz auf der Haut. Die Liebe malte Sonne in ihre Gesichter, legte Zeugnis ab von der Freude, die sie empfanden. Die Dunkelheit zwang sie dazu, die Spiele zu beenden. Arm in Arm begaben sie sich auf den Rückweg zum Haus. Das Paar passierte den Ort, wo gewöhnlich das Hausboot von Thong vor Anker lag, aber an diesem Abend fehlte von ihm jede Spur. Cha bat darum, ihrer Mutter und Palita nichts davon zu berichten, dass sie die Sprache wiedererlangt hatte. Es falle ihr schwer, die richtigen Worte zu finden und es wäre ihr lieber, die beiden Frauen am nächsten Morgen über das Wunder in Kenntnis zu setzen. Insgeheim fürchtete sie sich vor der Enttäuschung in den Augen ihrer Zwillingsschwester, deren Lebensaufgabe, die Übersetzung der Gebärdensprache in das gesprochene Wort, von einem Moment auf den anderen wegfiel. Marcel drückte seiner Liebsten einen Kuss auf die Wangen und versprach, Stillschweigen zu bewahren.

Am Eingang des Pfahlbaus thronte Palita mit in die Hüften gestemmten Armen auf der obersten Stufe der Holztreppe.

Genauso hat Sophie mich auch immer begrüßt. Wie Frauen sich doch ähneln.

»Wo bleibt ihr so lange? Wisst ihr nicht, wie spät es ist?«

»Entschuldigung! Es war nicht einfach, eine ausreichende Menge Fisch für eine Mahlzeit zu erbeuten«, sagte Marcel und verbarg die Wahrheit hinter einer Unschuldsmiene.

»Na, dann lasst mal sehen!«

Cha präsentierte ihr den Fang des Tages.

»Oje, von solchen Winzlingen und ein Paar Kräuter kann man den Hunger nicht stillen. Wir haben kein Geld, um Reis zu kaufen.«

Voller Enttäuschung begab sich die Kindfrau mit dem Liebespaar ins Haus, wo die Mutter den Wok mit Palmöl bestrich.

»Ich habe noch ein bisschen Geld«, sagte Marcel und fingerte nach den Scheinen in seiner Jeans.

Immerhin waren vier 20 Dollarnoten übrig geblieben. Er drückte sie Khin in die Hand und sagte: »Das müsste reichen, um genügend Reis für die Regenmonate zu kaufen.«

Khin wich zurück und verweigerte die Annahme des Geldes.

»Nimm es Mutter! Der Betrag reicht nicht einmal aus, um die Spielschulden unseres Vaters zu begleichen.«

»Palita hat recht. Ich gebe es dir gerne. Ich kann ohnehin nicht damit umgehen. Außerdem brauche ich es nicht, denn ich habe Cha. Das ist mir wichtiger als alles Geld dieser Welt zusammengenommen.«

Khin verbeugte sich vor dem Gast und nahm die Scheine mit versteinerter Miene entgegen. Sie mochte den Farang, der so anders war als die Fremden, mit denen sie auf der Insel gelegentlich ein paar Worte gewechselt hatte. Aber die Zuneigung beruhte nicht nur auf Sympathie. Khin hatte erkannt, dass Chonthicha mit Marcel mehr verband als eine Freundschaft, sich ihre Tochter mit seiner Hilfe aus den Schatten der Vergangenheit zu lösen begann. Manchmal genügt ein Glücksmoment, um die Traumata der Seele zu überwinden, glaubte sie. Ihre Tochter Palita gab weniger Anlass zur Sorge. Die Kindfrau hatte ihren eigenen Weg gefunden, das Schicksal zu meistern. Dennoch verlief auch ihr Leben ohne Freude.

Im Kindesalter der Zwillinge waren Phasen aufgetreten, die die Eltern überfordert hatten. Die Kleinen waren antriebslos gewesen, es gab Tage, an denen Khin den Eindruck gewonnen hatte, es mangele ihnen am Mut zum Leben. Der Verlust der Sprache bei Cha und die Kleinwüchsigkeit von Palita waren Folgen dieser Gemütsverfassung. Khin sorgte sich um die Geschwister, aber Cha würde bald ihren eigenen Haushalt gründen und Kinder in die Welt setzen. Khin hatte die Omarolle vor Jahren abgeschrieben, zu schwer wog das Schicksal ihrer drei Töchter. Nun war die Hoffnung ins Leben der Mutter zurückgekehrt.

Sechs flinke Hände bereiteten das Essen zu. Schuppen waren abzuschaben, Innereien zu entfernen, Köpfe und Schwänze abzutrennen. Letztere wurden nicht, wie Marcel erwartet hatte, in den Abfall geworfen, sondern dienten als Basis für eine Fischsuppe – nichts wurde verschwendet, alle Teile der Fische stifteten Nutzen.

Nach dem Essen sprach Khin den Farang an: »Ich bin froh, dass du im Haus bist. Uns fehlt ein Mann, der uns dabei hilft, die kommenden Monate zu überstehen. Morgen läuft in der Frühe ein Fischerboot aus. Es wäre schön, wenn du dich dazu entschließt, die Männer zu begleiten.«

»Ich soll…?«

»Na klar, du bist nicht zum Vergnügen hier! Es reicht nicht, immer nur den Oberlehrer aus Europa zu mimen«, sagte Palita und spielte damit auf den Umstand an, dass Marcel in seiner Freizeit mit den Kindern am Strand herumtollte oder ihnen Sprachunterricht in Englisch erteilte.

Cha erhob sich und ging schweigend zur Tür, öffnete sie und atmete tief durch. Marcel verschlug es die Sprache. Er hatte bemerkt, dass die Kleine ihn ablehnte, jede Gelegenheit dazu ausnutzte, um ihn zu diskreditieren. Er fühlte sich an die Streitgespräche mit Sophie erinnert, die ihm mit Unfairness begegnet war. Wäre Khin nicht im Haus gewesen, so hätte er Palita in die Schranken gewiesen. So aber verzichtete er auf den Disput und sagte: »Ja, gerne. Wann geht es los?«

»Sobald die Sonne den Saum des Meeres küsst. Es ist wichtig, die Schönwetterperiode auszunutzen. Im Mai fällt auf Ko Surin mehr Niederschlag als im gesamten Zeitraum zwischen November und März«, sagte Khin und wies ihre Tochter mit einer barschen Handbewegung an, den Ton zu mäßigen.

»OK, dann halte ich mich am Morgen bereit.«

»Dieser Monat ist für mich der Höhepunkt des Jahres«, ergänzte die Kleine. »Im Mai schließt der Nationalpark. Dann sind wir vor Voyeuren aus dem Ausland geschützt.«

»Und ich? Wird man mich auch zwingen, die Insel zu verlassen?«

»Nein, sicher nicht. Aber du benötigst eine Sondergenehmigung von der Nationalparkverwaltung«, beruhigte ihn Khin.

»Kannst du überhaupt fischen? Hat Cha dir beigebracht, welche Methoden bei uns zum Einsatz kommen«, fragte Palita.

»Ja, schon…aber.«

»Aber was?«

»Ich meine nur… ich benötige Zeit, um mich in die Gruppe einzufügen. Ich habe bislang immer nur mit den Kindern am Strand gespielt. Mit Männern habe ich kein Gespräch geführt, geschweige denn, etwas mit ihnen unternommen.«

»Dann hast du morgen die Gelegenheit dazu«, flötete die Kleine und zog sich in ihre Hängematte zurück. Khin und Cha folgten ihrem Beispiel. Der Schlafplatz von Marcel lag zwei Meter von den Frauen entfernt.

Um Mitternacht kam Cha zu seiner Matte und flüsterte ihm ins Ohr: »Ich bin immer an deiner Seite und wünsche dir alles Glück der Welt für deinen ersten Tag unter Männern.« Er küsste sie auf die Stirn und bedankte sich. Cha schlich zurück zu ihrem Platz. Jetzt war der Farang auf sich allein gestellt. Fieberhaft suchte er im Halbschlaf nach Möglichkeiten, die Aufgaben beim Fischfang zur Zufriedenheit der Dorfgemeinschaft zu erledigen. *Immerhin habe ich viele Prüfungen in Thailand überstanden, obwohl ich von den Aufgaben wenig Ahnung hatte.* Szenen flimmerten im Kopfkino, der Kabang von Thong, in den bei jeder Wellenbewegung Meerwasser schwappte, die dunkle Wolkenfront am Horizont, die ihre Fluten zur Erde sandte und die toten Augen der nach Luft schnappenden Fische. Wie in einer Endlosschleife rotierten die Szenen, bauten sich immer wieder neu auf. Die familiäre Wertordnung in Thailand kam ihm in den Sinn, wonach die Eltern an oberster Stelle rangieren, gefolgt von der Familie und den Freunden. Der Farang spielte lediglich in der Regionalliga. Er befürchtete, dass seine Geschlechtsgenossen auf dem Boot ihn gemäß dieser Hierarchie behandelten.

Im Traum fing er das Bild von Cha ein. Sie lächelte ihn an, sprach ihm Mut zu und deckte ihn mit Liebe zu. Würde sie ihn davor bewahren, am Ende des kommenden Tags als Looser dazustehen? Mit dem ersten Hahnenschrei fand die Nachtruhe ein Ende, vor dem Marcel graute.

Unter Fischern

Marcell öffnete die Augen und blinzelte. Es war stockfinster, er hatte Angst, die Abfahrt des Bootes zu verpassen. Palita baute sich vor seiner Hängematte auf und sagte: »Los aufstehen! Oder willst du den ganzen Tag verschlafen?«

»Ich benötige beim Aufstehen deine Hilfe nicht. Es reicht mir, wenn der Hahn diese Aufgabe übernimmt. Der hat mehr Grips im Kopf als du.« Die Kleine wich von seiner Seite, biss sich auf die Lippen und zog sich zu ihrem Schlafplatz zurück. Ohne sie eines Blickes zu würdigen, verließ Marcel die Behausung.

Am Strand herrschte Hektik: Männer kamen und gingen, Frauen luden Getränke und Lebensmittel in die Boote, Kinder schrien sich heiser. Das Licht des Mondes malte Hoffnung auf die Gesichter der Fischer, verwegene Gestalten mit dunkler Haut und rötlicher Haarfarbe. Marcel stieg in das Boot und wäre am liebsten sofort wieder herausgesprungen. *Das ist fast so schlimm wie der Kabang von Thong*, dachte er und beäugte das Langschwanzboot, das eher einer Nussschale, denn einem hochseetüchtigen

217

Wasserfahrzeug glich. Wieder einmal kam sein Entschluss zu spät: Mit einer Volksweise auf den Lippen drückten die Fischer den Kahn ins Wasser, tiefer und tiefer hinein in ein Element, das dem Düsseldorfer Angst einjagte, eine fremde Welt voller Gefahren und Unwägbarkeiten. Er nahm den Strand in Augenschein, das vertraute Land, wo er zuhause war. Cha kam mit wehenden Haaren aus dem Stelzenhaus herausgelaufen. Sie hatte geschlafen, als ihr Liebster aus dem Raum gestürmt war. »Wasch nicht das Salz von deiner Haut ab, denn es kommt von der Bucht des Meeres, wo unsere Liebe ihren Anfang genommen hat. Ihm wohnt ein Zauber inne, der dir Mut verleiht.«

Marcel nickte, obwohl er zu diesem Zeitpunkt jegliche Form von Magie für Hirngespinste hielt. Die Prinzessin hauchte ihm einen Kuss zu, den der Wind mit aufs Meer nahm. Ihr Lächeln begleitete ihn den ganzen Tag. Der tuckernde auf dem Heck befestigte Zweitakter verpestete mit seinem Ruß die Luft. Er war durch eine zwei Meter lange Stange mit der Schiffsschraube verbunden. 13 entschlossen dreinschauende Mannsbilder, die meisten davon in irgendeiner Form miteinander verwandt, drängelten sich auf Holzpaneelen. Hier war der Blondschopf der Exote, auf den alle Augenpaare ruhten, die jede seiner Bewegungen und Gesten mit Verwunderung verfolgten. Marcel klammerte sich mit beiden Händen am Sitz fest, versuchte, sich Platz zu verschaffen. Das Wasser schwappte ins Innere des Bootes. Niemand kümmerte sich um die Lappalie. Nach einer Seemeile war der Farang nass bis auf die Knochen. Er nahm sich ein Beispiel an den Moken, deren nackte Oberkörper in der Sonne glänzten, und zog das T-Shirt aus. Wunna, der am Ruder kauerte, steuerte zum „Nemo Paradies", ein Korallenriff, welches bei Schnorchlern große Beliebtheit genießt. Mit traumwandlerischer Sicherheit umschiffte der Bootsführer die scharfkantigen Korallen, wendete das hölzerne Ungetüm um die eigene Achse und machte halt an einer Stelle, an der das Wasser grünlich schimmerte. Ein Seenomade, kleiner, aber kräftiger gebaut als Marcel, kam auf ihn zu und sagte: »Ich bin Kaung und werde dich bei deiner Jungfernfahrt in die Geheimnisse unserer Jagdtechnik einführen. Wir erwarten nicht von dir, dass du uns von Nutzen bist, dafür benötigst du Zeit und Übung, die wir dir hiermit gewähren.«

Marcel wusste nicht, ob er lachen oder weinen sollte. Er hatte befürchtet, dass die Moken ihn mieden, jede seiner Aktionen dazu ausnutzten, ihn bloßzustellen. Nun schaute er in lachende Gesichter – freundliche Menschen, die ihresgleichen auf der Welt suchten.

»Aber… ich möchte auch etwas… zum Erfolg des Fischzugs… beitragen.«

Kaung lachte und sagte: »Das kannst du auch, mein Freund. Ein Tourist hat mir vor der großen Krankheit eine Angel geschenkt. Keiner von uns weiß, wie man diese Route bedient. Ich überlasse sie dir zu treuen Händen und hoffe, dass du damit einen kapitalen Fisch aus dem Wasser ziehst.«

Marcel nahm die in einem quaderförmigen Karton verpackte Angel an sich und zog sie heraus.

Es handelte sich um eine Teleskoproute aus Carbon, flexibel mit Drill und Schwung, ein Hightech-Produkt aus einer Welt, in der Angeln dem Zeitvertreib und nicht dem Lebensunterhalt dient.

Neben der Route befanden sich zwei Ersatzrollen sowie mehrere künstliche Köder in der Verpackung.

»OK! Ich vertraue den Hightech-Angeln aus der westlichen Welt«, sagte Marcel und prüfte die Funktionsfähigkeit des seit Langem nicht benutzten Fanggeräts. Alles entsprach seinen Vorstellungen. Zunächst versuchte er, mit Bodenfischen zum Erfolg der Gruppe beizutragen.

Selbst nach einer Stunde zeigte sich kein Fangerfolg. Die Seenomaden hatten mehr Glück, ganz ohne Carbon. Sie warteten geduldig auf ihre Chance. Das Wasser war klar und rein. Selbst in sechs Meter Tiefe erkannte man jedes Lebewesen, das sich bewegte. Ein Schwarm von Korallenfischen rauschte vorbei. Die Männer warfen ein mit Bleigewichten beschwertes Netz über sie. Es senkte sich dermaßen schnell auf den Meeresboden, dass sich die Fische in den Maschen verhedderten. An einer Leine holten die

Moken das Netz ein und beförderten es in den Bootsrumpf. Die Fische zappelten in allen Farben des Regenbogens. Anemonenfische, Triggerfische, Wimpel- und Papageienfische rangen nach Luft. Sogar ein mit Giftstacheln bewehrter Bla Ki Dang tummelte sich unter dem Meeresgetier.

»Wir nennen ihn Geldfisch, erläuterte Kaung. »Er ist eine Delikatesse. Besonders Japaner und Koreaner zahlen Höchstpreise für diesen Giftstachler.«

Die Männer lösten die Fische aus den Maschen, wobei der Geldfisch mit Handschuhen in die bereitgestellte Wanne befördert wurde. Kleinen Fischen und solche, die kurz vor dem Laichen standen, winkte die Freiheit.

»Der Bla Ki Dang ist ein Volltreffer. Der Rest des Fangs reicht nicht, um unsere Familien auch nur für einen Tag zu ernähren.«

»Woran liegt das«, fragte Marcel und zählte die wenigen Fische, die in der Wanne zappelten. Es waren derer zwölf.

»Die großen Fischflotten entziehen uns die Lebensgrundlagen. Die Trawler verlegen ihre Fanggebiete von der Hochsee immer näher zu den Küsten, wo sich unsere Fanggründe befinden. Für uns wird es jeden Tag schwerer, vom Meer zu leben.«

Wunna schmiss den Motor an, vollzog eine Kehrtwende und steuerte das Wasserfahrzeug über die smaragdgrüne Lagune von Nemo Paradies. Er nahm Kurs auf die Bucht von Ao Tao, in der Hoffnung, dort mehr Beute zu machen. Erhaben glitt das Boot über die Wellen, die ein Lied sangen von der Freiheit auf dem Meer, dem Leben ohne Zwänge und Termine, ohne Schulnoten oder Vorgesetzte, die mit der Stoppuhr in der Hand jeden Arbeitsgang kontrollierten. Marcel fühlte sich an die Zeit im Wat erinnert, wo die gleiche Gelassenheit den Menschen Raum zur Entfaltung bietet. Er wanderte zum Heck des Bootes und sagte zu Wunna: »Ich versuche es mit Schleppangeln. Ich bin davon überzeugt, dass diese Methode mehr Erfolg bringt.«

Der Bootsführer runzelte die Stirn und gab ihm keine Antwort. Der Farang zog einen Wobbler auf, einen Kunstköder, der Beutefische imitierte und – sobald zu Wasser gelassen – ein individuelles Köderspiel entwickelte. Mit dieser ausgeklügelten Fangmethode würde es gelingen Thunfische, Schwertfische, kleine Haie oder Snapper über Bord zu ziehen, hoffte Marcel. Er nahm die Hockposition ein und beobachtete das Meer, bemerkte aber nicht, wie sich seine Haut rötlich einfärbte. Welche Möglichkeit hätte es auch gegeben, sich inmitten des Ozeans vor der Sonne zu schützen? Nirgends gab es Schatten, Sonnencremes waren unbekannt oder verpönt.

Ein Schlag, Marcel verlor das Gleichgewicht. Im letzten Moment hielt Wunna ihn fest und verhinderte den Sturz ins Meer. Die Biegung der Angel nahm ein Ausmaß an, das dem Blondschopf Schweißperlen auf die Stirn trieb.

»Oh, ein kapitaler Bursche! Der entkommt mir nicht.«

Die gesamte Besatzung starrte auf den Farang, der sich auf den ersten und größten Fang seines Lebens freute. Anfängerglück? Meter für Meter holte Marcel die Beute heran, bis das geschundene Tier den Kiel des Bootes erreicht hatte. Endlich konnte man erkennen, wer an der Angel zappelte: Dem vier Meter langen, jungen Brydewal, leicht zu identifizieren an den drei Leisten auf dem Kopf, war seine Gier zum Verhängnis geworden. Er hatte sich im Köder verbissen und kämpfte um sein Leben.

»Lass ihn sofort los«, schrie Kaung. »Er ist zu stark für dich. Außerdem stehen solche Babys nicht auf unserem Speiseplan.«

Marcel überhörte die Worte. Ihn hatte das Jagdfieber gepackt, er folgte seinen Instinkten, die ihm zuriefen: *Hol dir die Beute. Diesmal wirst du der Sieger sein.* Das Credo des Buddhismus, keine Tiere zu töten oder zu verletzen, geriet in Vergessenheit.

Der Farang stand kurz davor, den Wal an Bord zu ziehen. Er wandte sich wie eine Schlange, vollzog eine abrupte Kehrtwende und drehte ab. Anstatt die Angel loszulassen, hielt Marcel sie fest, stemmte sich mit allen Kräften gegen den Versuch des Säugers, sich zu befreien. Der Wal war stärker – im hohen Bogen flog der Farang durch die Luft und klatschte ins

221

Wasser, wo er zum Spielball der Elemente wurde. Pfeilschnell zog der Wal ihn hinter sich her. Marcel schluckte Salzwasser, bekam Atemnot, und spürte, wie die Kräfte ihn verließen, aber die Angel hielt er fest in der Hand.

»Komm sofort zurück! Bist du wahnsinnig?«, brüllte Wunna. »Lass den Wal in Frieden oder seine Mutter wird dich töten!«

»Schmeiß die Angel weg, Dummkopf«, schrie Kuang und sprang ins Wasser.

Mit Verzögerung befolgte Marcel dem Befehl. Aus der Ferne ertönte ein Schnaufen, der Beweis dafür, dass es dem Wal gelungen war, dem Menschen, seinem Erzfeind, zu entkommen. Ein „Ooh" brach die Stille des Meeres. Für einen Augenblick zeigte sich die Mutter des Jungtiers an der Meeresoberfläche, jederzeit bereit, alle Feinde ihres Nachwuchses im Meer zu ertränken.

Nach einer Viertelstunde gelang es Kuang, unter vollem Körpereinsatz, den luftschnappenden Farang an Bord zu hieven.

»Was machst du bloß für einen Unfug? Du musst lernen, mit der Natur zu leben und nicht gegen sie zu arbeiten«, sagte Wunna.

Mit hängendem Kopf verzog sich Marcel auf seinen Platz. Blicke straften ihn mit Hohn. Er fühlte sich wie in einem Albtraum, der kein Ende nahm. Anstatt zum Fangerfolg beizutragen, hatte er für den Aufreger des Tages gesorgt und die Arbeit der Fischer behindert. Selbst sein Motivationsspruch „*Steh auf, wenn du am Boden liegst*", fruchtete nicht. Die Trübsal nistete sich in sein Gemüt ein, Schuldgefühle gewannen die Oberhand. Er hegte die Befürchtung, den Ansprüchen der Seenomaden niemals zu genügen. Es graute ihm davor, an Land zu gehen, Cha seinen Misserfolg einzugestehen. Nun würde sie ihn verachten und sich von ihm abwenden. Dann stünde er allein im Leben, ohne Geld und Perspektive und, was schlimmer wog, ohne Liebe. Die Zukunft lag hinter ihm, diese Erkenntnis lastete im Verlauf der Rückfahrt auf der linken Brusthälfte wie ein Eisenbarren.

An der Bucht von Ao Bon herrschte Betriebsamkeit, eine Menschenmenge wartete auf die Rückkehr der Fischer, jubelte ihnen zu, in der Hoffnung auf einen Fang, der den Lebensunterhalt der Familien für ein paar Tage sicherstellte. Ein ganzes Dorf sehnte die Ankunft der Männer herbei. Cha löste sich als erste aus der Gruppe und lief mit ausgebreiteten Armen auf das zur Anlandung ansetzende Langschwanzboot zu. Marcel sackte in sich zusammen, machte sich klein und kleiner.

Vielleicht fällt niemanden auf, dass ich an Bord gewesen bin. Die Stimme von Kuang verwehte die Schwermut aufs Meer.

»Alles wird geteilt, jede Familie bekommt den gleichen Anteil. Der Farang hat sich für den Anfang nicht schlecht geschlagen. Er ist zwar noch zu ungestüm, aber wir werden ihn lehren, seine Technik beim Fischfang zu verbessern.«

Marcel strahlte, ein Strahlen, das es mit dem Licht der Sonne aufnahm. Er realisierte, dass es bei den Moken kein Privateigentum gab und das wenige, was die Menschen besaßen, von allen geteilt wurde. Die Welt in diesem Teil Asiens drehte sich andersherum, was in Deutschland verpönt war, galt auf Ko Surin Tai als Tugend. Arm in Arm mit Cha flanierte er, unter dem Beifall der Besatzung, über den heißen Sand, jeder Schritt verriet seine Erleichterung. Sie zog eine Kappe aus dem Wickelrock hervor und drückte sie ihm in die Hand.

»Mein Geschenk für dich. Ein Tourist hat die Kopfbedeckung am Strand liegengelassen. Sie wird dir bei der nächsten Fahrt nützlich sein.«

Marcel stand kurz davor, die Annahme des Präsents zu verweigern, denn die Krempe zierte das Logo des „1. FC Köln", ein Verein, den er nicht mochte. Schließlich nahm er es doch entgegen, wohl wissend, dass die Kappe Schutz vor Verbrennungen und vorm Sonnenstich bot.

Die Dorfbewohner begegneten ihm freundlich. Sie waren voller Dankbarkeit, dass Marcel seinen Beitrag dazu geleistet hatte, Cha die Sprache zurückzugeben. Die ganze Nacht wurde getanzt, gesungen, gegessen und getrunken. Der Giftstachler befeuerte die Euphorie. Handys wurden

223

gezuckt, um den Geldfisch abzulichten, der Beweis, dass das 21. Jahrhundert längst auf der Insel eingezogen war. Ein alter Seenomade, der neben Marcel auf dem Boden hockte, beobachtete das Treiben und sagte: »Wenn wir nicht aufpassen, geht die Zeit über uns hinweg. Dann bleibt von uns nichts übrig als Staub, den der Wind aufs Meer verweht.«

Der Düsseldorfer hatte kein Ohr für Schwermut und Selbstmitleid. Er warf seine Vorsätze über Bord und frönte dem Palmwein, der in Strömen floss. Er lauschte den Weisen der Moken, Gesänge aus einer Zeit der Träume. Sie bedienten sich einer Sprache, deren Worte er nicht verstand, aber der Singsang schmeichelte seiner Seele. Marcel genoss die Feier, fühlte sich akzeptiert und aufgehoben in der Gemeinschaft Gleichgesinnter, auch, wenn er deren Überlebensstrategien nicht beherrschte. In ihm reifte die Überlegung, dem Ruf des Meeres zu folgen. Er sehnte sich nach einem Leben in Freiheit, ohne Regeln und Gesetze, ohne Pass und Geld – der perfekte Lebensentwurf für einen Menschen, dem materielle Güter nichts bedeuten. Das Ziel, eine eigene Reiseagentur zu gründen, gab er auf.

Um drei Uhr in der Frühe zog Cha den Trunkenbold aus dem Sand und schimpfte: »Genug gesungen, getanzt und gezecht! Du benötigst deinen Schlaf. Außerdem ertrage ich den Singsang nicht länger.«

»Wieso? Es sind doch eure Volkslieder.«

»Ich bevorzuge die Thai Musik aus Bangkok mit dem Mix aus Tradition und Moderne. Aber mein Lieblingssong ist Dante´s Prayer von Lorrena McKennitt.«

»Die kanadische Musikerin und Komponistin?«

»Ja, genau die!«

»Woher kennst du diese Frau?«

»Ich mag eigentlich keine westliche Musik, aber dieses Lied hat mir eine Touristin aus Irland, die auf der Insel den Tod ihrer Tochter verarbeitet hat, vorgespielt. Der Refrain lautet: "Cast your eyes on the ocean, cast your soul to the sea. When the dark night seems endless, please remember me".

»Den Text finde ich schön, aber den Song kenne ich nicht.«

»Komm jetzt! Es gibt noch viel mehr, was ich dir sagen will, aber dazu haben wir alle Zeit der Welt.«

Cha bugsierte den Trunkenbold ins Stelzenhaus, wo ein Netz aus Baumwolle auf ihn wartete. Für ihn war es ein Himmelbett, auf dem Träume ins Universum wuchsen.

Disharmonien

Marcel erwachte durch lautes Stimmengewirr. Mit hämmernden Kopfschmerzen quälte er sich aus der Matte. *Es ist das letzte Mal, dass ich mich betrunken habe,* dachte er und bemerkte, dass die Zwillingsschwestern ihr Heim verlassen hatten. Khin stand vor dem Pfahlbau und unterhielt sich mit zwei uniformierten Männern, die grimmig dreinschauten. Der Farang gesellte sich zu dem Trio und stellte sich den Besuchern vor.

»Genau wegen deiner Person sind wir ins Dorf gekommen«, sagte der Ältere der Uniformierten.

»Wieso«, fragte Marcel und trat einen Schritt zurück.

Die Thailänder erläuterten ihm, dass ein Besuch des Nationalparks an organisierte Touren oder vorab reservierte und genehmigte Übernachtungen in Zelten oder in den bei der Parkverwaltung bereitgestellten Bungalows gebunden sei. Ein solcher Fall, wie der seinige, wäre ihnen in ihrer gesamten Dienstzeit nicht untergekommen. Sie wüssten auch nicht, wie sie mit dieser ungewöhnlichen Situation umzugehen hätten, aber er müsse für die entstandenen Irritationen und den Daueraufenthalt im Naturschutzgebiet aufkommen. Sie hielten ein Schutzgeld in einer Größenordnung von 1.000 Baht für angemessen, zumal niemand wisse, wie sich die Moken einem Fremden gegenüber verhielten, der sich für einen längeren Zeitraum im Dorf einquartiert. Marcel erläuterte ihnen die Situation und behauptete, er sei kein Tourist, sondern wohne der Liebe wegen auf diesem Eiland. Die Thailänder winkten ab und fragten, wo denn seine Freundin sei.

»Sie ist in der Lagune zum Fischen«, erklärte Khin, in der Hoffnung, dass sich die Männer mit der Auskunft zufriedengaben.

»Nein«, sagte der Jüngere. »Das reicht uns nicht! Entweder der Farang zahlt oder wir nehmen ihn mit. Heute Abend legt das letzte Boot zum Festland ab, bevor sich die Tore des Nationalparks bis zur nächsten Saison schließen.«

In Ermangelung einer Alternative drückte Khin den Beamten einen 1.000 Baht Schein in die Hände. Sie nahmen das Geld entgegen und sagten: »Wir kommen wieder! Spätestens Ende Juni hat der Farang die Inseln zu verlassen. Wie er zum Festland kommt, ist sein Problem.«

Sie drehten sich um und verschwanden so geräuschvoll, wie sie gekommen waren. Marcel stand im Begriff, ihnen nachzulaufen, um den Schein an sich zu reißen. Einer armen Familie Geld abknöpfen, das passte nicht in seine Vorstellung von Gerechtigkeit. Khin hielt den Heißsporn zurück und beruhigte ihn.

»Die 1.000 Baht reichen ihnen. Ich glaube nicht, dass sie wiederkommen, denn sie fürchten sich vor uns. In ihren Augen sind wir unzivilisiert und passen nicht in ihr Weltbild.«

»Hoffentlich hast du recht. Ich wüsste nicht, wie es mit mir ohne Cha weiterginge.«

»Mach dir keine Sorgen und genieße den Tag. Ich fahre jetzt mit dem Boot zum Markt neben der Nationalparkverwaltung. Er wird von einigen auf der Insel lebenden Thailändern sowie von Touristen besucht. Es ist die letzte Gelegenheit, ein wenig Geld einzunehmen«, sagte sie und machte sich auf den Weg.

Marcel blieb allein im Haus zurück, ein ungewohnter Zustand für einen Mann, der die Geselligkeit liebte. Er hatte im Land der Engel zu schätzen gelernt, dass niemand allein im Leben stand. Es gab keine Einsamkeit, so wie in seinem Heimatland, wo sich dieses Problem in der Corona-Pandemie verstärkt hatte. Zur Ruhe gekommen spürte er den Sonnenbrand, den er sich tags zuvor auf dem Meer zugezogen hatte. Die Haut im Nacken und im Gesicht spannte sich, an den Unterarmen hatten sich Blasen gebildet, die ihm Schmerzen bereiteten. Er begab sich ins Innere des Stelzenhauses, um sich vor der Sonne zu schützen, und sehnte die Ankunft von Cha herbei.

 Drei Stunden zogen ins Land, aber von seiner Liebsten fehlte jede Spur. Die UV-Strahlung verlor an Kraft. Marcel wurde unruhig, das Nichtstun zerrte an seinen Nerven. *Vielleicht liegt Thong mit seiner Schaluppe am Strand und leistet mir Gesellschaft.* Marcel suchte das Ufer ab, aber das Boot des alten Mannes war nirgends zu finden. Im Unterholz raschelte es. »Thong?« Keine Antwort. Marcel eilte zu dem Gebüsch, das ihm verdächtig vorkam. Mit einer Handbewegung wischte er das Blätterwerk zur Seite. Eine in weiß gekleidete Gestalt floh vor ihm in den Wald. An der Biegung des Trampelpfads blieb sie stehen und drehte sich mit einem Mienenspiel um, in welchem sich ihr Widerwille abzeichnete.

»Dao, bist du das?«

»Wer sonst? Oder hast du vergessen, wie ich aussehe?«

»Nein, natürlich nicht. Bitte warte auf mich! Ich schulde dir Dank. Wenn du nicht zufällig in Ko Phayam gewesen wärst, müsste ich jetzt mit einem Platz bei den Ahnen vorliebnehmen.«

»Zufall? Nichts im Leben geschieht aus Zufall! Ich bin dir nicht nur wegen meiner Mutter zur Hilfe gekommen, sondern auch, weil ich dich ausgewählt habe. Den Zusammenhang wirst du zu gegebener Zeit erfahren.«

Marcel erstarrte. Da war sie wieder, diese merkwürdige Behauptung, die er schon einmal gehört hatte, an einem Tag, an dem sein Leben ins Chaos gestürzt worden war. In Gedanken fügte er den zweiten Satz hinzu: *Alle Begegnungen haben einen Grund, wobei manche dein Schicksalsrad aus dem Rhythmus bringen.* Gab es eine Verbindung zwischen Tamika und Dao, die sich seiner Kenntnis entzog?

Nach reiflicher Überlegung verwarf er den schwarzen Gedanken. Die Jugendliche hatte ihn aus einer aussichtslosen Lage befreit, ihn durch eine Gewitterfront nach Ko Surin geleitet, wo die Liebe seines Lebens ihm die

Wehmut weggeküsst hatte. Für ihn war Dao ein Schutzengel, der an seiner Seite stand, wenn das Leben ihn mit Verachtung strafte. Aber sie war auch ein Mysterium, das Marcel nicht zu entschleiern vermochte. Mit jedem ihrer Sätze wuchs das Verlangen, mehr über sie in Erfahrung zu bringen. Was war damit gemeint, dass sie ihn ausgewählt hatte? Warum ausgerechnet ihn? Mit welchen Folgen war zu rechnen?

Dao stampfte mit den Füßen auf den Boden und deutete mit dem Zeigefinger der rechten Hand zum Stelzenhaus.

»Nein, ich gehe erst zurück, wenn du mir die Fragen beantwortest, die mich betreffen. Was hast du mit mir vor?«

Anstatt einer Antwort verschwand das Mädchen im Wald, wie ein Geist aus einer Welt, in der es keine Materie gab. Marcel nahm die Verfolgung auf, er durfte ihre Spur nicht verlieren, egal, in welche Wildnis er hineingeriet. Der Dschungel wurde dichter. Affen turnten in Baumkronen, Kriechtiere brachten sich vor dem Eindringling in Sicherheit. Er arbeitete sich weiter durch das Dickicht vor. Dünne Äste kratzten über die nackten Unterarme, Zweige brachen unter seinem Gewicht, die Lunge brannte. Dennoch verlor er den Anschluss. Er legte eine Verschnaufpause ein und meditierte, so wie er es im Wat gelernt hatte. *Khin hat mir berichtet, dass Dao in einem Baumhaus am Meer lebt. Wenn ich achtsam bin, werde ich sie finden.* Er versuchte, sich so nah wie möglich an den Stränden der Ostküste zu orientieren, zählte die Buchten, um sicherzustellen, beim Rückweg nicht auf Irrwegen zu geraten. Manchmal wartete er durch das Wasser oder legte kurze Distanzen schwimmend zurück. Barrieren tauchten auf, die Umwege durch den Dschungel erzwangen.

Die siebte Bucht, im Süden der Insel gelegen, glänzte in der Sonne. Es war so heiß, dass sich der Schweiß in Marcels Kleidung mit dem Salzwasser mischte, jedoch keine Kühlung verschaffte. Er hielt Ausschau nach dem Baumhaus. *Wo ist sie nur? So habe ich mir das Ende der Welt vorgestellt.*

Einer inneren Eingebung folgend pirschte er sich weiter voran, schob Zweige zur Seite, kletterte über entwurzelte Baumriesen, wich Waranen aus, die nie in ihrem Leben einem Menschen begegnet waren. Etwas knirschte unter seinen Sohlen. Er spürte ein Brennen auf der Haut. Der Biss eines Kriechtieres? Marcel ignorierte den Schmerz und bahnte sich den Weg durch das Unterholz. Die Warnschreie der Makaken hallten durch den Wald, zeugten von der Gefahr, in der sie sich wähnten. Der Boden wurde schwammiger, bis zur Hälfte der Unterschenkel versank Marcel im Schlamm.

Eine Stimme brach die Stille: »Keinen Schritt weiter, Pechvogel oder du bist des Todes! Niemandem ist es jemals gelungen, diesen Sumpf zu überwinden.«

Marcel sackte ein paar Zentimeter tiefer in den Morast ein. Mit Argusaugen suchte er die Bäume nach Auffälligkeiten ab. Der weiße Longyi verriet Dao. Das Kleidungsstück kam zwischen Ästen und dem Blätterwald der Baumkronen zum Vorschein. Er nahm das Versteck in Augenschein. Es war, vom Meer aus betrachtet, der siebte Baum, auf dem das Mädchen in einer Höhe von sieben Metern auf der Plattform vor dem Eingang des Baumhauses kauerte.

»Mein Schutzengel, endlich habe ich dich gefunden! Bitte lass mich zu dir. Ich möchte mit dir reden und mich bedanken.«

»Das hast du hiermit erledigt. Einer weiteren Würdigung meiner Dienste bedarf es nicht.«

»Aber, ich muss doch wissen…«

»Schweig! Du hast bereits zu viel geredet. Für dich ist es besser, wenn du nicht alles erfährst, was auf dieser Insel passiert.«

»Aber das Wichtigste muss ich wissen, sonst fehlt das Vertrauen und wir verlieren uns am Ende.«

»Wer gibt dir das Recht, mich zu verfolgen und auszufragen? Wenn du jetzt nicht auf der Stelle verschwindest, wird Cha für deine Impertinenz die Konsequenzen tragen.«

Marcel, der inzwischen bis zu den Knien im Schlamm feststeckte, fuhr zusammen. Zwar rätselte er, was seine Liebste mit der Angelegenheit zu schaffen hatte, aber nichts lag ihm ferner, als Cha Probleme zu bereiten. Außerdem wollte er Dao nicht provozieren, denn das Mädchen rangierte auf seiner Beliebtheitsskala an zweiter Stelle. Die Situation war alternativlos. Marcel hatte keine Chance, die Barriere zu überwinden, und würde ohnehin kein Wort der Erklärung aus der Jugendlichen herausbekommen. Möglicherweise war es ihr untersagt, ihre Pläne und Absichten offenzulegen. Er benötigte eine Weile, bis er sich dazu durchrang, den folgenden Satz in den Wind zu hauchen: »OK! Wenn du darauf bestehst, lasse ich dich in Ruhe und trete den Heimweg an«

»Endlich hast du es kapiert?«

»Notgedrungen!«

»Eine Sache noch, Pechvogel. Egal, wer dich befragt, verrate niemanden, wo ich mich aufhalte. Das gilt besonders für meine Schwestern. Schwöre es!«

Erneut ertönten die Warnlaute der Makaken, die in der Krone des Baumes herumturnten, auf dessen Ästen das Domizil von Dao ruhte. Die Antwort von Marcel kam prompt und aus tiefstem Herzen: »Das ist eine Ehrensache! Ich schwöre es im Gedenken an meine Mutter, die mir heilig ist.«

»Gut! Geh jetzt und verliere keine Zeit. Das einzig Beständige in der Natur ist der Wandel!«

»Das ist mir klar. Aber warum ist das für mich jetzt von Bedeutung?«

»Frage nicht, sondern begib dich auf den Weg, ehe es zu spät ist.«

Nach etlichen Fehlversuchen gelang es Marcel, sich aus dem Morast zu befreien. Mit gesenktem Haupt trat er den Rückweg an, wohl wissend, dass er genauso ahnungslos war wie zuvor. Ein Blick zurück – Dao war verschwunden, nichts erinnerte an den Engel, dem er sein Leben verdankte. Regen setzte ein, die Wolken küssten den Saum des Meeres. Insekten nutzten die Gunst der Witterung, um sich am Blut des Eindringlings zu laben, darunter eine auffällig schwarz-weiß gemusterte Tigermücke. Marcel ignorierte die Stiche, war darauf bedacht, nicht vom Weg abzukommen, der in der hereinbrechenden Dunkelheit mit dem Schatten des Waldes verschmolz. Die Flut hatte den Strand zusammengeschrumpft, Streckenabschnitte, die Marcel auf dem Hinweg durch das Wasser zurückgelegt hatte, erwiesen sich als unpassierbar. Er nahm Umwege an Land in Kauf, stets darauf bedacht, den Tieren der Dunkelheit aus dem Weg zu gehen. Alles hatte sich verändert, Landmarken, an denen er sich auf dem Hinweg orientiert hatte, waren vom Meer überspült worden.

Die Nacht wurde tiefer, die Geräusche des Waldes nahmen an Lautstärke zu. Mehrfach lief Marcel in die Irre, bog falsch ab oder scheiterte beim Versuch, den Weg über den Strand abzukürzen. Durch den Niederschlag hatten sich die Pfade in Rutschbahnen verwandelt. An einer abschüssigen Passage geriet er ins Straucheln und stürzte zu Boden. Sein Motivationsspruch bewahrte ihn davor, liegen zu bleiben und sich dem Schlaf hinzugeben. Er umrundete Bucht für Bucht und erreichte um vier Uhr in der Frühe sein Obdach, wo Cha ihn mit verweinten Augen in die Arme nahm. Mit der Behauptung, er sei zu erschöpft, um ihr die Gründe für die Verspätung zu erklären, gab sie sich zufrieden. Beide schwangen sich in ihre Hängematten, erleichtert, dem anderen nah zu sein. Im Traum vernahm Marcel eine Stimme, die ihm zurief: *„Das einzig Beständige in der Natur ist der Wandel.“*

Das magische Band

Cha und Palita verließen händchenhaltend das Haus. Der Morgen umarmte sie, denn vor ihnen lag ein Tag ohne Verpflichtungen, die einzige Gelegenheit im Monat, die Seele baumeln zu lassen. Beim Gang zum Ruderboot kreuzte Suga, der Schamane, ihren Weg. Cha schaute ihm mit ihrem strahlenden Lächeln in die Augen. Palita grüßte verhalten und sah an ihm vorbei in eine unendliche Ferne, obwohl sie in seinen Diensten stand und ihm bei der Sammlung von Heilkräutern und Gewürzen behilflich war.

Die Frauen kannten den Schamanen von Kindheit an, war er doch häufiger Gast in der Familie gewesen. Die Eltern der Seemädchen hatten seine magischen Kräfte in der Hoffnung in Anspruch genommen, er könne die Traumatisierung der Kinder aufarbeiten. Nach eingehenden Untersuchungen war er zu der Überzeugung gelangt, Dämonen aus dem Meer seien in die Körper der Mädchen geschlüpft und hätten ihnen die Sprache beziehungsweise die Wachstumshormone geraubt. Er hatte alles in seiner Macht Stehendes unternommen, um die Kinder zu heilen, musste aber am Ende eingestehen, dass er zu schwach war, um es mit den Dämonen aufzunehmen.

Mit Gewissensbissen schlenderte der Endsechziger an den Mädchen vorbei und vermied es, sich nach ihnen umzudrehen. Es stimmte ihn nachdenklich, dass Cha die Sprache zurückerlangt und dabei ein Farang die entscheidende Rolle gespielt hatte. Der Schamane hatte sogar überlegt, den Fremden aufzusuchen, um ihn zu befragen, auf welche Art und Weise es ihm gelungen war, Cha die Töne zu schenken. Die Einsicht, dass Marcel einer Kultur entstammte, die jegliche Form der Mystik als Irrglaube diffamierte, hatte Suga davon abgehalten.

Den Kopf beladen mit Szenen aus ihrer Kindheit folgten die Zwillingsschwestern dem Pfad zum Meer.

»Ich frage mich bis heute, warum es ihm nicht gelungen ist, uns zu helfen«, sagte Cha beiläufig und gab ihrer Zwillingsschwester einen Kuss auf die Wangen.

Palita gab ihr keine Antwort, denn sie wusste, dass kein Zauber auf dieser Welt stark genug war, um ihr den Makel der Kleinwüchsigkeit zu nehmen. Nach zehnminütigem Fußmarsch erreichten die Geschwister ihr Ziel. Sie zogen das Boot ihres Vaters aus dem Gebüsch und brachten es zu Wasser. Im Rhythmus der Wellen ruderten sie hinaus aufs Meer, zu der Lagune, wo sich gelegentlich Delfine an der Meeresoberfläche tummelten. Die Damen verehrten die Säuger und genossen es, ihnen beim Spielen oder bei der Jagd zuzuschauen. Besonders die ausgefeilte Fangmethode rief bei den Zwillingsschwestern Bewunderung hervor. Die Delfine jagen nicht allein, sondern in der Gruppe. Sie bilden eine Mauer, über die die Beutefische springen. Diesen Moment nutzen die geschicktesten Tümmler aus, um die Fische aus der Luft zu schnappen. Am Ende wird die gesamte Beute in der Delfinschule aufgeteilt, unabhängig davon, wer welche Aufgabe übernommen hatte.

An der Lagune der Delfine herrschte Windstille. Die Zwillinge übten sich in Geduld und hingen den Gedanken an. Es gab keine Garantie auf ein Wiedersehen mit den Freunden der Menschen.

Nach einer Stunde stellte Cha ihrer Schwester eine Frage, die ihr seit Langem auf dem Herzen lag: »Manchmal habe ich den Eindruck, dass du dich nicht mit mir freust.«

»Worüber sollte ich mich, deiner Meinung nach, freuen?«

»Dass ich die Sprache zurückerlangt habe.«

Palita rollte mit den Augen. Ihr Blick ruhte auf der Oberfläche des Meeres, wo jeden Moment die Tümmler auftauchen konnten. Nach einer Schweigeminute sagte sie: »Wie kommst du denn darauf?«

»Ich weiß es nicht! Es ist mehr so ein Gefühl. Wenn du auf meine Frage nicht antworten möchtest, ist das für mich auch in Ordnung.«

»Wieso? Warum sollte ich mit deinem Glück ein Problem haben. Ich genieße es, nicht bei jeder Gelegenheit Übersetzungsdienste für dich zu leisten.«

»Es ist schön, dieses Eingeständnis aus deinem Mund zu vernehmen. Aber was ist mit Marcel? Magst du ihn? Bist du damit einverstanden, dass wir zusammen sind?«

»Mögen? Ich bin mir nicht sicher, ob man einen Farang mögen muss. Für mich sind diese Kerle alle gleich«, sagte sie und schleuderte eine Muschel ins Meer.

»Wenn zwei Menschen füreinander bestimmt sind, treiben die Wellen sie aufeinander zu. Dabei spielt es keine Rolle, ob sie unterschiedlichen Kulturkreisen angehören oder welcher Sprache sie sich bedienen.«

»Das redest du dir ein! In Wahrheit hängst du an ihm, weil er dir die Wörter, mit welchem Zauber auch immer, zurückgegeben hat. Wenn sich das Leben auf Ko Surin mit Monotonie füllt, wird er dich verlassen.«

»Nein, Marcel liebt mich von ganzem Herzen! Er hat, genau wie wir, kein einfaches Leben geführt, hat Rückschläge hingenommen und dem Pech die Stirn geboten. Er ist der Mensch unter der Sonne, der für mich das Licht fängt.«

»Wirklich? Die Fremden kommen und gehen wie die Gezeiten, aber es mangelt ihnen an Beständigkeit. Eines Tages wirst du allein im Leben stehen und jeden Monat einen Brief oder, wie es heute üblich geworden ist, eine E-Mail aus einem Land beweinen, dessen Namen du nie zuvor vernommen hast.«

»Ich verstehe deine Skepsis und habe mir dieselben Fragen wieder und wieder gestellt. Ich bin felsenfest davon überzeugt, dass Marcel mit mir zusammen den Weg des Glücks beschreitet und wir für immer zusammenbleiben.«

»Es gibt andere Männer. Warum suchst du dir nicht einen von uns aus?«

»Ich geb ihn nicht her. Er ist das Beste, was mir im Leben passiert ist.«

»Dir sollte klar sein, dass ich in dieser Hinsicht anderer Meinung bin.«
Cha rutschte auf der Holzbank des Bootes hin und her. Ihr bereitete der
Gesprächsverlauf Unbehagen, welches sich im Verlauf des Dialoges ins
Unerträgliche steigerte. War das noch die Palita, mit der sie Freud und
Leid geteilt hatte, ihre Wesensgleiche, mit der sie im Geist vereint war?
Zudem gewann Cha den Eindruck, dass Palita ihr etwas verschwieg. Dieser Verdacht wog schwer, denn die Zwillinge kannten keine Geheimnisse, eine jede pflegte der anderen zu berichten, was ihr auf dem Herzen
lag. Cha umarmte Palita, vergoss eine Träne und sagte: »Ich verspreche
dir, dass die Beziehung zu Marcel keinen Einfluss auf meine Liebe zu dir
hat. Ich wünsche mir eine Schar von Kindern und frage mich, wie sie
aussehen werden, so eine Mischung zwischen blond und schwarz, hell
und dunkel, Ost und West. Dann werden wir gemeinsam versuchen,
ihnen den Weg in eine Zukunft zu ebnen, in der sie selbst entscheiden
können, wie sie ihr Leben gestalten.«
Die Kleine weinte und schmiegte sich eng an ihre Schwester an, wie ein
Kind auf der Suche nach Schutz. Ihr lag eine Antwort auf der Zunge,
aber sie kam nicht dazu, sie zu formulieren. Das Meer brodelte – die
Delfinschule näherte sich im Eiltempo dem Boot der Zwillinge. Das
Leittier sprang aus dem Wasser, schnappte nach Luft und nahm die Ein-
dringlinge ins Visier. Die Damen bewunderten seine Schwimmtechnik,
die Eleganz und das Tempo, mit dem er durch aufgewühltes Wasser
schoss. Sie hielten Ausschau nach den Jungtieren, die ihnen gewöhnlich
demonstrierten, was sie in den letzten Wochen gelernt hatten. Ruhe
stellte sich ein, keine Wellenbewegung deutete darauf hin, dass die Säugetiere in der Nähe waren. Cha baute sich am Bug auf und durchbohrte
das Wasser mit Blicken. Von den Tümmlern fehlte jede Spur. Palita
sprang ins Meer, um sie auf diese Weise anzulocken. Außer einer Hand-
voll Korallenfischen, die sich beim Anblick der Schwimmerin in ihre Ni-
schen verzogen, gähnte das Meer vor Leere. Die Kleine tauchte auf,

schwamm zurück zum Boot und zog sich, mithilfe ihrer Schwester, am Heck hoch.

»Wir brechen die Suche ab, denn sie haben sich verzogen. Anscheinend haben sie heute keine Lust, mit uns zu spielen.«

»Ich fürchte, du hast Recht«, sagte Cha und bereitete das Boot für die Rückfahrt vor. »Mutter freut sich, wenn wir sie bei der Hausarbeit unterstützen.«

Die schöne Frau setzte sich ans Ruder und nahm Kurs auf Ko Surin Tai. Dort, wo das Meer am tiefsten war, schoss ein schwarzer Pfeil durch die Wellen. Der Leitdelfin tauchte unter dem Boot ab und reduzierte die Geschwindigkeit.

»Hey! Das ist der Anführer«, sagte Palita und klatschte in die Hände. »Anscheinend haben wir doch das Interesse des Nachwuchses geweckt. Ich bin gespannt, was sie uns heute demonstrieren.«

Die Vorfreude währte kurz. Nichts rührte sich, es schien, als ob das Tier verschwunden wäre.

»Merkwürdig! So hat er sich noch nie verhalten«, sagte Cha. Auf der Suche nach ihm schweifte ihr Blick über das Meer. Plötzlich hob sich der Bug des Ruderboots und schlug hart auf der Wasseroberfläche auf. Meerwasser schwappte ins Innere und bedeckte den Holzboden mit salzigem Nass. Vier große Delfine schwammen auf die Geschwister zu und drehten das Boot mit vereinten Kräften um die eigene Achse.

»Oh nein! Sie greifen uns an«, klagte Palita und schöpfte das Wasser mit den Händen aus dem Kahn. Sie hatte keine Gelegenheit, ihr Werk zu vollenden. Die Delfine rasten von hinten auf das Boot zu und schoben es wie einen Spielball vor sich her. Die Damen ruderten mit den Armen, versuchten, den Tieren mit Rufen und Gesten verständlich zu machen, dass sie es waren, die in freundlicher Absicht zu der Delfinschule gekommen waren, Kinder von Seenomaden, die die Meeressäuger verehrten. Es half alles nichts – die Tümmler forcierten ihre Angriffe, die Anwesenheit von Menschen brachte sie zur Raserei. Das Boot ruckelte wie eine

Waschmaschine im Schleudergang. Cha vergrub ihr Gesicht in den Händen, unfähig, sich der Attacke zu erwehren. Was hatten zwei Frauen auf dem Meer auch einer wütenden Gruppe von Tümmlern entgegenzusetzen? Zwei Delfine schwammen parallel zum Boot. Wie auf Kommando tauchten sie ab.

»Es ist nicht zu fassen! Sie versuchen, die Ruderblätter zu zerstören«, schrie die Kindfrau. »Zieh die Dinger hoch, aber schnell!«

Cha reagierte umgehend und hievte sie aus dem Wasser. Eines bestand nur noch aus dem Schaft, dessen Zacken in der Sonne glänzten.

»Gib her! Ich spring ins Wasser und schieb das Holz dem Leitdelfin ins Maul«, sagte Palita.

»Das verbiete ich dir! Im Ozean hast du nicht die Spur einer Chance gegen ihn.«

»Das ist mir egal. Wenn ich sterbe, dann aufrecht, mit erhobenem Haupt.«

Die Kleine stand im Begriff, ihren Plan in die Tat umzusetzen. Cha löste sich aus ihrer Schockstarre und versuchte, die Schwester am Sprung in den Tod zu hindern. Mit einem Aufschrei, den der Wind verwehte, riss Palita sich los. Tränen kullerten über die Wangen von Cha. Bevor die Kleine ins Wasser sprang, kam das Meer zur Ruhe. Die Zwillinge schauten sich gegenseitig an und verharrten auf der Stelle. Die Angreifer hatten sich von dem Boot entfernt, verzichteten darauf, ihre Feinde auf den Grund des Meeres zu befördern. Mit weichen Knien beobachteten die Geschwister, wie die Tümmler ins tiefe Wasser abtauchten. Nichts erinnerte an die Schrecken, die die Gruppe über die beiden Frauen gebracht hatten.

»Das war knapp! Die Seegeister sind uns zu Hilfe gekommen«, seufzte Palita.

Cha bezweifelte, ob es übersinnliche Kräfte gewesen waren, die den Tümmlern den Rückzug befohlen hatten. Sie war froh, am Leben zu sein, spürte, wie sich ihr Herzschlag beruhigte.

Seemädchen

Mit einem einzigen Ruderblatt und mit bloßen Händen traten die Damen den Rückweg an, stets darauf bedacht, den Säugern kein zweites Mal in die Quere zu kommen.

Völlig entkräftet erreichten die Zwillinge nach zwei Stunden ihre Heimatbucht, schleppten sich an Land und vertäuten das Boot an einem Baumstamm. Eng umschlungen kauerten sie im Sand und weinten. Ihre Freunde, die Delfine, hatten sich gegen die Seenomaden verschworen.

Dschungelfieber

Eine Gewitterfront riss Marcel aus dem Schlaf. Er wankte zur Tür und schob sie auf. Regen peitschte ihm ins Gesicht. Ein Fischzug auf dem offenen Meer war heute nicht möglich. Er kehrte zurück zu seiner Hängematte, denn außer der Unterrichtung der Kinder in der englischen Sprache gab es keine Beschäftigungsmöglichkeit in dem Dorf. Seit Tagen hatte kein Touristenboot angelegt. Marcel nahm die Monotonie mit Gleichmut hin.

Gemeinsam mit Cha nutzte er die Regenpause am späten Nachmittag dazu, um sich ins Liebesnest zurückzuziehen. Die junge Frau wirkte bedrückt, verweigerte sich dem Gespräch und betrachtete das Meer, wo sich die Wellen zu einem Gebirge aus Wasser türmten. Alle Versuche, sie zum Reden zu bringen, scheiterten. Der Farang versuchte es mit Liebe. Sie öffnete sich ihm, verbunden mit der Hoffnung, das traumatische Erlebnis mit den Delfinen zu verdrängen. Er nutzte seine Kenntnisse aus der flüchtigen Lektüre des Kamasutras, um neue Stellungen auszuprobieren. Aber, obwohl Marcel das Liebesspiel genoss, bereitete ihm jede Bewegung Schmerzen. Die Muskeln meldeten sich zu Wort. *Seltsam, ich habe mich in den letzten Tagen kaum bewegt.* Er berichtete Cha von seinen Problemen und bat sie, eine Pause einzulegen.

»Muskelschmerzen? Keine Sorge! Eine Freundin meiner Mutter hat mich in die Kunst der Thai Massage eingewiesen. Bitte ziehe deine Unterhose an und lege dich auf den Bauch. Es ist eine ganzheitliche Methode, die neben den Körper auch den Geist anregt.«

Ehe Marcel sich versah, wanderten zwei Handballen auf dem Rücken entlang und übten Druck aus. Er fragte sich, wo diese zierliche Person die Kraft hernahm.

»Ich bin auf der Suche nach den zehn Energielinien des Körpers.«

»Mir reicht es, wenn du diejenige findest, die mir Schmerzen bereitet.«

»Entspann dich! Ich löse jetzt Blockaden, damit du neue Energien schöpfen kannst.«

239

Im Verlauf der 90-minütigen Prozedur verwickelte Marcel die Masseuse in ein Gespräch, das seit Längerem in seinem Kopf kursierte: »Hast du schon einmal etwas von Deutschland gehört?«

»Deutschland? Mir ist nicht klar, wo dieses Land liegt, aber ich habe einmal ein paar Holztiere an ein Ehepaar mit dieser Nationalität verkauft. Dadurch weiß ich, dass alle Deutschen reich sind.«

Marcel lachte und sagte: »Wie kommst du darauf? Bei uns gibt es soziale Unterschiede. Reich ist nur ein kleiner Teil der Gesellschaft.«

»Jeder Tourist, der diese Insel besucht, schwimmt im Geld. Die Ausländer haben einen Flug gebucht, der ein Vermögen kostet. Niemand aus Ko Surin könnte sich jemals so etwas leisten.«

Marcel schwieg und spürte, wie der Griff seiner Liebsten an Härte zunahm.

»Autsch, das tut weh! Ich gehöre nicht zu jenen, deren Bankkonto aus den Nähten platzt.«

»Das ist mir klar. Aber selbst, wenn dem so wäre, könntest du mich damit nicht beeindrucken. Je weniger man besitzt, desto zufriedener ist man.«

»Da habe ich andere Erfahrungen gemacht. Aber mach dir keine Sorgen. Ich werde nie wieder in mein Heimatland zurückkehren.«

»Warum?«

»Dort wartet eine Gefängnisstrafe auf mich.«

»Die Gesetze der Landbevölkerung sind so ausgelegt, dass man sie brechen muss. Da ist doch noch etwas anderes, dass dich darin hindert, nach Deutschland zurückzukehren, oder?«

»Du kennst den Grund. Aber, ich will ehrlich zu dir sein. Niemals wird eine Lüge über meine Lippen fließen.«

Cha hörte auf, ihren Liebsten zu massieren. Marcel spürte, wie ihre Augen auf ihm ruhten, sie sich fragte, welche dunklen Schatten in seinem Leben darauf warteten, ans Tageslicht zu kommen.

»Ich bin auch in Thailand mit dem Gesetz in Konflikt geraten«, gestand Marcel. »Ich kann auf Dauer nicht auf dieser Insel bleiben. Es ist eine Frage der Zeit, wann man mich verhaftet und dem Richter in Phuket vorführt.«

»Ich habe dir bereits erklärt, wie ich über die Gesetze denke. Es ist mir egal, welche Fehler du in der Vergangenheit gemacht hast. Erklär mir lieber, wie du dir die Zukunft vorstellst und welche Rolle ich dabei spiele.«

»Ich habe vor, ein neues Hausboot zu erwerben, um mit dir ein Leben auf dem Meer zu führen.«

Anstelle einer Antwort schwieg Cha. Je länger die Stille zwischen dem Liebespaar anhielt, desto mehr wuchs die Angst des Deutschen. Marcel wagte nicht, sich umzudrehen, denn er wusste, dass er das Ergebnis der Überlegung in ihren Augen lesen konnte. Was wäre, wenn sie eine andere Erwartung an das Leben hatte?

Um sie zu beruhigen, sagte er: »Im Oktober beginnt die neue Saison für die Touristen. Ich werde als Tauchlehrer arbeiten und mir auf diese Weise das Geld für das Boot verdienen.«

»Davon… habe ich… immer geträumt.«

Marcel war befreit von der Schwerkraft, so erleichtert fühlte er sich.

»Aber nur gemeinsam mit der Familie. Palita und ich sind seit der Geburt untrennbar miteinander verbunden und meine Liebe gilt den Eltern, auch, wenn der Vater sich im Moment von Khin getrennt hat. Sobald er erfährt, dass wir ein eigenes Boot besitzen, wird er zu uns zurückkehren.«

»Das wäre wunderschön! Dann ist die gesamte Familie vereint, ein Leben in Harmonie.«

Marcel genoss die Massage, jede Faser seiner Muskeln entkrampfte sich. Am Ende der Prozedur kämpfte er mit der Müdigkeit, die wie ein Überfallkommando seinen Körper übermannte. Am nächsten Morgen stand, soweit das Wetter es zuließ, ein Tag auf dem Meer mit dem Langschwanzboot auf der Agenda. *Ich benötige Schlaf, um mich von den Strapazen der vergangenen Tage zu erholen.*

Arm im Arm schlenderte das Liebespaar zur Bucht von Ao Bon, wobei es mit den Füßen Spuren im Sand zeichnete. Marcel blieb alle zwei Minuten stehen und rang nach Luft.

»Die Muskelschmerzen sind nicht verschwunden, nicht wahr«, fragte Cha und sah ihn von der Seite an. Sie spürte, dass irgendetwas mit ihm nicht stimmte, ein körperliches Problem, das mit Massagen nicht zu lösen war.

»Nein…doch, ich glaube, … ich befinde mich auf den Weg der Besserung.«

Sie verzichtete darauf, ihm die Wahrheit zu entlocken. Nach der Attacke der Delfine gab es einen weiteren Umstand, der ihr Sorgen bereitete. Sie griff Marcel unter die Arme und schleppte ihn nach Hause, wo er sich in seine Hängematte verzog.

Die Nacht verlief unruhig, Marcel schlief nicht ein, wälzte sich in dem Netz von einer Seite zur anderen. Er fror, obwohl die Temperatur um 30 Grad Celsius pendelte.

Der erste Hahnenschrei riss ihn aus der Agonie. *Warum warten diese Viecher nicht den Anbruch des Tages ab?* Beim Aufstehen spürte er ein flaues Gefühl im Magen. Sein Motivationsspruch verhalf ihm dazu, sich zur Tür zu schleppen, vor der die Schuhe der Familie in einer Reihe standen. Er kam nicht weit. Vom Schüttelfrost durchgerüttelt, sank er nieder. Cha und Khin, die das Treiben beobachtet hatten, kamen ihm zur Hilfe, hievten ihn hoch und bugsierten ihn zu seiner Schlafstätte.

»Du bleibst heute im Haus. Ich werde die Fischer benachrichtigen, dass du krank bist«, sagte Khin, verließ den Pfahlbau und rannte zum Strand.

»Versuche, zu schlafen! Vielleicht ist es eine Schwächephase, die vorüber geht«, sagte Cha.

Sie verhalf ihn dazu, die richtige Liegeposition in der Hängematte einzunehmen, und wies Palita an, sich still zu verhalten.

Anstatt sich abzuschwächen, nahmen die Symptome des Farangs bis zum Mittag an Vehemenz zu. Das Fieber stieg auf über 39 Grad, das

Herz pochte in seiner Brust, als ob es galt, einen Geschwindigkeitsrekord aufzustellen.

»Es hat keinen Sinn«, sagte Palita. »Wir holen Suga, unseren Schamanen.« Das Fieber im Körper des Farangs stieg bei der Vorstellung, dass ein Geisterbeschwörer ihm zur Hilfe eilte, um ein weiteres Grad Celsius an. Aber Marcel war zu schwach, um sich gegen den Vorschlag zur Wehr zu setzen.

Am frühen Abend vernahm Marcel ein Gemurmel im Haus. Er schlug die Augen auf. Suga kniete neben ihm und sprach beruhigend auf ihn ein. Der Kranke verstand kein Wort und dennoch verspürte er ein Wohlgefühl, eine Wärme im Bauch, die ihn entspannte.

In Marcels Gedankenwelt kursierte eine völlig andere Vorstellung von einem Schamanen. Bilder von tätowierten Haudegen mit Bärenfellmütze und Büffelhörnern tanzten vor seinem geistigen Auge. Dieser Schamane aber war anders. Suga gehörte zu den ältesten Männern im Dorf, sein volles graues Haar stand in alle Richtungen ab. Sein dunkelbraunes Gesicht zierte ein gepflegter Schnurrbart, der einen Kontrast bildete zu seinem Gebiss mit den schiefen Zähnen und den Lücken. Anstelle von Tierfellen und Hörnern trug der alte Mann eine beige Stoffhose sowie ein blau-weiß gemustertes Hemd – ein freundlicher Endsechziger der Weisheit und Gelassenheit ausstrahlte.

»Es ist nur Dengue-Fieber. Ein paar Tage Ruhe reichen, um die Krankheit zu besiegen«, sagte Suga und strich dem Farang durchs goldene Haar.

Marcel vernahm die Worte des Geistheilers wie durch Watte, als kämen sie aus einer Welt außerhalb dieses Planeten. Der Rekonvaleszent schöpfte Hoffnung - keine Malaria, die ihn für Wochen ans Bett gefesselt oder ins Jenseits befördert hätte.

»Ich werde Palita den Auftrag erteilen, Heilpflanzen im Wald zu sammeln, um daraus einen Trunk zuzubereiten. Solange das Fieber nicht weiter ansteigt, reicht es, wenn sich die Zwillinge um dich kümmern«.

Er nahm die Kleine zur Seite und erklärte ihr, welche Gewächse sie im Wald zu sammeln hatte. Mit ihr im Schlepptau verließ er die Unterkunft. Vor dem Haus tuschelten die beiden miteinander. Gab es etwas, was der Farang nicht wissen durfte?

Am Abend kehrte die Kindfrau zurück und breitete das Ergebnis ihrer Sammlung auf dem Boden aus - Rinde, Blätter und Wurzeln der Durian Frucht, grasgrüne Kräuter und Pflanzen, deren Gattung sich sowohl der Kenntnis von Khin als auch der von Cha entzogen. Palita fügte alles zusammen in den Wok und kochte aus den Einzelteilen ein Gebräu, dessen Rauch bleischwer in der Luft lag. Der Gestank raubte dem Farang den Atem. Cha erklärte ihm, dass es ein wenig Überwindung koste, das Gebräu herunterzuschlucken, die Naturmedizin aber Wunder bewirke. Marcel überwand den Ekel und schüttete die gallertartige Flüssigkeit mit Todesverachtung in sich hinein.

»Ich gehe jeden Tag in den Wald, um Nachschub zu besorgen. Ein Trunk vor dem Schlafengehen genügt, um dich fit für die Arbeit zu machen, denn er ist sehr stark. Die Fischer sehnen den Tag herbei, an dem du ihnen wieder zur Verfügung stehst«, flötete Palita.

Nach drei Tagen stellte sich keine Besserung ein. Im Gegenteil – das Fieber kletterte auf über 40 Grad, begleitet von Gewichtsverlust und Übelkeit. Cha kümmerte sich um den Kranken, wich nicht von seiner Seite. Sie verfügte über eine Fähigkeit, die sie mit vielen indigenen Menschen teilte, war in der Lage, die Stimmungen ihres Gegenübers wie ein Sensor zu erfassen. Diese Gabe hatte sich durch die lange Zeit des Schweigens, in der sie in sich gekehrt war, verstärkt. Sie roch, wie Marcel dahinsiechte, der Wille zum Überleben Tag für Tag ein kleines Quantum abnahm, obwohl er jeden Morgen beteuerte, es ginge ihm besser.

In der zweiten Woche auf dem Krankenbett sank das Fieber. Marcel schwang sich aus der Hängematte. Schwindel stellte sich ein, er gewann den Eindruck, als würde die Decke auf ihn zukommen, sich der Raum in die Länge ziehen, sich verformen, bis seine Konturen verschwammen.

Jemand hievte ihn zurück in die Liegeposition. Cha? Er schaute in ihr Gesicht, aber es war nicht seine Liebste, sondern eine Greisin mit eingefallener, fahler Haut, zahnlosem Mund und Eisaugen. Sie griente ihn hämisch an und fing an, ihn zu würgen.

»Nein… lass mich!«

Alles um Marcel herum drehte sich, das Gesicht der Greisin mutierte zu einer Fratze, er nahm die Geräusche im Haus wie durch Watte wahr. Das Bild seiner Mutter tauchte vor seinem geistigen Auge auf, erst verschwommen und unscharf, dann klar und deutlich. Sie wankte zum Worringer Platz in Düsseldorf, dem Stell-Dich-Ein der Drogensüchtigen, über den Nebelschwaden hinwegzogen. Mit gepanschtem Heroincocktail verzog sie sich in die Bahnhofstoilette. Sie erhitzte das Heroin mit Zitronensäure. Jemand schimpfte: »Geh zum Teufel, verfluchte Fixerin!« Die Nadel glänzte im matten Licht der Deckenleuchte. Sie setzte die Nadel an ihren Hals und stach zu.

»Nein…nicht! Du wirst sterben… sterben… sterben…, stammelte Marcel.«

Eine Stimme ertönte: »Beeil dich! Er halluziniert.«

Marcel spürte, wie jemand einen warmen Gegenstand auf seinen Mund legte. Der Geruch nach Essig raubte ihm den Atem, führte ihn in die Welt greller Farben, bis der Film riss und Stille regierte.

Es war 3.00 Uhr in der Frühe. Cha rannte aus dem Haus, um den Schamanen zu rufen. Suga zögerte keine Sekunde, der Aufforderung Folge zu leisten. Mit Sorgenfalten auf der Stirn riss er die Tür auf, kniete neben Marcel nieder und rüttelte ihn wach. Dieser schwebte auf Wolken, Glücksgefühle durchströmten seinen Körper.

»Danke, ich fühle mich blendend. Ich brauche deine Hilfe nicht mehr, Quacksalber.«

Der Endsechziger winkte ab und legte seine Hand auf die Stirn des Halluzinierenden, der sofort in den Schlaf fiel.

Am Abend des nächsten Tages kam Marcel zu sich.

»Was ist geschehen«, fragte er. »Ich kann mich an nichts erinnern.«
Anstatt einer Antwort horchte Suga den Kranken am ganzen Körper ab
und tastete nach dem Puls.

»Schnell und unregelmäßig! Das Fieber ist zurückgekehrt«, sagte er.
Im Gesichtsausdruck des Schamanen spiegelten sich Fragezeichen. Er
unterzog der Haut des Kranken einer Untersuchung und analysierte den
Ausschlag.

»Ich begreife das nicht! Diese Hautveränderung markiert die letzte Phase
des Dengue-Fiebers. Sie ist völlig normal und in keinerlei Hinsicht be-
sorgniserregend.«

»Was ist es dann«, fragte Cha, die nicht von der Seite ihres Liebsten wich.

»Ich befürchte, dass der Krankheitsverlauf das Werk eines Dämons ist.
Ich kann seine Aura spüren. Er ist in der Nähe, schleicht ums Haus oder
ist vielleicht sogar mitten unter uns.«

Die Zwillingsschwestern nahmen ihre Mutter in den Arm, die in Tränen
ausbrach.

»Dann vertreibe ihn«, flehte Cha den Schamanen an, »sonst tötet er das
Liebste in meinem Leben. Ich lass Marcel nicht gehen, niemals!«

»Das verstehe ich. Aber es ist nicht einfach. Der Dämon verweigert mir
den Zutritt zu seinem Geist, verbirgt seine Identität. Ich bleibe jetzt in
den Nächten bei euch. Das Gebräu und die Kräuter helfen nicht weiter.
Ich werde eine andere Medizin einsetzen.«

»Kann ich dir nützlich sein?«

»Ja! Tränke zwei Bastmatten mit Meereswasser. Ich werde sie um seine
Waden wickeln, um das Fieber zu senken.«

Nacht für Nacht hockte Suga an der Seite von Marcel, murmelte Worte
in einer Sprache, die der Farang nicht verstand, legte dem Kranken Wa-
denwickel an und bat Cha, ihn zu unterstützen. Unter den gestrengen
Augen des Schamanen trug sie eine weiße Paste auf den Kopf und die
Brust des Kranken auf, was ihm Linderung verschaffte.

Einmal lag das Unterbewusstsein von Marcel in den Fängen eines Albtraums, der gleiche, der ihn seinerzeit im Hotelzimmer in Patong heimgesucht hatte. Aber diesmal sah sich Marcel im Flugzeug über dem Ozean. Der Dämon, halb Hai, halb Krake, schwebte durch die Luft und heftete sich an die Tragfläche. Die Motoren des Airbus verstummten. Wie ein Stein schoss der Vogel in die Tiefe, wo das Meer vor Wut schäumte. »Nein…ich falle«, schrie Marcel und fuhr hoch, hyperventilierte und fasste sich an die Kehle. Cha, die durch den Schrei aus dem Schlaf gerissen worden war, ergriff seine Hand und flüsterte: »Keine Angst, Liebster. Es war nur ein Albtraum. Egal, wie tief du fällst, ich bin da, um dich aufzufangen.«

Nach diesem Ereignis erholte sich Marcel zusehends, war nach drei weiteren Tagen in der Lage, feste Nahrung zu sich zunehmen, wobei ihm Cha sein Lieblingsgericht, gebratener Reis mit Gemüse, zubereitete. Am Folgetag war das Fieber verschwunden. Der Farang fühlte sich wie neugeboren und bestand darauf, den normalen Lebensrhythmus aufzunehmen.

»Es ist vollbracht! Du bist genesen. Aber ich rate dir, ein paar Tage auszuspannen. Spiele mit den Kindern und vermeide es, zu früh mit den Fischern in See zu stechen«, sagte Suga.

»Ich fahre morgen gemeinsam mit Cha mit dem Boot zur Chong Khat Bay«, sagte Khin. »Das Zeltlager wird abgebaut. Außerdem schließen das Restaurant und die Verwaltung des Nationalparks. Wir reinigen das Gelände und schützen die Gebäude vor den Monsunregen.«

»Wird Palita euch begleiten«, fragte Marcel.

»Nein, ihr mangelt es an Körperkraft, um uns zu helfen. Sie wird, mit dir zusammen, das Haus hüten.«

»Gönn dir die Ruhe, um Kraft zu tanken. In der Regenperiode wartet ohnehin eine Zeit auf uns, die uns Raum zur Muße gibt«, sagte Cha zu Marcel. Sie verbeugte sich vor dem Schamanen, dessen selbstloser Einsatz das Leben ihres Liebsten gerettet hatte.

»Ich stehe in deiner Schuld, Suga! Mir fehlen die Worte, um dir zu danken«, sagte Marcel und ergriff dessen Hand.

»Bedank dich bei deiner besseren Hälfte. Ihre Liebe hat dir die Kraft geschenkt, den Dämon zu vertreiben«, sagte der Endsechziger. Kopfschüttelnd verließ er das Stelzenhaus. Ein solch mysteriöser Fall war ihm im Verlauf seiner Tätigkeit als Heiler nicht untergekommen.

In die Gedankenwelt des Farangs schlich sich ein Verdacht ein, unfassbar und ungeheuerlich zugleich. Wenn er ihn ausspräche, lief er Gefahr, die Liebe von Cha zu verlieren. Khin würde ihn mit Schimpfkanonaden aus dem Haus jagen, so wie es ihr Ehemann vor ein paar Wochen praktiziert hatte. Dann stünde Marcels Traum, ein freies Leben auf dem Meer, vor dem Aus. *Man darf keinem Menschen unrecht tun, schon gar nicht Palita, der Zwillingsschwester von Cha*, dachte er und verwarf den Gedanken, so schnell wie er gekommen war. Dennoch rutschte die Kindfrau auf seiner persönlichen Sympathieskala um zwei Stufen nach unten. Im Gegensatz dazu kletterte Suga an die dritthöchste Stelle.

Dao

Das 15-jährige Seemädchen suhlte sich im warmen Wasser der Burma Banks und genoss die Strömung, die ihrer Seele schmeichelte. Ein Brummen und Scheppern riss sie aus ihrer Komfortzone. Es wurde lauter, kam direkt auf sie zu. *Wer ist denn das*, fragte sie sich und tauchte auf. Was sie zu sehen bekam, übertraf alles, was sich in den letzten Jahren am Riff ereignet hatte. Ein Hochsee-Fischerboot setzte ein Schleppnetz ein, das mit seinen Rollen und Platten wie ein Bulldozer über den Meeresboden wälzte.

»Seid ihr wahnsinnig? Doch nicht hier bei den Korallen«, schrie sie und ruderte mit den Armen, als ob sie im Begriff stand, zu ertrinken. Niemand beachtete sie, der Trawler setzte seine Fahrt mit unverminderter Geschwindigkeit fort. Durch die Unachtsamkeit des Kapitäns verwandelte sich der Randbereich des Riffs in einen Friedhof aus toter Materie, eine graubraune Ödnis unter Wasser. Mit Tränen in den Augen verfolgte Dao das Boot. Es nahm Kurs auf das Festland, dorthin, wo sich die Fanggründe der Seenomaden befanden. *Haben die Menschen nichts aus ihren Fehlern gelernt? Wissen sie nicht, dass am Ende alles scheitert, was gegen die Natur ist?*

Sie sehnte sich zurück nach der Zeit der Corona-Pandemie, der Atempause für die Fauna. Kein Tourist hatte das 200 Kilometer vor der Festlandküste gelegene Korallenriff besucht. Die Ruhepause war wie gerufen gekommen, denn durch den Raubbau an den Nesseltieren und der Korallenbleiche hatte das Meeresjuwel kurz vor der Zerstörung gestanden. Anfang des Jahres 2023 waren die Tauchtouristen zurückgekehrt. Zwar war das Naturwunder weit entfernt von seiner ursprünglichen Schönheit, aber es hatte sich regeneriert und bezauberte die Besucher durch seine Farbenpracht. In einer Tiefe von 20 bis 350 Metern tummelten sich um die Wasserplateaus wieder alle Fischarten, die in der Andamanensee beheimatet waren. Dao missfiel, wie rücksichtslos manche Besucher mit den Korallen umgingen. Prachtexemplare wurden abgebrochen oder beschädigt, Fische mit Harpunen erlegt und Meeresschildkröten aus ihren Verstecken vertrieben. Ein Tritt mit den Taucherflossen oder eine Berührung reicht aus, um Hunderte Jahre Wachstum zu zerstören. Unter den Tauchern gab es sogar Geschäftsleute, die mit Korallen und ihren Bewohnern Einkommen erzielten, indem sie die Tiere an die Betreiber von Meeresaquarien veräußerten. Appelle fruchteten nicht und liefen ins Leere. Es war dem Seemädchen untersagt, die Reiseveranstalter aufzuklären und selbst, wenn sie die Möglichkeit dazu gehabt hätte, wären ihre Worte im Wind verklungen. Auch Thong, der an ihrer Seite stand, sah sich außerstande, die Plünderung des Riffs zu stoppen. Aber Dao glaubte an das Gute im Menschen und hoffte, dass die Einsicht wuchs, die letzten Paradiese der Erde vor dem Untergang zu bewahren.

Ihre Blicke schweiften über das Meer. Sie fokussierte den Bereich, wo der Naturgeist darauf wartete, sich aus seinem steinernen Kerker zu befreien. Sein Einfluss wuchs von Tag zu Tag, er sprach mit den Großfischen und versuchte mit ihrer Hilfe, aus dem Gefängnis heraus Anschläge auf Boote und Taucher zu organisieren.

Dao schwebte ins tiefe Wasser und rief nach Speedy, ihrem Mantarochen, um mit seiner Hilfe die Rückreise nach Ko Surin Tai anzutreten. Aber so sehr sie sich auch bemühte, von dem Knorpelfisch fehlte jede Spur. Das Seemädchen sorgte sich nicht wegen der Verspätung, denn Speedy liebte die Freiheit, sprach mit den Korallen und hielt sich den ganzen Tag in ihren Gärten auf. Wenn man ihn bedrängte oder ihn ermahnte, zeigte er dem Antreiber die kalte Schulter. Dao übte sich in Geduld und bewunderte die Korallenfische mit ihrer Farbenpracht, die manchen von ihnen zum Verhängnis geworden war- ein Leben hinter Glas, angeglotzt von Menschen aus aller Herren Länder.

Nach einer Viertelstunde kam Speedy angerauscht, lautlos und erhaben. Sie klammerte sich an seinen Schwanz, der wie ein Pendel in verschiedene Richtungen schwang. Das sechs Meter lange Tier schoss wie ein Pfeil durch das Wasser, nahm Kurs auf das Festland. Auf halbem Weg

kreuzte das Zweigespann den Kabang von Thong. Dao schwamm zur
Wasseroberfläche und winkte ihm zu. Dem Greis fiel die Aufgabe zu, die
Nachtwache an dem Ort abzuhalten, wo das Unheil in der Tiefe waberte.
Diesmal hatte der Greis den Termin nicht vergessen. Aber es gab
Nächte, in denen er durch Abwesenheit glänzte und das Seemädchen ge-
zwungen war, seine Schicht zu übernehmen. Sie tauchte ab und setzte
die Reise mit Speedy in der Gewissheit fort, dass ihr Uropa heute seine
Pflicht erfüllen würde. Ihre Magie hatte nur dann Bestand, wenn sich einer von ihnen am Ort des Kampfes zwischen Mensch und Natur aufhielt.
 Am Strand von Ko Surin Tai streifte Dao ihren blütenweißen Longyi
über und legte die letzten Kilometer zu Fuß zurück. Die Sterne am Firmament wiesen ihr den Weg.
Im Baumhaus genoss sie es, die Welt aus der Perspektive eines Vogels zu
betrachten, jederzeit bereit, die Freiheit, nicht die Unterdrückung zu
wählen. Die Familie lag ihr am Herzen, bereitete ihr aber auch Probleme.
Gebetsmühlenartig hatte sie den Vater dazu angehalten, sich von
Glücksspielen fernzuhalten. Sein Drang nach Anerkennung sowie die
Leere in seinem Leben waren stärker als die Liebe zu seiner Frau und
den Kindern. Das Seemädchen sorgte sich um die Mutter, die es ohne
Ehemann schwer hatte, den Unterhalt der Familie sicherzustellen. Auch
die Geschwister bereiteten ihr Kopfzerbrechen. Die eine liebte den Farang, die andere hasste ihn. Dieses Konfliktpotenzial barg die Gefahr in
sich, die Rumpffamilie vollends zu zerstören. Außerdem hegte Dao
Zweifel, ob die Liebe von Cha und Marcel von Dauer war, es ihnen gelang, Barrieren zu überwinden, die Mauern zwischen den Kulturen nie-
derzureißen. Das Seemädchen befürchtete, dem Deutschen würde die
Welt zu klein werden. Nicht jeder Mensch ist für das Inselleben geeignet,
viele hadern mit der Abgeschiedenheit und vermissen die Abwechslung,
die das Stadtleben bietet, glaubte sie. Sie traute ihm nicht zu, die Lebensweise der Seenomaden anzunehmen, denn es war schwierig, sich in

deren Männerwelt zu behaupten. Manche Mitglieder des starken Geschlechts hegten Misstrauen gegenüber Fremden und verachteten Schwächlinge, die sich beim Schlachten eines Fisches übergaben. *Ich habe Angst, dass der Farang meiner Schwester eine Enttäuschung bereitet, die sie tiefer in das Meer aus Traurigkeit hineinzieht. Dennoch wünsche ich den beiden Glück auf all ihren Wegen.*

Nun neigte sich Daos Mission bei den Korallengärten dem Ende zu. Sobald es dem Naturgeist gelang, sich zu befreien, bot das Baumhaus keinen Schutz vor seiner Rache. In ihren Gedanken wuchs eine Vision, die Geduld erforderte und von niemanden auf der Welt je zuvor realisiert worden war. Es war fraglich, ob ihre Magie ausreichte, um das Ziel zu erreichen. Bei ihren Überlegungen kam Marcel die Schlüsselrolle zu. Die Seelenverwandtschaft mit ihm war das Tor zu ihrer Zukunft – der Pechvogel und das Seemädchen, das zur falschen Zeit am falschen Ort gewesen war. Niemand, außer Thong, durfte von dem Plan Kenntnis erlangen. Es war ihre einzige und letzte Chance, sich der ewigen Verdammnis zu entziehen.

Innere Stimmen

Das Wasser kam von oben, rauschte und sprudelte, verschaffte jedoch keine Kühlung. Stephan Malik starrte auf den Abfluss, über den sich ein kleiner See gebildet hatte. »Verstopft«, murmelte er vor sich hin und ärgerte sich darüber, dass er mit sich selbst sprach. Es gab niemanden, der seinen Ärger mit ihm teilte oder als Blitzableiter diente. Seine Blicke wanderten zum Duschkopf, der wie ein Mahnmal aus der Wand herausragte. Das Nass floss in Strömen, unabhängig davon, wozu es diente. Es war heiß geworden in Kamala, der Mai geizte nicht mit Tagen über 40 Grad Celsius. Der Kommissar schob den Plastikvorhang beiseite und schlich aus dem Bad. Nachdem er sich abgetrocknet und angekleidet hatte, nahm er Platz auf einem Hochstuhl, stemmte die Ellbogen auf den Küchentisch und vergrub sein Gesicht in den Händen. Der kleine Zeiger der Wanduhr bewegte sich in Richtung der „Zehn". Stephan war am Strand gewesen, um zu joggen. Dieses Ritual vollzog sich jeden Tag zur selben Uhrzeit, denn in Thailand benötigte Stephan feste Regeln sowie einen Terminplan, der ihm vorschrieb, welche Aktivität, zu welchem Zeitpunkt auf der Agenda stand. Aber anders als im Aaper Wald in Düsseldorf, wo er dreimal in der Woche in einer Stunde eine Distanz von 10 Kilometer zurücklegte, reichte ihm in den Tropen eine Trainingseinheit von einer halben Stunde. Er trabte mehr, als dass er lief, hätte sich mit diesem Tempo bei den Kollegen im Präsidium, allesamt passionierte Sportler, der Lächerlichkeit preisgegeben.

 Beim ersten Lauf am Strand hatte Stephan sich vorgenommen, in der gleichen Intensität wie in seiner Heimatstadt zu trainieren. Doch nach einer halben Stunde war er in Schweiß gebadet gewesen, das T-Shirt nass wie ein in die Badewanne gefallenes Handtuch. Sein innerer Arzt hatte sich zu Wort gemeldet: »Hör sofort auf, zu Laufen! Sobald deine Körpertemperatur über 42 Grad steigt, bricht das Herz-Kreislauf-System zusammen. Es ist fraglich, ob es hier Rettungswagen gibt, die es schaffen, dich vor dem Exodus ins Krankenhaus zu befördern.« Der Kommissar war weitergelaufen, wobei sein Körper alles unternahm, um die Temperatur abzusenken. Trotz des Schwitzens war es ihm nicht gelungen, die Hitze loszuwerden. Erschöpft hatte der Sportler nach einer weiteren Runde das Training abgebrochen und war mit dem Songthaew zum Hotel zurückgefahren, wo er zwei Wasserflaschen in sich hineingeschüttet hatte.

Stephan riss eine Tüte mit Schoko-Cornflakes auf, fügte den industriell behandelten Mais in eine Schale mit Milch und löffelte sie aus. Jeden Morgen vollzog sich das gleiche Ritual. In den Geschäften gab es zwar Brot, dem Leibgericht des Kommissars, aber das Angebot verdiente seiner Meinung nach diesen Namen nicht. Zu so früher Stunde mundeten ihm Reis oder Nudeln auch nicht. Er ließ sich Zeit beim Frühstücken, denn außer einer Schwimmeinheit am Nachmittag und dem Besuch seiner Lieblingskneipe am Abend gab es nichts für ihn zu tun. Es galt, sich in Geduld zu üben und auf das Eintreffen des Delinquenten zu warten. Der Zeitpunkt des Zugriffs lag im Dunklen. Bis 13.30 Uhr schlich die Langeweile durch das Hotelzimmer, giftig und behäbig, aber jederzeit bereit, ihr Opfer anzufallen. Die Suppe aus dem Plastikbecher, die jeden Mittag auf dem Herd dampfte, reizte die Geschmacksnerven des Kommissars, denn sie war zu scharf. Es gelang ihm nicht, in den Supermärkten ein Produkt zu erwerben, welches seiner Essgewohnheit entgegenkam. Punkt 17.00 Uhr, wenn der Strand sich leerte, schlenderte Stephan zum Meer, um sich für eine Stunde im Schwimmen zu üben. Er genoss die Endlosigkeit, den Kontrast zwischen Dschungel und Küste, den Himmel über ihm, der am Horizont im Ozean versank. Mit hochrotem Kopf stieg er aus dem Wasser, dessen Temperatur ihn an die Badewanne erinnerte, in der ihn seine Mutter in der Kindheit zu reinigen pflegte. Die Abende verliefen stets nach dem gleichen Muster. Er eilte zur Bar im Zentrum des Ortes, wobei er seine Feldjacke nie auszog. Welche Temperatur das Thermometer anzeigte, spielte für ihn keine Rolle. Er war so sehr in seiner eigenen Gedankenwelt verstrickt, dass er, wenn sich eine

Wolkenwand vor den Mond schob, auf den holprigen Gehwegplatten ins Straucheln geriet. In dem Etablissement probierte er die Cocktails auf der Karte der Reihe nach aus. Den Damen im hinteren Teil der Bar mit dem aufdringlichen Make-up schenkte er keine Beachtung. Um 22.00 Uhr rief er ein Taxi, fuhr zurück zum Hotel, wo er sich, zumeist in voller Montur, auf das Bett seines Zimmers schmiss. Der Raum eignete sich nicht für Langzeitaufenthalte, bot keinen Komfort und war durch die Lage an der Hauptstraße von Lärm umgeben. Am meisten haderte der Gesetzeshüter mit der Klimaanlage. Sie war entweder auf 100 %, also kalt wie der europäische Winter, oder wirkungslos. Ihr Scheppern und Brummen hinderten ihn am Einschlafen. Wenn er sie ausschaltete, wälzte er sich, in Schweiß gebadet, auf der Matratze, denn die Temperatur sank in den Nächten kaum unter 30 Grad. Das Wetterphänomen El Niño hatte weite Teile des Landes in einen Backofen verwandelt. Es gab Nächte, in denen er auf dem von Holzwürmern zerfressenen Bett kein Auge zubekam. Dann tauchten Bilder aus der Vergangenheit in seinem Kopfkino auf, die wie ein Stein auf seinem Herzen lasteten. Er sah den Mord an seiner Frau, stritt sich mit Wim und dem Vorzimmerdrachen. Er litt unter der Missgunst der Kollegen, die Einsamkeit in der Wohnung und den Clans in der Rhein-Ruhr-Region, deren Brutalität jedes Jahr zunahm. Stephan spürte, wie seine Kräfte schwanden, er den Verbrechern mit zunehmendem Alter nicht gewachsen war. Wenn er eingeschlafen war, blieben ihm die Bilder im Traum erhalten. Einmal hatte sich seine Vergangenheit im Wachschlaf zu Wort gemeldet und ihm gesagt: »Du stolperst nicht, weil ich hinter dir gehe, sondern weil du zu oft an mich denkst.«

»Was hast du gesagt«, hatte er gefragt, war hochgeschreckt und aus dem Bett gesprungen. Das monotone Rattern der Klimaanlage hatte ihn beruhigt und ihn davon überzeugt, dass er einer Wahnvorstellung erlegen gewesen war. Es hatte den Anschein, als befände sich die „Mind-Body-Balance" des Kommissars nicht im Gleichgewicht.

Verblendung

Stimmen rissen Marcel aus dem Schlaf. Er richtete sich auf, um in Erfahrung zu bringen, wer miteinander sprach. Khin und Cha packten ihre Utensilien für die Arbeit. Ein Blick zur Seite – Palita rekelte sich, machte aber keine Anstalten, aufzustehen. Marcel wartete, bis Mutter und Tochter das Haus verlassen hatten. Obwohl es dunkel war, schwang er sich aus seiner Hängematte und stöberte nach der Tauchausrüstung, die in der hinteren Ecke der Behausung vor sich hingammelte. *Ich werde den Tag dazu nutzen, um die Riffe zu erkunden, und meine Tauchkenntnisse zu vertiefen.* Er legte die Ausrüstung in einen Korb und schob die Eingangstür auf. Der Vollmond tauchte die Szenerie in fahles Licht. Darauf bedacht, den Geisterkrabben nicht in die Quere zu kommen, balancierte er über den Strand zu dem kleinen Holzboot, mit dem er gemeinsam mit Cha auf Beutezug gegangen war. Es lag an dem ihm bekannten Platz unter den Blättern einer Palme. Der Farang zog es heraus und ließ es im gleichen Augenblick los. Jemand hatte es zerstört, den Boden mit einem scharfkantigen Gegenstand aufgeschlitzt. Das Boot, schwer vor Wasser, war funktionslos geworden. *Wer macht denn so was,* fragte er sich und trat mit hängenden Schultern den Rückweg an. An der Bucht, wo Thong mit seinem Kabang geankert hatte, verharrte er auf der Stelle und suchte den Strand nach dem Greis ab. Eine Gestalt mit grauen Haarbüscheln steuerte auf ihn zu. »Thong?«

»Wer ist Thong? Ich bin es nur!«

Marcel spazierte einen Schritt auf den Grauhaarigen zu. Es war Pe Tat, der Dorfälteste, der in Vollmondnächten unter Schlafproblemen litt.

»Na, mein Freund. Schon so früh vom Tauchen zurück«, fragte er und musterte Marcel von Kopf bis Fuß.

»Nein, unser Holzboot ist defekt. Jetzt warte ich darauf, dass das Wasser zurückweicht.«

»Bist du wahnsinnig geworden? Wenn dem so wäre, müsstest du diesen Strand so schnell wie möglich verlassen und in die Berge fliehen.«

»Nein, keine Sorge. Thong lässt die Wellen für ein paar Sekunden tanzen. Es droht keinerlei Gefahr, zumindest hat er das behauptet.«

Hier gibt es keinen „Thong". Aber du solltest dich in Acht nehmen. Ich habe den Tsunami im Jahr 2004 erlebt und weiß, welche Zerstörung er an Land anrichtet.«

»Ja, das ist mir bekannt. Wurde damals eigentlich die gesamte Insel überflutet?«

»Nein, die Gefahr durch Tsunamis gehört seit jeher zu unserem Leben. Wir haben sie in verschiedene Arten unterteilt. Es gibt Labut und Labun, die kleine und die große Welle. Einer von uns hat damals die Welle gesehen und gerufen: Labut, Labut! Dadurch wussten wir, dass die Insel nicht komplett versinken würde.«

»Eine glückliche Fügung des Schicksals! Aber ich glaube, wir haben uns missverstanden. Ich meine nicht Lubut, sondern ein kurzfristiger Rückgang des Meeres, der immer dann auftritt, wenn Thong, der Schamane, in der Bucht vor Anker liegt.«

»Ein Schamane? Fängst du wieder damit an? Es gibt im Dorf keinen Mann mit diesen Namen.«

»Wenn du des Öfteren in der Nacht am Strand spazieren gehst, müsstest du ihn aber getroffen haben.«

»Also schön! Wie soll er denn aussehen?«

Marcel beschrieb das Erscheinungsbild des Greises und schilderte einige Stationen aus seinem Leben. Pe Tat erfuhr, dass Thong perfekt englisch sprach und unter der britischen Krone gedient hatte. Der Dorfälteste unterbrach den Redefluss des Farangs und schaute ihn mit einem Gesichtsausdruck voller Verwunderung an.

»Hm, ich glaube ich weiß, welche Erzählung über eine Erscheinung deine Sinne verwirrt hat.«

»Er hat meine Sinne nicht verwirrt, sondern mir Einblicke in die Lebensweise deines Volkes gegeben. Außerdem hat er mir das Leben gerettet. Ohne ihn wäre ich jetzt bei den Ahnen.«

»Die Geister der Verstorbenen schwimmen mit den Wellen im Meer, dem Ort, wonach sie sich zeit ihres Lebens sehnen. Aber für uns sind sie nicht sichtbar, selbst dann nicht, wenn wir ihre Nähe fühlen.«

»Jetzt weiche mir nicht aus! Wer ist dieser Mann?«

»Nun ja, ich kann mich kaum erinnern, aber als ich ein Kind war, hat meine Großmutter mir berichtet, dass zu Beginn des 20. Jahrhunderts ein alter Seenomade mit seinem Kabang in der Ao Bon Bucht gestrandet ist. Ob er Schamane war, entzieht sich meiner Kenntnis. Jedenfalls wurde er auf offener See von einer Monsterwelle erfasst und hat es, trotz des Wassereinbruchs auf dem Boot, bis zu dieser Insel geschafft. Er befand sich auf dem Weg der Genesung, bis…«

»Bitte fahre mit deinem Bericht fort. Was ist mit ihm geschehen?«

»Um sein beschädigtes Ruder zu erneuern, war er zum ersten Mal in seinem Leben gezwungen, an Land zu gehen. Er wollte Holz im Wald schlagen.«

»Er ist nie an Land gegangen? Das ist doch krank!«

»Er befürchtete, dass die Meeresgeister ihn dort nicht beschützen konnten.«

»Aber, was kann passieren, wenn man im Wald Holz schlägt?«

»Ein Waran hat ihn gebissen. Zwei Wochen später ist der alte Mann an der Wundinfektion gestorben. Er war zur falschen Zeit am falschen Ort, ein Pechvogel, den es in dieser Form nirgends auf den Inseln gegeben hat, von einer bedauernswerten Ausnahme einmal abgesehen.«

Marcel fühlte sich innerlich aufgewühlt und vergaß, nach der Ausnahme zu fragen. Er zweifelte am Verstand von Pe Tat und vermutete, dass der Dorfälteste ihm eine Mär aufgetischt hatte. Mit hochgezogenen Augenbrauen sagte der Farang: »Das ist völliger Unsinn! Ich habe mehrfach mit Thong gesprochen und bin auf seinem Boot von Ko Phayam nach Ko Surin gereist.«

Der alte Mann lachte – ein Lachen, das Marcel jegliche Hoffnung auf ein Wiedersehen mit Thong raubte. »Mein Freund, es ist besser, wenn du in deine Welt zurückkehrst. Es gab hin- und wieder Farangs im Dorf, unter ihnen Ethnologen, die sich zum Ziel gesetzt hatten, unsere Lebensweise zu ergründen. Alle starben an Tropenkrankheiten oder verfielen dem Wahnsinn.«

Marcel verweigerte sich dem Gespräch. Mit aufeinandergepressten Lippen wandte er sich von Pe Tat ab und ließ ihn stehen. Je mehr der Düsseldorfer über Ko Surin Tai erfuhr, desto unsicherer wurde er. Er stellte manches infrage, was er in den letzten Wochen erlebt hatte. Was war Fiebertraum, was Realität?

Am Stelzenhaus hockte Palita auf den Holzstufen und winkte ihn zu sich heran. »Was ist passiert«, fragte sie ihn und stemmte die Hände in die Hüften, die typische Geste, wenn ihr etwas missfiel.

»Unser Holzboot ist beschädigt. Jemand hat den Boden zertrümmert. Ich begreife das nicht!«

»Solche Schandtaten kommen leider häufiger vor. Die Thais vom Festland hassen uns. Jugendliche oder Trunkenbolde nutzen die Dunkelheit aus, um uns Schaden zuzufügen.«

»Das ist gemein! Ich hatte mir vorgenommen, an den Riffen zu tauchen, aber daraus wird wohl nichts. Zum Glück habe ich die Kinder. Sobald sie am Strand auftauchen, werde ich mich um sie kümmern.«

Die Kleine erhob sich, nahm ihn an die Hand und sagte: »Die Kinder werden heute von den Fischern in die Technik der Jagd eingewiesen. Folge mir!«

Mit Fragezeichen in den Augen schaute er zu ihr herab. »Was hast du ausgeheckt, Palita?«

»Vertrau mir, ich möchte dir einen Gefallen erweisen, denn ich habe dich in der Vergangenheit nicht immer gut behandelt.«

Marcel fragte sich, ob sich durch seine Krankheit das Verhältnis zu ihr verbessert hatte, sie ihn akzeptierte und einsah, dass Cha ein Anrecht auf ein eigenständiges Leben hatte. Außerdem stimmte es ihn froh, dass sich jemand seiner annahm. Er war es nicht gewohnt, allein zu sein. Im Dorf gab es keine Privatheit, niemand besaß ein eigenes Zimmer, so wie es in Europa Standard war. In der Anfangszeit hatte es Marcel Mühe bereitet, sich an diese in weiten Teilen Asiens verbreitete Lebensweise zu gewöhnen, aber inzwischen fühlte er sich ohne Menschen in seiner Nähe wie ein von seinen Eltern verlassener Jungvogel.

Ein Benzinmotor wummerte. Am anderen Ende der Bucht wartete ein Boot in der Morgenröte auf Gäste. Marcel schaute Palita fragend an. Sie klärte ihn auf: »Natthapon hat sich bereit erklärt, zu einem Außenriff zu fahren, um dir die Schönheit der Natur zu zeigen.«

»Der Tunichtgut? Deine Mutter hat behauptet, er dürfe sich auf dieser Insel nicht aufhalten und es wäre besser, ihn zu meiden.«

»Unsinn! Khin kann mit Behinderungen nicht umgehen, hat mit uns Zwillingsschwestern genügend Probleme gehabt. Natthapon ist ein armer Kerl, der niemanden etwas zuleide tut.«

Wie zur Bestätigung kam der tapfere Krieger lächelnd auf das Duo zu und flötete: »Es ist alles bereit für einen Traumtag auf dem Meer.«

Mit den Händen fuchtelnd führte er die beiden zu dem Liegeplatz.

»Hereinspaziert in das Prachtexemplar eines Schiffs! Es verfügt über einen Benzin-Außenbordmotor mit 150 Pferdestärken und ein GPS-System, mit dem die Navigation ein Kinderspiel ist.«

Marcel traute seinen Augen nicht. Das 10 Jahre alte Boot wies zwar an einigen Stellen Beschädigungen auf, sprengte aber in Bezug auf die Anschaffung und den Unterhalt jeglichen finanziellen Rahmen, der dem Jungen zur Verfügung stand.

»Wo, um alles in der Welt, hast du dieses Boot her? Das gehört nie im Leben dir!«

»Nein, du hast mich durchschaut. Es ist nicht das Meinige. Ich bin nur der bescheidene Schiffsführer, der dir zu Diensten steht.«

»OK, aber der Eigentümer wird mir den Ausflug in Rechnung stellen. Ich besitze nichts, womit ich die Fahrt bezahlen könnte.«

»Das ist nicht erforderlich. Er schenkt dir diese Reise, weil Palita und du die einzigen Personen auf dieser Insel seid, die mir freundlich gesonnen sind.«

Marcel sah dem Jungen in die Augen, um zu prüfen, ob das, was er behauptete, der Wahrheit entsprach.

»Du kannst ihm vertrauen«, sagte die Kleine. »Sein Gönner ist bemüht, Menschen, die an seiner Seite stehen, zu belohnen.«

»Ein Gönner? Wer ist das?«

»Das spielt jetzt keine Rolle. Genieße den Tag. Beim Abendessen werde ich dir die Hintergründe erläutern.«

»Wo soll es denn überhaupt hingehen?«

»Zu den Burma Banks! Ist das nicht großartig?«

»Wie bitte? Das ist ein imposantes, aber auch abgelegenes Korallenriff. Ich möchte bei Einbruch der Dunkelheit zu Hause sein.«

»Kein Problem«, flötete Natthapon. »Das Zielgebiet liegt 48 Seemeilen von hier entfernt. Dieses Schnellboot schafft 15 in der Stunde. Wenn der Wind uns hilft, sind wir in drei Stunden am Ziel. Du bekommst genügend Zeit, um das Juwel der Natur zu erkunden.«

Der Junge reichte ihm die Hand, zog ihn ins Boot und brauste los.

»Halt! Du hast Palita vergessen.«

»Nein! Die bleibt heute auf der Insel, um euer Haus zu hüten.«

Es mangelte dem Farang an Standfestigkeit, um der Fahrt ein Ende zu setzen. Mit beiden Händen hielt er sich an den Holmen der Sitzbank fest, um nicht ins Meer zu stürzen. Er überlegte, ob es nicht ratsam wäre, ins Wasser zu springen, um das Ufer schwimmend zu erreichen. Die Aussicht, eines der schönsten Tauchreviere Südostasiens zu erkunden, und die Verletzung, die er der Kindfrau mit seiner Verweigerungshaltung zufügen würde, hielten ihn davon ab. Nach wenigen Minuten war von Ko Surin Tai nichts weiter zu sehen als ein Punkt am Horizont. Um 6.30 Uhr passierte das Speedboot die Seegrenze zwischen Thailand und Myanmar. Es tanzte auf den Wellen, schleuderte die beiden Männer von einer Seite zur anderen und schlug hart auf dem Wasser auf. Zu allem Überfluss hing die Schirmmütze des Düsseldorfers, das Geschenk von Cha, in der Hütte. Er litt unter der Sonne, die von Stunde zu Stunde an Kraft gewann. *Einen Traumtag stelle ich mir anders vor. Ich habe vergessen, dass alle Vorschläge der Kleinen mit Vorsicht zu genießen sind.*

Der Junge hockte am Steuer und stierte in eine unendliche Ferne. Er führte Selbstgespräche, wirkte wie entrückt, starrte stur geradeaus aufs Meer. Mehrfach glaubte Marcel die Worte „Ja, Meister" zu vernehmen, aber der Fahrtwind schluckte die Sprache. Beförderte die Blauäugigkeit des Farangs ihn auf direktem Weg ins Verderben? Zumindest die Angabe zur Dauer der Fahrt war gelogen. Erst nach vier Stunden und fünfzehn Minuten tauchten die Burma Banks aus dem azurblauen Wasser auf, die bekannte Tauchplätze wie Big Bank, Silvertip Bank, Rainbow Bank, Roe Bank und Heckford Bank beherbergen. Das Meer war glatt wie ein Spiegel, kein Lüftchen trübte die Idylle. Dort, wo das Riff bis zu 300 Metern unter der Oberfläche die Großfische anzog, warf Natthapon den Anker, deutete mit dem Zeigefinger auf eine bestimmte Stelle und sagte: »Wenn du hier abtauchst, wirst du Abenteuer erleben, die dich für dein ganzes Leben prägen.«

Marcel fühlte sich unwohl, dunkle Gedanken tauchten auf wie ungebetene Gäste auf einer Feier.

Etwas stimmte mit dem Jungen nicht. Er hatte sich verändert, war selbstbewusst geworden und hatte seine Freundlichkeit abgelegt. Das, was er sagte, glich eher einem Befehl, denn einer Aufforderung. Sogar seine Stimme war nicht dieselbe wie zuvor. Sie klang dunkel und hintergründig, als ob er etwas zu verbergen hätte. In der Sympathieskala von Marcel fiel der Junge von „Neutral" in den negativen Bereich. In Ermangelung einer Alternative streifte der Farang den Tauchanzug über und sprang ins Wasser. Die Korallen waren weniger farbenfroh als bei anderen von ihm besuchten Tauchrevieren. Dafür verzauberte der Fischreichtum den Besucher. Starke Strömungen führten Walhaie, Ammenhaie und

Silberspitzenhaie zu dem Riff. Marcel hielt Ausschau nach Manta-Rochen und Mobularochen, die sich gelegentlich unter die Meeresbewohner mischen. Eine Steilwand fiel 300 Meter tief ab. Er wartete, bis eines der geflügelten Tiere auftauchte. *Es erfordert Glück und Geduld, um auf sie zu treffen.* Nach einer Wartezeit von einer halben Stunde schwebte eines der Tiere vorbei, majestätisch wie ein Astronaut im All. Marcel näherte sich dem Rochen, ohne ihn zu verfolgen. Er genoss die Erhabenheit, die von dem Knorpelfisch ausging. Er war neugierig, schwamm über den Besucher aus dem Land der Engel und spielte mit den Blasen des Drucklufttauchgeräts. Marcel vergaß die Welt um sich herum, die Zweifel im Verlauf der Fahrt und die Verhaltensänderung des Jungen. *Ich habe mich getäuscht. Die weite Anreise hat sich gelohnt. Es ist unvorstellbar, welche Schönheit das Meer beherbergt.*

Hätte man den Düsseldorfer gefragt: „Was waren die schönsten Tage in deinem Leben?", so hätte er geantwortet: „Unangefochten an der Spitze thront der Moment, wo ich Cha zum ersten Mal in den Arm genommen habe. Dann folgen die Zeiten, in denen ich gemeinsam mit meiner Mutter gelacht habe. An Nummer drei steht dieser Tauchgang mit dem Mantarochen."

Auf die Dauer war der Rochen zu schnell für Marcel. Er entfernte sich von dem Tier und tauchte auf, um Ausschau zu halten nach dem Boot. Es dümpelte in einer Entfernung von 200 Metern auf dem Meer. Natthapon thronte am Bug und winkte den Farang zu sich heran. Dieser kraulte auf den Jungen zu, nahm dessen Hand und stand im Begriff, sich ins Innere des Bootes zu ziehen.

»Nein, jetzt noch nicht! An diesem Teil des Korallenriffs erwartet dich ein Großfisch, der tausendmal immenser ist als der Mantarochen. Aber du musst tief tauchen, sonst wirst du die einmalige Gelegenheit verpassen, die Kreatur zu beobachten«, sagte der Junge und deutete auf die entsprechende Stelle im Meer.

»Um welche Gattung geht es? Ist der Fisch gefährlich?«

»Wo denkst du hin? Das Gegenteil ist der Fall! Er freut sich, wenn man ihn besucht. Wie ihr ihn bezeichnet, weiß ich nicht. Ich habe nie eine Schule besucht«, sagte der Junge mit einem Lächeln auf den Lippen.

Jetzt lacht er wieder, dachte der Farang und löste sich von der Hand des Jungen. Marcel hatte das Vertrauen in Natthapon verloren, bezweifelte alles, was dieser behauptete. Dennoch beschloss er, den Ratschlag des Jungen zu beherzigen. *Ich bin mir sicher, dass ich bei den Korallen auf etwas stoße, was die Verhaltensänderung des Jungen erklärt. Ich muss versuchen, Licht ins Dunkel zu bringen.*

Marcel wagte sich an eine Tiefe von 40 Metern heran, die Grenze, wo Tauchen mit normaler Pressluft möglich ist. Er schaute sich um, aber es gab nichts, was an die Schönheit des Mantarochens heranreichte, geschweige denn an dessen Größe. Stattdessen spürte der Taucher den Druck, der auf dem Körper lastete. *Sofort umkehren, sonst reißt der Anzug.* Marcel stand im Begriff, zur Wasseroberfläche zurückzukehren, als ihm zwei Meter tiefer ein Korallengebilde ins Auge stach. Es glänzte in allen Farben des Regenbogens, eine Ausnahmeerscheinung, die er in dieser Pracht nie zuvor gesehen hatte. Eine sanfte Frauenstimme erklang, süß und verführerisch wie die Sirenen in der Antike. Marcel kraulte auf das Gebilde zu, das ihn in den Bann zog. Die Korallen zum Greifen nah – die Schönheit blendete ihn, er vergaß das Tabu, das Thong ihm auferlegt hatte. Dennoch zögerte er, wich eine Körperlänge zur Seite. Eine unsichtbare Macht zwang ihn dazu, zurückzukehren, um die Hand nach den Nesseltieren auszustrecken. Die Korallen waren an dieser Stelle locker, die Struktur aufgebrochen, das Gebilde stand kurz davor, auseinanderzubrechen. Andere Taucher hatten sich im Verlauf der Jahre an den Korallen vergriffen. Vorsätze gerieten in Vergessenheit, nur der Moment zählte, befeuert von der Schönheit der Nesseltiere, welche die Sinne des Pechvogels betörte. Wie von der Tarantel gestochen langte er zu, riss die Nesseltiere aus ihrer Verankerung. Die Warnung „*Breche niemals die Korallen in der Andamanensee*", brach in seine Gedankenwelt ein, das Verbot, das niemand

264

missachten durfte. Es hatte Marcel nicht davon abgehalten, sich an der Natur zu versündigen. Im selben Atemzug bereute er seinen Frevel und versuchte, die Korallen zurückzulegen, sie dort zu platzieren, wo er sie gebrochen hatte. Es war zu spät. Ein Wesen nutzte die Gunst des Augenblicks, um sich durch die entstandene Öffnung in den Steinkorallen zu schlängeln. Das Adrenalin rauschte einer Sturmflut gleich durch den Körper des Frevlers. *Huch, was ist denn das? Eine Wasserschlange aus der Fabelwelt oder ein Wesen von einem anderen Stern?* Die Sicht trübte sich ein, schwarze Farbe vernebelte das Riff. *Ein Riesenkrake aus der Tiefsee?* Marcel spürte, wie über ihn ein Wesen thronte, größer und mächtiger als ein Walhai. Er kam nicht dazu, Licht ins Dunkel zu bringen. Eine Meeresströmung zog ihn raus in die offene See. Marcel versuchte, die Panik in den Griff zu bekommen, kontrollierte die Atmung und meditierte. Er schielte zur Meeresoberfläche, dorthin, wo das Schnellboot auf ihn wartete. Der schwarze Nebel verflüchtigte sich, aber von dem Wesen aus der Tiefsee war nichts zu sehen. Marcel entzog sich dem Strudel, indem er seitlich aus ihm herausschwamm und in schnellen Bewegungen der Oberfläche entgegenstrebte, weg von den Korallen, aus denen das Unheil emporgestiegen war. Er zwang sich dazu, das Tempo zu verlangsamen, sich Zeit zu nehmen. Ihm war klar, dass abruptes Auftauchen die Caissonkrankheit auslösen würde, zumal er aus einer Tiefe kam, die für Taucher eine Gefahr darstellt. Er legte eine Pause ein und verharrte auf der Stelle. *Für die letzte Etappe nehme ich mir Zeit!* Er schwebte durch das Wasser, dem Licht entgegen. An der Meeresoberfläche begrüßte ihn eine See aus Wellenbergen. Das Wetter war umgeschlagen, Sturm herrschte. Marcel suchte den Horizont nach dem Boot ab. Es schaukelte in einer Entfernung von 500 Metern auf dem Ozean, war kaum mehr als ein Punkt, der sich im Nirgendwo verlor. Marcel kraulte auf die Nussschale zu, hin- und hergerissen von den Wellen, die mit jedem Atemzug an Kraft gewannen. Er schluckte Salzwasser, es stieg in seine Nase, brannte in der Kehle, raubte ihm die Luft zum Atmen. Er versuchte, es auszuspeien, röchelte, hustete und kraulte mit dem

Mut der Verzweiflung zum Boot. Natthapon empfing ihn mit Jubel-
schreien. Marcel quälte sich an Bord und schrie ihn an: »Was, um alles in
der Welt, geht hier vor, Junge.«

Der tapfere Krieger reagierte nicht, sondern streifte sein T-Shirt ab. Mit
den Worten »Meister, ich komme«, sprang er ins Wasser. Für den Bruchteil einer Sekunde leuchtete sein großflächiges Tattoo auf dem Rücken,
der Drache aus dem chinesischen Tierkreiszeichen. Das Herz des Farangs
stolperte, verweigerte für zwei Atemzüge den Dienst. *Wie konnte ich nur so
dumm sein und Palita vertrauen? Die Kleine steckt mit Halunken unter einer Decke.*
Er hatte keine Zeit, um sich über seine Naivität zu ärgern. Der Junge rang
mit dem Erstickungstod, schnappte nach Luft und schluckte Wasser.

»Komm sofort zurück, Tölpel! Mit diesen Beinen wirst du unter...«

»Ach, was, der Meister hat mir versprochen, mich zu heilen.«

»Unsinn! Niemand kann dir die Behinderung wegzaubern.«

Anstelle einer Antwort trieb Natthapon weiter aufs Meer hinaus, bis nur
noch die Fingerspitzen aus dem Wasser ragten. Hilflos sah Marcel mit an,
wie der Junge in den Wellen unterging und ertrank. Der Himmel verfinsterte sich. Marcel fror und hoffte, dass der tapfere Krieger keine lange
Leidenszeit hatte. Mutterseelenallein hockte der Deutsche auf dem Boot,
dessen Betrieb ihm unbekannt war. Er suchte das Meer nach dem Wesen
ab, welches er durch den Tabubruch aus dem Gefängnis befreit hatte. War
mit einem Angriff aus der Tiefe zu rechnen? Hatte sein Frevel Einfluss
auf das Leben der Menschen auf und an der Andamanensee? Marcel haderte mit sich selbst und schlug sich mit der flachen Hand auf die Stirn.
Er realisierte, dass er nicht über die Magie verfügte, die Zeit zurückzudre-
hen, um die Katastrophe aufzuhalten. *Dao und Thong werden mir erklären, was
das für eine Kreatur ist und wie man ihr Einhalt gebietet.* Marcel versuchte, das
Schnellboot zu starten. Nie zuvor in seinem Leben hatte er hinter dem
Steuer eines solchen Wasserfahrzeugs gesessen. Aber er hatte keine Wahl
– die See schäumte vor Wut. Marcel hatte auf dem Kabang von Thong
ihre Kraft kennengelernt und wusste, in welcher Gefahr er schwebte. Es

galt, so schnell wie möglich nach Ko Surin zurückzukehren. Der Start misslang, denn der Motor sprang nicht an. Marcel wiederholte den Vorgang, bis er die richtigen Handgriffe gefunden hatte. Er gab zu viel Gas. Der Bug des Bootes neigte sich im 70 Grad Winkel gen Himmel. Marcel verlor das Gleichgewicht und stürzte ins Wasser. Die Angst vor dem „Meister" verlieh ihm die Kraft, allein ins Innere des Bootes zu robben. Er versuchte es mit Gefühl. Abgashustend sprang der Motor an. Das technische Verständnis befähigte den Blondschopf dazu, Tempo aufzunehmen und Kurs zu halten. Immer wieder drehte er sich um, um nach Verfolgern Ausschau zu halten. Das Meer gab sein Geheimnis nicht preis.

Im Schummerlicht der untergehenden Sonne kam der Archipel in Sichtweite. Der Himmel färbte sich rot. Aus der Ferne ertönten Schreie, nicht weit entfernt von der siebten Bucht, wo das Baumhaus von Dao auf einer Astgabel thronte. Die Makaken schrien sich heiser. Ohne ihnen eines Blicks zu würdigen, raste Marcel an ihnen vorbei. Mit zitternden Knien legte er am selben Strandabschnitt an, von dem er aufgebrochen war. Er schob das Boot ins Gebüsch, wo es weder vom Meer noch vom Land aus zu erkennen war. Tausende Geisterkrabben durchwühlten den Sand auf der Suche nach toten Fischen. Da es daran mangelte, nahmen sie andere Nahrungsquellen ins Visier. Ein schlechtes Omen? Ein Zeichen der Zeitenwende?

Freiheit

Laboon glitt durch aufgewühltes Wasser, genoss die Wärme, die seinen Körper durchströmte. Vor ihm breitete sich das Meer aus, verführerisch und stolz, wie eine Edeldame, die in Abendgarderobe durch den Ballsaal tanzt. Türkisfarbene Korallenbänke schmeichelten seinen Augen. Wellen brachen sich am Riff, wo sich die großen Fische versammelten, um ihm ihre Ehrerbietung zu erweisen. So schmeckt Freiheit.

Den Hilferufen des ertrinkenden Jungen schenkte er keine Beachtung. Nattaphon, der Trottel, war ein Fehlgriff, denn er hatte es nicht geschafft, die Wesen, die ihn vor 20 Jahren perfide überlistet hatten, zu überwältigen. Nun gab es einen neuen Diener an Land, der Laboon dabei unterstützte, die Wächter des Korallenriffs zu bestrafen. Der Meergeist war darüber informiert worden, dass sie sich auf den Surin Inseln aufhielten. Es mangelte ihm jedoch an Ortskenntnis und Sehvermögen, um das Versteck auszuheben. Aber jetzt stand er kurz davor, das Geheimnis zu lüften. Ihm kam die lange Regenerationszeit in dem Gefängnis zugute, denn er hatte sie dazu genutzt, um neue Kräfte aufzubauen. Ein zweites Mal würde es seinen Feinden nicht gelingen, ihn außer Gefecht zu setzen.

Der Meister schwamm zur Meeresoberfläche, wo zwei Touristenboote auf die Burma Banks zusteuerten. Die Kapitäne erkannten, welcher Sturm im Umfeld der Unterwasserplateaus herrschte. Die Boote vollzogen eine Kehrtwende und nahmen Kurs auf das Festland.

Der Meergeist zögerte nicht, den Touristen eine Lektion zu erteilen. Einen Moment überlegte er, das Schnellboot mit dem Farang aus dem Dorf der Seenomaden ins Visier zu nehmen. Zwar hatte der Deutsche ihn aus der Gefangenschaft befreit, aber das erfolgte unfreiwillig. Hätte der Farang geahnt, wer in der Höhle schmachtete, wäre er aufgetaucht und unverrichteter Dinge zu seiner Gastfamilie zurückgekehrt.

Laboon entschied sich dafür, die Boote vom Festland ins Visier zu nehmen. Nach dem Ende der Corona-Pandemie war der Tourismus in die

Andamanensee zurückgekehrt und mit ihm die Naturzerstörung. Areale an der Küste wurden bebaut, Flüsse begradigt, Wälder abgeholzt und Abwässer ungeklärt ins Meer geleitet.

Die Monsterwelle traf die Boote unvorbereitet. Mehrere Wellen überlagerten sich und bildeten einen Wasserberg von 20 Metern. Weil er so steil war, hatten die Wasserfahrzeuge keine Chance, den Berg hochzufahren wie bei einem normalen Brecher. Sie wurden von der Welle überrollt. Mit ungeheurer Wucht trafen die Wassermassen die Aufbauten an Deck. Fensterscheiben gingen zu Bruch, Stahlteile verbogen sich und Menschen purzelten von Steuerbord nach Backbord, um sofort wieder zurückzurollen. Dramatisch wog der Umstand, dass der Brecher die Boote von der Seite erfasste. Sie waren zu klein, wurden umgeworfen und versanken, unter den Wehklagen der Passagiere, im tosenden Meer.

Der Meister genoss, was er sah, freute sich über seine Schandtat. Für ihn war die Monsterwelle der Auftakt zu einer Serie von Naturphänomenen, mit denen er beabsichtigte, den Menschen ihre Nichtigkeit aufzuzeigen.

Seit zwei Jahrzehnten hatte es in der Andamanensee keine Tsunamis gegeben. Die Küstenbewohner und die Touristen sonnten sich in Sorglosigkeit, verwischten alle Spuren, die an das Unglück erinnerten. Gedenkstätten fielen der Vernachlässigung anheim, Friedhöfe verwahrlosten, Warnsysteme verbreiteten eine Scheinsicherheit. Funktionierten sie im Katastrophenfall? Erkannten die Menschen, in welcher Gefahr sie schwebten?

Laboon hegte die Überzeugung, dass das Gegenteil davon der Fall war. Das Gedächtnis des „Homo sapiens" ist kurz und neigt dazu, Risiken zu unterschätzen. Die Seenomaden bilden die Ausnahme. Durch ihre Verbundenheit mit der Natur erkennen sie das Unglück im Vorfeld. Früher hatte das Meereswesen sie verschont. Durch die Aufgabe ihrer traditionellen Lebensweise gab es für Laboon keinen Grund, Sonderrollen zu verteilen, zumal zwei aus ihrer Mitte ihn zur Untätigkeit verdammt hatten. Es galt, Mittel und Wege zu finden, um die Seenomaden zu täuschen. Beim nächsten Tsunami würde der Dämon keine Gnade walten lassen. Die Welle würde härter und tödlicher ausfallen als alle Katastrophen der Neuzeit.

Offenbarung

Das Bauchgefühl verriet Marcel, dass jemand seine Ankunft auf der Insel beobachtet hatte. Er nahm das Ambiente in Augenschein. Der Mond warf Schatten auf die Bucht, die vor Leere gähnte. Die Moken hatten sich zum Abendessen in ihre Häuser zurückgezogen. Aus dem Hintergrund erklang eine Stimme, in der Verachtung mitschwang: »Was hast du getan, Pechvogel? Oder sollte ich dich einen Unglücksraben schelten, der nach Thailand gekommen ist, um Angst und Schrecken zu verbreiten?«

Marcel lief rot an, als er erkannte, wer ihm aufgelauert hatte – es war Dao, die hinter dem Gebüsch hockte und sich bei seinem Erscheinen aufrichtete. *Jetzt bin ich wieder an allem schuld, was gerade schiefläuft,* dachte er und sagte: »Wieso ich? Ich war nur tauchen.«

»Lügner! Du hast den Dämon aus seinem Gefängnis befreit. Es gibt jedes Jahr zigtausend Taucher in der Andamanensee, aber ausgerechnet du hast ihm zur Flucht verholfen.«

»Wie bitte? Einen Dämon befreit? Spinnst du?«

»Du hast gegen das Tabu verstoßen und die Korallen gebrochen. Seit 20 Jahren wache ich über die Riffe der Burma Banks. Alles umsonst! Wie konntest du es wagen?«

Marcel sah in ihr Gesicht und erschrak: Die Narbe war aufgebrochen, aber kein Tropfen Blut lief über ihre Wangen. Er verbeugte sich vor dem Mädchen und sagte: »Ich bitte tausendmal um Entschuldigung. Ich weiß nicht, wer oder was meine Sinne in der Tiefe getrübt hat. Mir war nicht klar, welche Folgen der Frevel hat. Aber sag mir doch, woher… weißt du?«

»Das spielt jetzt keine Rolle. Eigentlich müsste ich dich hassen, aber ich weiß, dass Palita dich reingelegt hat. Außerdem brauche ich dich leider noch.«

»Wirst du mir auch heute den Grund nicht verraten?

»Du hast es erfasst. Warum bist du den Nesseltieren nicht aus dem Weg gegangen? Thong hat dir eingetrichtert, dass man sie nicht verletzen darf!«

Marcel wagte nicht, das Wort zu ergreifen, sondern starrte stattdessen auf den weißen Sand, der sich in Millionen von Jahren aus den Korallen gebildet hatte.

»Geh mir aus den Augen. Du musst die Insel auf der Stelle verlassen!« Stresshormone durchfluteten den Körper des Düsseldorfers, auf dessen Schultern eine Last ruhte, die ihn erdrückte.

»Warum? Ist der Dämon hinter mir her?«

»Das weiß ich nicht. Früher hat er uns verschont, aber seitdem viele Seenomaden sesshaft geworden sind, gilt sein Hass auch uns. Es gibt einen weiteren Grund, warum du gehen musst.«

»Warum jagst du mich fort?«

»Seit heute Mittag treiben sich zwei Chinesen auf den Inseln herum und suchen jeden Quadratzentimeter des Archipels ab. Ihre Jacht wird bald vor Ao Bon ankern. Ich möchte nicht, dass dein Leichnam morgen früh in der Bucht dümpelt.«

Marcel schauderte bei dem Gedanken an die Mafiosi und bat das Mädchen darum, das Erscheinungsbild der Männer zu beschreiben. Dao kam der Bitte nach. Kalter Schweiß bildete sich auf der Stirn des Farangs – es waren Onkel Bo und Onkel Li, die ihn aufgestöbert hatten. *Es war klar, dass die Halunken nicht aufhören, nach mir zu suchen.*

»Beeil dich! Es ist eine Frage der Zeit, bis die Halunken hier aufkreuzen.«

»Ich reise nur gemeinsam mit Cha. Wir möchten ein Kabang erwerben, um ein freies Leben auf dem Meer zu führen.«

Dao schaute ihn mit einem Blick an, in dem Mitleid mitschwang.

»Wie willst du das bewerkstelligen, Pechvogel? Du schaffst es nicht einmal, genügend Fische für die tägliche Lebensführung zu erbeuten.«

»Unterschätze mich nicht. Außerdem bin ich nicht allein, denn die gesamte Familie ist an Bord. Es wäre mir eine Ehre, wenn du uns begleitest. Deine Mutter und die Zwillingsschwestern sehnen sich nach dir.«

»Nein, das ist unmöglich. Ich bin gezwungen, auf dieser Insel zu verweilen, wenngleich für mich eine Zeit hereinbricht, in der Gewitterwolken den Himmel verfinstern.«

»Was bedeutet das?«

»Du hast die Geisterkrabben am Strand gesehen?«

»Ja, es waren wesentlich mehr als sonst.«

»Das ist leicht untertrieben. Im Süden der Insel ist die Küste schwarz vor Tieren. Ihre Anzahl geht in die Abermillionen.«

»Ich hoffe nicht, dass dieses Naturschauspiel etwas mit mir zu tun hat.«

»Du hast die Tragweite deines Tabubruchs nicht begriffen. Im Übrigen: Du wirst es nicht schaffen, die Familie zu vereinen, denn Palita wird niemals mit dir zusammenleben.«

»Ich werde sie um einen Neuanfang bitten. Sie wird ihren Fehler einsehen und der Liebe ihren Lauf lassen.«

Dao lachte und sagte: »Bei deiner Naivität wundert es mich nicht, wenn alles, was du im Leben anpackst, schiefgeht! Ich habe dich gewarnt und von dir verlangt, dass die Liebe von Cha frei von Leiden bleibt. Brichst du auch dieses Tabu, helfe ich dir nicht mehr«.

»Kann ich mich wenigsten von Thong verabschieden?«

»Nein, er ist zu schwach, um diese Insel zu erreichen«, sprach das Mädchen und begab sich, ohne ein Wort des Abschieds, auf den Nachhauseweg.

Marcel zerknüllte die Knospe eines Tropenstrauchs bis zur Unkenntlichkeit. Im Laufschritt begab er sich zum Pfahlbau, eilte die Holztreppe hoch und trat ein. Niemand war zu Hause. Er donnerte die Taucherausrüstung in die Ecke und riss die Schirmmütze, das Geschenk von Cha, vom Wandhaken ab. Es war nicht viel, was er besaß, aber dieses Souvenir hielt er in Ehren. Durch die ruckartige Bewegung verschob sich der Haken um 45 Grad. Marcel stand im Begriff, ihn in die Ausgangsstellung zurückzubiegen, als er bemerkte, dass sich hinter der Wand ein Hohlraum befand. Er drehte den Haken auf 180 Grad – ein Fach öffnete sich. *Da ist doch was!*

Er fingerte nach dem Gegenstand, zog ein Polaroid-Foto heraus und erstarrte. *Nein, das kann nicht sein! Das ist ein fauler Zauber!*

Mit zittrigen Händen zündete er die Petroleumlampe an, um zu prüfen, ob er sich getäuscht hatte. In diesem Moment schob Khin die Tür auf. Vier Augenpaare spielten miteinander Tennis.

»Hast du es endlich herausgefunden? Ich vermute, dass du die Wahrheit seit Längerem tief in deinem Herzen gefühlt hast.«

»Vielleicht! Aber ich habe nie gewagt, den Gedanken zuzulassen.«

Marcel betrachtete das Foto, immer und immer wieder. Es datierte von November 2012 und zeigte Dao im Alter von 15 mit ihren fünf Jahre alten Schwestern, die sich wie ein Ei dem anderen glichen. War es Zufall, dass ihm dieses Bild in die Hände fiel? Khin sank nieder und weinte. Ihre matten, müden Augen weiteten sich, ein verkrampftes Lächeln spielte mit ihren Lippen. Sie strich sich das Haar aus dem Gesicht und schaute zu ihm hoch. Marcel richtete sie auf und nahm sie in den Arm. Er litt mit der Mutter, die der Schmerz das Herz brach. Endlich kapierte er, warum die Familie Trauer trug und die Zwillinge unter dem Trauma litten.

»Die Katastrophe im Dezember des Jahres 2004 hat dir deine Tochter genommen, nicht wahr?«

»Ja, es war der Tsunami vor 246 Monden, als die Fische am Strand zappelten und Menschen in den Bäumen hingen.«

»Dann ist Dao seit über 20 Jahren tot und es war ihr Geist, der mit mir gesprochen hat?«

»Die ganze Familie sorgt sich um sie. Im Baumhaus ist meine Tochter auf sich allein gestellt. Die bösen Geister warten nur darauf, sie zu ergreifen. Wir können nachts nicht schlafen und wissen nicht, wie wir ihr helfen können.«

»Ist es Laboon, der ihre Seele vernichten will?«

»Ja, der Dämon mit seinen Helfershelfern. Ich flehe dich an, behalte dein Wissen für dich. Niemand darf etwas über Dao und Thong, die den

Dämon an den Burma Banks bewacht haben, erfahren. Ich begreife nicht, warum sie sich dir offenbart haben.«

Marcel drückte ihre Hand. Auch er hatte keine Erklärung dafür, warum sich die Geister der Toten seiner angenommen hatten, ausgerechnet er, ein Farang, der sein Leben lang vom Pech verfolgt worden war.

»Wie ist sie gestorben?«

Mit zitternder Stimme begann Khin zu erzählen: »Am Tag, an dem der Dämon seine Macht demonstriert hat, hütete Dao das Haus. Wegen einer Familienfeier waren mein Mann und ich bei unseren Verwandten in Rawai, am Ende von Phuket, dort, wo die Halbinsel im Meer versinkt. Meine Tochter hatte die Aufgabe, auf die Zwillinge aufzupassen, denn sie litten unter Hustenanfällen und konnten die weite Reise nicht antreten. Dao hatte versprochen, mit ihnen im Wald nach Pflanzen zu suchen, die dabei halfen, den Kindern die Luft zurückzugeben. Die Heilkräuter sind meiner Tochter zum Verhängnis geworden. Niemand konnte sie warnen, die Kinder waren auf sich allein gestellt, als die Welle die Insel überflutete. Dao nahm die Zwillinge an die Hand und versuchte, gemeinsam mit ihnen höheres Terrain zu erreichen. Die Welle war schneller. Im letzten Moment gelang es Dao, einen Baum zu erklimmen und die Kleinen auf eine Astgabel abzusetzen, wo Pe Tat sie nach 48 Stunden im Zustand völliger Apathie rettete. Dao wurde von der Welle mitgerissen und starb durch einen entwurzelten Baum. Sie war, genau wie ihr Uropa, zur falschen Zeit am falschen Ort, gebrochene Seelen, Pechvögel, wie es sie kein zweites Mal in unserem Volk gibt.«

»War sie die Einzige, die auf dieser Insel durch den Tsunami gestorben ist?«

»Ja! Soweit ich unterrichtet bin, hat es nie ein Tsunamiopfer unter den Seenomaden gegeben. Wenn die Vögel in den Bäumen verstummen, fliehen wir in die Berge. Wir kennen die Tsunamis und wissen, wie sie sich ankündigen. Dadurch, dass meine Tochter das einzige Opfer aus unserem Volk ist, hat sie sich nicht mit ihrem Schicksal abgefunden. Ihre Seele ist in eine Zwischenwelt gewandert, dorthin, wo die Gefahr lauert.

»Die Zwischenwelt? Was ist das? Ich habe nie zuvor etwas von dieser metaphysischen Sphäre gehört.«

»Es ist besser, wenn du nicht weißt, wie die Dinge, die im Verborgenen liegen, zusammenhängen.«

»OK, aber erzähl doch bitte weiter!«

»Nach der Tragödie geriet unsere Existenz aus den Fugen. Das Boot war zerstört und mit ihm die Hoffnung, sich aus dem Joch der Nationalparkverwaltung zu befreien. Durch die Angst um Dao wird es in unserer Familie nie hell im Leben.«

Khin senkte den Blick. Ihr schmächtiger Körper bebte. Regungslos verharrte sie auf der Stelle und schluchzte. Marcel hatte Mühe, das Gesagte zu verarbeiten. Es schmerzte seiner Seele, wie Dao gestorben war, ihr eigenes Leben hingegeben hatte, um die Zwillinge zu retten. Khin drückte ihn fest an die Brust. Ihre Tränen mischten sich mit den seinigen und tränkten den Boden.

»Seit wann weißt du, dass ihr Geist zwischen Ko Surin Tai und den Burma Banks hin und her pendelt.«

»Einmal, am Ne-en-Lobong, hat sie sich mir, gemeinsam mit ihrem Uropa, offenbart. Das Privileg, mit ihnen zu kommunizieren, besitzt allerdings nur du.«

»Wenigstens ist Thong an ihrer Seite. Die beiden haben mich aus einer Lage befreit, die hoffnungslos erschien.«

Der Tränenfluss der Seenomadin verstärkte sich.

»Nein, das macht es nur noch schlimmer!«

»Wieso das denn?«

»Thong ist Einzelgänger, daran ändert sein Dasein in der Schattenwelt nichts. Er geht eigene Wege, niemand fängt ihn ein. Außerdem ist er vergesslich, was nicht nur seinem Alter geschuldet ist. Dao kann sich nicht auf ihn verlassen, zumal sich sein Geist weigert, über das Land zu schweben.«

»Das tut mir leid, ich war der Meinung…«

Draußen erklang ein Stimmengewirr, jemand fluchte, Hunde bellten ihre Wut in die Dämmerung.

Marcel lief zur Tür und äugte hinaus. Vor der Ao Bon Bucht dümpelte eine schwarze Jacht, deren Positionslichter sich in den Wellen brachen. Ihm war klar, was das bedeutete.

»Ich muss fliehen Khin, die Drogenhändler haben mich aufgespürt.«

»Ja, ich weiß! Seit heute Nachmittag suchen die Halunken nach dir.«

»Aber ich gehe nicht ohne Cha. Wir wollen ein Kabang erwerben. Natürlich kommst du mit, zusammen mit Palita. Wenn dein Mann erfährt, dass seine Familie ein Leben in Freiheit führt, wird er zu dir zurückkehren.«

Es mangelte Marcel an Zeit, um Khin zu erläutern, welche Pläne er verfolgte, um den Geldbetrag zum Erwerb des Hausboots aufzubringen. Onkel Bo und Onkel Li marschierten von Haus zu Haus und scheuten nicht davor zurück, Gewalt anzuwenden. Marcel hechtete die Holzstufen herunter, warf sich unter den Pfahlbau und robbte von einer Hütte zur anderen, stets darauf bedacht, Deckung zu wahren. Die Zahl der Geisterkrabben hatte sich verhundertfacht. In der Dunkelheit leuchteten sie fluoreszierend, hatten flächendeckend den gesamten Strand erobert. Einige Tiere krabbelten auf Kopf und Rücken des Flüchtenden. Er schüttelte sie ab und überwand seinen Ekel. *Es sind Lebewesen*! Die letzten Meter zum Meer legte er im Spurt zurück. Er schwang sich ins Schnellboot und startete den Motor. Der Lärm blieb nicht unbemerkt.

»Das ist der Betrüger«, schimpfte Onkel Li und deutete mit der rechten Faust auf das Boot von Marcel.

Im Augenwinkel sah Marcel, wie die beiden Chinesen zum Strand rannten und mit dem Ruderboot zu ihrer Jacht übersetzten. Eine Schauerfront zog über den Archipel. Binnen Sekunden war das Glas des Führerhauses von Marcels Boot vom Regen beschlagen. Er besaß einen

Vorsprung. Den galt es zu nutzen, um Cha auf der Hauptinsel abzuholen. Er holte alles aus dem Motor raus, was das alte Schätzchen hergab. Es gelang ihm, vor den Mafiosi das Restaurant bei der Nationalparkverwaltung zu erreichen. Er stieg aus und suchte in der gesamten Anlage nach den Zwillingen. Außer dem Besitzer, der den Gelegenheitskoch mit den Händen in den Hosentaschen erwartete, gähnte das Anwesen vor Leere.

»Wo sind Cha und Palita?«

»Du kommst, wie immer, zu spät! Sie sind vor 20 Minuten mit der letzten Fähre abgereist«, sagte Dtan lakonisch und zeigte ihm den Stinkefinger, eine Gebärde, die auch in Thailand Eingang in die Gestensprache gefunden hatte. »Eigentlich hättest du den Kahn sehen müssen, aber bei deiner…«

»Halt dein freches Mundwerk!«

Trotz der Wut auf den Fiesling, triefte Marcel vor Selbstvorwürfen. Ausgerechnet jetzt, wo es auf jede Minute ankam, war das Boot seiner Aufmerksamkeit entgangen. *Die Fähre hatte keine Beleuchtung und durch den Regen war die Sicht eingeschränkt*, versuchte er, sich zu beruhigen. Aber es blieb ein fader Geschmack auf der Zunge zurück, die Chance zur gemeinsamen Flucht war vertan. Die Rückkehr nach Ko Surin Tai barg Gefahren in sich, führte unweigerlich zur Konfrontation mit den Verfolgern. Dennoch rang sich Marcel dazu durch, das Risiko einzugehen. Aus Furcht vor den Mafiosi wählte er die Südroute, vorbei an der siebten Bucht, wo Dao in ihrem Baumhaus ein Schattendasein im Verborgenen führte. Die Chinesen erkannten seine Absicht und warteten an der Chong Khat Bay, der engsten Stelle zwischen Ko Surin Tai und der Hauptinsel, auf ihr Opfer. Aus dem Wald ertönten die Warnlaute der Makaken, darunter zwei Affenbabys. Anscheinend hatten die Tiere Nachwuchs bekommen. Marcel vollzog eine 360 Grad Wende und gab Vollgas. Die Motoren der schwarzen Jacht heulten auf. Die Drogenhändler nahmen die Verfolgung auf. Marcel hatte keine Wahl – er bretterte zum offenen Meer, dorthin, wo der Horizont an die Wolken kratzte und ein Boot nicht mehr war als ein Punkt im Nirgendwo. Nach einer Minute realisierte Marcel, dass die Jacht schneller war als er. Es lag nicht an der Power der Motoren, denn die Überlegenheit in der Leistung glich das Schnellboot durch das leichtere Gewicht aus. Es waren die mangelnden Fahrkünste des Farangs, die ihm zum Nachteil gereichten. Immer wieder reduzierte er die Geschwindigkeit, hatte Angst vor Wellenbrechern, die das Boot wie einen Spielball durch die Luft wirbelten. Die Jacht zum Greifen nah – Marcel drehte das Ruder hart nach Backbord. Wie Murmeln purzelten die auf dem Boden verstreut liegenden Utensilien von einer Seite zur anderen, um von dort aus zu ihrer Ausgangsposition zurückzurollen - immer und immer wieder. Es schepperte und knarrte, merkwürdige Geräusche, die Marcels Puls in die Höhe trieben. Das Schnellboot stand kurz davor, in den Wassermassen zu versinken. Marcel stabilisierte es, indem er ein Manöver quer zu den Wellen vollzog. Er erlangte die Kontrolle über das Wasserfahrzeug zurück. Die Wolken stürzten hinab ins Meer, die Sicht nahm von Sekunde zu Sekunde ab. Eine Batterie von Leuchtraketen tunkte den Dunst in ein Farbenmeer aus Lila. Marcel drehte die Schiffsschraube in die Gegenrichtung und fuhr rückwärts. Die Motorengeräusche der Jacht wummerten in der Ferne, bis sie verstummten. Die Verfolger hatten das Schnellboot aus den Augen verloren. Das Tuckern des Benzinmotors wiegte Marcel in Sicherheit. Er entschied sich dafür, einen zweiten Versuch zu wagen, um seine Liebste abzuholen. Diesmal mied er die Chong Khat Bay und steuerte das Dorf der Moken auf kürzestem Wege an. Es gelang ihm nicht einmal, in Sichtweite der Ao Bon Bucht zu gelangen. Die Mafiosi hatten ihn aus der Ferne geortet und düsten mit Höchstgeschwindigkeit auf ihn zu.

 Der zweite Versuch, den Betrüger zu ergreifen, durfte den Onkeln nicht misslingen. Die Führung der Organisation hatte die Geduld verloren, verlangte jeden Abend einen Bericht über den Stand der Mission. Sie erwartete nicht nur die Liquidierung des Deutschen, sondern auch die

Rückzahlung aller im Verlauf des Deals entstandenen Kosten, wobei ein Wucherzins hinzukam. Die Angst im Nacken trieb namentlich Onkel Bo, der bei seinen Mitstreitern den Ruf eines Müßiggängers besaß, zu Höchstleistungen an. Er war es auch, der die Fehlentscheidung, einen Farang als Kurier einzusetzen, zu verantworten hatte. Deshalb rangierte er auf der Abschussliste der Bosse in Bangkok an oberster Stelle.

Erneut drehte Marcel das Ruder scharf nach links. Es schien, als brettere das Schnellboot über eine mit Schlaglöchern übersäte Piste. Auf der Leeseite tauchte die Jacht auf, die wie ein Pfeil durch das Wasser rauschte. Das Boot des Flüchtenden hatte dem Tempo der Gangster nichts entgegenzusetzen. Sie düsten vorbei, drehten auf der Längsseite ab und attackierten ihn ein zweites Mal. Das Dröhnen der Motoren wuchs mit der Angst, die die Wellen über das Meer trieben. Hinter dem „Private Glas" des Führerhauses glimmte eine Zigarette, deren Rauch in Ringen emporstieg. Für Sekundenbruchteile nahm Marcel ein rundliches Gesicht wahr, das ihn hämisch angrinste. Das Antlitz von Onkel Bo verblasste im Spiel der Wasserfontänen, die die Jacht umhüllten. Schüsse peitschten über das Meer, erst vereinzelt, dann in Salven. Onkel Li versuchte, den Motor des Schnellboots auszuschalten. Einen Moment überlegte Marcel, seine Brust zu entblößen, sich aufrecht den Gangstern entgegenzustellen, um ihnen die Chance einzuräumen, ihn mit einem Schuss ins Jenseits zu befördern. Die Gewissheit, dass die Chinesen im Hinblick auf seinen Tod andere Pläne verfolgten, hielt ihn davon ab. Angelockt durch den Lärm an der Wasseroberfläche tauchte eine Gruppe von Brydwalen auf. Die Säuger, darunter zwei Jungtiere, fühlten sich durch das Heulen der Motoren gestört. Sie umkreisten die Kontrahenten im Uhrzeigersinn, als ob sie nach der Antwort suchten, warum das eine Boot das andere verfolgte. Ein ohrenbetäubendes Pfeifen ertönte. Die Wale entschieden sich dafür, die Jacht anzugreifen, und rasten auf sie zu. Von beiden Seiten gleichzeitig hoben sie es an. Wie ein Spielball tanzte das Schiff auf dem Ozean. Dennoch gelang es Onkel Li am Ruder, das

Boot aus der Gefahrenzone heraus zu manövrieren. Mit aufheulendem Motor brauste es davon, verfolgt von den Walen, die es hinsichtlich der Geschwindigkeit mit den Störenfrieden aufnahmen. Erneut peitschten Schüsse über das Meer, ein Indiz für die Verzweiflung, welche sich der Onkel bemächtigt hatte. Mit Zornesfalten auf der Stirn nahmen die Finsterlinge Kurs auf Ko Surin, wo sie in einer Bucht ankerten und der Morgenröte entgegenfieberten.

 Marcels Schnellboot nahm Fahrt auf und verschmolz mit der Dunkelheit. Zum ersten Mal seit der Bootsübernahme warf er einen Blick auf die Tankanzeige. Sie war in den rot markierten Bereich gewandert und näherte sich dem Nullpunkt. Durch die Verfolgung hatte Marcel alle Warnanzeigen übersehen, die akustischen Töne ignoriert. Was hätte es ihm in dieser Situation auch genützt? *Ich muss es bis Kamala schaffen. Sven wird mir helfen, Cha von der Insel abzuholen.* Marcel reduzierte das Tempo, nutzte die Kraft des Windes sowie die Meeresströmungen, um benzinsparend zu cruisen. In der Ferne leuchteten die Lichter des Ferienortes. Der Motor geriet ins Stocken. *Oh je, der Tank ist so gut wie leer!* Zum ersten Mal im Leben betete Marcel zum Gott der Christen, flehte ihn an, er möge das Wasserfahrzeug den halben Kilometer bis zum Domizil des Schweden tragen. Die Bitte wurde nicht erhört. 200 Meter vor der Küste ruckelte und ächzte der Motor, bis seine Kraft im Dunst der Abgase versiegte. Die Hilferufe und die Flüche des Steuermanns verklangen im Wind. Die Flut trieb das Boot zwar in Richtung des Landes, aber nicht zum Liegeplatz von Sven. Die Strömung verfolgte andere Pläne. Marcel sprang ins Wasser, packte das Boot mit beiden Händen am Heck und schob es vor sich her, Meter um Meter, bis zum Sandstrand, wo er, durchgeschüttelt von Muskelkrämpfen, an Land robbte.

Sven

Um sechs Uhr in der Frühe hockte der Schwede vor dem Schachbrett und kaute an den Fingernägeln. Er spielte eine Partie nach, die er am Mittag gegen einen Freund aus der schwedischen Community von Phuket verloren hatte. *Wie konnte ich nur diese Springergabel übersehen*, dachte er und notierte die Zugfolge.

 Im Regelfall ging er als Sieger aus den Partien mit seinem Freund hervor. Sven beherrschte die Eröffnungen ebenso wie die Verteidigungen, vollzog Figurenopfer, deren Sinn sich dem Kontrahenten erst nach drei oder vier Zügen erschloss. Der Skipper verfügte über die Gabe, Kombinationen zu kreieren, die ihm zum Vorteil gereichten. Er liebte dieses Spiel mit dem Gegensatz zwischen äußerer Ruhe und innere Anspannung. In der Monsunzeit hockte er jeden Tag stundenlang vor dem Brett und löste Taktikaufgaben. Dadurch trainierte er seinen Geist mit dem Ziel, sich möglichst viele Motive zu merken. Aber, nach der Trennung von Sophie, rauschte seine Elozahl in den Keller. Bei „Online-Tournieren" hatte er seit Wochen keine Partie mehr gewonnen und jetzt kam die Niederlage gegen einen Freund dazu, mit dem er früher zu Trainingszwecken gespielt hatte. Sven versuchte, die Schwächephase durch Spiele mit dem Computer zu überwinden, schaffte es aber auch dadurch nicht, in die Erfolgsspur zurückzukehren. Er bekam den Kopf nicht frei, seine Gedanken kreisten um die Ex-Freundin, mit der er seit über acht Jahren liiert gewesen war. Ihre Liebe sei erkaltet und nun suche sie nach neuen Herausforderungen, hatte sie ihm erklärt und die Tür zu ihrem Herzen zugeschlagen. Durch ihre bloße Anwesenheit war in den Jahren zuvor die Regenzeit wie im Flug vergangen. Gemeinsam hatten sie Abrechnungen erstellt und sich mit den Behörden auseinandergesetzt, um die neue Saison vorzubereiten. Allein fehlte ihm die Motivation, so wie Magnus Carlsen, der auf die Verteidigung seines Weltmeistertitels im Schach verzichtet hatte.

Sven spürte das Verlangen, etwas zu zerstören, umzustoßen oder zu vernichten. Mit einer Handbewegung wischte er alle Figuren vom Brett, nahm es zur Hand und schlug so lange mit der Faust auf es ein, bis nichts als schnöder Holzabfall übrig blieb. Er bemerkte nicht, wie er sich eine Verletzung zuzog und sein Blut auf die Tischplatte tropfte. Erst als Schmerzen einsetzten, realisierte er, was er angerichtet hatte. Er tupfte den Körpersaft mit einem Taschentuch ab und suchte den Platz vor dem Fenster auf, um im Tageslicht den Verband anzulegen. *Der Idiot ist immer noch da*, dachte er und donnerte es in den Rahmen. Seit Wochen hatte Sven den Eindruck, dass ihn jemand beobachtete, ein Mann, der im Dachgeschoss einer der Wohnung gegenüberliegenden Pension nächtigte. Der Seebär hatte ihn nie persönlich zu Gesicht bekommen. Jedes Mal, wenn er das Fenster aufgerissen hatte, um nach dem Grund der Observation zu fragen, war der Schatten hinter dem Vorhang verschwunden. Seit einigen Tagen war Sven dazu übergegangen, seinerseits das Gebäude zu beobachten. Bislang war es ihm nicht gelungen, Licht ins Dunkel zu bringen.

An der Tür schepperte es – jemand schlug mit den Fäusten gegen das Türblatt. Der Fremde aus der Pension? Sven eilte zur Tür, freute sich auf eine Auseinandersetzung, spürte das Verlangen, seine Frustration durch Kampf abzubauen. In Erwartung eines Angriffs riss er die Tür auf und wich sogleich zwei Schritte zurück. Eine vor Nässe triefende Gestalt, abgemagert und mit hochrotem Kopf, begehrte Einlass. Sven benötigte eine Weile, um zu erkennen, wer es wagte, seine Wohnung zu betreten. »Marcel? Wie siehst du denn aus? Bist du von den Surin Inseln nach Kamala geschwommen?«

Ohne ein Wort der Begrüßung wankte der Deutsche in den Raum und fiel in den Sessel, in dem Sophie früher ihre Nickerchen abhielt. Sven fragte sich, ob der Besuch Anlass zur Freude gab oder ob es besser wäre, den ungebetenen Gast des Hauses zu verweisen. Jedes Mal, wenn der Schwede auf Marcel getroffen war, hatte es Probleme gegeben.

Andererseits schuldete Sven ihm Dank, denn ohne dessen selbstlosen Einsatz wäre Sophie das Opfer einer Vergewaltigung geworden. Der Skipper rang sich dazu durch, den Deutschen bei sich aufzunehmen.

»Wasser, Wasser«, nuschelte Marcel.

Sven kam dem Wunsch auf der Stelle nach, denn er realisierte, dass der Besucher zwischen Leben und Tod schwebte. Im Stile eines Verdurstenden schüttete Marcel zwei Liter des Lebenselixiers in sich hinein.

»Ich will nicht wissen, was passiert ist, aber du benötigst Ruhe«, sagte Sven und deutete mit der Hand auf die Liege im hinteren Teil des Zimmers.

»Ja, ich muss schlafen, um morgen in der Frühe fit zu sein. Aber ich habe eine Bitte. Hast du den Musik-Kanal von Youtube auf deinem Fernsehgerät?«

»Na klar, warum?«

»Suche die Sängerin Loreena MacKennit und spiele Dante´s prayer.«

»OK! Ich mach alles, damit du dich beruhigst.«

Mit wenigen Klicks öffnete Sven die App und spielte den Song ab. Schon der Anfang stimmte Marcel traurig, aber als der Gesang einsetzte, kämpfte er mit den Tränen. Sven dagegen fand das Lied langweilig und behauptete, es gäbe bessere Songs. Anstatt über Musikgeschmäcker zu streiten, sorgte der Skipper dafür, dass sein Gast trockene Kleidung überstreifte, und bugsierte ihn ins Nachbarzimmer. Marcel schmiss sich auf die Liege und gab sich dem Schlaf hin.

Mit einem Seufzer besorgte sich der Schwede ein Singha, das beliebteste thailändische Bier, aus dem Kühlschrank und nahm vor dem in Einzelteile zerbrochenen Schachspiel Platz. Ein Symbol für einen Mann, dessen Leben aus den Fugen geraten war? Seine Gedanken kreisten um den Freund, wobei Sven Zweifel hegte, inwieweit dies die richtige Bezeichnung für den Deutschen war, der immer wieder seinen Weg kreuzte. Bewunderung und Ablehnung lagen eng beieinander. Der Schwede staunte über Marcels Mut, seine Fähigkeit, sich neuen Herausforderungen zu stellen. Auf der anderen Seite hielt er Marcel für einen Spinner, dessen Gutgläubigkeit ihn ins Verderben stürzte. Es hatte sich in der Skipper-Szene herumgesprochen, dass sich ein Ausländer auf Ko Surin in eine Seenomadin verliebt hatte und im Begriff stand, deren Lebensweise anzunehmen. Diese Beziehung war zum Scheitern verurteilt, glaubte Sven. Aber es gab einen weiteren Grund, warum er dem Gast mit Misstrauen begegnete. Der Skipper hatte bemerkt, dass Sophie Sympathien für den Deutschen hegte. Zwar war sie nach der Trennung frei, sich für einen Partner ihrer Wahl zu entscheiden, aber die Ex-Freundin an einen Pechvogel zu verlieren, war etwas, dass die Eifersucht des Schweden hervorrief. Er beschloss, Marcel so schnell wie möglich loszuwerden. Die Anzahl der Bierflaschen, die sich auf dem Tisch türmten, nahm von Stunde zu Stunde zu. Zeit zerbröselte im Spiel der schwarzen Gedanken, die im Kopfkarussell des Seebären rumorten.

»Wie spät ist es?«

Sven zuckte zusammen. Er hatte nicht damit gerechnet, dass Marcel nach vier Stunden Schlaf erwachen würde, ein Mann, der beim Eintritt ins Haus nicht in der Lage war, sich auf den Beinen zu halten. Der Seebär hatte keine Chance, die Frage nach der Uhrzeit zu beantworten. Marcel baute sich vor ihm auf und fauchte: »Ich brauche Benzin für mein Boot! Ich bitte dich inständig, mir das Geld für den Tank zu leihen. Ich werde es dir zwei- oder dreifach zurückzahlen.«

Sven ballte die Faust in der Tasche. Die Art und Weise, wie der Gast das Anliegen vortrug, glich eher einem Befehl, denn einer Bitte.

»Immer mit der Ruhe, ganz entspannt im Hier und Jetzt! Setz dich an den Tisch und berichte mir, was passiert ist.«

Anstatt der Aufforderung Folge zu leisten, blieb Marcel stehen und erklärte dem Schweden in kurzen, abgehackten Sätzen, was geschehen war.

»OK, wenn dem so ist, dann rate ich dir, nicht nach Ko Surin zurückzukehren. Du bist zwei Mal gescheitert!«

»Ich finde Mittel und Wege, um Cha zu mir zu holen.«

»Selbst wenn dir das gelingen sollte, befürchte ich, dass die Mafia dich verfolgen wird. Du bist hier nicht in Europa.«

»Das lass mal meine Sorge sein!«

»Es gibt einen weiteren Grund, warum du den Archipel meiden solltest.«

»Und der wäre?«

»Es häufen sich Hinweise, dass Wale und andere Großfische die Schiffe attackieren.«

»In meinem Fall haben sie mir das Leben gerettet.«

Das Telefon bimmelte. Sven hob ab und lauschte dem Gesprächspartner an der anderen Seite der Leitung.

»Hm, das Gespräch ist für dich. Ein Onkel Bo wünscht dich…«

Der Schwede kam nicht dazu, den Satz zu beenden. Marcel riss dem Seebären den Hörer aus der Hand. Sven beobachtete, wie der Kopf des Deutschen die Farbe einer Tomate annahm und er im Verlauf des Telefonats mit den Füßen auf den Boden stampfte.

»Ich bin schon unterwegs! Wenn du ihr auch nur ein Haar krümmst, wirst du es bereuen, jemals geboren worden zu sein.«

Marcel vergaß, die Taste zur Beendigung des Gesprächs zu betätigen, und schrie den Seebären an: »Ruf mir ein Taxi, aber schnell! Ich muss sofort zum Flughafen, koste es, was es wolle.«

Sven bekam es mit der Angst zu tun und führte den Befehl des vor Wut schäumenden Deutschen aus. Dieser rannte zur Straße, wo er wie ein Käfigtiger hin und her lief.

Die Ankunft der Droschke verzögerte sich. Ein Stau raubte dem Fahrer die Zeit. Sven steuerte auf Marcel zu und drückte ihm 200 Baht in die Hand. Er nahm sie, ohne ein Wort des Dankes, entgegen. Der Seebär schlenderte zurück ins Haus, erleichtert, dass die Probleme des Deutschen nicht die seinigen waren. Sven hoffte, dass dieser Störenfried für immer aus seinem Leben verschwand. Der Wunsch sollte in Erfüllung gehen.

Kreislauf des Lebens und des Todes

Das Taxi trudelte mit einer Verspätung von 30 Minuten ein. Marcel sprang auf den Beifahrersitz und verlangte von dem Fahrer, mit Höchstgeschwindigkeit zum Flughafen zu rasen. Unter Verweis auf die in Phuket geltende Geschwindigkeitsbegrenzung lehnte der Chauffeur ab und schwamm stattdessen im Verkehr mit, der sich wie ein Reptil durch eine sattgrüne Tropenlandschaft schlängelte.

»Ich glaube, wir werden verfolgt«, sagte er und beobachtete den Rückspiegel. Ein Motorrad hatte sich an die Hinterreifen des Taxis geheftet. »Wenn Sie schneller fahren, löst sich dieses Problem in Luft auf.« Erneut überhörte der Taxifahrer den Vorschlag. Marcel dirigierte ihn zu dem von Onkel Bo beschriebenen Standort. Der Farang stieg an einer Lagerhalle im Umfeld des Flughafens aus. Eingeschlagene Fensterscheiben und ein halb offenes Dach legten Zeugnis ab von der Vernachlässigung, die an dem Gebäude nagte. Das Motorrad brauste vorbei und hielt hinter der Biegung der Straße an. Marcel schenkte dem Vehikel keine Beachtung und betrat das Gelände. Aus dem Mauerwerk wucherten Pflanzen, die Zuwegung war mit Gras überwuchert. Er suchte die Brachfläche nach der Einstiegsluke zu den Kellerräumen ab. Hinter einem Kasuarinenbaum wurde er fündig. Er öffnete den mit rotem Staub bedeckten Zugang und kletterte Eisenstufen herunter, die sich bei jeder Belastung nach unten bogen. Eine giftgrüne Schlange zischte und verzog sich in ihr Versteck. Marcel wusste, dass er in eine Falle tappte, aber es gab keine andere Möglichkeit, um die Liebe seines Lebens aus den Händen der Mafiosi zu befreien. Das Tageslicht der Luke verblasste bei jedem Schritt, mit dem er sich von ihr entfernte. An nassen Wänden, an denen der Schimmel blühte, tastete er sich voran. Er torkelte weiter, schob eine Tür auf und hielt sich mit den Händen an der Zarge fest. Krachend fiel die Tür hinter ihm ins Schloss. Er trat einen Schritt zurück, um sie zu öffnen. Vergeblich - sie war verschlossen. Die letzte Chance, das Licht zu erreichen, die Welt da oben, wo das Leben pulsierte, war vertan. Der

Gang wurde enger, erinnerte ihn an Schützengräben, die Erich Maria Remarque in seinem Roman „Im Westen nichts Neues" beschrieben hatte. Über den Düsseldorfer knarrte etwas, Sand rieselte in seine Augen. *Morsches Gebälk!* An einer Stelle verengte sich der Gang in der Vertikalen. Marcel fiel auf die Knie und robbte auf allen vieren über den mit Schlamm getränkten Boden. Aus der Ferne vernahm er das Schluchzen eines Mädchens. *Das ist sie!* Er kroch weiter, bis sich der Gang in der Vertikalen erweiterte. Er erhob sich vom Boden und schlich in gebückter Haltung bis zu einer mit Motiven aus der chinesischen Mythologie verzierten Pforte. Wie angewurzelt blieb er vor ihr stehen, alle Sinne angespannt, die Hände zu Fäusten geballt. *Es gibt kein zurück. Ich muss die Halunken erledigen!*

Mit einem Ruck riss er die Tür zur Welt der Leiden auf. Neonlicht blendete ihn. Er blinzelte und hielt die Hand zum Schutz vor die Augen. Die Bassstimme von Onkel Bo ertönte: »Na, Bürschchen, war nicht einfach, uns zu finden, aber wir hatten keine Zweifel, dass du das schaffst. Deine Liebste kann es kaum erwarten, dich in die Arme zu nehmen.«

Marcel gewöhnte sich mit Verzögerung an das Kunstlicht. Er rieb sich die Augen und erblickte drei Personen, die sich im hinteren Teil des Kellergewölbes um ein Bassin gruppierten. Er konnte keine Einzelheiten erkennen, war aber davon überzeugt, dass es randvoll mit Wasser gefüllt war. Alles in dem quadratischen Raum von 20 x 20 Meter war feucht und klamm. Ein Verwesungsgeruch lag in der Luft. Auf dem Boden lagen Knochenreste von Tieren, die hier verendet waren. An der Stirnseite des Raums, wo die Drogenhändler sich mit Cha aufgebaut hatten, leuchtete an der Wand das Konterfei des chinesischen Drachens.

»Wie du siehst, haben wir alles unternommen, damit du und deine Freundin sich bei uns wohlfühlen«, scherzte Onkel Li.

»Lasst sie sofort frei, ihr Monster!«

Anstatt die Aufforderung zu befolgen, nahm der Onkel ihren Arm und drehte ihn auf den Rücken. Das Wimmern der schönen Frau verwandelte sich in einen Heulton, der kein Ende nahm.

Eine Zornesfalte grub sich zwischen die Augenbrauen von Marcel. »Aufhören! Sofort!«

»Kein Problem«, brummte Onkel Bo. »Komm her zu mir und reich mir deine Hand, dann lasse ich die Kleine frei. Wir wollen dir nur ein Geschenk überreichen. Wir interessieren uns nicht für dich, sondern für deinen Freund.«

»So ist es«, ergänzte Onkel Li. »Die schwedische Regierung ist dafür bekannt, Landsleute mit einer ordentlichen Gratifikation aus der Patsche zu helfen. Wenn du Lust hast, fahren wir gemeinsam mit seinem Boot raus aufs Meer«, sagte er, wobei er mit dem Zeigefinger auf das Wasserbassin deutete.

»Wäre das nicht fabelhaft«, fragte Onkel Bo. »Dann demonstrieren wir dir, wie du deine Tauchtechnik perfektionieren kannst.«

»Verschont mich mit euren dummen Scherzen. Ich weiß genau, wofür die Inszenierung hier steht, ihr Widerlinge.«

»Na, na, na! Warum so ausfällig? Ich bin kein böser Onkel, sondern ein guter Onkel. In der Pfahlhütte auf Ko Surin Tai habe ich mich dafür eingesetzt, die Mutter und die Zwillingsschwester zu fesseln, damit sie später von den Nachbarn befreit werden können.«

»Ich dagegen wollte den Beiden die Kehle durchschneiden, damit sie unsere Pläne nicht durchkreuzen. Wenn du uns die Hand reichst, verraten wir dir, wer sich durchgesetzt hat«, frotzelte Onkel Li. Er zog ein Messer aus der Scheide an seiner Hosentasche und stand im Begriff, Cha auf seine Art zu töten. Blinde Wut stieg in Marcel hoch. Mit einem Aufschrei stürzte er sich auf den Chinesen und versuchte, ihm das Messer zu entreißen. Ein gezielter Faustschlag von Onkel Bo auf den Hinterkopf streckte Marcel nieder. Am Boden liegend traktierte ihn der Mafioso mit Fußtritten, die auf den Kopf zielten. Marcel wand sich wie ein Wurm und wich den Tritten aus. Es gelang ihm, sich aufzurichten und Onkel Bo in die Magengrube zu schlagen.

»Mistkerl!« Marcel stürmte auf den Messerstecher zu. Ein Handgemenge setzte ein. Onkel Bo zog seine Waffe und fauchte: »Es wäre eine Lüge, Farang, wenn ich dir sage, dass es mir leidtäte. Ich muss deinem Temperament und deiner Männlichkeit ein Ende setzen.«

Seine Augen schimmerten, kalt, triumphierend. Mit der Pistole zielte er auf das Geschlechtsteil seines Opfers. Cha schrie auf, riss sich los und warf sich dazwischen.

»Nein, aus dem Weg! Mach das nicht!«, flehte Marcel sie an, aber es war zu spät.

Die beiden Schüsse trafen sie mitten ins Herz. Marcel sank nieder und schluchzte. Mit weit aufgerissenen Augen kroch er zu seiner Liebsten und küsste ihre Fieberstirn. Er legte sich über ihren Körper wie eine Brücke über ein Meer von Tränen.

»Warum hast du das getan? Die Gangster wollten mich töten, nicht dich!«

»Nein …ich gebe dich nicht her…niemals!«

Marcel zitterte, ihm fehlten die Worte, um ihr zu antworten.

»Sei nicht traurig! Wir müssen… alle sterben. Aber versprich mir…dem Meer treu zu bleiben. Wenn die Wellen am Rand der Nacht… mein Lied singen… weißt du… ich bin dir nah…«

Cha spürte, wie sich der Körper von ihr trennte, sie in einen leeren Raum hinüberglitt. Etwas katapultierte sie in die Höhe, die Sterbende sah die Erde von oben, eingebettet in ein Universum aus Leiden. Ihre Augen wurden starr und matt. Das Herz eines Engels hörte auf zu schlagen. Aber sie starb mit einem Lächeln auf den Lippen, denn sie opferte ihr Leben für den Menschen, der ihre Seele verzaubert hatte.

Sterben? Aber doch nicht heute, schrie das Innere von Marcel. *Nicht jetzt, am Tag, an dem unsere Zukunft in den Startlöchern steht. Du bist nicht an der Reihe, dein Leben ist unerfüllt.*

Das Gelächter der Onkel, die dem Geschehen mit aufgesetzt betroffener Miene beiwohnten, brach die Stille. Für Onkel Bo war Pietät ein Fremdwort. Erneut zielte er auf das Geschlechtsteil seines Opfers. Ein Schuss, dessen Echo an nassen Wänden widerhallte, bereitete dem Vorhaben des Mafioso ein Ende. Mit der Hand fasste er sich an die rechte Brusthälfte, dorthin, wo das Projektil eingeschlagen war. Durch den Lungensteckschuss beugte der Chinese den Brustkorb in Richtung des Beckens. Die orange-bräunliche Färbung des Wassers mit einem Stich ins Schwarze legte Zeugnis ab von dem Alter der Flüssigkeit. Mit schmerzverzerrtem Gesicht stolperte Onkel Bo über die eigenen Füße und stürzte mit dem Oberkörper voran ins Bassin. Er rang nach Luft, bekam aber keine. Blasen bildeten sich an der Wasseroberfläche, verkündeten von dem Todeskampf, den Onkel Bo focht. Er starb auf eine Art und Weise, die er für sein Opfer vorgesehen hatte.

Onkel Li schaute dem Ableben seines Freundes mit offenstehendem Mund zu. Der Mafioso hatte keine Chance, dem Angriff von der anderen Seite des Tiefkellers zu entkommen. Ehe er in der Lage war, zurückzuschießen oder die Flucht zu ergreifen, traf ihn das Projektil an der Schläfe. Mit einem Gesichtsausdruck, in dem Entsetzen und Verwunderung miteinander rangen, sank er nieder. Mit geballter Faust und zuckenden Gliedern schied er aus dem Leben, das für ihn nichts als Kampf gewesen war. Das Blut lief an seinem Kinn herunter und färbte den mit Staub bedeckten Boden rot.

Marcel nahm das Geschehen im Unterbewusstsein wahr. Eine Gestalt näherte sich ihm. Er drehte den Kopf zur Seite. Eine Alkoholfahne schlug ihm entgegen. *Der Bulle aus Düsseldorf!*

»Na, erkennst du mich? Ich bin gekommen, um dich nach Hause zu begleiten.«

»Nach Deutschland? Das ist nicht das Zuhause für mich. Die Heimat ist dort, wo das Herz schlägt, bei meiner Liebsten«, flüsterte Marcel wie geistesabwesend.

»Das mit deiner Freundin tut mir leid. Ich habe mich um eine Minute verspätet.«

»Warum?«

»Ich war nicht in der Lage, dir so schnell durch den engen Gang zu folgen. Ich habe mich in den letzten Wochen zu wenig bewegt und bin nicht in der Form, die mich früher ausgezeichnet hat. Außerdem habe ich Zeit benötigt, um die verdammte Tür aufzuhebeln.«

»Lügen Sie nicht! Weil Sie sich betrunken haben, musste Cha sterben.«

»Unterlass deine Frechheiten, Schlawiner! Komm jetzt, der Flieger wartet nicht.«

»Lassen Sie mich in Ruhe. Ich werde diesen Ort nicht verlassen. Ihr Geist ist nicht tot. Ich bin mir sicher, sie irgendwann wiederzusehen.«

»Das sei dir vergönnt«, schmunzelte Stephan Malik. »Aber zunächst wirst du dich für den Schaden verantworten, den du in Deutschland und in Thailand verursacht hast.«

Er richtete den Widersacher auf und nahm ihn in den Schwitzkasten. Marcel hatte keine Kraft, um sich zur Wehr zu setzen. Keine Zukunft, keine Hoffnung, keine Liebe – Fortuna hatte dem Pechvogel nicht mehr als ein Intermezzo gegönnt. Malik legte ihm Handschellen an, die er mit seiner rechten Hand verband und schickte sich an, den Rückweg anzutreten.

»Nein, bitte geben Sie mir Zeit, um mich angemessen von meiner Geliebten zu verabschieden.«

»Aber du musst mir versprechen, deinen Widerstand aufzugeben. Ich bin kein Freund der Gewalt.«

Schweigen. Marcel starrte auf die Leiche seiner Liebsten, die selbst im Tod Schönheit ausstrahlte. Nach einer halben Minute raunte er, ohne dem Beamten eines Blickes zu würdigen, »OK!«

»Ich gebe dir zwei Minuten, aber keine Sekunde länger.«

Marcel kniete sich neben die Tote, den Kommissar im Schlepptau. In der persönlichen Sympathie Skala von Marcel rutschte der Gesetzeshüter vom letzten auf den vorletzten Platz.

Von der Decke rieselte der Beton. Die Risse der Ruine hatten sich durch die Ballerei und den Druck an der Engstelle des Gangs ausgeweitet. Stephan erkannte den Zustand des Gebäudes und befürchtete, dass es kurz davorstand, in sich zusammenzufallen. Vor der vereinbarten Zeit richtete er Marcel auf und forderte ihn dazu auf, die Ruine zu verlassen.

»Nein, ich gehe nur gemeinsam mit ihr. Ich muss ihre Asche ins Meer befördern, damit sich ihr Geist mit dem Salz der Heimatsee mischt und ihre Seele bei den Ahnen Aufnahme findet.«

»Nein, dazu haben wir keine Zeit. In drei Stunden ist Check-in. Aber ich verspreche dir, dass ich mich am Flughafen mit der Polizei in Verbindung setze. Ich kenne die Beamten und werde mich dafür einsetzen, dass sich dein Wunsch erfüllt«, sagte der Kommissar und packte den jungen Mann am Kragen. Marcel realisierte, dass jede Gegenwehr zwecklos war. Sein Leben, ein Scherbenhaufen, sinnlos und leer - der Traum von der Freiheit auf dem Meer mit Cha und ihrer Familie, eine Schimäre. Willenlos trottete er hinter dem Gesetzeshüter her.

»Wasch nicht das Salz von deiner Haut ab. Ihm wohnt ein Zauber inne«, flüsterte Marcel.

»Was hast du gesagt?«

»Ach, nichts! Und wenn es doch ein paar Worte gewesen wären, dann sind Sie der Letzte, der ihren Sinn zu deuten vermag.«

An der Stelle, wo sich der Gang verengte, löste Stephan die Handschellen und forderte Marcel auf, als erster durch die Passage zu robben.

»Gehen Sie allein! Für mich sind Sie nichts weiter als ein Straßenköter, der sich an einem Baum reibt.«

»Hüte deine Zunge, Schlawiner! Ich war freundlich zu dir, so wie man es in Thailand von uns Westlern erwartet. Aber ich kann auch anders«, fauchte der Kommissar und zuckte mit seiner Brustmuskulatur.

»Wenn Ihnen mein Ton nicht passt, dann schlagen Sie mich einfach tot.«

»Das könnte dir so passen, Schlawiner!«

Unter vollem Körpereinsatz presste Stephan den Gefangenen durch die Röhre. Der Kommissar blieb stecken, sah sich genötigt, seine Feldjacke auszuziehen, zum ersten Mal seit der Ankunft in Thailand. Ein Geräusch aus dem Untergrund hemmte die Bewegungen der beiden Männer. Der Kommissar hielt inne und lauschte.

»Was ist das«, fragte Marcel.

»Beeil dich!! Das Gebälk arbeitet und verschiebt sich. Das Kellergewölbe fällt in sich zusammen.«

Mit der Kraft eines Bären schob Stephan den von ihm so bezeichneten Schlawiner vor sich her. Holzspäne rieselten in die Augen der beiden Deutschen, sie husteten und rangen nach Luft.

»Raus hier… ehe es… zu spät ist!«

»Rette mich nicht vor dem Tod, sondern vor dem Leben.«

»Los, weiter! Verschon mich mit deiner Todessehnsucht.«

Marcel wurde mehr hochgedrückt, als dass er sich selbst fortbewegte. An der Einstiegsluke erwartete die mit rotem Staub bedeckten Männer gleißendes Licht. Stephan benötigte nicht lange, um sich an die Sonne zu gewöhnen. Marcel wäre am liebsten im Dunklen geblieben. Der Kommissar zwang ihn dazu, sich im Laufschritt von dem Gewölbe zu entfernen. Die Erde hinter ihnen geriet in Bewegung, es krachte und knarzte. Wie ein Kartenhaus fiel die Lagerhalle mit den Kellerräumen in sich zusammen, wobei der Wind ihren Staub in die Atmosphäre blies.

»Es tut mir leid, aber die Leichen liegen unter einem Haufen Schutt. Niemand ist in der Lage, deine Freundin aus ihrem Grab zu befreien.«

Marcel hatte keine Tränen mehr, alle verweint. Nun würde Cha ein zweites Mal sterben, denn es war ihm nicht vergönnt, ihren Körper dem Meer zu übergeben. Sie lag unter Trümmern, in denen ewiges Schweigen herrschte.

»Alles, was Sie anpacken, endet in Tod und Zerstörung, nichts ist Ihnen heilig.«

»Wenn man es jeden Tag mit dem Abschaum der Menschheit zu tun hat, sind Beleidigungen das geringste Problem. Los, weiter gehen!«

Den Schlag, der das Gemäuer zum Einsturz gebracht hatte, trug Marcel in seinen Ohren mit fort. Er fühlte sich wie in einem Wasserstrudel, der ihn in die Tiefe zog, wo er sich gegen das Ertrinken stemmte. Der Kampf war so aussichtslos wie der Versuch, den Marianengraben im gewöhnlichen Tauchanzug zu erkunden. Der Kommissar dagegen lächelte. Er würde seinen Chef nicht enttäuschen und den Delinquenten nach Deutschland überführen. Die Angst, im Innendienst der Frühpensionierung anheimzufallen, wich einem Hochgefühl, auf das Stephan lange Zeit vergeblich gewartet hatte.

Spiegelbilder

Auf dem Weg zum Flughafen steckte Stephan dem Gefangenen den Ersatzpass sowie die Flugtickets in die Hosentasche. Im Juni gäbe es nicht viele Verbindungen nach Europa. Es sei geplant, mit einer asiatischen Billigairline nach Kuala Lumpur zu reisen, um von dort aus über Dubai die Langstreckenflüge nach Frankfurt am Main anzutreten. Marcel nahm die Erläuterungen zur Flugroute kommentarlos zur Kenntnis, denn für ihn waren die Zwischenstopps nichts weiter als Orte auf einer Landkarte, über die die Zeit hinweggegangen war.

»Es gibt eine gute Nachricht«, sagte Stephan. »Die Mutter und die Zwillingsschwester deiner Freundin sind wohlauf.«

Zwar reagierte Marcel nach außen nicht auf die Information, aber innerlich spürte er eine Erleichterung wie seit Tagen nicht mehr.

»Sofern die Umstände es nicht erfordern, vermeiden die Triaden es, Unbeteiligte in ihre Machenschaften hineinzuziehen. Es gibt so etwas wie einen Ehrenkodex.«

»Aha! Und bei Cha haben es die Umstände erfordert? Das nennen Sie Ehrenkodex?«

Der Kommissar zögerte die Antwort heraus und versuchte, von der Thematik abzulenken. »Ich frage mich, warum sie dich auf so grausame Art und Weise töten wollten«.

Marcel rang sich dazu durch, dem Gesetzeshüter die Wahrheit zu beichten: »Weil... weil ich nur zum Schein auf dem Drogendeal eingegangen bin.«

Stephan verlangsamte den Gang, schaute den Delinquenten von der Seite aus an und fragte mit hochgezogenen Augenbrauen: »Wie bitte? Was meinst du damit?«

»Ich habe den Vorschuss genommen.«

»Raus mit der Sprache! Was hast du danach angestellt?«

»Ich habe keine Drogen gekauft, sondern bin nach Phuket geflogen. Dort habe ich mich ins Kloster zurückgezogen.«

Der Gesetzeshüter ballte die Faust in der Tasche. Für ihn brach eine Welt zusammen. Wenn herauskäme, dass Marcel mit dem Drogendeal nichts zu schaffen hatte, würde Malik zum Gespött des Polizeipräsidiums avancieren, denn er hatte wegen eines kleinen Fisches Register gezogen, die einem Schwerkriminellen zur Ehre gereicht hätten. Jeder Schritt des Kommissars verriet seine Erregung, Gedanken schossen wie Blitze durch sein Gehirn. Marcel bemerkte, wie Stephan um Fassung rang, vermied es aber, die Verhaltensänderung zu hinterfragen.

Das Duo betrat das Flughafengelände, wo Reisebusse, Mini-Vans und Personenkraftwagen sich um Parkplätze stritten. Wie üblich herrschte Hektik, niemand scherte sich um die seelischen Nöte der beiden Deutschen. Auf einem Kasuarinen Baum, der einsam am Rande des Internationalen Terminals dem Beton sein sattes Grün entgegensetzte, turnte eine Schar Affen herum, wobei sich ein Baby an den Körper seiner Mutter anschmiegte. Marcel blieb stehen und sah dem Treiben mit offenstehendem Mund zu. Er fragte sich, wie die Tiere hierhergekommen waren, ausgerechnet zum Flughafen, wo Motoren dröhnten, es vor Menschen wimmelte und jedes Fleckchen der Natur zubetoniert worden war. *Sind das die Makaken vom Baumhaus? Und wenn ja, wo ist das zweite Baby?*

»Komm, lass uns gehen! Es sind nur kackfreche Affen«, brummte Stephan und zog den Delinquenten hinter sich her.

Im Terminalgebäude begaben sich die Männer zur Sicherheits- und Passkontrolle. Der Beamte zögerte bei der Prüfung des Ersatzausweises von Marcel. Er telefonierte mit seinem Vorgesetzten, der nach einer Wartezeit von fünfzehn Minuten erschien. Stephan erläuterte ihm den Vorgang und zeigte ihm seinen Dienstausweis. Der Chef gab sich damit nicht zufrieden. Telefongespräche wurden geführt, Drähte liefen heiß, E-Mails hin- und her geschickt.

Eine weitere Stunde verstrich, bis die Deutschen ihre Pässe mit zwei Stempeln der Behörden erhielten. Jetzt stand ihrer Ausreise nichts entgegen. Stephan mahnte zur Eile, zwang den Gefangenen dazu, Tempo aufzunehmen, denn das Check-in sollte in zehn Minuten beginnen.

Am Gate herrschte Ernüchterung. In den müden Gesichtern der Passagiere las der Kommissar, dass etwas mit dem Flug nicht stimmte. Er warf einen Blick auf den Monitor, der eine Verspätung von zwei Stunden anzeigte. Es gäbe technische Probleme, die Techniker seien vor Ort, um Reparaturen durchzuführen, erklärte eine Angestellte des Unternehmens. Die beiden Männer suchten sich zwei benachbarte Sitze aus und vertrieben sich die Zeit mit Grübeln, wobei ein jeder eigenen Gedanken anhing. Stephan zweifelte an allem, was er in den letzten Monaten unternommen hatte. Fieberhaft suchte er nach Erklärungsversuchen für seinen Einsatz in Südostasien. Es galt, Antworten auf Fragen zu finden, mit denen Wim im Polizeipräsidium auf ihn zukommen würde. Marcels Gedankenwelt war schwarz wie die Wolke eines Tintenfisches. Der Blick des Häftlings blieb bei einer Familie mit zwei Kindern hängen, die Gesichter voller Sonne und Vorfreude auf die Heimreise. Wut stieg in ihm hoch, der Zorn auf all jene, die ein erfülltes Leben führten und, wie selbstverständlich, auf Wolken schwebten. *Warum kann ich nicht mit ihnen tauschen und gemeinsam mit Cha am Strand im Regen tanzen? Wieso bin ich immer derjenige, dem das Leben Zitronen gibt?*

»Ich halte das nicht aus«, murmelte er vor sich hin und vergrub das Gesicht in den Händen.

»Reiß dich am Riemen«, fauchte der Kommissar mit einer Klarheit, die im Gegensatz zu seiner Gemütsverfassung stand. Er war darin geübt, nach außen keine Schwäche zu zeigen, und ergänzte: »Du hast nichts Weiteres zu tun, als abzuwarten und mir zu folgen.«

»Ich bin derjenige, der dem Tod geweiht war. Cha war unschuldig und hat im Leben nie etwas Unrechtes getan.«

»Das ist richtig, spielt aber keine Rolle. Der Tod kennt keine Gerechtigkeit. Er schnappt sich Menschen, die schwach sind. Das ist das Gesetz der Evolution.«

»Blödsinn! Sie hat sich für mich geopfert. Lassen Sie mich zu dem Ort gehen, wo sie begraben ist.«

»Sorry, Schlawiner, aber du weißt, dass das unmöglich ist. Wofür habe ich wochenlang in einem Zimmerchen die Geckos an der Wand gezählt? Wenn es stimmt, dass du nicht gegen die Drogengesetze verstoßen hast, wird ein guter Anwalt für dich eine Strafe herausholen, die dir nach dem Gefängnisaufenthalt die Möglichkeit eröffnet, dein Leben von vorn zu beginnen.«

»Das interessiert mich nicht. Für mich gibt es keinen Neuanfang nirgendwo.«

»Ich wäre sogar dazu bereit, den Angriff auf meine Wenigkeit nicht zur Anzeige zu bringen.«

Marcel gab ihm keine Antwort, aber der Kommissar entnahm seiner Mimik, dass dieses Angebot nicht auf Gegenliebe stieß.

»Ich weiß, wie du dich jetzt fühlst.«

»Wirklich?«

»Darf ich dir einen Ratschlag erteilen?«

»Nein!«

»Erinnere dich an die schönsten Momente, die du mit deiner Freundin geteilt hast. Dann weicht der Schmerz mit den Jahren und die Lebensfreude kehrt zurück.«

»Wenn dem so wäre, warum sind Sie dann so verbittert?«

»Ich wollte…«

Stephan stockte, brachte kein Wort über die Lippen, starrte auf den Boden. Das Gespräch der beiden Männer, die sich scheinbar in ihrem Charakter und ihrer Lebensweise diametral gegenüberstanden, war beendet. Marcel mühte sich, die Gedankenflut im Kopf zu ordnen, vernahm dreimal den dumpfen Knall des Revolvers, dessen Kugel das Leben seiner

Liebsten ein Ende gesetzt hatte. Er fragte sich, was passiert wäre, wenn er eine andere Abzweigung im Leben genommen hätte, er, anstatt nach Thailand zu fliehen, in Deutschland geblieben wäre, um die Haftstrafe anzutreten. Er kam zu dem Ergebnis, dass die Sonnenzeit mit Cha jede Mühe wert gewesen war, jeder einzelne Tag mit ihr die Welt zum Leuchten gebracht hatte. Er bereute nichts von dem, was er seit seiner Flucht aus der Edelherberge in Phuket unternommen hatte.

Stephan quälten Selbstzweifel. Durch die Hintertür seiner Gefühlswelt verschaffte sich die Sympathie für den Häftling Zutritt zu seinen Gedanken. Schließlich hatten es die Verbrecher auf den verhinderten Drogenkurier und nicht auf Cha abgesehen, ganz so, wie es in ähnlicher Form auch beim Tod von Melanie gewesen war. Es dämmerte ihm, dass Leclerc anders war als jene Gewalttäter in Düsseldorf, für die ein Menschenleben nichts zählte. Dennoch entschloss er sich dazu, den Job zu Ende zu bringen und Marcel seiner Strafe zuzuführen.

Nach einer Stunde überkam dem Gesetzeshüter das Bedürfnis, eine Toilette aufzusuchen.

»Steh auf und folge mir!«

»Habe ich eine Wahl?«

Jeder Schritt des Duos wurde beobachtet – zwei mit Handschellen aneinandergekettete Männer waren ein Gespann, welches seinesgleichen suchte. Stephan hielt Ausschau nach einem stillen Örtchen abseits des Trubels. In einem Seitentrakt fand er eine Toilette, deren Eingang durch zwei Besenstile versperrt war. Er vermutete, dass Reinigungsarbeiten im Gange waren und stand im Begriff, sich abzuwenden. Die Laute eines Affenbabys, schmerzerfüllt und anklagend, als ob Gefahr in Verzug wäre, ertönten. Er blieb stehen und lauschte.

»Hast du das gehört«, fragte er Marcel.

Der Gefragte sah den Gesetzeshüter mit müden Augen an und schüttelte mit dem Kopf. Erneut nahm Stephan die Wehklagen des Tieres wahr, diesmal lauter und eindringlicher als zuvor. Er fragte sich, wie das Baby, das mit seinen Eltern auf Bäumen im Außenbereich des Flughafens herumgetollt hatte, in diese Abstellkammer hineingeraten war. Wie in Trance kletterte er über die Besenstile und trottete in die Toilettenanlage. Marcel sah sich genötigt, ihm in den Raum zu folgen, wo Baumaterialien und Werkzeuge vor sich hingammelten. Immerhin waren die Pissoire und die Waschbecken mit den Spiegeln, trotz der Spinnengewebe, nutzbar. Stephan riss Türen auf, suchte Wände und die Decke ab, aber von dem Tier war weder etwas zu sehen noch zu hören.

»Hier ist doch nichts«, sagte Marcel.

»Ich stimme dir zu. Ich habe mich getäuscht.«

Nachdem sich die beiden Männer erleichtert hatten, wuschen sie sich die Hände, was im Anbetracht der Umstände Zeit benötigte. Stephan schaute in den Spiegel und erstarrte.

»Nein, das gibt es… nicht«, nuschelte er und rieb sich die Augen.

Erneut warf er einen Blick in die reflektierende Glasfläche in der Hoffnung, einer Täuschung erlegen zu sein. Das Spiegelbild war nicht verschwunden. Im Gegenteil – es hatte an Klarheit und Tiefenschärfe gewonnen. *Ich vertrage den Reisschnaps nicht, er führt bei mir zu Sodbrennen und Kopfschmerzen*, dachte er und wusch sich das Gesicht, bis der Kragen seines Oberhemdes vor Nässe triefte. Er wagte es, ein drittes Mal in den Spiegel zu schauen, wobei er die Spinnengewebe mit einer Handbewegung zur Seite wischte.

»Nein, das bin nicht ich!«

»Oh doch, schau genau hin, auch, wenn es schwerfällt, den Anblick zu ertragen.«

»Nein, du bist ein Trugbild, eine Halluzination! Ich schließe jetzt für 30 Sekunden die Augen. Wenn ich sie öffne, bist du verschwunden.«

»Ach ja? Versuche es doch einmal.«

Der Kommissar kniff die Lider zusammen und dachte an seine Frau, an die Abende, wenn er mit ihr zusammen auf dem Sofa gekuschelt hatte.

»Autsch! Was soll das?«

Stephan hatte die Handschellen dermaßen fest zu sich herangezogen, dass Marcel vor Schmerz aufschrie.

»Sorry! Ich wollte sicherstellen, dass keiner von uns eingeschlafen ist.« Marcel schüttelte mit dem Kopf und rückte näher an den Polizisten heran, um nicht Gefahr zu laufen, sich das Handgelenk zu brechen. Stephan öffnete die Augen. Die Erscheinung im Spiegel zog die Mundwinkel hoch und seufzte: »Keine falschen Hoffnungen. Ich freue mich, dir ins Gesicht zu schauen. Wo ist eigentlich deine Feldjacke?«

»Was…?«

Alles Leugnen half nicht weiter, Stephan realisierte, dass die Erscheinung weder seiner Fantasie entsprang noch durch Tricks zu vertreiben war.

»Wer, zum Teufel, bist du?«

»Das müsstest du am besten wissen.«

»Nein und nochmals nein!«

»Warum so widerspenstig? Ich bin dein Spiegelbild aus dem Jahr 2029.«

»Wie bitte? Willst du mich zum Narren halten?«

Stephan starrte auf den Gefangenen, der mit hängendem Kopf neben ihm stand und anscheinend nichts von dem Geschehen und dem Zwiegespräch mitbekam.

»Geht's Ihnen nicht gut? Kann ich Ihnen irgendwie helfen«, fragte Marcel mit einem Gesichtsausdruck, der erkennen ließ, dass ihm der Geisteszustand des Kommissars Sorgen bereitete. Stephan antwortete nicht und wandte sich stattdessen der Erscheinung zu.

»Gut so! Lass dich nicht ablenken und frage dich, ob ich dir gefalle«, sprach das Spiegelbild.

»Ob du mir gefällst? Natürlich nicht, du hässliche Fratze!«

»Warum so despektierlich? Magst du dich selbst nicht mehr?«

Stephan wollte sich abwenden, nur fort von dem Trugbild, das ihn um den Verstand brachte.

Eine unsichtbare Macht zwang ihn dazu, vor dem Spiegel zu verharren und hineinzuschauen. Was er sah, katapultierte seinen Puls in die Höhe.

Das Gesicht aufgedunsen, die Wangen rot, wobei die Nase eine Nuance intensiver leuchtete als das übrige Antlitz. Unter müden, ausdruckslosen Augen, deren Lider wie Espenlaub zitterten, hatten sich Tränensäcke gebildet, die Haut war unrein und von Furchen durchzogen.

»Was du siehst, ist nur die Spitze des Eisberges«, sagte das Spiegelbild.

»Was gibt es da noch? Raus mit der Sprache!«

»Du triefst vor Eitelkeit, bist hinterhältig und arrogant zugleich. Dein Herz ist kalt und voller Hass, denn du hast die Liebe verlernt und das Leben nach dem Tod deiner Frau aufgeschoben. Du wirst zu einem Wrack, das vom Dämon Alkohol in den Abgrund gezogen wird.«

Wut stieg in den Kommissar hoch, er stand im Begriff, das Spiegelbild mit einem Faustschlag zu zertrümmern. Die Gewissheit, sich selbst zu verletzen hielt ihn davon ab. Mit geballter Faust zischte er: »Du wagst es, mich zu beschimpfen? Ich brauche keinen Oberlehrer, der mir erklärt, welche Fehler ich gemacht habe. Aber ich gebe dir recht, wenn du mir sagst, ich hätte in den letzten Wochen zu viel getrunken. Was soll man machen, wenn sich die Observation in die Länge zieht?«

»Wie krank ist das denn? Du opferst zwei Jahresurlaube, um einen Kleinkriminellen nach Deutschland zu überführen? Wenn du früher auf mich getroffen wärst, hätte ich dir geraten, einen Psychiater aufzusuchen.«

»Einen Seelenklempner, der mit seinen Vorschlägen aus dem Lehrbuch mehr Schaden als Nutzen stiftet? Ohne mich! Schließlich konnte ich nicht ahnen, dass Marcel aus dem Drogendeal ausgestiegen ist.«

»Alles Ausreden! Weißt du, wie dich deine Kollegen, hinter vorgehaltener Hand, bezeichnen?«

»Du wirst es mir gleich verraten, Blödmann.«

»Johnny Walker!«

»Das sind Neider, die mir meinen Erfolg missgönnen. Aber mir ist klar, dass ich nicht in Top-Form bin. Dennoch gehöre ich immer noch zur Elite der Ermittler«, sagte der fünf Jahre jüngere Malik und reckte den Kopf nach oben.

»Ha, ha, ha! Bist du sicher, dass du nach dieser Lachnummer in Thailand von deinen Kollegen noch ernst genommen wirst?«

Der Kommissar vor dem Spiegel geriet ins Grübeln. Diese Frage hatte er sich selbst gestellt. Schon in Düsseldorf waren Selbstzweifel aufgetreten, inwieweit er über die Härte verfügte, mit den Machenschaften der Clans mitzuhalten und seine Stellung innerhalb des Kommissariats zu behaupten. Von Zeit zu Zeit hatte er sich am Morgen auf dem Weg ins Büro dabei ertappt, wie es ihm an Motivation mangelte und er die spöttischen Blicke der Kollegen nicht ertrug. Zu Hause gähnten die Abende vor Monotonie, der Alkoholrausch vermochte diesen Umstand nicht zu mindern.

»Mein Chef erwartet von mir, dass ich Leclerc nach Deutschland überführe und ihn dort vor Gericht stelle.«

»Dein Chef ist ein Narzisst ohne Manieren. Die Belange seiner Mitarbeiter spielen bei ihm keine Rolle. Es lohnt sich nicht, an Personen mit überzogenem Selbstwertgefühl auch nur einen Gedanken zu verschwenden.«

»Und…was soll ich deiner Meinung nach… ändern?«, fragte der Kommissar das Spiegelbild.

»Liebe die Menschen, anstatt sie zu hassen und zu verfolgen. Sei achtsam und höre auf die Signale deines Körpers. Dann kannst du das Leben feiern, ohne daran zu zerbrechen.«

»Gut gebrüllt, Löwe! Aber was heißt das konkret? Was empfiehlst du mir, damit ich nicht so ende wie du?«

»Du kannst deine Frau nicht ins Leben zurückrufen. Lerne die Liebe neu, sei offen für Momente, die dein Herz mit Freude füllen. Nimm dir vor, jeden Tag eine gute Tat zu vollbringen. Fang gleich heute damit an und lass den jungen Mann an deiner Seite frei.«

»Niemals! Ich bin seit fünf Monaten hinter ihm her und habe alles in Kauf genommen, um ihn zu ergreifen. Ich bin immer noch wütend auf ihn.«

»Die Wut frisst dich auf und macht aus dir ein Monster ohne Gefühle. Verlass dieses Hamsterrad aus Hass und öffne die Handschellen. Marcel ist unverschuldet in die Situation hineingeraten und ist damit überfordert, sein eigenes Leben zu meistern. Dein Herz wird es dir danken und sich von einer Faust in einen Schwamm verwandeln.«

Ein Monster ohne Gefühle? So einen Menschen hätte Melanie niemals ihre Liebe geschenkt. Mit einem Lächeln auf den Lippen folgte Stephan der Empfehlung des Spiegelbildes und öffnete die Handschellen.

»Hey! Warum machen Sie das?«

Marcel bekam keine Antwort. Er gelangte zu der Überzeugung, dass der Gesetzeshüter dem Wahnsinn verfallen war, so wie es der Dorfälteste auf Ko Surin Tai den Besuchern aus dem Westen prophezeit hatte. Aber wozu dient Freiheit, wenn das Leben zu allem schweigt?

»Bravo, gut gemacht«, sagte das Spiegelbild zu dem fünf Jahre jüngeren Kommissar. »Der erste Schritt ist vollbracht. Nimm dir draußen, vor dem Flughafen, ein Taxi und fahre zum Nai Yang Beach. Genieß den Tag, flaniere am Strand und lass deine Seele baumeln. Manchmal findet man das Glück an Orten, wo man es am wenigsten vermutet«, sagte die Erscheinung und applaudierte.

Der Kommissar spähte in den Spiegel – das Antlitz verblasste im fahlen Licht der Deckenleuchten.

Losgelöst von Sorgen hüpfte er zum Taxistand, wo er auf dem Rücksitz des Autos Platz nahm, dessen Fahrer ihn zu sich heranwinkte. Im Verlauf der 15-minütigen Fahrt fiel Stephan auf, dass der Taxifahrer unablässig in den Innenspiegel schielte und versuchte, ihn zu fixieren. Kurz vor dem Ziel vollzog der Chauffeur eine Vollbremsung, sprang aus dem Wagen und riss die rechte, hintere Tür mit den Worten auf: »Sofort raus hier! Mit Ihnen fahre ich keinen Meter weiter.«

Stephan war zu perplex, um zu reagieren, sodass er wie ein Stein auf seinem Platz kleben blieb. Der vor Schweiß triefende Taxifahrer hievte den Fahrgast aus dem Sitz und bugsierte ihn auf die Straße.

»Hey, was soll das? Was bin ich Ihnen schuldig?«

»Nichts! Aber gehen Sie mir aus den Augen! Wagen sie es nicht, jemals wieder in dieses Taxi zu steigen.«

»Warum?«

»Ihr Spiegelbild!«

»Na und? Was ist damit?«

»Sie haben keins!«

Der in der Nachbarschaft des Flughafens gelegene Naturstrand war nach einem Fußmarsch von fünf Minuten erreicht. Der Wettergott gewährte den Menschen eine Atempause und verwöhnte sie mit Sonne. Im Juni vergnügten sich nicht viele Touristen am Nai Yang, die Einheimischen dominierten und vertrödelten den Tag mit Müßiggang. Einige Sportfreaks nutzten die Joggingstrecke durch den Nationalpark für ihr Training.

Am Nachmittag machte Stephan die Bekanntschaft einer Dame, die sein Leben in eine neue Richtung lenkte. Sie hieß Tamika und arbeitete angeblich, genau wie er, in einer Polizeibehörde. Der Kommissar erlag dem Charme der Beauty und lud sie zu einem Festessen unter Palmen ein. Er genoss das Sternenzelt und die Nacht mit ihr in der Luxusherberge. Der erste Sex mit einer Frau seit Jahren schenkte ihm die schönste Liebesnacht seines Lebens. Am nächsten Morgen endete seine Zukunft, denn er hatte die Hinweise des Spiegelbildes nicht beachtet und die Achtsamkeit vernachlässigt.

Rachsucht

Marcel benötigte eine gefühlte Ewigkeit, bis er das Geschehene begriffen hatte. Er war frei - frei von Verfolgung und der Bürde einer Vorstrafe. Er fragte sich, wozu die Freiheit diente, ohne Cha und ihre Liebe. Für ihn war das höchste Gut des Menschen nicht mehr als ein Wort mit fünf Buchstaben. Die Zukunft hatte ihr Versprechen nicht gehalten. Sein Motivationsspruch „Steh auf, wenn du am Boden liegst" war nicht mehr als eine Leerformel. Mit wirren Gedanken im Kopf trottete er zu den Gates in der Abflughalle, wo die Passagiere an Pässen und Handys herumfingerten. Kinder schrien ihre Müdigkeit in die Welt, Mitarbeiter der Airline übertrumpften sich gegenseitig damit, die Reisenden zu beruhigen. Die Reparaturarbeiten zogen sich in die Länge, der Abflug nach Singapur mit Zwischenlandung in Kuala Lumpur verspätete sich um eine weitere Stunde. Aufgrund internationaler Luftfahrtbestimmungen sei die Airline gezwungen, bis zum nächsten Ziel, Kuala Lumpur, zu fliegen, erklärte das Bodenpersonal. Fluggäste mit dem Ziel „Singapur" würden gebeten, in Malaysia umzusteigen, was die betroffenen Passagiere mit Unmutsäußerungen zur Kenntnis nahmen. Marcel suchte sich im Terminal einen Platz abseits des Trubels.

Wie im Film lief die Zeit in Thailand vor seinem geistigen Auge ab. Er sah sich im Hotel mit Tamika, die ihn auf perfide Art und Weise hintergangen hatte. Obwohl ihm das Leben jeden Wunsch verwehrte, begehrte er auf gegen das Pech, das an seinen Schuhen klebte. Er dachte an seine Tätigkeit als Koch, Tauchlehrer, Tellerwäscher und Fischer. Sophie tauchte auf, deren anfängliche Abneigung sich in Sympathie verwandelt hatte. Er fror bei den Gedanken an das „Goldene Dreieck", die chinesischen Onkel und das Elend, das sie mit den Drogen in die Welt beförderten. Der Aufenthalt im Wat, wo der Buddhismus seinen Geist bereicherte, war der Ruhepol in stürmischen Zeiten. Blitzlichter kamen und gingen, wie die Boote am Pier von Rawai. Die Triaden und ein Dämon hatten ihn mit der Absicht verfolgt, ihn vom Diesseits ins Jenseits zu befördern. Er spürte das Salz auf seiner Haut und den Geruch des Meeres beim Einatmen. Die Sonnenzeit des Lebens mit Cha war in der Staubwolke einer einstürzenden Lagerhalle untergegangen. Das Antlitz von Dao, der Schutzengel, ohne den er sein Dasein in einem Bassin ausgehaucht hätte, riss ihn aus dem Meer der Erinnerungen.

Eine Lautsprecherstimme verkündete den „Final Call" für den Flug nach Kuala Lumpur. Erst zögerte Marcel, aber dann schnellte er hoch – raus aus Thailand, der Nation, die ihn mit Missachtung strafte. Wie es nach der Landung Kuala Lumpur weiterging, wusste er nicht.

Mit dem Geschmack der Küsse seiner Liebsten auf den Lippen stieg er als Letzter in das Flugzeug ein, wo ihm ein Fensterplatz in der Mitte des Airbus, in Höhe der rechten Tragfläche, zugewiesen wurde. Auf dem Weg dorthin duckte sich eine Person in der hintersten Sitzreihe weg. Marcel blieb stehen und fragte sich, ob er der Grund für das Versteckspiel war.

»Bitte gehen Sie weiter und setzen Sie sich«, forderte die Stewardesse ihn auf.

Marcel folgte der Aufforderung und gelangte zu seinem Platz, vor dem er wie eine Statue im Gang stehen blieb. *Womit habe ich das verdient?*

In der Mitte der Dreierreihe kauerte ein Hüne und griente ihn an. Marcel quetschte sich an ihm vorbei auf seinen Sitz. Die Alkoholfahne des Giganten mischte sich mit dem Duft billigen Rasierwassers. Marcel tröstete sich damit, dass die Flugzeit zur Hauptstadt von Malaysia mit einer Stunde und 27 Minuten angegeben war.

Die Passagiere sehnten den Start herbei. Er verzögerte sich. Männer in Overalls stolzierten um den Jet herum, Gabelstapler rotierten, ein Tankfahrzeug näherte sich dem Flugzeug. Anspannung regierte, die Menschen an Bord spürten, dass etwas in der Luft lag, nicht die üblichen Routinen abliefen. Die Stimmung war gereizt, niemand lachte oder führte Gespräche. Eine in schwarz gekleidete, rundliche Malaiin mit Kopftuch, für die die Religion Richtschnur des Lebens war, weigerte sich, neben einem

Mann Platz zu nehmen. Erst nach einem Ringtausch, bei dem der Mann seinen Sitz mit einem anderen weiblichen Passagier tauschte, gab sie sich zufrieden. Um die Stimmung aufzulockern, schenkte die Crew den Gästen Getränke aus, wobei es sich Marcels Sitznachbar nicht nehmen ließ, ein Bier nach dem anderen in sich hineinzuschütten. Der junge Mann beobachtete das Treiben auf dem Flugfeld mit Argwohn. Der Hüne fing an, zu quatschen. »Hallo, ich bin Kalle aus Oberhausen. Spät dran, was? Lass mich raten: Verschlafen? Ha, ha, ha.«

Da war es, das erste „ha, ha, ha", aber es sollten im Verlauf dieses Flugs etliche Gemütsäußerungen dieser Art folgen. Marcel misstraute Menschen, die über ihre eigenen Witze lachten. Kalle toppte diesen Typus bei Weitem, denn er lachte selbst dann über sich, wenn es etwas zum Weinen gab.

»Nein«, sagte Marcel nach einer längeren Sprechpause und versuchte, jeglichen Blickkontakt zu vermeiden. »Verkehrsstau in Patong.«

Er hatte den Ortsnamen gerade ausgesprochen, da legte Kalle los. »Was höre ich? Patong? Da komme ich auch gerade her. Super Stadt mit den besten Weibern von ganz Thailand.«

»Ne«, sagte Marcel mit einer Stimme, die seine Abscheu zum Ausdruck brachte »Ich mag die Stadt überhaupt nicht.«

Ohne auf die erläuterungsbedürftige Antwort einzugehen, erzählte Kalle dem Sitznachbarn seine Lebensgeschichte. Er sei Frührentner und wäre mit achtundvierzig Jahren von einem Industriekonzern aus Oberhausen im Rahmen einer Betriebsschließung abgefunden worden. Elf Monate später sei seine Frau einem Krebsleiden erlegen und seitdem reise er mit seinem Freund Ulli regelmäßig nach Thailand. »Wegen der Weiber«, wie er sich ausdrückte, denn die seien im Land der Engel billiger zu bekommen als in Deutschland und würden sich zudem einem Mann unterordnen. Seit dem letzten Jahr sei der Freund zu gebrechlich, sodass er diese Reise allein unternommen hätte. »Immer das gleiche Hotel, gutes Frühstück mit deutschem Brot. Das ist hier sonst nirgends zu finden. Direkt an der Bangla Road, da geht jeden Abend die Post ab. Ich habe an den 28 Urlaubstagen jede Nacht eine andere Frau gebumst, das muss mir erst mal einer nachmachen«, sprach er und schlug mit seiner Pranke auf die linke Schulter des Sitznachbarn.

»Muss man nicht«, antwortete Marcel mit schmerzverzerrtem Gesicht. »Mir war eine schon zu viel. Jetzt halt endlich die Klappe. Ich habe selbst genug Probleme. Außerdem bin ich müde und möchte schlafen.«

Kalle überhörte die Missfallensäußerung. Wie ein Wasserfall sprudelte es aus ihm heraus. Egal, was Marcel anstellte, ob er schwieg oder aus dem Fenster ins Nichts schaute, in einer Bordzeitschrift blätterte oder ihm freche Antworten gab - der Redeschwall über die amourösen Abenteuer nahm kein Ende. Er bedauerte die Mädchen, die mit diesem Freier im Bett gewesen waren und fragte sich, welche Verletzungen ihre Seelen davongetragen hatten. *Wieder einer, der auf meiner Sympathieskala ganz unten rangiert.*

Ein Gewitter setzte ein. Im Bruchteil von Sekunden waren die Bullaugen des Fliegers blind vor Regen. Der Start verzögerte sich um weitere 30 Minuten. Die Stewardessen servierten Getränke, wobei Kalle die Gelegenheit nutzte, um sich zu betrinken. Marcel orderte drei Becher mit Reisschnaps und goss den Inhalt in das Bier der Nervensäge. Kalle bemerkte die Geschmacksveränderung nicht, so sehr war er mit den Schilderungen der Damen beschäftigt, die er angeblich, wie er sich ausdrückte, „vernascht" hatte.

Der Alkohol entfaltete seine Wirkung - mitten im Monolog schlief der Freier auf dem Sitz ein. Die Stimme des Kapitäns erklang: »Es tut mir leid, Folks, aber die Unwetter waren in dieser Form nicht vorhersehbar. Dennoch starten wir in Kürze. Wir werden die Schlechtwetterfront umfliegen und westlich von Sumatra über Medan nach Kuala Lumpur cruisen. Die Flugzeit verlängert sich dadurch um 120 Minuten.«

Eine Protestwelle schwappte durch die Kabine. Die Stewardessen versuchten, die Passagiere zu beschwichtigen, ernteten aber nichts als

Unmutsäußerungen. Im Schneckentempo rollte der Flieger zur Startbahn, wobei die Fluggäste den Eindruck gewannen, als schinde der Kapitän Zeit. Unvermittelt heulten Turbinen, die Passagiere wurden in die
Sitze gepresst, durchgeschüttelt von einem Ruckeln, das beständig an
Stärke zunahm. Begleitet von einem Seitenwind, der an der Außenhaut
nagte, hob der Jet ab. Wie ein Pfeil schoss er in die Luft, dem Sternenzelt
entgegen. Die Passagiere hatten jegliche Kontrolle über den Verlauf der
Reise verloren, vertrauten dem Kapitän, der, so hofften sie, jede Gefahr
am Himmel im Vorfeld erkannte.

Marcel äugte aus dem Fenster, betrachtete die Lichter der Stadt, die Verheißung versprachen. Für ihn waren sie nichts weiter als kaltes Neonlicht
in einem Meer von Finsternis. Das Schnarchen von Kalle erfüllte den
Tatbestand der nächtlichen Ruhestörung. Seine wuchtigen Arme ruhten
auf beiden Lehnen. Sein Sitznachbar zur linken, ein schmächtiger Malaie
im Teenie Alter, ignorierte die Störung und spielte, durch Kopfhörer von
seiner Umgebung abgeschirmt, mit seinem Smartphone. Der Arm von
Kalle fiel auf den Oberschenkel von Marcel. Der breite, rot angelaufene
Schädel ruhte zur Abstützung auf dessen Schulter. Das Schnarchen ging
einher mit einer Bierfahne, die das Atmen zur Qual machte. *Noch zwei
Stunden! Wie soll ich den Flug neben diesem Unsympathen aushalten?* Schließlich
gelangte Marcel zu der Erkenntnis, dass ein betrunkener Kalle besser war
als ein Geschwätziger. Der junge Mann ergab sich in sein Schicksal.

Nach einer Stunde erlitt eine ältere Dame in der Sitzreihe hinter Marcel
eine Panikattacke. Die Enge auf den Sitzbänken, die Turbulenzen sowie
die verbrauchte Luft im Flieger verstärkten die Symptome. Ihr Puls raste,
kalter Schweiß bildete sich auf ihrer Stirn und die Haut nahm die Farbe
von Kalk an. Es gelang den Stewardessen, die Dame durch Zufuhr von
Sauerstoff aus dem Teufelskreis der Angst zu befreien.

Der kleine Zeiger der Uhr vollzog eine Umdrehung. Der Jet düste in der
vorgeschriebenen Flughöhe über das aufgewühlte Wasser der Andamanensee. Die Stimme des Flugkapitäns erklang. Er forderte die

311

Passagiere dazu auf, während des gesamten Fluges die Sicherheitsgurte anzulegen und die Toiletten nicht aufzusuchen, an sich nichts Ungewöhnliches bei einem Flug in den Tropen mit ihren instabilen Luftmassen. Was Marcel Sorgen bereitete, war die Stimme des Piloten. Sie klang nicht beruhigend, sondern aufgeregt, als gelte es, etwas zu verbergen. Er stotterte und beendete die Durchsage, ohne den Passagieren einen angenehmen Flug zu wünschen. Auch den anderen Gästen an Bord blieb die Art und Weise der Ansprache nicht verborgen. Ein Gerücht kursierte in der Kabine: Der Pilot befände sich nicht auf Kurs und entferne sich von seinem Zielort. Erinnerungen an den Malaysia-Airlines-Flug MH 370, der am 08. März 2014 mit 219 Menschen am Bord vom Radar verschwand und westlich von Australien abstürzte, keimten auf. Die Stewardessen erlangten Kenntnis von den Befürchtungen der Flugpassagiere. Die Damen kicherten in sich hinein und verwiesen auf die Gewitterzone, die es zu umfliegen galt. Lethargie breitete sich aus. Die Passagiere waren machtlos und sehnten das Ende des Flugs herbei. Das Dröhnen der Motoren wog sie in den Schlaf. Marcel blieb wach, denn die Triebwerke liefen nicht rund, es knirschte und knarzte, als ob sich Metall auf Metall rieb. Er wunderte sich darüber, dass die Stewardessen den Nebengeräuschen keine Aufmerksamkeit schenkten. Gelangweilt hockten sie im Heck des Fliegers und amüsierten sich über die Passagiere. Marcel betrachtete den Bordmonitor mit den Fluginformationen. Er fror bei dem Gedanken an die minus 55 Grad Celsius, die außerhalb der Kabine herrschte, wo nur die Positionslichter die Dunkelheit brachen. Unwetter und Blitze tobten sich, zu diesem Zeitpunkt, woanders aus. Er lehnte sich zurück und schloss die Augen. Immer wieder liefen dieselben Gedankenschleifen ab – die Lagerhalle, die chinesischen Onkel, der Tod von Cha, ihr Blut, das über seine Arme floss. Für Sekunden fielen ihm die Augenlider zu. Schüsse peitschten durch das Kellergewölbe, der letzte Dominostein, der die Ruine zusammenhielt, fiel.
»Nein... nicht!«

Er fuhr hoch und lugte aus dem Fenster. Sternenlicht streichelte den linken Flügel des Airbus. Auf der Tragfläche breitete sich eine Wasserlache aus, die sich im Eiltempo ausbreitete und verformte. Marcel rieb sich die Augen. Ein energiegeladenes, bewegliches Element nahm die Hälfte der Tragfläche in Beschlag. *Was, zum Teufel, ist das? Eine Erscheinung? Eine Spiegelung des Sternenlichts? Ein Trugbild?* Marcel drückte sich die Nase am Fenster platt, um die Sicht zu verbessern. Die Erscheinung nahm Gestalt an. Ein Hai Maul, lang und breit wie ein Van, grinste ihn an. An dem Maul schloss sich der Körper eines Tiefseekraken mit Tentakel an, wobei die Gesamtlänge von den Tentakelspitzen bis zum hintersten Ende des Mantels reichte. Herrje, *der Dämon aus meinem Traum, den ich aus dem Riff befreit habe.*

Marcel schlug sich mit der flachen Hand auf die Stirn, versuchte, seinen schnarchenden Sitznachbarn wegzuschieben, starrte auf den Malaien, der mit vornübergebeugtem Kopf eingeschlafen war. Die Kreatur sprach den Deutschen mit einem Kauderwelsch aus Thai und dem Englischen an. »Na, da schnürt dir die Angst die Kehle zu, nicht wahr, Pechvogel? Du hast wohl gehofft, dass ich im Wasser bleibe und deinen Abflug verpasse? Keine Sorge! Ich bin in der Lage, mein Element, das Meer, für ein paar Minuten zu verlassen, ha, ha, ha!«

Marcel versuchte, Ruhe zu bewahren, und sagte: »Wer, um alles in der Welt, bist du? Was willst du von mir?«

»Warum belügst du mich? Du weißt genau, wer ich bin. Ich mag dich, denn du warst es, der mich aus dem Gefängnis befreit hat. Ich will mich für deine Hilfsbereitschaft bedanken. Das war eine Spitzenleistung, die ihresgleichen sucht.«

Marcel biss sich auf die Lippen. Blut lief an seinem Kinn herunter. Er realisierte, dass er keiner Wahnvorstellung erlegen war. Er befand sich in der realen Welt, auf dem Flug von Phuket nach Kuala Lumpur in einer Höhe von elftausend Metern. Laboon, das Meereswesen, welches sich zum Dämon für die Menschen gewandelt hatte, war ihm gefolgt. Marcel fühlte sich, als säße er in einem hermetisch abgeschirmten Glaskasten. Die Konturen der Sitznachbarn verschwammen, kein Laut drang zu ihm durch. Niemand aus der Kabine vermochte dem Gespräch mit dem Wesen aus der anderen Welt zu folgen. Demgegenüber vernahm Marcel die Worte des Dämons laut und deutlich, obwohl dieser draußen, auf der Tragfläche des Flugzeuges, kauerte.

Nach der Gedankenpause stammelte Marcel: »Du bist es also… leibhaftig! Ich hatte das zweifelhafte Vergnügen, dich in… meinen Träumen kennenzulernen. Ich bitte dich, mich in Ruhe zu lassen, denn ich habe genug damit zu tun, den Tod meiner Liebsten zu verarbeiten.«

»Das glaube ich dir gerne«, fuhr der Dämon mit aufgesetzter Freundlichkeit fort: »Ich will dir keinen Schaden zufügen. Du brauchst mir nur die Lage des Baumhauses zu verraten, in dem Dao sich vor der Welt verbirgt.«

»Welches Baumhaus? Welche Dao? Ich habe keine Ahnung, von wem du sprichst.«

»Versuche nicht, mich zu täuschen, Gaukler! Du weißt genau, wen ich meine! Dao aus Ko Surin Tai, die mich gemeinsam mit ihrem Uropa auf hinterhältige Art und Weise gefangen genommen hat.«

»Thong? Meinst du Thong?«

»Erwähne diesen Namen nicht. Dieses Knochengestell habe ich für immer aus der Geisterwelt entfernt und ihm einen Platz zugewiesen, wo er bis in alle Ewigkeit leidet. Jetzt lenk nicht ab! Wo, zum Teufel, ist Dao?«

»Ich habe keine Ahnung. Was interessiert dich ihr Baumhaus?«

»Wenn hier jemand Fragen stellt, dann bin ich es. Aber gut, ich will mal nicht so sein und dich aufklären: Dao ist nicht so bösartig wie ihr Uropa. Sie liebt die Menschen, spricht mit den Nesseltieren und schützt die Natur. Ich will ihr lediglich einen gut gemeinten Ratschlag erteilen.«

Das Adrenalin schoss durch die Adern des Deutschen. *Wenn es ein Ziel gibt, das mein Leben einen Sinn verleiht, dann ist es der Wunsch, Dao vor der Rache dieses Misanthropen zu bewahren.*

Marcel schob die Trübsal beiseite, gewährte der Trauer um Cha eine Ruhepause und konzentrierte sich auf seine Aufgabe. Er musste dem Dämon Einhalt gebieten, koste es, was es wolle. Dazu bedurfte es Kraft und Selbstbewusstsein. Wie so oft in seinem Leben begehrte Marcel gegen das Schicksal auf und sagte mit fester Stimme: »Mich kannst du nicht täuschen. Du hast nichts weiter im Sinn, als ihren Geist für immer zu vernichten. Du glaubst doch wohl nicht im Ernst, dass ich dir dabei behilflich bin?«

»Oh doch, Pechvogel, das wirst du! Das wirst du wohl oder übel machen müssen«, schrie Laboon, wobei er mit seinen Tentakeln auf die Tragfläche des Flugzeugs einschlug. Marcel erhob sich vom Sitz. »Schurke! Für kein Geld in der Welt verrate ich dir die Lage ihres Baumhauses. Außerdem würde es dir nichts nützen, denn ich bin felsenfest davon überzeugt, dass sie sich an einem Ort aufhält, wo du sie am wenigsten vermutest.«

»Das lass mal meine Sorge sein. Ich entscheide, wo die Suche nach der Furie ihren Anfang nimmt. Also, raus mit der Sprache! In welcher Bucht hat sie sich verbarrikadiert? Auf welchem Baum und in welcher Höhe? Du musst wissen, dass ich außerhalb des Meeres nicht gut sehe, bin bei Landausflügen auf die Hilfe meines Dieners angewiesen.«

»Das ist dein Problem! Frag deinen Vasallen und nicht mich. Ich verrate dir gar nichts, da kannst du rumtoben, bis dich der Wind von der Tragfläche fegt.«

Das Grinsen des Misanthropen erstarrte. »Unverschämter Nichtsnutz! Du willst es nicht anders. Wenn du dich weigerst, mir eine Gefälligkeit zu erweisen, bringe ich dieses Flugzeug zum Absturz.«

»Wirklich? Wie willst du das bewerkstelligen, Wasserkopf? Glaubst du, dass sich der Kapitän vor einem nassen Fleck auf der Tragfläche fürchtet?«

»Mäßige deinen Ton! Ich dachte, du hättest im Land der Engel Anstand und Benehmen gelernt? Aber sei's drum: Ich bin Beschimpfungen und

Beleidigungen gewohnt, aber Worte können mir nichts anhaben. Spürst du die Turbulenzen, die das Flugzeug erfasst haben?«

»Die Wahrscheinlichkeit eines Absturzes durch sie ist gleich null. Nur alle fünfhundertneunzigtausend Flugstunden schmiert ein Vogel ab. Da ist es wahrscheinlicher, dass ich den Jackpot im Lotto oder den „El Gordo" in Spanien gewinne.«

Laboon strafte den Deutschen mit verächtlichen Blicken. »Willst du mit mir über Wahrscheinlichkeiten diskutieren, Gaukler? Mit mir, dem Züng- lein an der Waage bei den großen Katastrophen der Menschheit? Be- trachte die bis in die Stratosphäre hineinreichenden Blitze. Es gibt allen Grund, sie zu fürchten.«

Obwohl der Jet mit dem Wind kämpfte, verbarg Marcel seine Furcht.

»Völlig normal, Wasserkopf. Da lacht der Flugkapitän drüber. Mir kannst du nicht drohen. Zisch endlich ab ins Meer und lass mich mit deiner Pa- nikmache in Ruhe!«

»Vollidiot! Zum allerletzten Mal: Wo thront das Baumhaus? Spuck es aus, aber dalli!«

»Verpiss dich und erstick an der Rachsucht«, fuhr Marcel ihn an und streckte seinen Mittelfinger aus. »Von mir wirst du nicht einmal erfahren, wohin diese Maschine fliegt.«

»Hört, hört! So viel Mut hätte ich nicht von dir erwartet. Sicher ist dir klar, dass ich es war, der den Tsunami im Dezember 2004 ausgelöst hat. Ohne meinen bescheidenen Beitrag hätte sich eine kleine Welle gebildet, die in der Unendlichkeit des Ozeans untergegangen wäre. So aber gelang es mir, durch das Seebeben 230.000 Umweltzerstörer in den Tod zu rei- ßen, ha, ha, ha.«

Da war es wieder, dieses elende „ha, ha, ha." Doch der Misanthrop lachte nicht über Marcel oder über sich selbst, sondern über den Tod von unschuldigen Menschen, die durch die Katastrophe aus dem Leben gerissen worden waren.

»Was kuckst du mich mit großen Augen an? Worüber wunderst du dich? 230.000 Menschenleben sind nichts im Vergleich zu der Anzahl an Tieren, die ihr jeden Tag in den Gewässern des Planeten massakriert. Ihr seid Feinde der Natur.«

»Das stimmt nicht, die Menschen ändern sich. Es gibt viele, die sich für die Umwelt einsetzen und die Meerestiere schützen. Dein Hass gilt den Falschen.«

»Minderheiten! Eine bunte Mischung aus Gutmenschen, Weltverbesserern und Fantasten. Sogar die Seenomaden nehmen die Lebensweise der Landratten an. Ihr seid nicht die Krone der Schöpfung, sondern deren Abschaum!«

»Elende Kreatur, fahr zur Hölle!«

In diesem Moment hasste Marcel den Meeresdämon abgrundtiefer denn je zuvor. Er setzte sich das Ziel, diesen Meister des Todes das Handwerk zu legen und ihn für immer von der Andamanensee zu vertreiben.

Marcel kam die Behauptung des Dämons in den Sinn, er könne das Meer für ein paar Minuten verlassen. Aber was würde geschehen, wenn er sich zu lange außerhalb des Wassers aufhielte? *Nach einer weiteren Stunde in der dünnen Luft wird er ersticken wie die Fische an Land. Ich muss ihn in ein Gespräch verwickeln.*

Marcel zauberte ein Lächeln in sein Gesicht und sagte: »Erzähl mir etwas über deine Vergangenheit. Seit wann bist du auf der Erde und was hast du gemacht, als es noch keine Menschen gab? War die Welt in jenen Epochen friedvoller als heute oder galt das Recht des Stärkeren auch damals? Gibt es einen Gott, der die Evolution in Gang gesetzt hat?«

»Hör auf zu schwafeln, Gaukler! Nenn mir die exakte Position des Baumhauses. Es ist deine letzte Chance, die Katastrophe zu verhindern, oder misst du einem einzelnen Leben einen größeren Stellenwert zu als dem von 188 Menschen?«

»Natürlich nicht! Deswegen unterbreite ich dir ein Angebot, welches uns beiden weiterhilft. Sobald wir mit dem Flieger in Kuala Lumpur gelandet sind, verspreche ich dir, das Geheimnis um den Aufenthaltsort des Mädchens zu lüften.«

Der Meister schnappte nach Luft und biss in das Metall der Tragfläche. Für die Dauer von zehn Sekunden erleuchteten Funken den Nachthimmel. Hatte die Bordelektronik des Jets Schaden genommen?

»Du wagst es, den Versuch zu unternehmen, mich zu hintergehen, so wie es die beiden Seezigeuner praktiziert haben, Gaukler?«

»Wo denkst du hin? Ich möchte lediglich sicherstellen, dass alle Menschen am Bord sicher zu ihrem Ziel gelangen.«

»Jetzt reicht es mir! Ich schicke dir so viel Wasser von der See in die Wolken, dass du in der Luft baden kannst.«

»Großmaul!«

»Ich wünsche dir Hals und Beinbruch beim Absturz. Denk nicht an den Aufprall, sondern genieß den Freiflug. Falls du, wider Erwarten, den Absturz überlebst, warte ich im Meer auf dich. Ich freue mich darauf, mit dir gemeinsam zum tiefen Ende des Ozeans zu schweben, dorthin, wo kein Sonnenlicht die Finsternis bricht«, wütete der Misanthrop und zeigte seine Zähne, die er mitten im Gesicht trug. Er brach in Gelächter aus, bei dem seine Tentakel mit jedem Atemzug wuchsen. Er riss das Maul auf und hob mit einem Zischlaut von der Tragfläche ab. Eine Wasserlache, die selbst der Wind nicht verwehen konnte, blieb zurück. Sie legte Zeugnis ab von der Magie, mit der Laboon das Flugzeug zum Spielball der Elemente degradierte. Er tauchte unter dem Heck des Fliegers ab, dem Meer entgegen, aus dem er seine Kraft schöpfte.

Unvermittelt nahm Marcel das Schnarchen seines Sitznachbarn wahr. Es roch nach verbrauchter Luft und Alkohol. Das monotone Brummen der Turbinen verschmolz mit dem Gewittersturm, der von Sekunde zu Sekunde an Stärke zunahm. Ein Donnerschlag läutete den Anfang vom Ende des Flugs ein. Das Inferno brach aus. Wie aus heiterem Himmel flog ein Passagier auf dem Weg zur Toilette durch den Airbus. Zeitgleich schossen die nicht angeschnallten Fluggäste an die Decke.

Augenblicklich wurden sie auf ihre Plätze zurückkatapultiert. Mit schmerzhaften Frakturen wimmerten sie vor sich hin. Nur Kalle blieb, aufgrund seines Körpergewichtes, regungslos sitzen und schlief wie ein Murmeltier im arktischen Winter. Die Stewardessen schrien sich gegenseitig an – für Marcel ein untrügliches Zeichen, dass der Flieger in Schwierigkeiten geriet. Unvermittelt senkte sich seine Nase nach unten. Ein Sturzflug raubte den Passagieren die Hoffnung auf ein Ende der Turbulenzen. In letzter Sekunde gelang es den Piloten, den Jet zu stabilisieren. Das Flugzeug gewann an Höhe. Doch die Furcht einflößenden Blitze nahmen an Intensität zu. In ihrem grellen Licht beobachtete Marcel das Antlitz des Dämons, der die Naturgewalten anfeuerte, den Airbus stärker zu attackieren. Der junge Malaie, der unter der Enge neben dem Hünen litt, hielt sich beide Hände vors Gesicht und stammelte: »Allahu ak….« Die Angst nahm ihm die Stimme. Kalle wachte auf, realisierte, was die Stunde geschlagen hatte, und erbrach sich. Ein Teil der Passagiere kreischte, weinte oder schlug um sich. Der andere, größere Teil betete zu irgendeinem Gott. Marcel verzichtete auf geistigen Beistand, denn der Buddhismus hatte ihn gelehrt, dass es keinen Schöpfer gab. Stattdessen tröstete er sich mit der Aussicht, im nächsten Leben auf Cha zu treffen, um ihr den Schmerz von der Stirn zu küssen. Ein Banker aus Singapur erlitt eine Panikattacke. Das Ende vor Augen sprang er von seinem Sitz auf und stürmte schreiend zum Notausgang, um die Tür aufzureißen. Er scheiterte, denn er hatte nicht beachtet, dass Flugzeugtüren durch den Druck im Innern an ihrem Platz gehalten werden. Es gelang ihm nicht, zu seiner Sitzreihe zurückzukehren. Das Licht in der Kabine erlosch. Die Strömung des Airbus riss ab, die Nase neigte sich im 60 Grad Winkel nach unten. Die Turbinen verstummten. Für ein paar Sekunden flatterte der Flieger lautlos durch die Nacht, über ihm der Sternenhimmel, unter ihm das wütende Meer, wo der Meister dem Aufprall mit Freude entgegensah. Die Flügel verloren ihren Auftrieb und damit ihre Funktion. Das Flugzeug kippte nach vorne und folgte dem Gesetz des freien Falls. Panik brach aus, 185 Kehlen schrien sich heißer. Der Schwerkraft folgend stürzte der Airbus wie ein Stein in die Tiefe. Der Banker schoss mit dem Kopf voran durch den Gang und prallte gegen den mit Speisen und Getränken beladenen Trolley. Die Piloten waren nicht in der Lage, gegenzusteuern. Sie hatten nicht einmal die Chance, einen Notruf abzusetzen, denn sie kämpften mit der Ohnmacht. Der Geruch des Erbrochenen breitete sich in der Kabine aus. Marcel litt mit den Menschen, deren Existenz im Würgegriff des Todes lag. Das Unglück reihte sich nahtlos ein in die Kette von Katastrophen, die ihn auf seinem Lebenspfad aus Dornen heimgesucht hatten. Dennoch blieb er gelassen, denn er hatte keine Angst vor dem Tod, wie man ihn im westlichen Kulturkreis definiert. Aber er fürchtete sich vor der Ungewissheit, die mit ihm einherging. Er fragte sich, was nach dem Aufprall auf der Meeresoberfläche geschehen würde. Lief er Gefahr, in einer wie immer auch gearteten Schattenwelt in der Tiefe des Ozeans bis in alle Ewigkeit zu leiden?

Der Fall ins Bodenlose gewährte ihm nicht die Zeit, um die Szenarien im Geiste durchzuspielen. Die Meeresoberfläche, hart wie Beton, näherte sich im rasenden Tempo, die Straße von Malakka, die Meerenge zwischen der malaiischen Halbinsel und der Insel Sumatra, die zu Indonesien gehört. Die Schreie im Flieger überschlugen sich, mutierten zu einem schwankenden Dauerton. Zwanzig Sekunden vor dem Aufprall verstummten sie wie auf Kommando. Stille herrschte in der Kabine. Kein Laut, kein Luftwirbel, kein Ton drang an die Ohren der Passagiere im Wartezimmer des Todes. Die Zeitspanne zog sich in die Länge, verwandelte sich in eine gefühlte Ewigkeit. Marcel sah nicht aus dem Fenster, bewegte keines seiner Glieder, haderte nicht mit dem Schicksal. Er saß nur da mit geschlossenen Augen, in sich versunken, von Gedanken befreit, losgelöst vom Inferno der Welt um ihn herum.

Kurz vor dem Aufprall gelang es dem Kapitän, die Richtung des Sturzflugs zu verändern. Er zog den Bug der Maschine nach oben, bis sie sich im 45 Grad Winkel zur Wasseroberfläche neigte. Hoffnung keimte auf. Im nächsten Augenblick erwies sie sich als Trugschluss. Exakt an der Stelle, wo im Dezember des Jahres 2004 das Seebeben ausgelöst worden war, schlug der Jet mit nach unten geneigtem Heck im Wasser auf. Es folgten die in Einzelteile zerberstenden Flügel sowie der Rumpf mit seiner menschlichen Fracht. Ein Donnerschlag, lauter als eine Bombenexplosion, brachte das Trommelfell der Passagiere im hinteren Teil des Airbus zum Platzen. Marcel hatte das Gefühl, als würde er von einer unsichtbaren Kraft nach oben katapultiert, als erhielte er einen Elektroschock. Der Film riss, eine schwarze Stille umgab ihn. Die Ohnmacht bewahrte ihn davor, dem Grauen beizuwohnen, dem Auseinanderbrechen der Tragflächen, dem brennenden Meer und dem Tod, der keinen Unterschied zwischen Männern, Frauen oder Kindern macht.

Marcel erlangte das Bewusstsein zurück. Er fror und trieb in der Andamanensee vor der Westküste der Insel Sumatra, über ihn Gewitterwolken, aus denen der Starkregen das Meer aufwühlte. *Was ist geschehen? Ich atme, fühle, denke. Ich weiß nicht warum, aber ich lebe!*
Die Erleichterung währte kurz. Das Meer war zu wild, um sich über Wasser zu halten. Bei jeder Welle, die ihn überrollte, schluckte er Salzwasser, das in Nase, Ohren und Augen brannte. Der Ertrinkende schlug um sich, als gelte es, den Dämon zu vertreiben. Marcel hielt Ausschau nach den Misanthropen, fand ihn aber nirgends. *Hat er sich in der nächsten Welle verschanzt oder hetzt er seine Freunde, die Haie, Wale oder Delfine auf mich?* Marcel klangen die Worte des Dämons in den Ohren, der, nach eigenem Bekunden, Thong der ewigen Verdammnis zugeführt hatte. Es gab keine Veranlassung, den Wahrheitsgehalt dieser Aussage anzuzweifeln.
Drei Wrackteile dümpelten im Wasser. Marcel kraulte zu dem Größten, ein Teil des linken Flügels, auf dem Laboon gekauert hatte. Die Kraftreserven des Düsseldorfers reichten nicht aus, um hinaufzuklettern. Er klammerte sich an der Abrisskante fest und trieb mit den Wellen hinaus aufs offene Meer, wobei sich die Kanten des Metalls bei jeder

Wellenbewegung tiefer in die Handballen einschnitten. Koffer, Flugzeug-
teile und Schuhe schwammen im Wasser, es roch nach Kerosin und Tod.
Ein Passagier ging in Flammen auf. Es war Kalle, dessen Schreie selbst
dann nicht in Marcels Kopfkino verstummten, als der Tod das Brandop-
fer erlöst hatte. Auch die Hose von Marcel fing Feuer, aber es gelang
ihm, den Brandherd zu ersticken. Die Platzwunden am Kopf und auf der
linken Körperseite, die blutenden Hände sowie den Leistenbruch nahm
er nicht wahr.

Eine Wasserleiche trieb auf den Wellen. Es war eine Frau, die ihr Kind
an die Brust gedrückt und im Tod nicht losgelassen hatte. Es schrie nach
seiner Mutter. Marcel stieß sich von dem Wrackteil ab und versuchte, das
Kind zu retten. Vergeblich – die Strömung war zu stark. Anstatt sich
dem Kind zu nähern, trieb er weiter ins offene Meer, den Jagdgründen
der Großfische entgegen.

Aus der Ferne vernahm Marcel die Wehklagen von Passagieren. Sie wurden leiser und leiser, bis der Wind sie verwehte. *Trage ich für ihren Tod die
Verantwortung? Habe ich sie und alle anderen Menschen an Bord ins Unglück gestürzt?* Zehn Meter vor ihm rauschte das Wasser in einer kreisförmigen
Bewegung in die Tiefe. Er schloss mit dem Leben ab. Stand Laboon im
Begriff, sich seiner zu bemächtigen? Es war nichts weiter als ein Wrackteil, welches auf den Grund des Meeres sank. Ein zerfetzter Reifen blieb
zurück und dümpelte an der Wasseroberfläche. Marcel schwamm auf ihn
zu und klammerte sich an dem Gummi fest.

Vier Stunden zogen über das Meer. Seine Wut hatte sich gelegt, nichts
erinnerte an das Inferno, das sich in einer Entfernung von 20 Kilome-
tern vor der Küste Sumatras ereignet hatte. Marcel klebte mit dem Oberkörper am Reifen. Das Salzwasser brannte in den Wunden, verursachte
Schmerzen, deren Stärke von Minute zu Minute zunahm. Er wartete auf
das Ende, den Angriff aus der Tiefe, das Schwarz des Todes, nach dem
er sich so sehr sehnte, jetzt, da Cha nicht mehr war und er sich für den
Tod von 187 Menschen verantwortlich fühlte. Ein Licht kam auf ihn zu,

erst schwach und wackelig, dann klar und deutlich. Er befürchtete, dass der neue Diener des Meisters im Begriff stand, ihn aus dem Wasser zu hieven. Ewige Verdammnis? Zum zweiten Mal im Verlauf des Absturzes verlor Marcel das Bewusstsein. Er nahm nicht wahr, wie Rettungskräfte aus Sumatra ihn an Bord einer Dschunke zogen und mit ihm ans Land schipperten, dorthin, wo der Dämon keine Macht über niemand hatte.

Die Zufallsbegegnung

Cast your eyes on the ocean, cast your soul to the sea. When the dark night seems endless, please remember me.

Marcel blinzelte und schlug die Augen auf. Verschwommen nahm er eine Gestalt wahr, die sich über ihn beugte.

»Bitte stehen Sie auf«, sagte sie im gebrochenen Englisch.

»Was…? Wo… bin ich?«

»Ihre Wunden müssen gereinigt und desinfiziert werden. Wir möchten, dass Sie schnell wieder auf die Beine kommen.«

»Wer… sind Sie?«

Ohne auf die Frage einzugehen, hievten zwei Pfleger Marcel aus dem Bett und geleiteten ihn zum Behandlungszimmer, wo der Chefarzt mit fragendem Blick auf den Patienten wartete.

»Geht es Ihnen gut«, fragte er und nahm Marcel die Verbände ab.

»Autsch! Ja…, nein… wie bin ich… hierhergekommen?«

Im Verlauf der Wundbehandlung berichtete der Mediziner von der Rettungsaktion, von der schweren See, den Leichenfunden und dem brennenden Meer. Marcel hatte das Gefühl, als ob jemand mit einem Messer in den Wunden herumstocherte. Die Schnittwunden an Händen und Unterarmen bereiteten ihm Schmerzen. Er biss auf die Zähne und gab keinen Laut von sich. Die Ausführungen des Arztes endeten mit den Worten: »Sie sind der größte Glückspilz auf dieser Erde.«

Ein Glückspilz? Kein Pechvogel? Endorphine, die vor Freude hüpfen? So sehr Marcel auch in sich hineinhorchte, dieser Seelenzustand entsprach nicht seiner Gefühlslage. Mit aufgerissenen Augen hauchte er: »Sind Sie sicher, dass ich ein Glückspilz bin?«

»Na, klar! Von 180 Passagieren und acht Besatzungsmitgliedern haben nur zwei Menschen überlebt. Es gleicht einem Wunder, ein Geschenk Allahs.«

Marcel neigte seinen Kopf zur Seite und fragte: »Nur zwei Überlebende? Wer ist die andere Person?«

»Oh, sie liegt ebenfalls hier im Haus.«

»Kann ich sie sehen und mit ihr sprechen?«

»Nein, das ist zu früh. Sie haben eine Menge Blut verloren und benötigen Ruhe. Morgen sorge ich dafür, dass sie sich kennenlernen.«

Die Pfleger erneuerten die Verbände, wobei Marcels Hände und Unterarme in einem Wust von Mull verschwanden. Man führte den Glückspilz in das Krankenzimmer, das er sich mit elf anderen Männern teilte, darunter einige, deren Leben am seidenen Faden hing. Deckenventilatoren rotierten, vermochten aber dem Rekonvaleszenten keine Kühlung zu verschaffen. Marcel brach im Liegen der Schweiß aus. Die Schwüle forderte ihren Tribut. Für ein paar Sekunden verfiel er in einen Wachschlaf. Die Schreie von Kalle beförderten ihn zurück ins Hier und Jetzt.

Am nächsten Morgen vollzog sich die gleiche Prozedur wie am Vortag. Marcel hätte am liebsten vor Schmerzen aufgeschrien, zwang sich aber dazu, die Behandlung, ohne ein Wort der Klage, zu ertragen. Er wusste, dass die Wunden sich, im Gegensatz zu den Narben auf seiner Seele, schließen würden. Der Leistenbruch könne von selbst ausheilen. Man müsse lediglich ein paar Bewegungen vermeiden, erklärte der Arzt. *Was ist mit meinem Pech? Bin ich am Ende unzerbrechlich,* dachte Marcel und schaute den Mediziner fragend an. Dieser stand im Begriff, sich dem nächsten Patienten zuzuwenden.

»Bitte warten Sie einen Moment. Haben Sie dafür gesorgt, dass ich heute mit dem Menschen sprechen kann, der im selben Flugzeug wie ich gesessen hat?«

»Natürlich! Die Dame wartet im Garten und freut sich darauf, Ihre Bekanntschaft zu machen«, sagte der Arzt und deutete mit der Hand zum Fenster. Mit schmerzverzerrtem Gesicht erhob sich Marcel von der Liege und trottete zum Ausgang der Krankenstation, die in der Inselhauptstadt Medan in einer Seitenstraße abseits des Zentrums lag. Er schob die Hintertür zum Garten auf und erblickte zwei Damen, wobei eine im Rollstuhl saß. Die Frau ohne Rollstuhl verscheuchte einen Waran, der sich an Essensresten aus der Küche zu schaffen gemacht hatte. Marcel steuerte auf das Duo zu und trat von vorn an die Damen heran. Sein Herz stolperte. Sophie saß im Rollstuhl und sah ihm mit einem Sauertopfgesicht an.

»Ja, so ist das. Ich habe überlebt, aber ich freue mich nicht darüber.«

»Warum?«

»Ich bin querschnittsgelähmt und damit gestraft, mein Leben auf vier Rädern zu fristen.«

Sie bat die Pflegerin, allein mit dem Deutschen durch den Garten zu fahren, was diese mit einem Lächeln akzeptierte. Marcel übernahm die Führung des Rollstuhls und schob ihn, trotz der Verbände, vor sich her, langsam und bedächtig, damit Sophie nichts von den Unebenheiten des Bodens spürte.

»Ich war zufällig im selben Flugzeug wie du und habe gesehen, wie du in Phuket eingestiegen bist. Ich habe mich vor dir verborgen, weil ich dich nach der Landung in Kuala Lumpur überraschen wollte.«

Marcel blieb wie eine Statue und starrte in eine unendliche Ferne.

»Was ist los? Warum schiebst du mich nicht weiter? Da vorne ist ein Baum. Ich würde gerne in seinem Schatten mit dir plaudern.«

»Zu...fall?«, stotterte Marcel. »Bist du wirklich sicher, dass es Zufall war?«

»Na, klar! Was soll es denn sonst gewesen sein?«

Zwei Wochen hüteten die Glückspilze die Krankenstation, trafen sich jeden Tag im Garten, sprachen über die Zeit in Kamala, die Andamanensee und über die Umstände, die sie zusammengeführt hatten. Marcel spürte, dass Sophie ihn brauchte, denn ihre Eltern waren verstorben und es gab niemanden in den Niederlanden, der auf sie wartete. Die Sorge um ihr Wohlergehen war für ihn der Grund, dem Leben einen Sinn zu geben und die Trauerarbeit aufzunehmen.

»Das Heimatland bedeutet mir nichts mehr, denn mein Herz wohnt in Südostasien«, sagte Sophie am letzten Tag in der Krankenstation.

»Das geht mir genauso«, gab ihr Marcel zur Antwort.

»Ich habe von meinen Eltern ein bescheidenes Vermögen geerbt. Wenn du magst, fahren wir gemeinsam zum Tobasee, um uns zu erholen. Natürlich in getrennten Zimmern, ha, ha, ha.«

Marcel nahm das Angebot unter der Bedingung an, keine Kontovollmacht zu erhalten. Auch beim Gang zur Bank müsse sie ihn begleiten. Sophie schmunzelte, obwohl sie keine Ahnung hatte, worauf der Freund mit dieser Bemerkung anspielte. Beide litten unter dem Trauma des Flugzeugabsturzes und der Bürde, allein im Leben zu stehen. Marcel fühlte sich verantwortlich für den Tod der Menschen, denn Laboon hatte seinetwegen den Jet zum Absturz gebracht. Aber was wäre geschehen, wenn Marcel auf den Wunsch des Dämons eingegangen wäre und ihm die Lage des Baumhauses verraten hätte? Wäre das Flugzeug in der Luft geblieben oder hätte der Meister sich nicht an sein Versprechen gehalten und den Airbus trotzdem attackiert? War es ein Albtraum gewesen, der den Geist von Marcel verwirrt hatte? In einer Stellungnahme der Fluggesellschaft hieß es, der Grund für die Katastrophe läge im technischen Versagen der Bordelektronik. Fragen über Fragen kreisten in der Gedankenwelt des Rekonvaleszenten. Er hegte die Hoffnung, am Toba See zur Ruhe zu kommen und mithilfe von Sophie Klarheit über die Umstände zu erhalten, die das Inferno ausgelöst hatten.

Am nächsten Tag verließen die Glückspilze, unter dem Applaus der Belegschaft, das Gebäude und traten ihre Reise an.

»Manchmal findet man das Glück, ohne es zu suchen«, gab ihnen der Chefarzt mit auf den Weg. Die Westler hatten sechs Kilogramm abgenommen und bestanden aus Haut und Knochen. Sophie glich, in Bezug auf die Figur, dem berühmten englischen Fotomodell im Minirock aus den 1960er Jahren. Marcel genoss den Umstand, den Rollstuhl ohne

Verbände über die holprige Straße zu manövrieren, frei, seine Hände für alles zu verwenden, was seine Freundin benötigte.

»Ich pass auf dich auf, damit du nicht der Melancholie anheimfällst«, sagte Marcel und schob ihren Rollstuhl wie ein rohes Ei vor sich her.

»Dasselbe wollte ich dir gerade auch mitteilen.«

Am 904 Meter hoch gelegenen Tobasee war das Klima erträglicher als in Medan. Mit der Fähre setzte das Paar zur Vulkaninsel Samosir mit ihren traditionellen Batakdörfern über, auf der sich in jenem Juli nicht viele Touristen tummelten. Die Westler bezogen zwei Einzelzimmer in einem Waterfront Hotel, das über eine kleine Küchenzeile verfügte. Für das Paar waren die Tage nicht mehr als die weißen Schatten der Nacht. Das Ziel, die Seele baumeln zu lassen, schlug fehl. In den Nächten ertönten Schreie aus den Zimmern, denn sie träumten schwer, erlebten den Absturz und die Schicksalsschläge immer wieder neu. Manchmal lag Marcel bis zum Morgen wach. Er spürte die Nähe seiner Liebsten. Er weigerte sich, ihren Tod zu akzeptieren, und schaute in seinem Inneren nach, ob sie noch da war. Sie war da und tröstete ihn mit ihrer Liebe. Dann sprang Marcel aus dem Bett und lief in der Hoffnung zum Strand, ihrem Lieblingslied zu lauschen. Außer dem Gesang der Wellen und dem Konzert der Jäger der Dunkelheit drang kein Ton an seine Ohren. Der Umstand, dass der Leichnam unter zerbröselten Backsteinen der Verwesung anheimfiel, machte es für Marcel schwer, ihren Tod zu verarbeiten. Morgens quälte er sich aus dem Bett, nahm kaum Nahrung zu sich und begnügte sich mit Wasser, so wie er es aus dem Wat gewohnt war. Weder die Sonne, der Strand oder die Freundlichkeit der Gastgeber vermochten seine Seelenschmerzen zu mindern. An den Nachmittagen, wenn der Schweiß unter die Kleidung kroch, suchte Marcel das Kamar Mandi auf, ein für Indonesien typisches Badezimmer mit offenem Waschbecken und Schöpfkelle. Manchmal hielt er sich eine Stunde in dem Raum auf, denn er hoffte, durch den Reinigungsvorgang den Schmutz abzustreifen, der ihm in den letzten Monaten die Hölle auf Erden bereitet hatte.

Dennoch vermied Marcel jede Form von Selbstmitleid und verbreitete nach außen Optimismus. Er munterte seine Freundin auf und brachte sie zum Lachen, unabhängig davon, in welchem Gemütszustand er sich befand.

Sophie haderte mit ihrem Schicksal und behauptete, das Leben sei nicht fair. Sie wäre im Tod glücklicher als im Leben. Marcel widersprach und missbilligte ihre Haltung. Das Herz, nicht die Füße, trügen den Menschen ans Licht, gab er ihr mit auf den Weg zur Genesung der Seele.

An einem Morgen, an dem die Wolken sich über den See schlafen legten, stand Sophie im Begriff, Hand an sich zu legen. Marcel war zur Stelle und führte sie zurück ins Leben. Sie war dankbar, dass er den ganzen Tag nicht von ihrer Seite wich und ihr Mut zusprach.

In den Folgetagen kehrte Ruhe ein, Gespräche, die mitunter bis in die Abende hineinreichten, heilten Wunden. Mit Vorliebe hielt sich das Paar in der Lobby auf, denn der August entpuppte sich als Regenmonat. Sophie fragte sich, ob es nicht besser gewesen wäre, wenn sie sich nicht von Sven getrennt hätte. Durch die Aussprachen mit Marcel gelangte sie zu der Erkenntnis, dass es keinen Sinn machte, einem Lebensentwurf anzuhängen, über den die Zeit hinweggegangen war.

Beflügelt von dieser Einsicht beschloss sie Anfang September, sich den Herausforderungen zu stellen und ihr Schicksal anzunehmen.

Ismail, der 52-jährige Besitzer des Gasthauses mit krausen Haaren und dunkler Haut, gesellte sich eines Abends zu dem Paar und sagte: „Ihr dürft nicht zu viel vom Leben erwarten. Ihr habt beide erfahren, wie schnell es vorüber ist. Genießt den Augenblick, den See, in dem sich in der Nacht das Mondlicht bricht, die Liebe und das Lächeln eines Kindes, anstatt euch über die Zukunft zu grämen."

Das Paar gab ihm keine Antwort, nahm sich aber an die Hand.

Am nächsten Tag fragte Sophie mit einem Augenaufschlag ihren Freund: »Bist du bitte so lieb und bereitest heute Mittag mein Lieblingsgericht zu?«

»Dein Lieblingsgericht? Klar, das mach ich gerne. Was soll ich für dich kochen?«

»Na, was schon? Massaman Curry, selbstverständlich.«

Die Rekonvaleszenten lachten von ganzem Herzen. In diesem Moment öffnete sich die Pforte zur Welt der Freude. Ausgerechnet jenes Gericht, das dem Düsseldorfer Verdruss bereitet hatte, ebnete den Weg in eine Zukunft, in der die Vergangenheit mit den Jahren verblasste. Das Paar genoss das Mahl, sprach dem Palmwein zu und schwelgte in Erinnerungen, den einzigen Paradiesen, aus denen man sie nicht vertreiben konnte. Manchmal findet man das Glück, ohne danach zu suchen. Die Zuversicht kehrte zurück und mit ihr die Hoffnung, das Leben auf Anfang zu stellen. Warum sollte der dritte Neubeginn misslingen, wenn die Behauptung des Arztes der Wahrheit entsprach und sich Marcel von einem Pechvogel in einen Glückspilz verwandelt hatte?

An einem Abend in der zweiten Septemberwoche hockte Marcel nach der Mahlzeit allein auf der Terrasse. Die Magie des Sees verzauberte ihn. Zum ersten Mal seit dem Tod von Cha fühlte er sich entspannt, genoss die Ruhe unter den Sternen, die sich wie ein Schirm über ihn beugten. Er dachte an ein Gespräch mit Sophie nach, bei dem sie behauptet hatte, man dürfe sich nicht schuldig fühlen für Ereignisse, die man nicht beeinflussen könne. Sie so zu nehmen, wie sie kommen, sei eine Gelassenheitsübung für das gesamte Leben.

Um Kraft für die kommenden Wochen zu schöpfen, begann Marcel zu meditieren. Er spürte, wie die Wärme den Körper von Kopf bis Fuß durchströmte. Die Prophezeiung des Abts kam ihm in den Sinn: *Du besitzt Fähigkeiten, Dinge zu sehen, die anderen Menschen verborgen bleiben. Ich bin mir sicher, dass sich irgendwann die Zukunft vor deinem geistigen Auge ausbreitet.* Ohne sein Zutun drang Marcel in Sphären des Bewusstseins vor, die er nie zuvor in dieser Tiefe erreicht hatte. Diesmal stellte sich der Schlaf, der ihn im Wat daran gehindert hatte, sein Potenzial auszuschöpfen, nicht ein. Die Pforte zu einer Welt, in der Traum und Wirklichkeit miteinander rangen, öffnete sich. Wie vorausgesagt lag ihm die Zukunft zu Füßen, Ereignisse aus einer Zeit, in der weit über 30 Kerzen auf seiner Geburtstagstorte brennen. Er las, was in der Zukunft geschieht, wie in einem Buch, Kapitel für Kapitel, Seite für Seite. Marcel erfuhr, wie die Freundschaft mit Sophie wächst, sie auf seiner Sympathie Skala an die erste Stelle rückt, vielleicht sogar ein bisschen höher. Nach zwei Jahren verwandelt sich die Sympathie in Liebe. Aber es ist nicht die Seelenverwandtschaft, die ihn mit Cha verbunden hat, sondern eine Zuneigung, die auf gegenseitiger Verantwortung beruht, zwei strauchelnde Seelen, die das Schicksal bis an ihr Lebensende zusammenschweißt. Wegen der Tsunamis, die von Jahr zu Jahr an Stärke zunehmen, wechselt er dreimal mit ihr den Wohnort. Trotz der Gefahr bleibt bei jedem Umzug der Bezug zum Meer erhalten. Auch die Angriffe der Meerestiere auf Menschen auf allen Ozeanen der Welt mit den Orcas als Speerspitze beunruhigen ihn. Laboon ist noch da, auch wenn man ihn nicht sieht. Aber er verschwindet für immer aus Marcels Träumen, wohingegen die Bilder des brennenden Freiers aus Oberhausen nichts an Intensität einbüßen. Pech und Glück spielen miteinander Schach, manchmal obsiegt das eine, dann wieder das andere, wobei Letzteres mit zunehmendem Alter die Oberhand gewinnt. Sophie wird nie wieder der Mensch, der sie einmal war, geschweige denn der, den sie sich wünschte, zu sein. Aber für ihn ist sie der Anker in der Sturmflut des Lebens. In vier Jahren wird Sophie ein Mädchen gebären, das, nach dem gemeinsamen Wunsch der Eltern, den Namen „Esperanza" erhält. Ihr Bild ziert ein Kapitel des Buches, erst verschwommen, dann hell und klar. Die Kleine mit der Sonne in den Augen richtet ein paar Worte in einer Sprache an ihn, die er nicht beherrscht. Aber Marcel gewinnt den Eindruck, als hätte er die Stimme schon einmal irgendwo gehört. Er schlägt ein Kapitel in der Mitte des Buches auf – Esperanza, der Stolz der Eltern, ist zu einem Mädchen von acht Jahren herangereift, besucht die Schule. An einem Tag in der Monsunzeit, an dem die Wellen den Küstenbewohnern Land rauben, kommt die Kleine mit gesenktem Haupt aus dem Unterricht und gesteht dem Papa, ihre Furcht vor dem Meer.

»Ach ja? Warum?«

»Ich habe heute erfahren, dass es in dieser Gegend häufig Tsunamis gibt. Sie machen mir Angst, denn ich weiß nicht, wie sie entstehen und wodurch sie ausgelöst werden.«

»Ein Tsunami, Liebes, ist eine gigantische Welle, manchmal über zehn Meter hoch, die durch ein Erdbeben unter dem Meer hervorgerufen wird und dort, wo sie auf Land trifft, alles zerstört, was ihr in die Quere kommt.«

»Dann pass gut auf mich auf, Papa, denn ich bin schon einmal durch eine solche Welle gestorben.«

Anhang: Liste der Romanfiguren

Marcel Leclerc, Protagonist aus Düsseldorf
Lisa, seine Ex Freundin
Die Seemädchen Dao, Palita und Chonthicha (Cha) aus Ko Surin Tai
Die Eltern San Pha und Khin Kyi
Thong, alter, der Freiheit verpflichteter Seenomade
Stephan Malik, Kommissar aus Düsseldorf
Melanie, die von einem Mafis-Killer ermordete Ehefrau des Kommissars
Das Spiegelbild des Kommissars aus dem Jahre 2029
Wim, Vorgesetzter des Kommissars
Marina, Sekretärin des Chefs
Henry, Informant des Kommissars
Tamika, Prostituierte aus Patong
Sven, Seebär aus Schweden
Sophie van Dijk, Freundin des Seebären
Europäische Touristin in Patong
Mason, Skipper aus Kalifornien
Ajala, Tauchtouristin aus Indien
Nesseltiere, Großfische und andere Bewohner der Korallenriffe
Diverse Sitznachbarn in den Flugzeugen
Kanita und ihr Sohn Pana, Streetfood Betreiber aus Nordthailand
Laboon, Naturgeist, der sich für die Menschen zum Dämon wandelt
Natthapon, Landdiener des Misanthropen
Dtan, Besitzer der Gaststätte auf Ko Surin und dessen Dienstpersonal
Ganja, Spielleiter
Verkäuferinnen auf dem Markt von Khuraburi, Phang Nga
Onkel Li und Onkel Bo, Mitglieder der chinesischen Triaden
Drei Gauner aus Tachilek, Myanmar
Sulak Chah, Abt im Wat Mongkol Nimit, Phuket Stadt
Mönche und Novizen des gleichnamigen Wats
Eine Gruppe Rucksackreisender aus Europa in Kamala

Seemädchen

Zwei Vergewaltiger auf der Insel Ko Phayam
Kaung und Wunna, Fischer
Alter Seenomade am Strand von Ko Surin Tai
Kinder von der Insel der Seenomaden
Zwei Angestellte der Nationalparkverwaltung auf Ko Surin
Suga, der Schamane aus dem Volk der Moken
Pe Tat, Dorfältester und Retter der Seemädchen
Zwei Affenbabys aus dem Umfeld des Baumhauses
Speedy, Mantarochen und Leittier von Dao
Kalle, Frühpensionär und Sextourist aus Oberhausen
Besatzungsmitglieder und Passagiere des Katastrophenflugs von Phuket
nach Kuala Lumpur
Eine tote Mutter mit ihrem Kind vor der Küste Sumatras
Ärzte und Pflegekräfte im Krankenhaus von Medan, Sumatra
Ismail, Besitzer des Gasthauses am Tobasee
Esperanza, Seemädchen

Engelbert Gottschalk

Seemädchen